MIKKEL ROBRAHN

ETERNITY

ONLINE

TOR

Erschienen bei FISCHER Tor
Frankfurt am Main, Februar 2024

© 2024 S. Fischer Verlag GmbH, Hedderichstr. 114, D-60596 Frankfurt a. M.
Die Nutzung unserer Werke für Text- und Data-Mining im Sinne
von § 44b UrhG behalten wir uns explizit vor.
Dieses Werk wurde vermittelt durch die AVA International GmbH
Autoren- und Verlagsagentur, München.

Lektorat: Hanka Jobke
Karte Umschlaginnenseite: © Thilo Corzilius
Gesamtherstellung: CPI books GmbH, Leck
ISBN 978-3-596-70874-1

FÜR MEINEN MOPS OSKAR,

FÜR DEN ICH ES MIT JEDEM ENDBOSS VON AVATARIS
AUFNEHMEN WÜRDE

KAPITEL

1

»Willst du leben?«, schrien die Stimmen im Chor.

»Ja«, brüllte Rob und stemmte sich gegen die Kraft, die ihn in dem Strudel aus blauem Leuchten hielt.

»Dann lass los.«

Rob wollte es, aber da war nichts, woran er sich festhielt. Er war in einem Meer aus Energie gefangen. »Ich versuche es«, rief er den Gestalten zu, die am Rand standen und alles beobachteten. Die tief herabgezogenen Kapuzen verdeckten ihre Gesichter. Sie hielten sich an den Händen wie bei einer Beschwörung.

»Willst du leben?«, schrien sie wieder im Chor.

»Ich will«, brüllte Rob zurück.

»Dann lass los, lass dein altes Leben hinter dir.«

Da verstand Rob. Er schloss die Augen und stemmte sich nicht mehr gegen den Strudel. Die Energie nahm ihn auf wie Treibholz im Wellengang, trieb ihn umher und auf die Gestalten zu.

»Verrate uns deinen Namen, Seele«, rief die Gestalt in der Mitte. Offenbar der Anführer. Er war zu groß für einen Menschen, aber durch das allgegenwärtige blaue Leuchten war nicht zu erkennen, was sich unter der Robe befand.

Es gab nicht viel, was er über die eigene Existenz wusste. Seine Erinnerungen reichten nur ein paar Sekunden in die Vergangenheit, bis zu dem Punkt, an dem die Gestalten in den Roben begonnen hatten, ihn anzuschreien. Weder wusste er, was er war, noch wer er war. Aber die Antwort kam ihm mit solch einer Selbstverständlichkeit über die Lippen, dass sie stimmen musste. »Rob.«

Für einen Moment herrschte Stille, und Rob fürchtete, dass die Beschwörung abrupt abbrechen würde. Aber die Gestalten hielten die Arme gestreckt.

»Rob?«, fragte eine Frauenstimme. »Das klingt nicht nach einem Champion.«

Rob sah an sich hinab und bemerkte, dass er über gar keinen Körper verfügte. Er selbst war nicht mehr als dunkelblaue Materie in dem Strudel. Hektisch griff er nach seinem Gesicht, nur um festzustellen, dass er keine Hände hatte, mit denen er tasten konnte. »Was passiert hier?«

»Wir holen dich aus dem Totenreich zurück«, sagte der Anführer. »Aeya braucht neue Champions in ihren Reihen. Wirst du ihr im Krieg gegen Garraks Monster zur Seite stehen?«

Rob wusste, dass seine weitere Existenz davon abhing, dass er die richtigen Antworten gab. »Ja.«

»Schwörst du, deine Fertigkeiten in den Dienst der freien Völker zu stellen?«

»Ja.«

»Schwörst du, unsere Armeen zum Sieg zu führen, bis Avataris durch Aeyas Licht von Garraks Schatten befreit ist?«

»Ich schwöre.« Rob hatte keine Ahnung, wem oder was er zustimmte. Er würde aber alles tun und sagen, um eine körperliche Form zu erlangen.

»Dann soll es so sein. Wir, die Seelenzauberer, holen dich aus dem Meer der Seelen zurück, Rob.« Die Gruppe streckte die Arme empor, murmelte etwas, was schnell in einen Gesang überging. Zwischen den Fingern entstand ein grünes Leuchten. Kugeln, groß wie Hummeln, die sich zu einem Band aus Energie verbanden, das auf Rob zuschoss und ihn packte. Instinktiv stemmte er sich dagegen.

»Wehre dich nicht«, mahnte der Anführer.

Rob fühlte sich wie in einem Albtraum gefangen, aber er ließ locker. Wenn er in dem Seelenmeer nicht ertrinken wollte, musste er den fremden Gestalten vertrauen. Langsam zogen sie ihn aus der bläulichen Masse, bis er über ihnen schwebte.

»Nun verrate uns, wer du bist, damit wir dein Antlitz wiederherstellen können.«

»Rob«, wiederholte er.

Einer der Zauberer seufzte.

»Und wer bist du, Rob?«, wollte der Anführer wissen. »Welche Taten hast du einst auf den Schlachtfeldern vollbracht?«

»Ich …« Er stockte. Schlachtfelder? Taten? Er spürte, dass sie alle eine große Geschichte erwarteten. Aber da war nichts.

»Ich weiß es nicht«, sagte er ehrlich.

»Du weißt es nicht?«, japste eine besonders kleine Zauberin rechts von ihm.

»Nein.«

»Das ist nichts Ungewöhnliches«, sagte die Gestalt in der Mitte mit väterlichem Ton. »Wir können uns gar nicht vorstellen, welchen Terror ihr dort draußen im Krieg erlebt habt. Die Schrecken, die euch nachts heimgejagt haben. Es ist ganz normal, dass das Bewusstsein diesen Teil abschirmt, bevor er zu einem Feuer wird, das alles verschlingt.« Er reckte die Arme noch ein Stück höher in die Luft und rief: »Aber willst du mit uns neue Heldengeschichten schreiben?«

Intuitiv nickte Rob mit dem Kopf, den er nicht hatte. »Ja, auf jeden Fall.«

»Dann sag uns: Welcher Spezies gehörst du an?«

»Ich … was?«

»Bist du ein Mensch, ein Squan, ein Gront oder ein Eollyan?«

Rob brauchte einen Moment, um sich zu sammeln. Wie konnte er etwas anderes sein als ein Mensch? Es war, als würde ihn jemand danach fragen, wie viele Finger eine Hand hatte.

»Also?«

»Ein Mensch«, rief er. »Natürlich.«

»Natürlich?« Wieder die kleine Zauberin. Ihre Stimme quiekte. »Was soll das denn –«

»Ein Mensch also.« Der Anführer schnitt ihr das Wort ab. »Und wie hast du ausgesehen?«

Rob suchte hektisch nach Erinnerungen, stellte sich mit aller Kraft vor, vor einem Spiegel zu stehen. »Ich glaube …« Er zögerte. »… schwarzes Haar.«

»Verstanden«, erwiderte der Anführer.

»Ein Bart, aber kein voller.«

»Das können wir ändern, wenn du magst.«

Rob ging nicht darauf ein. Vor seinem inneren Auge stellte er sich Arme und Füße vor. »Meine Haut ist blass, und ich bin dünn. Nicht klein, aber auch nicht groß.«

»Verstanden«, wiederholte der Anführer. »Seelenzauberer, lasst uns unser Werk in Aeyas Namen verrichten. Wir wissen nun, was wir über dich wissen müssen, Rob. Lass es einfach geschehen.«

Da es Rob, der gerade nicht mehr als eine leuchtende Kugel Energie war, an Alternativen mangelte, kam er der Bitte des Anführers nach. Mit einer Mischung aus Angst und Neugier beobachtete er, wie die Zauberer unter ihm erneut die Arme hoben und ihren Gesang anstimmten. Es waren Worte, die er nicht verstand. Aber er spürte ihre Wirkung. Das grüne Leuchten, zuvor zwischen den Fingern der Magier, kam dieses Mal direkt aus ihm, füllte ihn mit einer wohligen Wärme aus. Rob schloss, was er für seine Augen hielt, und versuchte, den Moment einfach geschehen zu lassen. Dann wurde aus der Wärme ein Brennen, und es fühlte sich an, als würde flüssiges Feuer durch seine Blutbahnen schießen.

»Aufhören!«, brüllte er. »Brecht es ab!«

Aber die Seelenzauberer ließen sich nicht beirren. Der Chorgesang setzte sich fort und fand, kurz bevor Rob glaubte, das

Bewusstsein zu verlieren, seinen Höhepunkt, als der Anführer rief:»Aeya, erhöre unsere Worte. Wir bringen dir einen neuen Champion aus dem Seelenmeer. Wenn du ihn für würdig hältst, dann lass ihn übertreten!«

Rob explodierte. Die Energie, aus der er bestand, flog in grünen Schlieren in alle Richtungen, verteilte sich wie Feuerwerk im Raum.

Für einen Moment war da nichts.

Keine Gedanken, keine Gefühle, keine Sorgen, keine Empfindungen. Dann fühlte er den rauen, kalten Stein unter der nackten Haut.

Rob hob vorsichtig den Kopf. Lichter zogen Streifen vor den Augen, Geräusche drangen gedämpft an seine Ohren.

»Willkommen zurück«, hörte er jemanden sagen, und eine der Kapuzengestalten beugte sich zu ihm herab. Der massige Körper verriet den Anführer.»Aeya hat unsere Worte erhört.«

Robs Atem ging schwer und tief, das Blut pulsierte in den Adern. Er versuchte, seine Gedanken zu ordnen, sie zu einem sinnvollen Ganzen zusammenzufügen, aber es war, als würde er Blätter in einem Sturm fangen wollen. Zögerlich glitten seine Finger über die Wangen und das Kinn. Ein rauer Vollbart.

»Ich habe ein bisschen nachgeholfen«, sagte der Anführer.

Rob schüttelte sich und gelangte zu vollem Bewusstsein. »Was ist passiert?«

»Du bist in einem Seelenturm. Wir haben dich zurück ins Reich der Lebenden geholt, damit du als Champion für Aeya kämpfen kannst.«

»Kämpfen?« Seine Worte klangen dünn. Rob wusste nicht viel über sich, aber er war sich sicher, dass er nicht kämpfen wollte.

»Du wirst Zeit brauchen, bis du deine alte Stärke zurückerlangst. Aber in Avataris gibt es genug Abenteuer und Aufträge, die auf dich warten, bis du in den Reihen der Armee gegen Garrak marschieren kannst. Das hat keine Eile.«

»Was?« Er versuchte aufzustehen, aber die Beine waren weich, und die Schwerkraft zog ihn hinab. Kalter Schweiß ließ seine Haare auf der Stirn kleben. »Das alles ist ein Missverständnis. Ich bin kein Held, ich bin kein Champion, ich bin ...« Er brach den Satz ab. Denn in diesem Moment drang die Erkenntnis, dass er gar nicht wusste, wer oder was er war, wie eine rostige Klinge in ihn ein.

»Alles gut, beruhige dich. Eine vorübergehende Amnesie ist völlig normal«, sagte die Gestalt und zog ihre Kapuze zurück. Zum Vorschein kam eine bärenartige Fratze mit braunem Fell. Sie sah ihn aus großen, dunklen Augen an. Freundlich, aber als sie die Mundwinkel hochzog, entblößte sie lange, spitze Zähne.

Rob wollte den Mund aufreißen und schreien, aber er blieb stumm, und alles wurde wieder schwarz.

Rob schreckte auf und rang nach Luft. Fürchterliche Albträume hatten ihn geplagt. Bärenhafte Wesen, die ihn wiederbelebt hatten. Die eigene Existenz, die nur aus einem Leuchten bestand. Der Schrecken saß noch tief, als er sich an die Kante des Bettes setzte und den Kopf zwischen die Hände legte. Hinter seiner Stirn tobte ein Gewitter, das jeden klaren Gedanken unter dichten Wolken zurückhielt.

Das Zimmer war nicht größer als eine Abstellkammer. Das Bett nahm fast den ganzen Platz ein, daneben stand ein Stuhl, und fahles Licht fiel durch das offene Fenster. Er kannte den Raum nicht, war sich aber sicher, dass es eine logische Erklärung für all das gab. Sie war nur unter den Kopfschmerzen vergraben.

Wiederbelebung, davon hatte die Kapuzengestalt gesprochen. Aber Rob war nicht gestorben. Oder? Verzweifelt suchte er in dem Labyrinth aus Erinnerungen nach einem Anhaltspunkt für das, was gerade passierte. Aber immer, wenn er glaubte, einen Gedanken zu erhaschen, entglitt er ihm.

Mit einem Poltern flog die Tür auf. Ein Fellknäuel auf zwei Beinen betrat den Raum, und Rob verwarf die Erkenntnis, dass die Erinnerungen an seine Wiederbelebung ein Traum gewesen waren. Das Knäuel musste sich strecken, um den Knauf zu erreichen und die Tür hinter sich zu schließen. Sein Fell war weiß, und es hatte Ähnlichkeit mit einem Meerschweinchen. Einem sehr großen Meerschweinchen, das auf den Hinterpfoten lief. Es trug ein schwarzes Leinengewand; auf der Brust waren eine silberne Faust und fünf Sterne aufgestickt.

»Guten Tag«, quiekte das Wesen und sandte Blitze aus Schmerz in Robs Kopf.

»Guten Tag«, murmelte er und entschied, erst mal mitzuspielen, bis er wusste, was hier vorging. Bis seine Erinnerungen zurückkehrten.

»Ich bin Rekrutierungsoffizierin Shani.« Das Meerschweinchen blieb vor ihm stehen und musterte ihn aufmerksam. »Alles in Ordnung?«

»Schmerzen«, flüsterte Rob und zeigte auf seinen Schädel.

»Ach, das vergeht schon wieder. Das sind ganz normale Nebenwirkungen.« Sie zog sich unter lautem Knarzen einen Stuhl heran.

»Vielen Dank für das Mitgefühl.«

»Gern geschehen«, sagte Shani ehrlich. »Wollen wir anfangen?«

Rob sah sie mit hochgezogenen Augenbrauen an.

»Wir müssen Euren Übergang aus der Totenwelt zurück ins Leben besprechen. Wir haben viel Zeit und Ressourcen in die Wiederbelebung gesteckt. Eine langfristige Investition, die sich hoffentlich bald für das Reich auszahlt«, erklärte sie und rollte ein Stück Papier aus. Rob wollte etwas sagen, aber Shani unterband es mit einer Bewegung ihrer Pfote. »Ihr habt bestimmt viele Fragen, aber dazu kommen wir noch. Möglicherweise werden meine Ausführungen ein paar davon beantworten. Also …«

Sie begann mit feierlicher Stimme abzulesen: »Avataris ist in Gefahr. Bedroht durch Garraks Schatten und seine unheilbringenden Horden, haben die freien Völker eine Allianz unter dem Schutz der Göttin Aeya gebildet, um die Angriffe abzuwehren. Ihre Seelenmagier beschwören gefallene Helden, die auf den Schlachtfeldern vor hunderten Jahren gestorben sind. Ihre Seelen treiben seitdem im Meer aus Energie, das alles und jeden umgibt, ziellos umher. Euch haben sie bei ihrem Beschwörungsritual entdeckt und zurückgeholt. Denn es braucht neue Helden, die an Aeyas Seite gegen Garraks Monster kämpfen und schlussendlich Avataris von allem Bösen befreien.«

»Zu viele Namen«, flüsterte Rob. Die Zauberer hatten schon solche Sachen erzählt, aber das machte die Verwirrung nicht geringer. »Was ist Aeya?«

Das meerschweinartige Wesen riss die Augen auf. »So einen Fall von Amnesie hatte ich auch noch nicht. Eigentlich sollten die Erinnerungen langsam zurückkehren.« Dann tippte sie auf die Stickerei über ihrer Brust. »Aeya ist der einzige Grund, warum die freien Völker noch existieren. Sie ist das Leben, das Blumen blühen und Fische schwimmen lässt. Sie schützt uns vor dem Übel, das im Norden lauert und nach unseren Ländereien trachtet. Sie ist die Faust, die zurückschlägt.« Theatralisch patschte das Wesen auf die silbern aufgestickte Faust.

»Verstehe«, murmelte Rob, auch wenn er den Eindruck hatte, dass ihm Shani lediglich Fragmente hinwarf. Zusammensetzen musste er sie selbst. »Ihr seid im Krieg?«

»*Wir* sind im Krieg«, korrigierte sie. »Und schon sehr lange.«

»Wie lange?«

Das Wesen zögerte kurz. »Ich kann mich nicht erinnern, dass es mal keinen Krieg gab.«

»Und ich soll kämpfen?«

»Deswegen haben wir, die Heldenliga, Euch wiederbelebt, ja. Aber keine Angst, wir werden Euch nicht direkt in eine Rüstung stecken und an die Frontlinie zu den Splitterstreifen schicken. Nein, kommt erst mal in Avataris an, sammelt Euch, entdeckt Eure Talente und Fähigkeiten neu. Alle Champions, die wir hier wiederbeleben, sind ein bisschen eingerostet. Wie ein Schlachtross, das zu lange im Stall stand.« Sie lachte über den Vergleich. »Aber die Bewohner haben genug Aufgaben für Euch, um Euch bei Laune und auf Trab zu halten.«

»Ich soll den Laufburschen spielen?«

Shani legte den Kopf schräg. »Manchmal ist das tatsächlich

der Fall. Wenn ein Brief das Dorf wechseln soll oder wichtige Zutaten für einen Trank gebraucht werden, kann es durchaus sein, dass man Euch als Laufburschen benutzt. Das gehört dazu. Die großen Monster kommen noch schnell genug.«

Für Rob waren das keine Aufgaben für einen Champion oder Helden, aber immerhin deutlich ungefährlicher, als Monster auf einem Schlachtfeld zu bekämpfen.»Ich will niemandem zu nahe treten und bin euch wirklich dankbar, aber habt ihr auch Arbeit, die hinter den Mauern einer großen Burg stattfindet?«

»Wir können Euch zurück ins Seelenmeer werfen. Dann würdet Ihr in der Energie verglühen.« Shani sagte es so beiläufig, als hätte sie ihm angeboten, ein heißes Bad zu nehmen. Mit großen Augen sah sie ihn an. Ihre Wimpern klimperten aufgeregt, und Rob hatte das Gefühl, eine Schlinge um seinen Hals würde sich zuziehen.

Auch wenn er noch nicht lange wieder am Leben war, hing er daran. Die eigene Unversehrtheit war ein hohes Privileg, das es so lange wie möglich zu erhalten galt.

»Also werdet Ihr Eure Fertigkeiten und Fähigkeiten in den Dienst Aeyas stellen und schwören, die freien Völker zu beschützen?«

»Was für Völker sind das?«, hakte Rob nach.

»Zu den freien Völker gehört ihr Menschen, aber auch wir Squans, die bärenhaften Gronts und die Eollyans. Wir haben uns unter dem Banner Aeyas verbündet, um gemeinsam Garraks Angriffe abzuwehren.« Wieder klopfte sie auf ihre Brust.

»Und ich war ein …«

»Ein Held. Ihr habt in Eurem früheren Leben auf den Schlachtfeldern von Avataris für Aeya gestritten und seid gestorben. Wahrscheinlich seid Ihr vor unzähligen Zyklen oder mehr gefallen. Nun hat sie Euch auserwählt, zu uns zurückzukehren und unsere Reihen zu stärken. Ihr seid etwas Besonderes.«

Rob fühlte sich nicht wie ein Held. Die Verwirrung verstopfte seinen Kopf wie ein Korken eine Flasche. »Ich habe nie auf irgendeinem Schlachtfeld gekämpft.«

»Aeya irrt nicht, das solltet Ihr nicht vergessen. Sie hat Euch auserwählt, und wer wäre ich, ihr einen Fehler zu unterstellen? Ich bin nur Rekrutierungsoffizierin der Heldenliga, und das hier hat schon alles seine Richtigkeit.« Dann fiel ihr Blick auf seine Hand. »Nun, das ist aber ungewöhnlich.«

Erst da fiel Rob das Stück Metall an seinem linken Ringfinger auf.

»Zeigt mal her«, sagte Shani, und noch bevor Rob reagieren konnte, hatte sie ihm den Schmuck vom Finger gezogen und hob ihn prüfend ins Licht. »Eigenartig, der macht Euch weder stärker noch klüger. Er wird Euch im Kampf nicht helfen. Lasst Euch beim nächsten Schmied ein paar Kupfermünzen dafür geben.« Dann legte sie den Kopf schräg. »Schön ist er, keine Frage. Ihr seid aber der erste Champion, der mit so einem Ring hier auftaucht. Sieht ein bisschen wie das Zeug aus, das Melfana herstellt.« Der freundliche Unterton wich aus ihrer Stimme. »Woran erinnert Ihr Euch noch?«

Rob nahm ihr den silbernen Ring ab. Wer Melfana war, fragte er nicht. In den letzten Minuten waren genug Namen auf ihn eingeprasselt. Er betrachtete die floralen Elemente, die Blüten, die in das Metall eingearbeitet waren und einen blauen Stein einfassten, und hatte zum ersten Mal das Gefühl einer Verknüpfung zu seinem vorherigen Leben. Nein, er würde ihn nicht bei dem nächsten Schmied verkaufen. »Ich weiß nicht mehr viel«, gestand er und zählte auf, was ihm in den Sinn kam: »Nur meinen Namen, was Menschen sind, wofür man ein Schwert nutzt und wie man auf einem Pferd reitet. Wie ein Bier schmeckt, wie man einen Braten zubereitet und den Geruch von Gras nach einem Regenschauer im Frühling.« Er streifte den Ring zurück auf den Finger. »Aber ich habe keine Ahnung, was Squans sind, wer Aeya ist und wie Garrak aussieht.«

»Das ist doch eine Basis, mit der sich arbeiten lässt. Solange Ihr Eure Waffe zu schwingen wisst, werdet Ihr der Heldenliga und den freien Völkern gute Dienste leisten. Die Wissenslücken werden wir schnell füllen«, sagte Shani nun wieder freundlich. Sie zeigte auf den Ring. »Sucht Euch lieber etwas Magisches.«

Rob schüttelte den Kopf. »Er ist wunderschön.«

»Ja, aber das nützt Euch nichts, wenn Ihr einem übel gelaunten Ork gegenübersteht, der schlecht geschlafen hat, weil ihm ein Stück Hähnchenknochen im Zahnfleisch steckt.«

Er sah von dem Ring auf. »Ein Ork?« Den Begriff hatte er schon irgendwo gehört.

»Auf die lassen wir Euch erst los, wenn Ihr genug Erfahrung im Kampf gesammelt habt, keine Angst.« Sie rollte das Stück Papier wieder auf. »Also, werdet Ihr Eure Fähigkeiten und Fertigkeiten in den Dienst von Aeya stellen?«

Rob zögerte. Er wollte keine Abenteuer erleben, keine Monster bekämpfen. Aber er wollte auch nicht zurück in das Seelenmeer und seine Existenz als blauer Blob fortführen. »In Ordnung.«

»In Ordnung? Das habe ich schon weitaus enthusiastischer gehört. Aber ich will es durchgehen lassen.« Shani zog Federkiel und Tintenfässchen aus ihrer Robe, tunkte die Spitze in die Flüssigkeit und unterschrieb. Dann hielt sie Rob das Schriftstück hin.

»Einfach unterschreiben«, sagte sie, als Rob mit dem Lesen der ersten Zeilen begann. »Da steht nur, dass Ihr für Aeya kämpft, Euch Garrak nicht anschließt und Euch verpflichtet, die freien Völker zu schützen. Selbstverständlichkeiten also.«

Rob nickte und kritzelte etwas unter das Papier, das mit viel Phantasie seinen Namen ergab.

»Wunderbar, das freut mich. Wie fühlt Ihr Euch?«

»Fürchterlich«, gestand Rob und streckte den Rücken durch.

Jeder Knochen und jeder Muskel in seinem Körper schmerzten. So eine Wiederbelebung war eine ziemlich anstrengende Angelegenheit.

»Das ist nichts Ungewöhnliches. Hier.« Sie zog aus einer anderen Tasche ihrer Robe eine Phiole. Die Flüssigkeit darin war blutrot. »Trinkt das, dann geht es Euch sofort prächtig.«

Rob betrachtete argwöhnisch das ihm angebotene Fläschchen. »Was ist das?«

»Mit Euch werden die Ausbilder viel Spaß haben, Ihr wisst ja wirklich gar nichts mehr«, erwiderte Shani. »Das ist ein Heiltrank und – der Name lässt es vermuten – der wird Euch heilen. Keine Angst, wir beleben Euch nicht erst unter großer Anstrengung wieder, um Euch dann zu vergiften. Garraks Attentäter schlagen immer wieder zu, aber ich bin keine davon.«

Er zögerte noch einen Moment, dann griff er zu, entfernte den Korken und trank die zähe Flüssigkeit. Warm floss sie die Kehle hinab, und mit jedem Schluck fühlte er sich besser.

»Und?«, fragte die Squan.

Rob setzte die Phiole ab und wischte sich mit der Hand über den Mund. Die Schmerzen, die seinen Körper bis vor wenigen Augenblicken noch gepeinigt hatten, waren verschwunden wie ein unbewachtes Bier in einer vollen Kneipe. Er streckte erst die Beine, dann die Arme und zum Schluss den ganzen Körper. Er fühlte sich prächtig. »Wie neugeboren.«

»Ihr seht auch gleich viel gesünder aus.« Shani konnte sich ein Grinsen nicht verkneifen. »Kommt, ich zeige Euch das Gelände und bringe Euch zum ersten Auftraggeber. Von da aus könnt Ihr die Heldenreise beginnen.« Sie watschelte auf die Tür zu. »Wir gehen erst mal in die Rüstkammer und schauen, dass wir etwas Vernünftiges für Euch finden. So kann ich Euch nicht entlassen.«

Rob sah an sich hinab. Er trug ein Nachtgewand aus Leinen. Nichts, worin man einem Monster gegenübertreten sollte.

Oder einem Auftraggeber. Er erhob sich von der Bettkante und folgte der Rekrutierungsoffizierin auf einen Gang, der nur von Fackeln erleuchtet wurde. Unzählige Türen gingen davon ab, hinter denen Rob Gespräche vernahm.

»Die Seelenzauberer waren heute fleißig. Sie haben viele neue Champions aus dem Seelenmeer gefischt«, sagte Shani und lief weiter bis zu einer Wendeltreppe. »Eine Etage tiefer.« Sie wollte gerade hinabsteigen, da hielt sie inne. »Moment.«

Ihnen kam eine Gestalt entgegen, und Rob hätte ohne den Heiltrank, den er kurz zuvor eingenommen hatte, wieder das Bewusstsein verloren. Ein Bär mit braunem Fell, gehüllt in eine Lederrüstung. Darüber trug er einen schwarzen Wappenrock, auf dem die silberne Faust mit den fünf Sternen abgebildet war. Er sah aus wie das Wesen, das Rob nach seiner Wiederbelebung begrüßt und in die Ohnmacht geschickt hatte.

»Aeyas Segen mit dir, Shani«, brummte er. »Danke.«

Shani, die sich gegen die Wand gedrückt hatte, um dem Bären Platz zu machen, nickte. »Aeyas Segen mit dir, Börn. Gerne.«

Der Riese verschwand mit lauten Schritten nach oben.

»Was war das?«, flüsterte Rob vor Angst.

Shani, die bereits die ersten Stufen hinabgegangen war, drehte sich um und sah ihn mit hochgezogenen Brauen an. Die dunklen Streifen über ihren grünen Augen stachen klar aus dem weißen Fell heraus. »Was meint Ihr?«

Rob zeigte dorthin, wo der Bär die Treppe nach oben genommen hatte. »Warum laufen hier Bären durch die Gegend?«

»Oh, ich vergesse immer wieder, dass Ihr eine komplette Amnesie habt. Das war ein Gront. Freundliche Gesellen, die man aber nicht ärgern sollte. Seid froh, dass sie auf unserer Seite und nicht auf Garraks kämpfen.« Shani umgriff mit ihren weichen, warmen Pfoten seine Hände. »Das hier muss alles sehr verwirrend für Euch sein.«

Rob nickte, sagte aber nichts. Sein Kopf fühlte sich an, als hätte ein fürchterlicher Sturm darin gewütet und alles durch-einandergeworfen. »Ich bin hier richtig, oder?«

»Ihr seht aus wie ein Champion, glaubt mir. Solange Ihr gera-deaus laufen und ein Schwert führen könnt, mach ich mir keine Sorgen, dass Ihr da draußen nicht Euren Weg gehen werdet«, sagte Shani und wandte sich um. »Kommt, vielleicht sehen wir unterwegs auch noch eine Eollyan.«

Rob folgte ihr die Treppe hinab in den nächsten Flur und von dort in einen riesigen Raum, in dem sich unzählige Regale an-einanderreihten. Es herrschte ein reges Treiben, und zu seiner großen Erleichterung sah Rob nun auch ein paar Menschen. Sie wuselten umher, räumten Gewänder und Waffen in die Regale und füllten Listen aus.

»Wen bringst du uns denn heute, Shani?«, wollte eine Frau wissen. Sie war in Robs Alter und hatte die feuerroten Haare zu einem Pferdeschwanz gebunden.

»Das ist Rob, und er braucht etwas für die Welt da draußen.«

Die Frau musterte ihn aufmerksam. »Leder wird es für den Anfang tun. Womit kämpfst du am liebsten?«

Rob sah sie an, und sie schaute aufmerksam zurück. Eine un-angenehme Stille breitete sich zwischen ihnen aus, dann sagte er: »Ich habe keine Ahnung.«

»Frisch wiederbelebt, keine Erinnerungen an sein vorheri-ges Leben, alles noch ein bisschen …« Shani wirbelte mit der Pfote durch die Luft und suchte nach dem richtigen Wort. »… schwierig.«

Die Frau nickte, als würde sie verstehen, dann zählte sie lang-sam auf: »Schwerter, Äxte, Hammer, Dolche, Speere, Bögen, Armbrüste.«

»Ihr wisst doch, was das ist, oder?«, fragte Shani und mus-terte ihn aufmerksam.

Rob seufzte. »Ich bin nicht dumm, ich habe nur vergessen, wer ich bin.«

»Wer Ihr wart«, korrigierte ihn das gigantische Meer-schweinchen.

»Also?«, fragte die Rothaarige.

»Ein Schwert, denke ich.« Er hatte seines Wissens nach keine Ahnung vom Kampf mit der Klinge, aber ein Schwert war simpel: Es hatte zwei scharfe Seiten und ein spitzes Ende. Das waren drei Möglichkeiten, den Feind im Kampf zu verwunden. Der Gedanke beruhigte ihn.

»Kommt sofort«, sagte die Frau und verschwand zwischen den Regalen.

»Unglaublich, oder?«, bemerkte Shani.

Rob sah sie fragend an.

»Dieses Lager hier. Wir sind perfekt ausgestattet und können garantieren, dass ihr alle mit der richtigen Ausrüstung in euer neues Leben startet.«

»Vielleicht solltet ihr den wiederbelebten Champions erst mal ein bisschen Ruhe gönnen, damit sie sich sammeln kön-nen«, entgegnete Rob und sah sich um. Er war nicht der Ein-zige, der neu eingekleidet wurde. Am anderen Ende des Raumes wurde einem der bärenhaften Gronts gerade eine Robe über den Kopf gezogen. Als die flauschigen Ohren und großen Au-gen zum Vorschein kamen, sah Rob in dem Gesicht die gleiche Verwirrung, die er selbst spürte.

»Das Böse gönnt sich auch keine Ruhe. Die Bewohner unseres Landes finanzieren das alles hier mit ihren Abgaben an die Heldenliga und erwarten natürlich, dass Ihr ihnen zu Hilfe kommt, wenn sie sie brauchen. Und damit meine ich nicht nur die Bedrohung durch Garraks Horden, nein, Diebe und Schergen gibt es bei uns auch zur Genüge. Wölfe, die die Tiere der Bauern reißen, Wegelagerer oder Goblins, die sich in den Wäldern vermehren und unsere Siedlungen bedrohen. Wenn Ihr einen Tipp hören wollt: Fangt mit den kleinen He-rausforderungen an, sammelt Erfahrung, werdet stärker, und

dann führt Euch Euer Weg früher oder später zu den Splitterstreifen.«

»Splitterstreifen?«

»Ein Landstrich zwischen Aeyas und Garraks Reich. Ein un-
wirtlicher Ort, verwüstet durch einen Zauber. Aber die Erde ist
voll wertvoller Seelensplitter, die wir brauchen, um Helden wie
Euch in unseren Türmen zu beschwören.«

Rob kam bei den ganzen Informationen kaum hinterher.

»Bitte schön.« Die Rothaarige hielt ihm neue Kleidung und
ein Schwert hin.

Wenige Augenblicke später war Rob in eine Lederrüstung
gehüllt, und ein Schwert baumelte am Gürtel. Er sah an sich
hinab.

»Macht eine gute Figur«, urteilte Shani. »Ich mag die braunen Lederstreifen, die quer über die Brust verlaufen. Die lassen Euch breiter wirken, bisschen bedrohlicher. In den Taschen
werdet Ihr noch die eine oder andere Überraschung finden,
schaut Euch das in einem ruhigen Moment an. Noch ein Tipp,
bevor ich Euch gleich in die Freiheit entlasse: Sucht Euch möglichst schnell einen Rucksack. Ihr werdet für die Aufträge allerhand Belohnungen bekommen und auf Euren Abenteuern viele
Gegenstände finden, die Ihr nicht alle mit den Händen tragen
könnt.«

»Ein Rucksack, verstanden«, wiederholte Rob. Wölfe, Wegelagerer und ein Rucksack – das klang nicht gerade nach Aufgaben für einen Champion. Aber lieber prügelte er sich mit ver-
lausten Kötern als mit Orks.

»Kommt«, sagte Shani und verließ den Raum, vor dem weitere Rekrutierungsoffiziere mit anderen wiederbelebten Champions bereits Schlange standen.

Sie nahmen die Treppe nach oben in eine opulente Halle.
Goldene Kerzenleuchter hingen von der Decke, und ein roter
Teppich führte über die Stufen zu einem Tor. Links und rechts

davon hingen schwarze Banner mit der silbernen Faust darauf.

Vor der Tür stand ein Wesen, ein bisschen größer als Rob selbst. Seine Haut sah aus, als wäre sie von Rinde überwuchert, und das Haar erinnerte an Gras. Darüber trug es ein Gewand, wie es auch Shani anhatte.

»Das ist was?«, flüsterte Rob, während sie auf das Wesen zugingen.

»Das ist Alain Fermen, der Rekrutierungsoberoffizier der Heldenliga. Er ist ein Eollyan.«

»Aeyas Segen mit dir, Shani«, grüßte Alain Fermen, und seine Worte hallten von der hohen Decke wider. »Wie ich sehe, bringst du uns einen neuen Champion?« Er musterte Rob mit gelben Augen, die an Edelsteine erinnerten.

»Aeyas Segen mit dir, Alain«, wiederholte die Squan die Begrüßung. »Er wird unserem Reich gute Dienste leisten. Hast du einen ersten Auftrag für ihn?«

»An Aufgaben wird es uns nie mangeln«, erwiderte Alain und wandte sich dem Neuling zu. »Willkommen zurück in unseren Reihen. Danke für Euren Dienst, den Ihr in Eurem vorherigen Leben für uns geleistet habt. Ich bin mir sicher, dass viele Monster unter Eurer Klinge gefallen sind.«

Rob war davon alles andere als überzeugt, doch er deutete ein Nicken an.

»Nicht weit von hier gibt es ein kleines Dorf, Ihr werdet es nicht verfehlen, wenn Ihr dem Weg folgt. Meldet Euch dort beim Wirt der Taverne. Er hat mit einer kleinen Plage zu kämpfen und kann einen Recken wie Euch gebrauchen.«

»Plage?«, hakte Rob nach.

»Nichts, womit ein Champion wie Ihr nicht fertig werdet.« Als Alain lächelte, zogen sich tiefe Furchen durch die Rindenhaut, wie Risse in einem Baumstamm. »Natürlich müsst Ihr erst noch Eure alten Fähigkeiten wiederentdecken, aber das kommt mit der Zeit. Seid nicht ungeduldig mit Euch selbst. Und solltet Ihr dennoch unsere Hilfe benötigen, findet Ihr in jeder größeren Stadt eine Stube der Heldenliga.«

»Also, viel Erfolg«, sagte Shani. »Macht mir da draußen keine Schande, ja?«

Rob sah zum Portal. Er wollte nicht dort raus, in eine Welt, die er nicht kannte, die voller Gefahren war. »Einfach dem Weg folgen?«

»Vielleicht seht Ihr schon die Rauchfahne des Kamins, wenn Ihr durch die Tür tretet«, sagte Alain. »Berichtet dem Wirt, dass ich Euch schicke. Solange Ihr auf dem Weg bleibt, habt Ihr wenig zu befürchten.«

»Alles klar«, erwiderte Rob, auch wenn ihm nichts klar war. Alle hielten ihn für einen wiedergeborenen Helden, aber er fühlte sich wie ein Niemand. Doch wie gefährlich konnte eine Plage in einer Taverne schon sein?

Als er auf die Flügeltür zutrat, öffnete sie sich wie von selbst. Rob trat hindurch, hinaus in eine ihm unbekannte Welt und hinein in ein Abenteuer, das er nie gesucht hatte.

KAPITEL
3

Rob ließ sich Zeit. Er hatte keine Eile, diese Taverne und den Wirt zu erreichen. Der Rekrutierungsoberoffizier hatte nicht geklungen, als würde es bei dieser Plage um Leben und Tod gehen.

Die Rauchschwaden des Kamins hatte er tatsächlich sofort gesehen. Eine dunkle Wolke, die sich malerisch vom hellen Himmel abhob.

Auch sonst gefiel ihm, was er von Avataris sah. Der Weg, dem er folgte, war ein ins Grün getretener Pfad. Ein Wald säumte die Strecke, und aus den Baumkronen erklangen Gesänge verschiedener Vögel. Nichts deutete auf die Anwesenheit von Monstern oder anderweitigen Gefahren hin.

Rob betrachtete den Ring an seinem Finger. Shanis Reaktion war seltsam gewesen. Allgemein war vieles seltsam. Konnte es wirklich sein, dass er ein wiedergeborener Champion war? Dass er in seinem vorherigen Leben in einer glänzenden Rüstung auf Schlachtfeldern gegen die schrecklichsten Monster gekämpft hatte, die sich ein Mensch nur vorstellen konnte?

Oder ein Squan.

Oder ein Eollyan.

Wenn er schon ein Leben in Avataris verbracht hatte, dann hatte er offenbar nicht viel Zeit mit den anderen Spezies verbracht. Er war sich sicher, dass er überdimensionierte, sprechende Meerschweinchen selbst im Tod nicht vergessen würde.

Er war so in Gedanken versunken, dass er die Frau erst bemerkte, als sie links von ihm aus dem Gebüsch sprang.

»Ich habe nichts bei mir!«, rief er und taumelte ein paar Schritte zurück, wobei er die Axt in ihrer Hand nicht aus den Augen ließ.

»Ich … was?« Sie legte den Kopf leicht schräg.

Rob tastete hektisch nach dem Schwertgriff, der durch seine plötzliche Bewegung am Gürtel hin und her wippte. »Lass mich in Ruhe!«

»Was sollte ich denn von dir wollen?«, fragte die Frau und stemmte ihre freie Hand in die Hüfte. Die Waffe ließ sie locker baumeln.

»Mich ausrauben!« Er zeigte auf die Axt. Mit der anderen Hand zog er endlich sein Schwert.

»Dich ausrauben? Warum?« Sie wischte sich die schwarzen Haare aus dem dunklen, verschwitzten Gesicht. Ihre athletische Figur ließ darauf schließen, dass sie durchaus in der Lage war, ihn seiner wenigen Habseligkeiten zu berauben.

»Weil ich …« Rob überlegte. »Weil du so was tust?«

»Danke, dass du fragst. Nein, so was tue ich nicht. Solange du für Aeya streitest, sind wir Verbündete.«

»Oh.« Der Laut drang aus Rob wie Luft aus einem Blasebalg. Er ließ das Schwert langsam sinken. »Du bist auch ein Champion?« Nun fiel ihm auf, dass sie eine ähnliche Lederrüstung trug wie er.

»Noch fühle ich mich nicht so, aber das wird sich ändern. Wie lange bist du schon aus dem Seelenturm raus?«

Rob warf einen Blick zurück. In der Ferne zeichnete sich der Schemen des Turms noch ab. »Mein erster Gang im Freien.«

»Oha, ein Frischling. Eigentlich wollte ich dich nur fragen, ob du hier in der Nähe Wölfe gesehen hast. Die Schneiderin im Dorf braucht ein paar Pelze.«

Langsam ließ Rob den Blick schweifen. »Wölfe? « Er schluckte. »Die können uns doch nicht ein Schwert in die Hand drücken und dann auf ein Rudel Wölfe loslassen.«

»Das werte ich als Nein.«

»Tut mir leid«, erwiderte Rob, aber er war sehr froh, keine Wölfe gesehen zu haben. Denn er war sich nicht sicher, ob er dann von der Begegnung noch hätte berichten können.

»Du bist auf dem Weg zum Wirt?«, wollte die Frau wissen und schulterte die Axt.

»Genau, ich soll da eine Plage bekämpfen.«

»Ich weiß, ich weiß. Viel Erfolg, bestimmt läuft man sich noch mal über den Weg.«

»Auf Wiedersehen«, sagte Rob, und sogleich war sie im Dickicht des Waldes verschwunden.

Er erreichte die Taverne, ohne Bekanntschaft mit den gesuchten Wölfen oder weiteren Champions zu machen. Die Schänke war Teil eines Dorfes, das aus ein paar Häusern, einem Brunnen und Stallungen bestand. Auf dem Dorfplatz liefen Gestalten umher, die sich nicht für den Neuling interessierten. Menschen, Squans, Gronts und Eollyans. Die freien Völker von Avataris.

Die Versuchung war groß, sich ein bisschen umzusehen, aber solange er mit den Regeln der neuen Welt nicht vertraut war, hielt sich Rob an den Auftrag.

Er betrat die Taverne und stand in einem großen Schankraum. Nur wenig Licht fiel durch die verschmutzten Fenster hinein und tauchte die Einrichtung in ein gemütliches Orange. Die Luft war abgestanden, und es roch nach einer Mischung aus verschüttetem Bier und Helden, die mehr Zeit in der Wildnis als im Badezuber verbrachten. Der Tresen zog sich über die komplette Rückwand, dahinter erhoben sich mächtige Fässer – und der Wirt, so groß wie ein Bär. Ein Gront. Das grau gefleckte Fell war unter einem braunen Hemd und einer Schürze versteckt, die mal weiß gewesen war. Als er seinen Gast bemerkte, sah er hoch und hörte auf, den Tresen zu polieren.

»Was kann ich für Euch tun?«, brummte er.

Rob wäre am liebsten wieder rückwärts rausspaziert. »Plage?«, brachte er hervor.

»Ihr seid wegen des Auftrags hier?«, fragte der Wirt, und seine Miene hellte sich schlagartig auf.

Rob nickte nur.

»Ich hätte nicht gedacht, dass man mir so schnell Hilfe schickt. Kommt her.« Er winkte ihn mit der Pranke zu sich hinüber. Mit wackeligen Schritten durchquerte Rob den Schankraum, wich Stühlen und Tischen aus. Im Kamin brannte ein Feuer, das wohlige Wärme im Raum verteilte. Am Tresen angekommen, versuchte er, sich möglichst entspannt und natürlich anzulehnen. »Wie kann ich zu Diensten sein?«, fragte er und fühlte sich sofort wie ein Aufschneider.

»Ich habe seit einiger Zeit mit einer Plage zu kämpfen. Die Biester fressen sich durch Kisten und Säcke, plündern meine Vorräte. Ohne Knüppel gehe ich gar nicht mehr da runter.« Er zeigte auf eine Falltür hinter dem Tresen. Sie war im Holzboden eingelassen, und ein Eisenring war daran befestigt. »Das letzte Mal haben sie mir ins Bein gebissen, da habe ich um Unterstützung gebeten.«

»Was genau hat Euch gebissen?« Rob beschlich das Gefühl, dass er die Antwort nicht hören wollte.

»Ratten.«

»Ratten?«, fragte er ungläubig.

»Fiese Biester.« Der Wirt drehte sich um, bückte sich und hob ein paar Scheite auf. Dann humpelte er zum Kamin und legte Holz nach. Die Flamme loderte auf, und Rob wich unwillkürlich zurück, schirmte die Augen ab.

»Das Humpeln kommt von dem Biss?«, fragte er.

Der Hüne schüttelte den Kopf. »Einst wollte ich Abenteurer werden wie Ihr, aber dann habe ich einen Pfeil ins Knie bekommen. Danach habe ich meine Leidenschaft für frisch gezapftes Hopfen und deftige Eintöpfe entdeckt. Das ist auch, was ich

Euch als Belohnung für diesen Auftrag anbieten kann: eine kostenlose Mahlzeit.«

Rob hatte nicht gewusst, dass es sogar eine Belohnung geben würde. Mit Wölfen würde er sich nicht so schnell anlegen, aber was konnten ein paar Ratten schon anstellen? Schließlich hatte er ein Schwert. Seine Hand wanderte zum Knauf. »Wie viele?«

»Wenn Ihr drei erschlagt, würdet Ihr mir schon sehr helfen.«

Drei Ratten. Die Biester waren flink, aber Rob konnte sie in die Enge treiben. Außerdem war es ihm lieber, Nagetiere statt Garraks Monster zu jagen. »Ich ziehe ihnen einfach was mit meinem Schwert über, und dann ist gut?«

Der Wirt hob beide Hände. »Nie im Leben würde es mir einfallen, Euch zu erzählen, wie Ihr Eure Arbeit zu machen habt. Solange die Biester verschwinden und ich wieder in meine Vorratskammer kann, bin ich zufrieden. Also haben wir eine Vereinbarung? Eine warme Mahlzeit und ein frisch gezapftes Bier gegen drei Rattenschwänze?«

»Abgemacht«, sagte er in einem Anflug aus Übermut, die ihm das Schwert an seinem Gürtel verlieh. Außerdem knurrte sein Magen.

»Dann öffne ich mal das Portal zur Unterwelt«, erwiderte der Wirt und packte den Eisenring. Das Holz und die Scharniere ächzten unter der ruckartigen Bewegung. »Ich setz schon mal die Suppe auf.«

Der Geruch alter Zwiebeln und feuchter Luft kam Rob entgegen. Er starrte die Treppenstufen hinab, und Angst kroch seinen Nacken hinauf wie eine fette Spinne.

»Nur ein paar Ratten«, murmelte er und stieg hinunter.

Unten angekommen stand er im Dreck. Man hatte hier keinen Boden verlegt, sondern lediglich ein Loch in die Erde gegraben. Es war kalt, und nur durch die Öffnung über ihm fiel spärliches Licht. Die Wände bestanden aus Regalen, die bis zum Anschlag mit Kisten, Gemüse, Fässern und Holz gefüllt waren.

Der Wirt, so schien es Rob, war gern auf große Besuchergruppen vorbereitet.

Er drehte sich um. Weit und breit keine Ratten zu sehen. Rob überlegte, wie er die Nager am besten anlocken könnte. Langsam zog er das Schwert und drehte sich im Kreis.

»Kommt her und lasst euch erschlagen«, flüsterte er in die Dunkelheit.

Die Ratten tauchten nicht auf.

Er griff in das Regal und nahm ein Stück Käse in die Hand. Einen Versuch war es wert. Er warf es in die Mitte des Raums.

Für einen Moment passierte nichts, dann ging alles ganz schnell.

Eine Ratte sprang hinter einer Kiste hervor. Sie war groß wie eine Katze, hatte blutrote Augen und Fangzähne so spitz wie Nägel. Rob bereute sofort, sich auf den Auftrag eingelassen zu haben. Er hätte den Wirt fragen sollen, warum der nicht selbst die Keule schwang und den Viechern eines überzog.

Ratten waren in Avataris nicht einfach nur Ratten. Sie waren Bestien und verlangten keinen enthusiastisch geschwungenen Knüppel, sondern Helden.

Rob wich zurück, bis er ein Regal im Rücken spürte. Das Monster verdrückte den Käse mit einem Happs. Rob hielt das Schwert vor sich, nicht um zuzuschlagen, sondern um das Vieh auf Abstand zu halten. Der Versuch wurde mit einem tiefen Knurren beantwortet. Die Monsterratte war noch nicht satt.

»Zurück!«, rief Rob.

Das Biest dachte nicht daran. Sein Schwanz peitschte hin und her, und wie eine Raubkatze vor dem Sprung drückte sie den Oberkörper nach unten, während das Hinterteil in die Luft ragte.

Dann sprang sie.

Rob schlug zu.

Die Schwertspitze bohrte sich in den Dreck. Die Ratte hatte

nicht mal ausweichen müssen. Schon rammte sie die spitzen Vorderzähne in sein Schienbein.

»Scheiße!«, schrie er auf. Der Schmerz brannte, das Biest hatte die Zähne durch die Lederhose gebohrt – und hing dort nun fest.

Rob ließ die Klinge hinabsausen und traf das Vieh direkt auf den Schädel. Zwei weitere Schläge waren nötig, bevor der Körper erschlaffte.

»Geht doch.« Er keuchte und betrachtete die Wunde. Sie blutete, sah aber nicht aus, als würde er daran sterben. Vorausgesetzt, die Monster übertrugen keine Krankheiten. Vielleicht sollte er jemanden draufschauen lassen, der sich damit auskannte.

Mit dem fünften Hieb trennte er den Schwanz vom Körper und betrat schon die erste Stufe, da packte ihn die Erkenntnis wie eine kalte Hand im Schlaf.

Der Wirt wollte drei Rattenschwänze.

Ein Rattenschwanz war besser als keiner, redete sich Rob ein. Aber er wusste, dass das Quatsch war. Die Leute hielten ihn für einen Champion, und auch wenn er selbst nicht dran glaubte, war es besser, sie vorerst in diesem Glauben zu lassen.

Sein Blick wanderte zum Schienbein. Es blutete nicht mehr. Und immerhin wusste er nun, was ihn erwartete. Es waren nicht nur Ratten, sondern Monster. Aber eines hatte er schon erschlagen, das würde ihm auch zwei weitere Male gelingen. Solange sie ihm nicht an die Hauptschlagader sprangen, war es machbar.

Ein tiefer, ehrlicher Seufzer verließ seine Kehle, dann machte er kehrt und schnappte sich ein weiteres Stück Käse. Es war größer als das letzte. Sollte die Ratte ruhig eine schöne Henkersmahlzeit haben, bevor Robs Schwert sie in die ewigen Jagdgründe schickte.

Er hatte nicht bedacht, dass mehr Käse auch mehr Ratten anlockte. Plötzlich tauchten drei von ihnen aus der Dunkelheit auf. Offenbar hatten sie unter den Regalen und hinter den Kisten gelauert. Ihre roten Augen leuchteten auf, als sie auf das Stück Käse zuschlichen. Sie fauchten sich gegenseitig an, keine wollte voranpreschen, aber auch den anderen nichts schenken. Sie belauerten sich gegenseitig.

»Oh, scheiße«, murmelte Rob, der ahnte, wie es ausgehen würde.

Die Mutigste von den dreien machte einen Sprung und verschlang das größte Stück, ließ den anderen beiden nur Krümel übrig. Wie Verhungerte stürzten die sich auf die Reste. Der Käse war schneller verschwunden als Robs Überzeugung, diesen Auftrag erfolgreich abzuschließen.

»Ich bin gar nicht hier«, flüsterte er, als die drei Nagetiere sich ihm zuwandten.

Sie rissen die Augen auf, fauchten und verbündeten sich gegen den gemeinsamen Feind. Vielleicht lag es an dem Rattenschwanz, den er in der einen Hand hielt, vielleicht mochten sie einfach keine Menschen. Gleichzeitig stürzten sie auf Rob zu, der nach hinten taumelte und ins Straucheln geriet. Mit dem Schwert fuchtelte er vor sich herum, als würde er Fliegen verscheuchen wollen.

Die Monster ließen sich davon nicht beirren. Sie waren auf der Jagd. Wieder übernahm das größte Exemplar die Initiative und sprang mit voller Wucht gegen Rob, der das Gleichgewicht verlor und auf den Hintern fiel.

»Verschwindet!«, schrie er und schlug blindlings in die Luft. Er erwischte irgendetwas, konnte sich aber nicht darüber freuen, denn eines der Monster biss ihm schmerzhaft in den Unterarm.

Wenn das sein neues Leben war, wäre er lieber tot geblieben.

Rob hielt sich den Arm, da landete eines der Biester auf seinem Brustkorb. Sein Atem stank nach verfaultem Fleisch, Speichel tropfte von den Fangzähnen. Rob schloss mit seinem kurzen

Leben ab. Wiedergeburten waren nichts für ihn, und er würde dorthin zurückgehen, woher er auch immer gekommen war.

Es polterte, dann flog die Ratte im hohen Bogen von ihm weg.

»Die andere musst du selbst machen, sonst gibt der Wirt dir nicht die Belohnung«, sagte eine Frau. Sie war in der Düsternis kaum zu erkennen. »Los jetzt, sonst muss ich die auch noch erschlagen.«

Rob rappelte sich auf. Die verbliebene Ratte konnte sich nicht entscheiden, ob sie die ominöse Fremde oder Rob angreifen sollte. Die beste Eingebung, nämlich das Heil im Dunkel der Kammer zu suchen und am Leben zu bleiben, kam ihr anscheinend nicht. Mit einem schnellen Schwerthieb schickte Rob sie in das Reich der Toten.

»Ich hab das Gequieke der Tiere und dein Geschrei oben gehört und dachte, ich schaue mal nach«, sagte die Frau und hielt ihm eine Hand hin. Erst jetzt erkannte Rob, wer ihm gerade das Leben gerettet hatte: die Wolfsjägerin aus dem Wald. »Ich bin Lunita.«

Er packte zu. »Rob, und danke.«

»Kein Problem. Man erwartet etwas anderes, wenn man sich auf Ratten einstellt. Aber du bist der Erste, von dem ich höre, der nicht mit ihnen fertig geworden ist.« Ein kurzes Lächeln huschte über ihr Gesicht. »Wollen wir deinen Auftrag abgeben und die Belohnung abholen?«

Wenige Minuten später saßen sie sich an einem Tisch gegenüber. Das Feuer im Kamin umarmte den Schankraum mit Wärme. Es roch nach Bier, Eintopf und dem Schweiß der Abenteurer, die die Taverne zum Bersten füllten. Es waren Vertreter aller Spezies, die gemeinsam an den Tischen saßen, aßen und sich von ihren Abenteuern erzählten. Manche hatten die Ausrüstung der Heldenliga angezogen, andere hatten sich schwere Mäntel übergeworfen, trugen Schulterpolster aus Leder und

Helme und Hüte. Ein Squan musizierte auf einer Querflöte eine fremde Melodie, andere tanzten und grölten dazu. Eine ausgelassene Stimmung herrschte, frei von Sorgen und Gedanken, und Rob hatte die Hoffnung, dass er bald mit ihnen feiern und kämpfen würde. Seite an Seite, wie ein richtiger Held.

Vorerst widmete er sich aber dem Inhalt seines Tellers. Dicke Fleischklumpen schwammen in der trüben Flüssigkeit, und ihm schwante, welche Tiere der Wirt hier in seinem Essen verarbeitete.

Ihm verging der Appetit.

Er griff zum Bier und genoss jeden Zug. Daran konnte er sich gewöhnen.

»Die Suppe ist wirklich gut«, sagte Lunita, brach ein Stück Brot auseinander, stopfte sich die Hälfte in den Mund und spülte es mit Bier herunter.

Rob zögerte. »Ich hätte mit den Ratten fertig werden müssen, oder?«

»Ach, das waren ja keine gewöhnlichen Nager.«

»Dafür habe ich mich doch ganz gut geschlagen, oder?« Er versuchte sich an einem Grinsen, aber er kannte die Antwort.

Lunita zog einen Mundwinkel hoch. »Wir machen noch einen Helden aus dir.«

»Wie lange bist du schon hier?«

Sie überlegte kurz. »Erst ein paar Tage. Aber seitdem bin ich viel in der Gegend rumgekommen und gehe meiner Pflicht als Heldin nach.«

»Was bedeutet das?«, fragte Rob und nahm einen weiteren Schluck Bier. Die Suppe stand unangetastet vor ihm.

»Ich erledige Aufträge und sammle Erfahrung. Ich merke, wie mit jedem erschlagenen Monster meine alten Kräfte mehr zurückkommen. Die Lunita, die vor ein paar Tagen aus dem Seelenturm gestolpert ist, hätte keine Chance mehr gegen die, die heute vor dir sitzt.«

»Müssen wir immer Monster bekämpfen?«, fragte Rob und hoffte, dass sie ihm sagen würde, dass ein Großteil der Arbeit darin bestand, Bücher in Archiven zu sortieren oder Erledigungen für gebrechliche Bürger zu machen. Auch wenn es ihm am Anfang komisch vorgekommen war, dass er als Champion unter anderem Botengänge übernehmen sollte, erschien es ihm nun sehr reizvoll.

»In der Regel«, erwiderte sie. »Isst du das noch?« Ohne seine Antwort abzuwarten, zog sie den Teller zu sich und tunkte ihr Brot in die Suppe. »Ich will nicht wissen, woraus diese Suppe besteht, aber sie ist köstlich. Wie viele Aufträge hast du schon angenommen?«

»Das hier war mein erster.«

»Sie haben dir nichts vom Auftragsbuch erzählt, oder? Das musste ich auch erst selbst herausfinden.«

Langsam schüttelte er den Kopf.

»Deine Rüstung müsste hinten Taschen haben, gut versteckt, über dem Hintern.« Lunita griff zum Beweis hinter sich und zog ein in schwarzes Leder gehülltes Buch hervor.

Rob tastete danach, suchte die Öffnung und fand sie. Es war ein feiner Schlitz im Leder. Darin ertastete er ein Buch und zog es hervor. Die silberne Faust mit den fünf Sternen war darauf abgebildet. Es war schwer und dick wie ein Ziegel.

»Wie?«, japste er.

»Du fragst dich, wie es möglich ist, ein Buch an deinem Körper mitzuführen, ohne es zu merken?« Lunita lachte laut auf. »Wenn du weitersuchst, findest du dort auch noch eine Karte. Magie, Rob, so und nicht anders. Wir sind Helden, für uns gelten die gemeinen Regeln nicht. Wir stehen über ihnen. Schlag es auf.«

Rob kam der Aufforderung nach.

»Die durchgestrichenen Aufträge sind die, die du erledigt hast. Da sollte das mit den Ratten stehen, richtig?«

Rob nickte, und sein Blick flog über die Zeilen. Die Buchstaben waren in geschwungenen Lettern und mit Tinte auf das Papier gebracht.

Auftrag: Der Wirt des Dorfes Tumbeln hat mit einer Ratten-plage zu kämpfen. Er bittet dich, drei Ratten in seinem Keller zu erschlagen und ihm zum Beweis drei Rattenschwänze abzu-liefern.
Belohnung: Eine warme Mahlzeit und ein Bier.

Die Rattenschwänze waren ausgehändigt, das Bier und die warme Mahlzeit hatte er bekommen.

»Wer füllt das aus?«

»Weder du noch ich, sondern die Magie. Du wirst ständig von den Bewohnern um Hilfe gebeten, und jemand muss Buch führen, damit wir die Übersicht nicht verlieren. Ein kleiner Helfer, der unser Heldenleben erleichtern soll. Ich rate dir, die Texte gut zu lesen. Als ich vorhin die Wölfe gesucht hatte, habe ich den halben Wald abgegrast, weil ich die Beschreibung nicht ordentlich gelesen habe. Mein Fehler.« Sie fischte mit den Fingern ein Stück Fleisch aus der Suppe und schob es in den Mund. Schmatzend fragte sie: »Mehr steht nicht drin, richtig?«

Rob wollte ihr schon zustimmen, schließlich hatte er nichts weiter angenommen, dann blätterte er die dicken Seiten um und sah einen Eintrag. Er überflog die beiden Zeilen, jeden einzelnen Buchstaben, aber verstand nicht.

»Was ist los?«, fragte Lunita.

»Das ergibt keinen Sinn«, sagte er, konnte den Blick aber nicht von dem Buch abwenden.

Auftrag: Finde sie.
Belohnung: Frieden.

KAPITEL
4

Er verstand nicht, was da stand. Wenn Lunita recht hatte, sollte es gar nicht da stehen. Er hatte mit niemandem gesprochen, seit er den Seelenturm verlassen hatte, abgesehen von Lunita und dem Wirt hinter dem Tresen. Niemand hatte ihm gesagt, dass er irgendjemanden finden sollte. Es musste ein Fehler sein. Niemand war perfekt, auch die Magie nicht.

Er schob ihr das Buch hin und zeigte auf die Stelle. »Was bedeutet der Auftrag?«

Sie sah auf das Papier, dann ihn an. »Da steht nichts«, sagte sie zögerlich.

»Doch da steht, dass …« Er zog das Buch zurück zu sich und sah, wie die Buchstaben sich wieder formten. Sie hatten sich dem Blick seiner neuen Bekanntschaft entzogen. Der Auftrag war nur für seine Augen gedacht. »Entschuldige, ich glaube, mir ist die Sache mit den Ratten nicht bekommen.«

»Musst du dich ausruhen? Der Wirt hat oben ein paar Kammern.«

»Passt schon«, erwiderte Rob.

»Sicher?«, fragte Lunita. »Du bist kreidebleich.«

Sie.

Er schüttelte die Gedanken ab wie ein nasser Hund das Wasser. Wahrscheinlich hatte das Buch mal einem anderen Champion gehört, der den Dienst quittiert hatte. Wer auch immer dafür zuständig war, die alten Einträge zu entfernen, hatte seine Arbeit nicht gründlich gemacht.

»Sicher«, sagte er und trank den letzten Schluck Bier.

»Schon leer?«, fragte Lunita. »Komm, ich lad dich noch auf eine Runde ein.«

»Danke«, murmelte Rob und steckte das Auftragsbuch wieder weg.

»Schau dir so lange die Karte an. Die Gebiete, die du entdeckst, werden eingezeichnet. Die unbekannten sind noch vom Nebel des Krieges verdeckt.« Sie stand auf und verschwand in dem Getümmel aus Squans, Gronts, Eollyans und Menschen.

Rob zog ein Stück Papier aus dem Schlitz in seiner Hose. Es war viermal gefaltet, und an der oberen rechten Ecke war eine Windrose mit den vier Himmelsrichtungen eingezeichnet. Der Großteil der Fläche war leer, nur am unteren Rand befanden sich Zeichnungen. Rob sah einen kleinen Turm und Striche, die einen Wald darstellten. Ein Pfad zog sich bis zu einem Dorf. Es war mit einem roten X markiert.

Dort befand er sich gerade, in diesem Moment.

Die gezeichnete Fläche war nicht größer als eine Münze, und als Rob eine Vorstellung von den Dimensionen der Welt bekam, schluckte er. Viele Abenteuer, aber vor allem zahlreiche Gefahren, warteten auf ihn.

Er faltete das Papier und zuckte zusammen, da plötzlich eine in einen Umhang gehüllte Gestalt vor ihm saß. Sie musste sich wie eine Katze angeschlichen haben. Das Gesicht war durch die Kapuze verhüllt. Für einen Gront, Menschen oder Eollyan war sie zu klein, also handelte es sich wahrscheinlich um einen Squan. Rob gefiel die Präsenz der Gestalt nicht, sie hatte etwas Unheimliches an sich.

»Hier ist schon besetzt«, sagte er und versuchte sich an einem abweisenden Lächeln.

»Komm mit mir, du gehörst hier nicht hin.« Die Stimme war hoch wie die von Shani.

»Was?« Rob versuchte gerade noch, in dieser für ihn neuen

Welt anzukommen, da sagte ihm schon jemand, dass er nicht hierhergehöre.

»Wachen laufen verstärkt Patrouille und suchen Aussätzige wie dich und mich. Wenn dir was an deinem Leben liegt, komm mit.« Die Gestalt zog ihre Kapuze zurück, und darunter kam das Gesicht eines Squans zum Vorschein.

»Wer seid Ihr?«, fragte Rob mit zitternder Stimme und sah sich suchend nach Lunita um. Die stand immer noch am Tresen und wartete darauf, bedient zu werden.

»An wie viel erinnerst du dich?«, fragte der Squan.

Robs Mund wurde trocken. Er schluckte hörbar. »Ich bin ein Champion von Aeya.«

»Von dem, was davor passiert ist«, ergänzte der Squan.

»Das ist egal. Ich bin ein Champion, das sagen alle.«

Der Squan lachte verächtlich. »Das erzählen sie, um uns bei Laune zu halten.« Dann legte er eine Hand auf den Tisch, und Robs Blick fiel auf den Ring. Er war nicht identisch mit seinem, der Stein fehlte, aber zweifelsfrei von denselben Händen geformt. Die Ornamente zeigten die gleiche Handschrift. »Willst du die Wahrheit hören? Willst du hinter die Leinwand blicken, die sie für uns bemalt haben?«

Er zögerte. »Wer seid Ihr?«

Ein Poltern ließ ihn zusammenzucken.

»Kontrolle!«, brüllte jemand.

Rob sah sich um, suchte den Grund für die Störung. In der Taverne wurde es schlagartig still. Die gute Laune und die entspannte Atmosphäre verschwanden wie der Rauch durch den Kamin.

Dann bemerkte er, dass der Squan fort war.

»Was ist hier los?«, flüsterte er und suchte im Getümmel nach dem Umhang. Aber es war, als hätte er nie existiert.

Dafür erschien Lunita mit zwei Bier. »Mach dir keine Sorgen«, sagte sie leise. »Es werden nur Garraks Spione gesucht.

Der Hohe Rat hat vor kurzem eine Scharfrichterin ernannt, die mit ihrer Einheit, der Silbernen Garde, undichte Stellen findet und …« Sie ließ offen, was mit ihnen passierte, aber Rob konnte es sich vorstellen.

Hochgerüstete Soldaten schritten durch die Reihen. Sie steckten in schwarzen Rüstungen, die Helme mit Vollvisier verdeckten ihre Gesichter. Auf der Brust war die silberne Faust abgebildet. Wie Raubtiere auf der Suche nach dem dicksten Brocken Fleisch bewegten sie sich durch die Reihen der anwesenden Helden. Sie alle trugen Schwerter, und Rob fragte sich, warum ein Reich, das solche Soldaten in den eigenen Reihen wusste, es nötig hatte, Helden wie ihn wiederzubeleben.

Ein Soldat kam direkt auf ihren Tisch zu. Der silberne Mantel ließ den Staub aufwirbeln. Er blieb vor den beiden stehen. »Aeyas Segen mit euch. Namen?«, brummte er aus tiefster Kehle. Rob war sich sicher, dass es sich um einen Gront handelte.

»R-r-rob«, stammelte er.

»Lunita.«

Der Soldat wandte sich Rob zu. Obwohl der die Augen hinter dem dünnen Schlitz nicht sah, spürte er den durchdringenden Blick. Es lag etwas in der Luft, das Rob nicht fassen, aber spüren konnte. Wie ein Funke, der jeden Moment zu einem Feuer werden würde.

Rob wollte etwas sagen, aber seine Gedanken formten nur Kauderwelsch, und so beschloss er, einfach den Mund zu halten.

»Er ist erst seit heute unter uns, er kann Garrak nichts verraten haben«, warf Lunita zu seiner Verteidigung ein.

Für einen Moment verharrte der Blick noch auf Rob, dann wandte sich der Soldat der Silbernen Garde seiner neuen Freundin zu. »Bleibt wachsam und meldet jedes Fehlverhalten direkt an uns.«

Lunita senkte das Haupt, und wenige Augenblicke später waren die Wachen aus dem Wirtshaus verschwunden. Während um sie das Leben zurückkehrte, rutschte Rob auf seinem Stuhl ein Stück tiefer.

»Was war das denn?«, fragte er und griff zum Bierkrug.

»Mit denen legst du dich besser nicht an.« Lunita sprach das Offensichtliche aus. »Die Scharfrichterin soll eine Gesandte von Aeya sein. Anscheinend vermutet man Saboteure und Verräter in unseren Reihen, die den Kampf gegen Garrak boykottieren. Sie sollen sie ausfindig machen und …« Wieder sprach sie es nicht aus.

Aber diesmal wollte Rob es hören. »Was?«

»Sie löschen die Saboteure aus. Vernichten sie unwiderruflich.«

»Sie bringen sie um?«

»Nein, das wäre nicht schlimm. Aber wenn *sie* dich hinrichtet, kehrst du nicht mehr zurück.«

Rob, der wieder zum Bierkrug gegriffen hatte, hielt in der Bewegung inne. »Was meinst du damit?«

»Mann, bei dir ist beim Übertritt in die Welt der Sterblichen wirklich etwas da oben verloren gegangen, oder?« Lunita tippte sich gegen die Stirn. »Rob, wir sind unsterblich, hast du das nicht verstanden?«

»Du meinst, wir können nicht sterben?«

»Doch, aber wir kehren immer wieder zurück. Wir sind Champions, keine einfachen Bürger.« Sie nickte in Richtung des Wirts hinter der Bar. »Wenn die Ratten mal irgendwann genug von ihm haben und ihn umbringen, dann ist er tot. Hätte ich vorhin nicht eingegriffen und dich gerettet, wärst du jedoch als Geist am nächsten Friedhof wiederauferstanden und hättest einfach in deinen leblosen Körper schlüpfen können. Wir sind anders als die.«

Rob zog die Augenbrauen hoch, dann schüttelte er den Kopf.

»Du nimmst mich auf den Arm. Das ist irgendein grausamer

Trick, den ihr mit allen Neulingen hier abzieht. Wie viele sind dabei schon draufgegangen, als sie herausfinden wollten, ob das stimmt? Habt ihr Wetten am Laufen?«

Lunita seufzte. »Vielleicht hätte dich die Garde doch mitnehmen sollen. Irgendwas stimmt mit dir nicht.«

Ihre Worte hallten in seinem Kopf nach, und er musste an die mysteriöse Gestalt denken, die Lunitas kurze Abwesenheit genutzt und sich zu ihm gesetzt hatte.

Du gehörst hier nicht hin.

Irgendwas stimmt mit dir nicht.

Nein, er hatte nur mit Nachwirkungen seiner Wiederbelebung zu kämpfen. Irgendwann würden die Erinnerungen zurückkommen. »Was weißt du noch über dein vorheriges Leben?«

»Nicht viel, ich glaube, mich zu erinnern, dass ich eine Händlerin war, bevor ich für unser Reich zur Waffe gegriffen habe. Aber das sind nur Erinnerungen, die mich nachts heimsuchen.«

»Aber das hier ...« Er zeigte im Raum umher. »... das ist nicht neu für dich?«

»Was genau meinst du?« Ihre dunklen Augenbrauen zogen sich zu einem V zusammen.

»Das da.« Rob deute auf eine Squan und einen Gront, die sich am Kamin unterhielten. »Aeya. Avataris. Garrak.«

»Wieso sollte ich mich nicht daran erinnern?« Sie ließ die Frage klingen, als hätte er sich danach erkundigt, ob nach der Nacht der Tag kommt.

Er zögerte. Dann lehnte er sich vor und flüsterte: »Findest du das nicht auch alles merkwürdig?«

Lunita beugte sich auch vor. »Nein.«

»Dann stimmt vielleicht wirklich irgendwas nicht mit mir«, gab Rob zu.

»Ich mag dich, und ich will, dass du dich hier einfindest. Als ich hier neu war, wurde ich auch an die Hand genommen, und

43

ich möchte diesen Gefallen gerne weitergeben. Was hältst du davon, wenn wir morgen gemeinsam ein paar Aufträge abarbeiten? Ich kann dir alles zeigen, und ich bin mir sicher, in ein paar Tagen bist du wieder ganz der Alte. Wir machen aus dir schon noch einen echten Champion, und bevor du dich versiehst, bist du wieder in den Splitterstreifen an der Front.«

Wer war der alte Rob gewesen? Hatte er wirklich in dieser Welt gelebt? Er wollte es herausfinden. »Gut, danke dir.«

»Nimm dir ein Zimmer oben in der Taverne, es ist bestimmt noch etwas frei. Nach einem Frühstück werden wir uns erst mal um das Wichtigste kümmern.«

»Das Wichtigste?«

»Ein vernünftiger Rucksack. Wie willst du sonst all die Sachen mitnehmen, die du draußen findest?«

KAPITEL
5

Feuer umgab ihn. Lodernde Zungen, die nach ihm griffen und seine Haut verbrannten. Es gab keinen Ausweg, keine Rettung, nur eine Wand aus Rot und Orange. Ein Ring, der sich immer mehr zuzog. Die Hitze trieb ihm Schweißperlen auf die Stirn, verdrängte die Luft aus seinen Lungen. Rob war vom Feuer umgeben, ihm ausgeliefert.

Wach auf, rief eine Stimme tief in seinem Bewusstsein, und er folgte dem Befehl. Ruckartig stemmte er sich in die Höhe. Sein Herz schlug schnell, und er schüttelte den Traum der Nacht ab. Der Wirt hatte tatsächlich noch ein Zimmer frei gehabt, ganz oben, direkt unter den Dachschindeln. Eine kleine Kammer, mit einem Bett, das die Bezeichnung nicht verdiente. Es bestand aus ein paar Heuballen, über denen ein dreckiges Laken lag, getränkt mit dem Schweiß unzähliger Helden. Licht drang durch eine kaputte Schindel und verriet ihm, dass der Tag angebrochen war.

Rob erhob sich, legte die Lederrüstung an und befestigte das Schwert am Gürtel. Es fühlte sich wie ein Fremdkörper an. Vielleicht würde Lunita ihm zeigen, wie man damit richtig zuschlug. Wenn er schon mit Monsterratten nicht klarkam, wie sollte er sich erst gegen Wölfe und Wegelagerer verteidigen?

Er fand den Schankraum fast verlassen vor. Nur der Wirt war schon auf den Beinen und polierte wieder den Tresen. Noch ein paar Tage, und er würde ein Loch in das Holz geputzt haben. Mit dem Frühstück, das aus einer Portion Speck, einem Stück Käse und Brot bestand, ließ sich Rob an einem Tisch nieder. Gerade, als er den letzten Happen verdrückt hatte, wurde die Tür aufgestoßen, und ein Eollyan trat ein. Er trug eine Lederrüstung, ähnlich wie Rob, und einen Bogen mit sich. Blumen wuchsen auf seiner Rindenhaut, und Zweige stoben in allen Richtungen. Das Haar war so dick und grün wie Moos. Der Neuankömmling interessierte sich nicht für Rob, sondern marschierte direkt auf den Wirt zu.

»Was kann ich für Euch tun?«, brummte der Gront in der Schürze.

»Ich komme vom Seelenturm. Man sagte mir, Ihr habt mit einer Plage zu kämpfen?« Der Eollyan legte eine Hand auf dem Tresen ab und sah sich im Raum um. Er ließ den Blick auch über Rob schweifen, beachtete ihn aber nicht.

»Ihr seid wegen des Auftrags hier?«, fragte der Wirt, und seine Miene hellte sich schlagartig auf.

»Wie kann ich Euch zu Diensten sein?«

»Ich hätte nicht gedacht, dass man mir so schnell Hilfe schickt.«

Rob beschlich das Gefühl, dass er all das schon mal erlebt hatte, bloß hatte das letzte Mal kein Eollyan am Tresen gestanden, sondern er selbst.

»Ich habe seit einiger Zeit mit einer Plage zu kämpfen. Die Biester fressen sich durch die Kisten und Säcke, plündern meine Vorräte. Ohne Knüppel …«

»… gehe ich gar nicht mehr da runter«, flüsterte Rob.

»… gehe ich gar nicht mehr da runter«, erzählte der Wirt. Mit der Pranke zeigte er hinter den Tresen, dahin, wo die Falltür war. »Das letzte Mal haben sie mir ins Bein gebissen, da habe ich um Unterstützung gebeten.«

Rob überlegte, ob er sich melden und erzählen sollte, dass die Unterstützung bereits da war, entschied dann aber, lieber still zu sein und das seltsame Schauspiel zu verfolgen.

»Was lauert da unten?«, fragte der Eollyan.

»Ratten. Fiese Biester. Bringt mir drei Rattenschwänze, und ich werde Euch mit einer warmen Mahlzeit und einem Bier belohnen.«

Der Eollyan holte das Auftragsbuch hervor und las darin. »Das klingt fair. Betrachtet die Arbeit als erledigt«, sagte der Champion und verschwand hinter dem Tresen in der Lagerkammer.

Die Arbeit *war* bereits erledigt. Rob hatte sie am Tag zuvor getan. Unter Einsatz seines Lebens war er hinab in die Dunkelheit gestiegen und hatte, mit Hilfe von Lunita, sogar gleich vier der Monster erschlagen. Warum schickte der Wirt neue Champions hinab? Warum erzählte er ihnen genau dasselbe wie Rob?

Bevor er die Gelegenheit bekam nachzufragen, trat Lunita an seinen Tisch. Sie hatte die Axt geschultert und sah in ihrer Ausrüstung wie eine echte Abenteurerin aus.

»Heute machen wir einen Helden aus dir«, sagte sie. »Gut gefrühstückt?«

Rob schob den Teller ein Stück von sich weg. »Bin satt.«

»Sehr gut, dann besorgen wir dir jetzt einen Rucksack.«

Wenige Minuten später standen sie in der Hütte einer Schneiderin. Stoffballen türmten sich auf dem Boden ringsum, Gewänder und Roben hingen von der Decke, die mit der Hilfe eines Stabs heruntergeholt werden konnten. Rotes Garn war auf einer Spindel aufgerollt, die fast so groß war wie die Squan, die danebenstand.

»Ihr könnt den Rucksack bei mir kaufen oder mir einen Gefallen tun«, sagte sie.

Rob wusste, dass seine Kriegskasse keine großen Sprünge zuließ. »Wie kann ich Euch zu Diensten sein?«, fragte er und fühlte sich wieder wie ein Hochstapler.

Lunita verkniff sich das Lachen nicht.

»Ich muss bis morgen zehn Uniformen fertigstellen. Im Wald

gibt es einen Gerber. Wenn Ihr das Leder für mich abholt, bekommt Ihr einen Rucksack.«

»Abgemacht«, sagte Rob und atmete innerlich auf. Ein Auftrag, für den er sein Schwert nicht brauchen würde, war ein guter Auftrag. Solange er nicht hinfiel und sich etwas brach, würde er sich nicht verletzen. Ein Fuß vor den anderen, und alles wäre in Ordnung.

Erleichtert verließ er mit Lunita die Hütte. »Du weißt, wo wir hinmüssen?«

Sie nickte. »Bevor wir losmarschieren, hören wir uns aber nach weiteren Aufträgen um. Es ist immer sinnvoll, mit allen zu sprechen, so sparst du dir Laufwege.«

Die Erleichterung verschwand.

Es dauerte nicht lange, und mehrere Zeilen von Robs Auftragsbuch waren gefüllt. Auf der Liste standen nun nicht nur das Leder, sondern auch Dreidorndistel und Wolfspelze. Die Dreidorndistel bereitete ihm genauso wenig Sorgen wie das Leder. Er würde in den Wald spazieren, ein paar Blumen pflücken und das Leder abholen. Aber die Wolfspelze waren eine andere Nummer. Er musste die Biester nicht nur erledigen, sondern ihnen auch das Fell über die Ohren ziehen.

Lunita bemerkte anscheinend, dass ihm der Gedanke nicht behagte. »Mach dir keinen Kopf, ich bin an deiner Seite. Wenn du dich an meine Anweisungen hältst, wird dir nichts passieren. Und falls dir doch was passiert, stehst du ein paar Minuten später von den Toten wieder auf«, sagte sie, während sie auf den Dorfausgang zumarschierten.

Auf Rob hatten diese Worte keine beruhigende Wirkung.

»Wir werden die Wölfe suchen und unterwegs Dreidorndisteln einsammeln, wenn wir welche entdecken. Das Leder holen wir dann auf dem Weg ab«, erklärte ihm Lunita.

Sie verließen die Siedlung, und sie hielt direkt auf die Stelle zu, wo der Weg endete und der Wald begann. Die Tannen wuchsen in den Himmel, Sträucher und Büsche erschwerten ein Wandern abseits der Wege. Die Sonne schaffte es nur selten, sich durch die Äste und Zweige zu kämpfen, und Rob gefiel der Gedanke nicht, den vermeintlich sicheren Pfad zu verlassen.

»Bleib einfach hinter mir«, sagte Lunita. »Die meisten Viecher werden erst wütend, wenn man ihnen zu nahe kommt. Hältst du genug Abstand, interessieren sie sich nicht für dich. Die Kunst liegt darin, sich nicht mit allen gleichzeitig anzulegen, sondern einen nach dem anderen zu erlegen. Verstanden?« Schon verschwand sie hinter den Büschen und huschte hinein in den Wald.

»Verstanden«, murmelte Rob und marschierte hinterher.

Er fühlte sich in dem Dickicht aus Ästen und Sträuchern nicht wohl. Das Licht hatte Mühe, durch die Baumkronen zu dringen. Viel mehr Angst als das Zwielicht machte ihm aber nach wie vor, was in dem Auftragsbuch stand.

Wölfe.

Auch wenn er sein komplettes vorheriges Leben vergessen hatte und weder wusste, was es mit Squans, Eollyans oder Gronts auf sich hatte, wusste er sehr gut, was Wölfe waren. Sie jagten in Rudeln, hatte lange spitze Zähne und fraßen Fleisch. Die Ratten im Keller des Wirts waren dagegen handzahme Kätzchen.

»Das kannst du direkt mitnehmen.« Lunita zeigte auf eine bemooste Stelle an einem Stein. Daneben wuchs eine stachelige Pflanze dem Sonnenlicht entgegen. Die Blüte war rot und rund wie eine Münze. Eine Dreidorndistel. Ihren Namen verdankte sie vermutlich den drei spitzen Blättern, die knapp über der Erdoberfläche aus dem Stiel trieben und ihr einen natürlichen Schutzschild gegen hungrige Waldbewohner verliehen.

»Verletz dich nicht.«

Rob verdrehte hinter ihrem Rücken kurz die Augen, dann landete die Pflanze schnell und ohne Verletzungen seinerseits in der Tasche, in der auch das Auftragsbuch und die Karte steckten.

Je tiefer sie in den Wald hineinwanderten, umso mehr Disteln pflückte er und als Rob irgendwann wieder das Buch kontrollierte, sah er einen Haken neben dem Eintrag. »Bedeutet das, dass ich genug habe?«

»Exakt, jetzt können wir uns dem spaßigen Teil des Tages widmen«, sagte Lunita, und wenige Augenblicke später lagen sie auf dem Bauch am Rand einer Lichtung, versteckt hinter Büschen. Auf das Grün in der Mitte strahlte die Sonne mit voller Kraft, was die dort liegenden Wölfe sehr genossen. »Auf die bin ich gestern hier gestoßen. Im Wald stromern auch ein paar durch die Gegend, aber hier haben wir gleich ein ganzes Rudel, das wir uns vornehmen können.«

Rob verstand nicht, warum sie so begeistert klang. »Du hängst nicht wirklich an deinem Leben, oder?«

»Wir haben nichts zu verlieren. Ich zeig dir, wie es geht. Siehst du den da?« Sie deutete auf ein Tier, das am Rand der Lichtung lag. »Den können wir anlocken, die anderen sollten nichts mitbekommen. Im besten Fall erledigst du einen nach dem anderen.«

Rob musste an die Ratten denken, die ihn im Rudel überfallen hatten. »Du hast vergessen, wie ich mich im Wirtskeller angestellt habe, oder?«

Lunita ignorierte die Frage, sammelte einen Stein auf und warf ihn in Richtung des Wolfes. Er verfehlte ihn, verursachte aber ein Geräusch. Das Tier hob verschlafen den Kopf und sah sich suchend um.

»Hierher.« Lunita zischte und machte Schnalzgeräusche.

Rob sah irritiert zum Rest des Rudels, aber das hatte anscheinend nicht bemerkt, was sich am Rand der Lichtung abspielte. Zögerlich erhob sich der Wolf und trottete mit einer Mischung aus Neugier und Vorsicht auf die Quelle des Lärms zu.

»Bereit?«, fragte Lunita, die mittlerweile aufgesprungen war und sich ein Stück vom Busch entfernt hatte. In ihrer Hand hielt sie die Axt.

Rob erwiderte nichts, denn egal, was er sagte, es würde nichts daran ändern, was ihm bevorstand. Stattdessen zog er das Schwert und versuchte, zwischen den Busch und sich etwas Distanz zu bringen. Wenige Augenblicke später steckte der Wolf den Kopf durch das Grün. Als er Rob entdeckte, stellte er die Ohren auf, und ein tiefes Knurren entfuhr seiner Kehle.

Robs Beine wurden weich, und eine innere Kraft schien ihn zum Weglaufen überreden zu wollen.

Der Wolf sprang auf ihn zu, aber Lunita warf sich dem Biest entgegen. Das Tier prallte an ihr ab, und sie verpasste ihm einen Schlag mit der Axt. Der Wolf biss zu, Lunita wich aus.

Rob verfolgte den Kampf atemlos, dachte aber nicht daran, sich einzumischen.

Wieder sauste die Axt hinab, der Wolf duckte sich, zu langsam. Lunita hatte leichtes Spiel mit dem Tier.

»Bring ihn um«, forderte sie ihn auf.

»Was?«

»Du musst den letzten Schlag führen«, sagte sie und wich einem Biss aus.

»Aber warum?«

»Brauchst du die Pelze oder ich?«

Das war ein Argument. Er sammelte all seinen Mut zusammen und hatte dennoch das Gefühl, dass es nicht ausreichte. Nur das Schwert in seiner Hand gab ihm die nötige Zuversicht. Ohne zu wissen, was er tat, stürzte er vor und schlug zu. Es war ein einfacher Hieb, die Klinge surrte von oben nach unten und erwischte das überraschte Tier an der Flanke. Es wankte, dann brach es zusammen.

»Sehr gut«, sagte Lunita außer Atem. »Jetzt weißt du, wie man einen Wolf erschlägt.«

Rob sah auf das tote Tier und empfand Mitleid. »Müssen wir das wirklich tun?«

»Willst du den Rucksack oder nicht?«

Rob dachte an die Disteln, die irgendwo eingequetscht zwischen dem Buch und der Karte lagen. Ein Rucksack wäre wirklich praktisch. Aber wenn es bedeutete, dass er sich mit Wölfen rumschlagen und sie umbringen musste, wusste er nicht, ob er ihn wirklich wollte.

»Setz die Klinge hier an und dann zieh sie einmal über den Rücken bis nach unten«, erklärte Lunita und machte es ihm vor. »Das ist alles andere als fachmännisch, aber im Dorf sind sie damit zufrieden.« Sie reichte ihm das Stück Fell.

Er sah sie mit großen Augen an. »Wo soll ich damit hin?«

»Stopf es in die Taschen deiner Kleidung. Da passt mehr rein, als du denkst.«

Tatsächlich war neben den Pflanzen noch Platz für das Fell, auch wenn es dafür keine logische Erklärung gab. Aber in einer Welt, in der nicht mal der Tod den eigenen Gesetzen folgte, lohnte es nicht, daran Gedanken zu verschwenden.

Lunita lockte drei weitere Wölfe aus dem Rudel an, bis sie genug Pelze hatten. Rob ließ sich nach dem letzten Gegner erleichtert ins Gras fallen und atmete durch. Lunita legte sich daneben. Er wollte nicht darüber nachdenken, was ihn nach Riesenratten und Wölfen als Nächstes erwartete.

»Das brauche ich nicht jeden Tag«, offenbarte er seiner Begleitung.

»Gewöhn dich besser dran«, erwiderte die. »Als Champion bestehen deine Tage aus Kämpfen und Probleme lösen. Die wenigsten werden von dir verlangen, irgendwo Leder abzuholen.«

»Wo finden wir das?« Rob war froh, wenn sie raus aus dem Wald und zurück im Dorf waren.

»Nicht so ungeduldig, ich will dir noch was zeigen.« Sie richtete sich wieder auf. »Du hast mir das mit dem Wiederbeleben ja nicht geglaubt. Also, dass wir hier nicht dauerhaft sterben können.«

»Du wirst doch nicht …«, japste Rob.

»Keine Angst, ich hetz dir den Rest des Rudels schon nicht auf den Hals, auch wenn die Versuchung groß ist.« Ein Grinsen zog sich über ihr Gesicht. »Bleib hier und schau zu«.

Rob verfolgte, wie sie direkt auf die übrig gebliebenen Wölfe zulief. Die hoben erst überrascht den Kopf, sprangen dann auf und stürzten sich auf Lunita.

Seine Hand tastete nach dem Schwert, etwas in ihm drängte ihn einzugreifen. Doch das Grauen hielt ihn fest an Ort und Stelle.

Entsetzt musste er dabei zusehen, wie die Tiere seine neue Freundin zerfetzten. Lunita wehrte sich nicht, ließ die Angriffe über sich ergehen. Bevor sie zu Boden ging, drehte sie sich noch einmal um, und schenkte Rob ein Lächeln, das die Schmerzen nicht verbarg.

Ein Wolf sprang ihr an die Kehle und riss sie auf. Lunita schwankte, taumelte wie eine Betrunkene, dann kippte sie zur Seite.

»N-n-nein«, stammelte Rob.

Die Wölfe ließen von der Leiche ab, trabten davon und widmeten sich wieder ihrem Bad in der Sonne. Warum hatte Lunita das getan? Nun war Rob ganz allein im Wald. Nein, er war allein in dieser Welt, denn sie war die Einzige, die sich Zeit für ihn genommen hatte. Selbst Shani hatte ihn möglichst schnell aus dem Seelenturm entlassen wollen. Lunita hatte ihm ein Stück Sicherheit gegeben.

Er ließ sich ins Gras fallen und starrte in den Himmel. Durch das Dickicht der Blätter sah er, wie Wolken an der Sonne vorbeizogen. In ihm gab es eine Stimme, die sich wünschte, er wäre einfach nicht wiederbelebt worden. Avataris war eine Welt voller Gefahren und Abenteuer. Ein Ort, der Helden verlangte.

Aber Rob war kein Held. Und nun war er nicht nur ein Niemand, sondern auch allein.

Für Lunita war es ein Leichtes gewesen, sich einen Wolf nach dem anderen vorzunehmen und Rob dann den finalen Schlag zu überlassen. Aber die Vorstellung, dass er einsam hier durch den Wald wandern und die Biester selbst stellen musste, ließ das Blut in seinen Adern gefrieren.

Irgendein Missgeschick musste bei seiner Wiederbelebung passiert sein. Vielleicht hatte einer der Seelenmagier die Beschwörungsformel genuschelt und so eine falsche Seele erwischt. Robs Seele. Möglicherweise hatte er in seinem letzten Leben Schafe gehütet oder Bücher in einer Bibliothek sortiert. Das kam ihm sehr viel wahrscheinlicher vor.

Da schob sich etwas zwischen ihn und die Sonne.

»Was bläst du denn für Trübsal?«, fragte Lunita.

Rob schreckte auf. »Du bist gestorben!«

»Ich hab dir doch gesagt, dass wir nicht wirklich sterben können. Wenn du verlierst, tauchst du am nächsten Friedhof wieder auf und musst deinen leblosen Körper finden. Es war nur ein bisschen knifflig gerade, mich wieder davonzuschleichen, ohne dass die Wölfe etwas von meiner Wiederbelebung mitbekommen.« Sie grinste.

»Das ist nicht witzig«, sagte Rob.

»Aeya hat uns auserwählt, wir sind die Unsterblichen.« Ungeduld schwang in ihrer Stimme mit. »Warum weigerst du dich, es zu akzeptieren? Freu dich, dass du dazugehörst.«

Rob kam das alles falsch vor.

Lunita reichte ihm seufzend die Hand. Rob ließ sich hochhelfen, und gemeinsam durchwanderten sie den Wald, bis sie eine Hütte an einem Fluss erreichten. Die Reste toter Tiere hingen zum Trocknen in der Sonne. Der Jäger begrüßte sie mit einer

Laune, dass Rob kurz Angst hatte, auch ihnen würde die Haut abgezogen. Doch nachdem er ihm berichtet hatte, warum er da war, bekam er das Leder überreicht.

»Damit hätten wir alles an Aufträgen erledigt, oder?«, fragte Lunita.

»Stimmt.« Rob dachte an den Eintrag, dass er irgendjemanden finden solle. »Zurück ins Dorf?« Der Gedanke, den Abend in der Taverne zu verbringen, bei einem Bier und einer deftigen Mahlzeit, die bestenfalls kein graues Fleisch enthielt, ließ ihn ein Stück Frieden mit seinem neuen Leben schließen.

Sie mussten nur dem Pfad folgen, der sich durch den Wald zog. Zu Robs Erleichterung verließen sie den Weg weder nach links noch rechts, wo er noch ganz andere Gefahren als ein paar Wölfe vermutete.

»Wo hast du eigentlich den Ring her?«, fragte Lunita. »Für jemanden wie dich, der noch keine Woche hier ist, ist das eher ungewöhnlich. Selbst ich habe noch keinen gefunden.«

»Oh, den hatte ich schon bei meiner Wiederbelebung. Meine Rekrutierungsoffizierin war auch irritiert.«

»Eigenartig«, erwiderte sie, und Rob entging der zweifelnde Unterton in ihrer Stimme nicht.

Er sah in die Ferne. Am Horizont waren Hügelketten zu erkennen, an deren Spitzen sich Wolken brachen, und plötzlich erwachte der Drang in ihm herauszufinden, was dort war. Es war wie ein innerer Kompass, der ihn von hier fort navigierte. »Was ist hinter diesen Bergen?«

»Das werden wir sehen, wenn unsere Aufgaben uns dorthinführen.«

»Du bist nicht neugierig?«

Sie lachte. »Im Gegensatz zu dir habe ich sehr viel Freude an den Herausforderungen, die mir die Leute hier geben. Ich vertraue darauf, dass mich mein Weg an die interessanten Orte bringt.«

Rob erwiderte nichts. Er fand es eigenartig, sich das Leben von einem Auftragsbuch diktieren zu lassen. Die ganze Zeit vorgegebenen Pfaden zu folgen kam ihm nicht sehr heldenhaft vor. Schweigend erreichten sie den Dorfrand.

»Am besten gibst du deine Aufträge direkt ab. Manchmal folgen darauf neue, manchmal findest du andere Auftraggeber, die deine Dienste in Anspruch nehmen wollen. Es wird sich herumsprechen, dass du jemand bist, auf den man sich verlassen kann. Ich werde mich erst mal verabschieden und um eigene Angelegenheiten kümmern, mein Auftragsbuch wurde heute ziemlich vernachlässigt. Mach keinen Mist, und wir treffen uns heute Abend dann in der Taverne, okay?«

»Danke für deine Hilfe, ich weiß das wirklich zu schätzen.«

»Passt schon«, sagte sie und schenkte ihm noch ein Lächeln, bevor sie davonmarschierte.

Rob sah ihr einen Augenblick nach. Sie war auf jeden Fall ein Champion. Lunita hatte kein Problem damit, sich einem Rudel Wölfe zu stellen. Auch half sie denen, die Hilfe brauchten. Ohne sie wäre Rob aufgeschmissen gewesen.

Bei der Schneiderin tauschte er das Leder gegen einen Rucksack ein. Er war nicht groß und bestand aus schwarzem Stoff, würde ihm aber gute Dienste leisten. Für die Dreidorndisteln und die Wolfspelze bekam er ein paar Kupfermünzen, die er abends in der Taverne für Bier und eine Mahlzeit ausgeben würde. In der Hinsicht war es ein sehr erfolgreicher Tag in seinem neuen Leben gewesen.

Rob kümmerte sich nicht um neue Aufträge. Er hatte genug für heute erlebt und erwarb an einem Stand ein paar gebratene Kastanien. Mit ihnen ließ er sich am Dorfplatz nieder und versuchte zu entspannen. Ein paar Händler boten ihre Güter an, und es gab einen Aushang, an dem zahlreiche Zettel befestigt waren. Hin und wieder lief ein Champion vorbei und redete mit den Bewohnern. Es war ein ständiges Kommen und Gehen in dem Dorf. Rob schälte gerade eine Kastanie, da blieb sein Blick an einer Squan hängen. Sie sprach mit einem Händler. Es sah aus, als würden sie feilschen. Die Squan trug ein langes, rotes Stoffkleid und hatte einen Stab in den Händen.

»Das ist ja eigenartig«, murmelte er.

Erst hielt er es für eine optische Täuschung, aber dann hatte er keinen Zweifel mehr: Der Stab ging einfach durch ihre Gewandung. Als würde der Stoff nur aus Luft bestehen, als wäre er eine Illusion. Die Robe warf keine Falten an der Stelle. Vielleicht war das die gleiche Magie, die die toten Champions zurück ins Leben holte? So eine Robe konnte schließlich schnell im Weg sein. Rob wollte gerade aufstehen und nachfragen, da hörte er ein Rufen.

»Hilfe, Hilfe!«

Rob sah sich um und entdeckte einen kleinen Jungen am Rande des Dorfplatzes. Er trug nur eine verdreckte Stoffhose und war völlig verrußt. Rob rannte los.

»Hilfe!«, rief der Junge wieder.

»Was ist los? Was ist passiert?«, fragte Rob und ging vor ihm in die Knie.

»Meine Eltern.« Der Junge zeigte hinter sich. »Sie sind noch in unserem Haus, es brennt.«

Rob sah Rauchschwaden aufziehen, und, tatsächlich, eines der Häuser brannte. Qualm quoll aus den Fenstern, und Gestank breitete sich aus. Hilfesuchend sah sich Rob um, aber die anderen Champions, die Händler und Dorfbewohner ignorierten das Geschehen.

»Schnell, irgendjemand muss Wasser holen!«, schrie Rob die Squan mit dem Stab an.

Die winkte ab. »Hab letztens schon mit ihm gesprochen; die Belohnung lohnt den Ärger nicht.«

Rob glaubte, sich verhört zu haben. Das Leben von Menschen stand auf dem Spiel, und sie dachte nur an ihre Belohnung?

Der Junge schluchzte. »Ich kann Euch leider nur meinen Dank ausrichten, werter Herr.«

»Und wenn du nur Schimpfnamen für mich übrig hättest, würde ich dir helfen«, erwiderte Rob und rannte auf das Haus zu. In ihm wuchs eine ihm bisher unbekannte Wut auf die vermeintlichen Champions von Avataris. Sie hielten sich für Aeyas Auserwählte, jagten Wölfe für ein paar Kupfermünzen und transportierten Leder für einen Rucksack. Sie erschlugen Ratten für eine Mahlzeit, aber wenn jemand ihre Hilfe brauchte und nur ein paar nette Worte anzubieten hatte, schauten sie weg?

Er erreichte die Hütte. Qualmwolken, so schwarz wie Teer, drangen aus jeder Ritze des Holzes. Rob warf sich gegen die Tür, die unter seinem Gewicht erzitterte.

»Hilfe!«, ertönte es von drinnen.

Rob verstärkte seine Bemühungen, trat einen Schritt zurück und rammte erneut die Schulter gegen die Tür. Etwas knackste, und zu seiner Erleichterung waren es nicht die eigenen Knochen. Er brauchte zwei Versuche, um das Holz aus den Angeln zu treten.

»Ich bin gleich bei –« Schützend hob er die Hände vor die Augen, als eine Flammenzunge hervorschoss. Er taumelte zurück und fiel hin. Er wollte aufstehen, in das Haus stürmen und die Eltern des Jungen retten, aber sein Körper verweigerte den Dienst.

Der Geruch und der Lärm verschwanden.

Rob war plötzlich irgendwo anders. Er stand vor einem Haus, sehr viel größer als das des Jungen, und sah hinauf. Die Flammen verschlangen es, bis es nur noch ein greller Ball aus Rot und Orange war. Blaue, blinkende Lichter mischten sich darunter, tanzten über die Häuserfassade. Die Hitze brannte auf seiner Haut.

Er fühlte sich so klein und machtlos. Dann spürte er eine Kraft, die ihn von dem Feuer davontrug.

Als Rob wieder zu sich kam, waren Qualm und Flammen verschwunden. Die Tür, die er eben eingetreten hatte, hing heil im Rahmen, und auch der Junge, eben noch verzweifelt und Hilfe suchend, war wie vom Erdboden verschluckt.

Robs Herz wollte aus der Brust springen, und er wäre darüber nicht unbedingt undankbar gewesen. Das Leben war anstrengend, und die Gewissheit, dass er unsterblich war, beruhigte ihn nicht. Was war das gerade gewesen?

Niemand beachtete ihn, wie er im Dreck auf dem Boden saß. Er wischte sich mit der Hand über die Stirn und fühlte den Schweiß. Der war echt.

Rob rappelte sich auf und beschloss, dass er in Erfahrung bringen würde, welches Spiel hier gespielt wurde. Und wenn sie in der Taverne keine Informationen für ihn hätten, dann immerhin einen Humpen Bier.

KAPITEL

6

Die Taverne füllte sich langsam, doch Rob hatte sich schon einen Platz weit weg vom Kaminfeuer gesichert. Der Bierkrug stand bis zum Anschlag gefüllt vor ihm auf dem Tisch, und er beobachtete die anderen Helden. Sie waren eine bunte Runde, die miteinander lachte und diskutierte. Rob, der allein in der Ecke saß, studierte sie wie ein Naturforscher, der mehr über das Verhalten einer frisch entdeckten Spezies erfahren wollte.

Für sie war all das hier anscheinend selbstverständlich. Dass sie Helden waren, die jeden Tag irgendwelchen Aufgaben hinterherjagten, bis sie eines Tages stark genug für die große Schlacht waren. Einzige Voraussetzung: Die Aufgaben versprachen eine ordentliche Belohnung.

Was für eine fürchterliche Doppelmoral.

»Wusste ich doch, dass ich dich hier finde«, sagte Lunita und ließ sich auf dem Stuhl ihm gegenüber nieder. »Was ist los? Du siehst aus, als hättest du Geister gesehen.« Sie nippte an ihrem Bier. »Ein komisches Sprichwort, schließlich ist das gar nicht so ungewöhnlich.«

»Heute auf dem Marktplatz habe ich einen Jungen gesehen. Er hat um Hilfe geschrien, aber niemand hat sich für ihn interessiert. Außer mir. Die anderen haben ihn ignoriert, und eine meinte sogar, dass ihr die Belohnung nicht passte. Dabei ging es um Menschenleben!«

Rob hoffte auf Verständnis und beruhigende Worte, aber Lunita ließ ein lautes Seufzen hören. »Ich weiß, von wem du sprichst. Mach dir keine Sorgen, der Junge rennt ständig auf die Straße. Wahrscheinlich ist es irgendein Fluch, der auf ihm liegt, ich weiß es nicht. Aber du musst verstehen, dass unsere Zeit wertvoll ist, und wir können nicht immer überall sein.«

»Seine Eltern sind in dem Haus verbrannt!«, hielt Rob wütend dagegen.

»Ganz ruhig, hier ist noch niemand umgekommen«, entgegnete sie. »Nicht jeder, der Hilfe ruft, braucht sie auch wirklich. Wenn du mich fragst, hat der Junge einfach ein großes Bedürfnis nach Aufmerksamkeit.«

»Aber ich hab den Rauch gesehen«, protestierte Rob.

»Das sind nur Hirngespinste eines verwirrten Kindes.«

»Du urteilst ziemlich schnell über Menschen.« Rob hatte nicht vergessen, was sie über ihn selbst gesagt hatte.

Du gehörst hier nicht hin.

Irgendwas stimmt mit dir nicht.

»Nicht nur über Menschen, auch über Squans, Gronts und Eollyans«, hielt sie dagegen und lehnte sich im Stuhl zurück. »Du begegnest da draußen jeden Tag so vielen Gestalten, da ist es nur gesund, wenn man sich schnell ein Urteil bildet. Wenn ich jeder armen Seele helfen würde, die aussieht, als könnte sie welche gebrauchen, würde ich nichts anderes machen. Also halte ich mich daran, was mir mein Auftragsbuch vollmacht und was mich fair entlohnt. Mein Status als Champion ist meine Arbeit, meine Profession, und die wird nicht verschenkt.«

Rob schüttelte nur den Kopf.

Sein Blick streifte den Wirt, der gerade mit einem Gront redete. Das Bärenwesen trug die gleiche Lederrüstung wie Rob. Das nun folgende Gespräch konnte er vorhersehen: Der Gront würde nach der Plage fragen, woraufhin der Wirt von den Ratten berichten würde. Man würde sich auf eine Mahlzeit und ein Bier einigen, drei Schwänze würden den Besitzer wechseln, und alle wären zufrieden.

Genauso kam es auch.

»Ist das nicht eigenartig?«, fragte Rob und deutete zum Tresen.

»Dass der Wirt um Hilfe fragt? Da unten sind viele Ratten, die Viecher vermehren sich wie Schimmel in dunklen, feuchten Ecken.«

»Jedes Wort, das aus dem Mund des Wirts kommt, ist auswendig gelernt.« Ihn beschlich immer mehr das Gefühl, dass mit ihm alles in Ordnung war, aber mit dieser Welt etwas nicht stimmte.

»Du musst aufpassen, was du sagst. Die Silberne Garde hat schon Leute für ganz andere Dinge eingebuchtet. Vielleicht hat der Wirt keine Lust mehr, sich ständig neue Phrasen für das immer gleiche Problem zu überlegen.«

»Aber was ist unsere Arbeit hier wert, wenn wir das Problem nicht lösen? Wir werden gerufen, um dem Wirt im Kampf gegen die Plage zu helfen, aber unser Tun ändert nichts daran. Ob *wir* die Ratten erschlagen oder der Nächste, der hier reinkommt, ist völlig egal. Hier werden jeden Tag unzählige von uns reinmarschieren, die vom Turm geschickt wurden, um ein paar Ratten zu erledigen. Das ist doch keine Aufgabe für einen Helden. Das ist Beschäftigung, vielleicht Zeitvertreib, nicht mehr und nicht weniger.«

»Wenn wir die Biester nicht jeden Tag bekämpfen würden, wer weiß, vielleicht hätten sie sich schon im ganzen Dorf ausgebreitet. Wir beenden das Problem nicht, aber wir dämmen es ein. Wenn nicht regelmäßig ein paar von uns vorbeischauen würden, könnten wir hier womöglich gar nicht mehr sitzen und unser Bier genießen.«

Rob sah sich um. Die Stimmung im Raum war locker, man prostete sich zu und lachte. Ein Squan tanzte sogar auf einem Tisch, angefeuert vom lauten Klatschen einer Gruppe.

»Echte Helden hätten dem Jungen vorhin geholfen und sich nicht über eine zu schlechte Belohnung beschwert«, sagte er.

Lunita schüttelte den Kopf. »Du darfst nicht so über Aeyas Champions reden, Rob.« Sie sprach seinen Namen mit Nachdruck aus. »Wir werden hier in Avataris verehrt wie Heilige, zumindest südlich des Splitterstreifens.«

»Wir sind doch nur ein paar Leute, die ein Schwert tragen. Irgendjemand weckt uns aus unserem tiefen Schlaf in der blauen Suppe, sagt uns, dass wir auserwählt sind, um in einen Krieg zu ziehen, und wir glauben es einfach!«

»Du hast großes Glück, dass man dich auserwählt hat. Irgendwas musst du in deinem vorherigen Leben richtig gemacht haben, dass Aeya dich für würdig hält«, entgegnete sie und verschränkte die Arme vor der Brust. »Streiche solche Gedanken besser aus deinem Kopf. Fang endlich an, deine Rolle hier anzunehmen.«

»Warum? Was kommt hiernach? Was passiert, wenn ich den Bewohnern des Dorfes geholfen, genügend Leder durch die Gegend geschleppt und Wölfe erschlagen habe?«

»Wenn du dem Fluss folgst, kommst du nach Merregard, einer Kleinstadt. Die Bewohner dort haben mit einer ganz anderen Plage als Ratten zu kämpfen. In ihren Wäldern haben sich Banditen und Räuber versammelt, die überfallen die umliegenden Höfe und Karawanen. Da werden wir dringend gebraucht. Und danach geht es in die Hauptstadt Gonholt, von wo aus dir die ganze Welt offensteht. Expeditionen in den Norden, Forschungen für die Magierzirkel, du wirst deine Fähigkeiten als Held weiter schärfen.«

»Fähigkeiten als Held? Und woher weißt du das überhaupt alles?« Schließlich weilte sie nicht viel länger als Rob wieder unter den Lebenden.

»Weil ich schon mal in dieser Welt gelebt habe und weil ich den Leuten zuhöre«, beantwortete sie seine zweite Frage zuerst. »Jeder von uns wird, wenn die Zeit gekommen ist, einen Weg einschlagen.« Der ernste Unterton wich Begeisterung. »Manche werden Priester in Aeyas Namen, andere Ritter, Paladine oder Waldläufer. Du wirst dich in einem Bereich ausbilden lassen, stärker werden und irgendwann in die Schlacht gegen Garrak geschickt werden.«

Rob schüttelte langsam den Kopf. Er wollte nicht nach Gonholt, er wollte auch kein Ritter werden. Er wollte seine Ruhe haben, verstehen, warum er hier war. Banditen, die irgendein Dorf belagerten, waren auf jeden Fall nicht der Grund. »Hat schon mal jemand überlegt, die Armee wegen der Wegelagerer zu rufen?«

»Aber genau dafür gibt es doch uns Helden!«, hielt Lunita dagegen. »Wir sind zur Stelle, wenn die Bürger von Avataris Hilfe brauchen.«

»Wenn es darum geht, Dreidorndisteln zu pflücken, seid ihr alle zur Stelle. Wenn aber ein kleiner Junge um Hilfe bettelt, weil seine Eltern gerade in einem Feuer umkommen, schaut ihr weg.« Rob spürte Wut in sich aufbranden. »Wenn das in Aeyas Sinne ist, dann verzichte ich auf ihren Segen.« Die letzten Worte hatte er lauter ausgesprochen, als er wollte. Ein paar der Tavernengäste beäugten ihn misstrauisch, und es wurde hinter vorgehaltener Hand getuschelt.

»Ich helfe dir wirklich gerne, dich hier in der Welt zurechtzufinden, aber nicht so. Wenn du glaubst, alles besser zu wissen, dann bitte schön«, sagte Lunita und stand auf. »Du bist anscheinend der Einzige von uns allen hier, der die Sache wirklich durchschaut hat.« Ihre Worte trieften vor Sarkasmus.

Als sie sich zum Gehen wandte, wich die Wut in Rob einer alles verschlingenden Einsamkeit. »Lunita, bitte, es tut mir leid. Ich habe das so nicht gemeint.«

Sie drehte sich noch einmal um. »Für uns alle ist es nicht einfach. Wir sind Gestrandete in dieser Welt und müssen unseren Platz irgendwie finden. Aber ich gebe dir einen Rat: Versuch es zumindest.« Damit verschwand sie und ließ Rob allein am Tisch zurück.

»Scheiße«, murmelte er und starrte in den noch halb vollen Bierkrug. Er war gefangen in dieser Welt, die ihm so falsch vorkam, und es gab keinen Ausweg. Er könnte dem nächsten Banditen in die stumpfe Klinge laufen, aber er würde wiederauferstehen.

Rob rieb sich die Augen. Vielleicht war es besser, er ging schlafen. Am nächsten Morgen sah die Welt wahrscheinlich schon ganz anders aus.

Der Wirt hatte ihm wieder Platz in der Kammer unter dem Dach gemacht, und sobald er seine Rüstung abgelegt und sich auf den Heuballen niedergelassen hatte, war er auch schon eingeschlafen. Die Strapazen des Tages hatten ihn erschöpft.

Aber sein Schlaf war nicht tief und erholsam, wie er gehofft hatte. In seinen Träumen stand er immer wieder dem Inferno gegenüber, hörte die Hilfeschreie. Das Feuer schien nach ihm zu greifen, und er war nicht in der Lage, sich zu bewegen. Hilflos musste er mitansehen, wie das Haus mit den Bewohnern von den Flammen gefressen wurde.

Such sie, hallte eine Stimme durch die Finsternis. Immer wieder. *Such sie.*

Dann riss er die Augen auf, und der dröhnende Schädel und die schmerzenden Knochen kündigten an, dass es ein anstrengender Tag werden würde. Die einfallenden Sonnenstrahlen verrieten, dass der Morgen bereits angebrochen war.

Rob richtete sich auf den Heuballen auf und massierte sich die Schläfen. Er überlegte. Die Botschaft seiner Träume war klar: Er sollte sie suchen. Wer auch immer *sie* war. Er friemelte das Auftragsbuch aus der Tasche und sah sich die Einträge an. Die Missionen mit den Dreidorndisteln, den Wolfspelzen, dem Leder und den Ratten waren durchgestrichen.

Für einen kurzen Moment fühlte er sich doch wie ein Held. Er hatte der Gemeinschaft geholfen. Auch wenn es nur kleine Aufgaben gewesen waren, hatte er sich nützlich gemacht. Dann überkam ihn wieder die Erkenntnis, dass jeden Tag unzählige seinesgleichen in den Wald für Disteln und Pelze geschickt wurden. Ob er es tat oder nicht, machte keinen Unterschied. Rob seufzte, unsicher, was er nun tun sollte. Er konnte einfach so weitermachen, sich selbst belügen, er sei ein Champion. Oder … Sein Blick fiel auf den noch offenen Eintrag.

Auftrag: Finde sie.
Belohnung: Frieden.

Er stutzte. Welchen Frieden sollte es geben? Einen Frieden zwischen Garrak und Aeya? Das wäre eine außerordentlich hohe Belohnung, und anschließend würde er den Titel eines Champions zu Recht tragen. Aber er glaubte nicht, dass das gemeint war.

»Was soll's«, murmelte er und beschloss, sich nicht länger an die Spielregeln zu halten. Er würde den vorgegebenen Pfad verlassen und seinem inneren Drang nachgeben, in die Ferne zu gehen. Er hatte keine Lust auf Banditen in Wäldern. Er wollte wissen, was es mit dem Auftrag auf sich hatte, den nur er sehen konnte.

Er schlüpfte in die Kleidung, befestigte das Schwert am Gürtel und schulterte den Rucksack. Heute würde er ein paar Informationen einholen, sich umhören. Vielleicht wusste jemand, was mit *sie* oder *Frieden* gemeint war. Der Wirt bekam bestimmt jedes Gerücht mit, das in diesem Dorf aufkam. Er wäre eine gute erste Anlaufstelle, außer er wollte ihm wieder etwas über die Ratten erzählen.

Im Schankraum war es totenstill. Schankräume waren nicht dafür gemacht, ein ruhiger Ort zu sein. Sofort überkam Rob ein ungutes Gefühl, und er sah zu dem Wirt hinüber, der wieder einen besonders hartnäckigen Fleck auf der Tresenoberfläche wegzuputzen versuchte.

»Rob?« Die Stimme durchschnitt die Stille im Schankraum und ließ ihn zusammenzucken.

An dem Tisch, an dem er am Abend zuvor gesessen hatte, wartete ein Mann. Er trug die schwarze Rüstung der Silbernen Garde. Der Vollhelm lag vor ihm auf dem Tisch, und die gepanzerten Hände hatte er auf dem Schoß verschränkt. Das makellose Gesicht des Menschen strahlte eine Sicherheit aus, die Rob Angst machte.

»Ja?«, fragte er.

»Du bist Rob, oder?«

»Richtig. Stimmt was nicht?« Sein Blick wanderte wieder zum Wirt, der entweder taub war oder sich nicht in das Gespräch einmischen wollte. Er starrte unbeirrt den Fleck an, den er mit kreisenden Bewegungen des Lappens malträtierte. Rob kannte die Antwort auf seine eigene Frage. Etwas stimmte hier ganz und gar nicht.

»Setz dich.« Der Mann nickte zu dem freien Platz neben sich. Das lange, blonde Haar fiel ihm dabei ins Gesicht, und er schob es mit einer schnellen Bewegung zurück hinters Ohr.

Rob zögerte.

»Keine Angst, ich will nur mit dir sprechen.«

Natürlich hatte er Angst. Er wusste, dass die Silberne Garde Verräter und Spione ausfindig machte und exekutierte. Gestern Abend hatte er seine Gedanken vielleicht ein bisschen zu laut mitgeteilt.

Es war nur ein kurzer Blick in Richtung Tür. Der Mann war gekleidet in eine schwere Rüstung. Die Wahrscheinlichkeit, dass Rob ihm davonlaufen konnte, war durchaus realistisch.

»Die Tür ist bewacht«, sagte der Gardist. »Komm, ich will nur mit dir sprechen. Aber wenn du davonläufst, bist du wirklich verdächtig.«

Wie ein Tier auf dem Weg zur Schlachtbank trottete Rob zum Stuhl und nahm Platz.

»Cervantes Salomon, Oberoffizier der Silbernen Garde«, stellte sich der Mann vor. »Du weißt, warum wir hier sind?«

»Ihr sucht Spione.«

»Sehr gut, genau. Leider gelingt es Garrak immer wieder, korrumpierte Seelen einzuschleusen. Manche von ihnen sind einfach nur ein bisschen bekloppt.« Er lachte, aber Rob wusste nicht, was so lustig war. »Andere sind aber gefährlich. Sie versuchen, unser Reich von innen zu zersetzen. Sie streuen Gerüchte, stören den öffentlichen Frieden. Abends, wenn sich alle in den Tavernen einfinden, flößen sie ihnen Gedanken ein. Kannst du dir das vorstellen?«

»Nein«, flüsterte Rob. Er ahnte, worauf das Gespräch hinauslaufen würde. Das war kein freundschaftlicher Plausch, sondern ein Verhör.

»Spannend, spannend«, sagte Cervantes. »Ich habe Geschichten über einen Menschen gehört, der für Unruhe sorgt. Letzte Nacht soll er an diesem Tisch gesessen und seine kruden Theorien herausposaunt haben.«

Rob schluckte, und er versuchte, ein Zittern zu unterdrücken.

»Möchtest du mir etwas sagen, Rob?« Cervantes beugte sich vor. Der durchdringende Blick hätte sein Gegenüber alles gestehen lassen.

»Vielleicht habe ich gestern Abend ein bisschen viel Bier getrunken. Wisst Ihr, ich erinnere mich an nichts, und das alles hier kommt mir so verdammt komisch vor.« Er war jetzt den Tränen nah. »Ich fühle mich so fremd, so verloren.«

»Das ist doch gar kein Problem. Ich kann mir vorstellen, dass es eine überwältigende Nachricht ist: Erst wird man wiederbelebt, dann ist man auch noch ein Champion unter Aeyas Banner. Das wühlt einen bestimmt ganz schön auf.«

»Ist viel auf einmal«, pflichtete Rob ihm bei.

»Was genau bereitet dir solche Kopfschmerzen? Eigentlich

solltest du doch dankbar sein, dass Aeya dich auserwählt hat, um ihr und ihren Untertanen zu dienen.«

Rob überlegte, ob er die ganze Sache herunterspielen sollte, entschied dann aber, ehrlich zu sein. »Ich verstehe nicht, warum hier jeden Tag unzählige Champions ankommen und drei Ratten erschlagen sollen. Wäre es nicht sehr viel sinnvoller, da unten einmal richtig aufzuräumen? Warum werden Champions aufgefordert, Leder durch einen Wald zu tragen? Wenn wir Helden wären, sollten wir dann nicht ganz andere Aufgaben erledigen?« Er hatte es ausgesprochen, und für einen kurzen Moment fühlte es sich gut an.

Dann veränderte sich Cervantes Miene.

Der Offizier der Silbernen Garde sprang vom Stuhl auf und packte Rob an den Oberarmen. Die gepanzerten Handschuhe gruben sich tief ins Fleisch. Er zog Rob nah an sich heran. »Siehst du, genau solche Kerle wie dich suchen wir. Wegen Gesocks deinesgleichen sind wir hier, um euch vom Antlitz dieser Welt zu tilgen, damit endlich wieder Ordnung herrscht!«

Rob wehrte sich, aber er konnte nicht verhindern, dass der Offizier ihn durch den Schankraum zur Tür zog.

»Hilfe!«, brüllte Rob, aber der Wirt tat, als würde all das nicht passieren und als wäre der Mittelpunkt seines Lebens dieser eine verdammte Fleck auf dem Tresen. »Hilfe!«, schrie er wieder, aber niemand kam, um ihn zu retten. Keine Helden, keine Champions. Rob bekam einen Stuhl zu fassen, aber der Gardist schlug ihm mit der behandschuhten Faust auf die Finger. Ein brennender Schmerz durchzuckte Robs Hand, und er ließ den Stuhl los. Er wusste, dass er keinen fairen Prozess zu erwarten hatte, wenn er durch diese Tür gezerrt werden würde. Lunita hatte ihm einiges über die Soldaten mit den silbernen Mänteln erzählt. Sie waren keine Diplomaten, sondern Henker.

Er strampelte, wand sich im Griff des Offiziers, aber Cervantes war gekommen, um diese Mission abzuschließen. Und diese Mission wäre erst beendet, wenn Rob tot war.

Er wollte nicht sterben.

Robs Herz schlug bis zum Hals, seine Atmung beschleunigte sich. »Aufhören«, flehte er.

Aber der Gardist riss die Tür auf, und die ersten Sonnenstrahlen des Tages fielen in die dunkle Kaschemme. Rob krallte sich am Türrahmen fest, Holzsplitter rammten sich unter seine Fingernägel. Wie ein Ertrinkender, der sich an ein Stück Treibgut klammerte.

»Jetzt mach es doch nicht schwieriger, als es ist«, fluchte Cervantes und trat Rob gegen die Brust.

Der landete im Dreck. Die Luft entwich seinen Lungen. Seine Rippen schmerzten.

»Ist er das? Haben wir den richtigen?«, fragte der Offizier.

»Ja, das ist er«, sagte eine ihm vertraute Stimme, und als Rob aufsah und in Lunitas Gesicht blickte, schmerzte sein Herz noch mehr als seine Rippen. In ihrem Blick lagen keine Reue, kein Bedauern.

Bevor er etwas erwidern konnte, wurde er gepackt und in einen Käfig geworfen, der auf einem Pferdeanhänger stand.

Rob sprang sofort auf und rüttelte an den Stäben. »Ihr macht einen Fehler!«

»Abmarsch«, befahl der Offizier, und das Gespann setzte sich in Bewegung.

Als die Taverne nur noch ein kleiner Fleck in der Ferne war, gab Rob seinen Widerstand auf und ließ sich auf den harten Holzboden fallen. »Ein Fehler«, stammelte er immer wieder. »Ein verdammter Fehler.«

KAPITEL

7

Tagelang rollte der Karren, von einem grauen und einem braunen Pferd gezogen, durch die Landschaften von Avataris. Sie passierten Städte und Dörfer, Täler und Flüsse.

Wenn sich Rob in seinem kleinen Gefängnis hinstellte und durch die Eisenstreben sah, hatte er eine fast unverstellte Aussicht. Mit den gefesselten Händen auf dem Rücken war es nicht immer leicht, das Gleichgewicht zu halten. Manchmal rollten die Holzräder über eine Wurzel oder blieben an einem Stein hängen, er verlor den Halt und fiel hin.

Seine Entführer, die Silberne Garde, taten das absolut Nötigste, um ihn am Leben zu halten. Abends, wenn sie für die Nacht eine Rast einlegten, erhielt er einen Wasserschlauch und Brotkrumen. Zu wenig, um seinen Durst zu stillen, genug, um nicht zu sterben.

Seine frei gewordene Zeit nutzte er, um über das nachzudenken, was in den letzten Tagen passiert war. Sein Groll auf Lunita, die ihn der Silbernen Garde ausgeliefert hatte, war einer tiefen Leere gewichen. Die Gewissheit, niemanden in dieser Welt zu haben, der sich um ihn scherte, fraß ihn auf. Rob lehnte sich gegen die Gitterstäbe, und sein Kopf wurde vom Poltern des Wagens hin- und hergeschüttelt. Sie würden ihn bei der Scharfrichterin abliefern, es würde einen Prozess geben, und man würde ihn hinrichten. Endgültig, ohne Magie, die ihn zurückbringen würde.

Er hatte das Gefühl, gar keine Chance bekommen zu haben herauszufinden, was sein Zweck in Avataris war. Man hatte ihm keine Gelegenheit gegeben, seine wahre Bestimmung zu finden. Dass er nicht zum Champion taugte, hatte sich wie erwartet herausgestellt. Aber musste es nicht einen anderen Weg geben, der für ihn gepflastert war?

Aktuell führte sein einziger Weg auf den Richtblock einer Scharfrichterin.

Langsam lichtete sich der Wald ringsum und machte Feldern und Wiesen Platz. Bäume mit grünen Früchten säumten den Weg, die Sonne stand hoch am Himmel und brannte gnadenlos auf den Käfig nieder. Robs Lippen waren spröde und rissig. Kopfschmerzen und Schwindel plagten ihn.

Sein Blick, der ziellos über die Landschaft gewandert war, blieb an einer Steinstatue hängen. Sie stand am Wegesrand und zeigte eine junge Frau. Ihre Gesichtszüge ähnelten denen eines Menschen, hatten aber zudem etwas Übernatürliches. Obwohl in Stein gemeißelt, strahlte sie etwas aus, das ihm den Atem raubte. Sie war gehüllt in ein schlichtes Gewand und hatte eine Hand vor der Brust zur Faust geballt. Die andere zeigte mit der Handfläche nach oben. Der Blick war nach unten, auf den staubigen Boden gewandt.

»Das ist sie, oder?«, fragte Rob.

Der Gardist, der hinter dem Wagen herlief, schien die Frage überhört zu haben. In den vergangenen vier Tagen hatte Rob noch keinen seiner Reisegemeinschaft ohne Helm gesehen. Ob und wann sie aßen, wusste Rob nicht. Auch sprachen sie nicht mit ihrem Häftling. Die einzige Ausnahme bildete Cervantes Salomon. Er ließ Rob mit jeder Geste und jedem Wort wissen, dass er ihn verabscheute und seine Hinrichtung nur eine Frage der Zeit, nicht eine Frage des Verfahrens war.

Der Oberoffizier der Silbernen Garde blieb nun vor der Statue stehen, ballte eine Hand vor der Brust und hob die andere. Er murmelte Worte, die Rob nicht verstand. Nur eines drang bis zu ihm.

Aeya.

Rob sah der steinernen Statue nach. Cervantes beendete das Gebet und schloss wieder zu der Gruppe auf.

»Was habt Ihr da gemurmelt?«, fragte Rob.

»Gemurmelt?« Am Ton der Erwiderung erkannte Rob, dass er lieber den Mund hätte halten sollen. »So was kann auch nur ein Verräter fragen. Ich habe nichts gemurmelt, ich habe unsere Göttin um eine sichere Reise nach Gonholt gebeten.«

»Verstanden«, erwiderte Rob matt. Er hatte keine Lust auf eine Predigt.

»Und um deinen baldigen Tod«, schob Cervantes hinterher.

»Warum seid Ihr so sicher, dass ich ein Verräter bin?« Ja, er war anders, und er hatte viele Fragen gestellt. Aber das machte ihn noch lange nicht zu einem von Garraks Schergen.

»Ich erkenne an deinen Augen, dass mit dir etwas nicht stimmt. Du bist nicht wie die anderen, die Heldenliga hätte dich nie aus einem ihrer Türme lassen dürfen. Wenn du blinzelst, sehe ich eine Trägheit in deinen Lidern.«

»Meine Lider?« Rob wusste nicht, was er darauf erwidern sollte. Erst warf man ihm vor, zu viele und falsche Fragen zu stellen, nun stimmte etwas mit seinen Lidern nicht.

Cervantes nickte zufrieden und marschierte wieder nach vorn, an die Spitze des Trupps, der aus gut einem Dutzend Frauen und Männern bestand. Rob schloss die Augen, um nicht zu blinzeln, und atmete tief ein. Er hielt die Luft an und dachte kurz darüber nach, nie wieder einen weiteren Atemzug zu tätigen. Aber das würde sein Problem nicht lösen.

Zwei Tage später sahen sie die Stadtmauern von Gonholt. Die Hauptstadt der freien Völker war eine Festung, gebaut wie ein Fels in die Brandung. Ein Bollwerk aus hellen Steinen, das nicht nur den Wellen, sondern auch jeder Armee trotzen würde. Türme ragten wie Speere in die Luft, und ein Palast erhob sich am Horizont vor dem blauen Meer, auf dem unzählige Schiffe, große und kleine, in den Hafen segelten. Die ziegelroten Dächer erinnerten Rob an Laub. Möwen ließen sich auf den Winden treiben und segelten auf der Suche nach Futter über den Köpfen der Bewohner von Gonholt dahin.

Der Weg der kleinen Karawane führte direkt an der Küste entlang, und Rob roch die Gischt. Obwohl er noch keinen Fuß in die Stadt gesetzt hatte, ahnte er, dass sie ein Irrgarten aus Gassen und Gängen war. Das pure Ausmaß ließ keinen anderen Schluss zu. Vor ihren Toren stauten sich Karren, gezogen von Pferden, Ochsen und Eseln. Händler und Besucher, die den freien Völkern angehörten, sorgten für einen ständigen Zustrom in die Stadt. Davor führte eine Zugbrücke über einen Graben. Die hölzernen Stadttore waren nur einen Spalt geöffnet, gerade genug, damit Händler und Abenteurer hinein- und herausgehen konnten. Ornamente aus Silber zogen sich über das Holz, die zusammen die Faust und fünf Sterne ergaben.

»Macht Platz für die Silberne Garde«, schnauzte Cervantes, als sein Trupp den Eingang erreichte. Die Worte des Oberoffiziers, obwohl sie nicht mal sonderlich laut gesprochen waren, wirkten wie das tiefe Grollen einer tödlichen Kreatur. Squans, Gronts, Menschen und Eollyans strömten in alle Richtungen auseinander, Hauptsache, man stand der Silbernen Garde nicht im Weg. Rob wusste nicht, ob es an der eindrucksvollen Erscheinung der Soldaten oder dem Ruf lag, der ihnen vorauseilte.

Von seinem Käfig aus sah Rob vier große Statuen auf dem Platz hinter dem Stadttor. Sie ragten hoch in den Himmel, waren größer als die umstehenden Gebäude. Sie zeigten Menschen, zwei Männer, zwei Frauen, die mit den Rücken zueinander standen und zwischen sich ein Quadrat bildeten. Die eine Hand hatten sie vor der Brust zur Faust geballt, die andere hielten sie hoch, so dass sie fast die Stadtmauer überragten. Wer auch immer die vier gewesen waren, sie mussten wichtig für Gonholt und das Volk sein, sonst hätte man ihnen nicht so ein Denkmal gesetzt.

Bei den Umstehenden wich die Angst vor der Silbernen Garde einer Neugier über das, was sich auf ihrem Karren befand, als dieser vorüberrumpelte. Erst waren es verstohlene Blicke, dann offenes Starren und schließlich Schmährufe, die Rob in Gonholt begrüßten.

»Verräterschwein«, brüllte jemand in der Menge, und andere stimmten mit ein.

Rob wünschte sich in die Zeit zurück, in der seine größte Sorge Wölfe in den Wäldern gewesen waren. In Gonholt hatte er kein faires Verfahren zu erwarten, nur eine Hinrichtung. Wer nah genug stand, spuckte nach ihm oder bewarf ihn mit Dreck. Die Gardisten unternahmen nichts, um die Passanten daran zu hindern, und Rob ließ es mit auf den Rücken gefesselten Händen über sich ergehen. Das Seil hatte sich tief in seine Haut gegraben, und die Wunde brannte. Wäre er nicht so erschöpft gewesen, hätte er geschrien und seine Unschuld beteuert. Aber die Reise hatte ihm zugesetzt. Die ungnädige Sonne hatte seine Haut verbrannt, seine Kopfschmerzen wurden mit jedem Schmähruf schlimmer. Um nicht der Verzweiflung anheimzufallen, sah er über die Gesichter der hasserfüllten Fratzen hinweg und staunte.

Er fuhr über einen Marktplatz, auf dem Händler, die zum Schutz vor der Sonne bunte Laken aufgespannt hatten, ihre Waren feilboten. Schilder an den Häusern wiesen auf die ansässigen Vertreter verschiedener Handwerksberufe hin: Schmiede, Bäcker, Schneider, Gerber, Tischler. Über dem Eingang eines imposanten Gebäudes stand *Bank*. Bewohner und Helden eilten die Stufen auf und ab. Er sah ein Büro der Heldenliga und einen Aushang, an dem zahlreiche Zettel befestigt waren. Wahrscheinlich Aufträge. Informationen über ein Kopfgeld oder eine

Plage, die bekämpft werden musste. Die Stadt war voller Leben, aber Rob würde nicht daran teilnehmen. Die Tage seiner Existenz waren gezählt. Er wollte die Tränen zurückkämpfen, aber es hatte keinen Zweck. Feine Rinnsale zogen sich durch sein dreckverkrustetes Gesicht.

Sie passierten eine Gasse und einen weiteren Platz, auf dem sich unzählige Helden versammelt hatten. Einige standen auf Podesten und riefen der Menge zu.

»Die Gilde *Aeyas Zorn* sucht noch einen Heiler für Bilforts Finstergrotten«, rief ein Gront in einer Plattenrüstung, mit einer doppelblättrigen Axt auf dem Rücken. Ein paar Hände reckten sich aus der Menge empor.

»Wir sind ein Schlachtzug aus achtzehn Helden und planen morgen einen Überfall auf Garraks Außenposten in den Splitterstreifen«, erklärte eine Squan in einem Gewand aus blauen Leinen. »Freiwillige können sich noch anschließen. Die Kriegsbeute wird fair geteilt.« Wieder wurden Hände gereckt.

Bevor Rob verstand, was genau da passierte, rollte der Karren weiter.

Es dauerte lange, bis sie die einfachen Gassen hinter sich gelassen hatten und auf den Palast zusteuerten. Der Sitz der Regierung befand sich auf einem Berg, und die beiden Pferde wieherten, als sie den Käfig und ihren Passagier hinaufzogen. Er rollte auf eine weitere Mauer zu, die wie eine Festung in der Stadt wirkte. Jedes Poltern des Karrens auf dem Kopfsteinpflaster ließ Robs Kopf schmerzhaft pochen, die Fesseln brannten an seinen Handgelenken. Am Rande des Walls fiel ihm ein Friedhof auf. Grabsteine standen wie Monolithen um eine Krypta herum. Womöglich würde sich bald ein weiterer Stein dazugesellen. Die Wachen am Eingang ließen den Trupp anstandslos passieren und hielten die nachströmende Meute auf, die ihn offenbar gern an Ort und Stelle gelyncht hätte.

Der Karren kam vor dem Palast zum Stehen. Rob musste den

Kopf weit in den Nacken legen, um bis zur Spitze zu schauen. Die Enden der unzähligen Türme, die sich in den Himmel erhoben, schienen mit Blattgold überzogen zu sein und funkelten in der Sonne. Er hörte, wie der Schlüssel in das Schloss des Käfigs gesteckt wurde, dann packte ihn eine gepanzerte Hand und zerrte ihn aus seinem Gefängnis.

»Willkommen in Gonholt. Das war nur ein Vorgeschmack darauf, was dich hier erwartet, Verräter«, sagte Cervantes.

»Ein wirklich herzlicher Empfang«, erwiderte Rob.

Die Gardisten ließen ihm keine Zeit, auf die Beine zu kommen, und zogen ihn hinter sich her. Der sandige Boden wirbelte unter seinen Füßen auf.

Links und rechts des Tores standen zwei Wachen und hinderten den Trupp mit ihren Speeren am Weiterlaufen. Der eine war ein Squan, die andere eine Gront. Wäre die Situation nicht so fürchterlich gewesen, hätte Rob über den Anblick lachen können. Ein Meerschweinchen und ein Bär bewachten gemeinsam eine Tür, das war der Anfang eines guten Witzes, der noch nicht geschrieben worden war. Ihre Rüstungen unterschieden sie klar von der Silbernen Garde. Statt des Vollvisiers trugen sie offene Helme, und unter dem schlichten Panzer war ein silberner Wappenrock zu erkennen. Auf Umhänge und Mäntel verzichteten sie komplett.

»Cervantes Salomon, Oberoffizier der Silbernen Garde. Ich bringe einen Verräter«, vermeldete Robs Entführer bei den beiden Palastwachen.

Es brauchte keine weiteren Worte aus dem Mund des Oberoffiziers; die Wachen ließen sie gewähren. Die Tür zum Palast wurde geöffnet und Rob über einen glatten Marmorboden gezogen. Er erhaschte einen Blick auf Vasen, Gemälde und Wandteppiche, alles hochwertig und gepflegt.

Cervantes hielt sich nicht damit auf, ihm zu erklären, wo er war und worum es sich bei den Gegenständen handelte. Es gab keine Führung durch das Anwesen. Sein Weg führte direkt in die Keller des Palastes.

Dunkle Gänge, gehauen in den schroffen Stein der Küste. Tief versteckt unter der Erde, damit niemand einen Blick darauf erhaschen konnte, was hier passierte. Wo es nötig war, hatte man Mauern eingezogen oder die Decke verstärkt. Alle paar Meter steckten Fackeln in Halterungen, deren Schein gerade weit genug reichte, damit niemand von der Dunkelheit verschluckt wurde. Aus dem Gestein tropfte es an einigen Stellen, und Pfützen hatten sich auf dem Boden gebildet. Es roch nach dem Salz, das blieb, wenn die Wellen sich zurückzogen.

Das Verlies, in das man ihn warf, erinnerte ihn an den Käfig, von dem aus er die Schönheit Avataris die letzten Tage bewundert hatte. Nur die Aussicht war anders. Ein kleines Loch in der Wand, groß genug, um ein bisschen Licht hereinzulassen, offenbarte die endlosen Weiten des Meeres. Rob hörte die Schreie der Möwen, die die Freiheit genossen, die ihm verwehrt wurde. Er sah, wie Schiffe in den Hafen einfuhren oder Gonholt verließen. Die Stadt verfügte über Dutzende Stege und eine Kaimauer, die mit Ballisten und Katapulten gespickt war.

»Die Scharfrichterin wird dich heute Nachmittag empfangen«, sagte Cervantes, und Rob spürte ein sonderbares Gefühl der Dankbarkeit, dass er nicht viel Zeit hier unten verbringen musste. Wenn er schon sterben würde, dann sollte es zumindest schnell passieren. Seine kurze und sonderbare Existenz würde ein Ende finden, bevor sie richtig begonnen hatte, und er musste nicht länger nach seinem Platz in Avataris suchen.

Jemand löste seine Fesseln, bevor die Gittertür hinter ihm zufiel, und Rob massierte sich die Handgelenke, wobei sein Blick auf den Ring an seinem Finger fiel. Man hatte ihm das Schwert und den Rucksack genommen, aber den Ring gelassen. Er zog ihn ab und betrachtete ihn in dem Licht, das durch das Loch in der Wand fiel. Die Sonne spiegelte sich in dem Stein und warf einen Schimmer an die Wand. »Wärst du doch bloß ein Dietrich, um mich hier rauszubringen«, murmelte Rob. »Aber du wirst mir die Tür wohl nicht öffnen.«

Trotzdem gab der Ring ein Geheimnis preis. Im Licht der Sonne entdeckte Rob eine Gravur auf der Innenseite. Fünf Buchstaben waren dort mit geschwungener Schrift ins Metall geschliffen.

Annie.

Plötzlich überkamen Rob stechende Kopfschmerzen, als würde etwas den Weg aus seinem Hirn durch die Stirn nach draußen suchen. Er presste die Augen zu, drückte einen Finger gegen die Schläfe und ging auf die Knie. Der Schmerz verschwand so schnell, wie er gekommen war, und hinterließ einen atemlosen Rob.

Was lief hier ab? Was oder wer war Annie?

Noch bevor sich sein Herzschlag beruhigt hatte, hörte er die Schritte schwerer Stiefel auf dem Fels. Sie kamen näher. Er wollte nicht, dass der Ring die Aufmerksamkeit der Wachen auf sich lenkte. Wahrscheinlich war so ein Schmuckstück eine schöne Gelegenheit, den Sold aufzubessern. Rob schob das Geschmeide wieder auf den Finger und versteckte die Hände hinter dem Rücken.

Die Tür wurde aufgeschlossen und geöffnet.

»Mitkommen«, befahl ein Eollyan, der die Uniform der Palastwache trug. Blumen wuchsen auf der Rindenhaut wie auf einer Wiese. Keine bedrohliche Erscheinung wie ein Gront, doch das machte der Säbel in seiner Hand wieder wett.

Rob wurde durch die endlosen Gänge des Kellers bis zu einer Treppe geführt. Aus der Ferne drang das dumpfe Wimmern anderer Gefangener an seine Ohren, das immer wieder durch die schweren Schritte der Wachen übertönt wurde. Mehr als einmal stolperte er auf dem unebenen Boden und fand Halt an der schroffen Felswand, die ihm die Haut aufschürfte. Die Umgebung war so kalt und herzlos wie die Kerkerwachen. Unzählige Stufen brachten ihn schließlich nach oben, der Sonne und seiner baldigen Hinrichtung entgegen. Er kannte das Prozedere nicht, wusste nicht, ob es ein Tribunal, ein Gericht oder eine Anhörung vor einem Rat geben würde. Er wusste nur, dass man ihn der Scharfrichterin vorführte.

Der Eollyan verließ die Wendeltreppe und betrat einen langen, schmucklosen Gang. Keine Kunst, keine Teppiche. Nur grauer Granit, den man zu Steinen geschlagen und verbaut hatte. Rob blieb stehen und sah sich um.

Die Wache stieß ihm in den Rücken. »Weitergehen!«

»Und wenn nicht?« Rob hatte nichts mehr zu verlieren.

»Dann hau ich dir volles Pfund aufs Maul.«

»Du könntest mich totschlagen, und ich würde wiederkommen«, hielt Rob dagegen, setzte sich aber in Bewegung. Was auch immer ihn hier erwartete, eine Schlägerei mit einer Palastwache würde seine Chancen nicht verbessern.

Die Tür, an der sie hielten, war schmucklos und unauffällig, wie der Zugang zu einer Speisekammer. Die Wache klopfte an.

»Herein«, sagte eine weiche Stimme.

Die Wache öffnete die Tür und beförderte Rob hinein. Der Raum war ein kompletter Gegenentwurf zum protzigen Palast. Ein Holztisch und zwei Stühle, das war alles. Nur die Größe, die man in jedem anderen Winkel von Avataris wahrscheinlich als verschwenderisch angesehen hätte, verriet, dass man sich nicht in einem Bauernhaus befand. Hinter dem Tisch saß eine Eollyan. Sie war in eine silberne Robe gekleidet, und Rosen trieben aus ihrer Rindenhaut. Sie fixierte Rob mit rubinroten Augen, und Rob konnte nichts anders als zurückzustarren.

»Setz dich, Rob«, sagte sie und vollführte mit der Hand eine elegante Bewegung, um auf den Platz vor sich zu zeigen. Es klang wie eine Einladung zu einem Plausch unter Freunden. Selbst wenn Rob hätte weglaufen wollen, hätten seine Beine den

Dienst verweigert. Sie hielten auf den Stuhl zu, und bevor er verstand, was passiert war, saß er schon darauf.

»Wie?«, fragte er entgeistert.

»Ihr Champions seid nicht die Einzigen in dieser Welt, die Magie wirken«, erklärte sie und schenkte ihm ein herzliches Lächeln. In ihrem Mooshaar, das unter der Robe hervorspitzte, entdeckte Rob Schmetterlinge. »Ich hoffe, man hat dich gut behandelt.«

Rob brauchte einen Moment, um zu antworten. Die Art und Weise, wie sie mit ihm sprach, traf ihn völlig unerwartet. Er hatte eine große, angsteinflößende Gestalt erwartet. Einen Gront, der grimmig auf ihn hinabstarrte und ihn zum ewigen Tod verurteilte. »Ihr seid die Scharfrichterin, richtig?«

»Scharfrichterin Elia Anasia«, stellte sie sich vor. Die Worte waren fast gehaucht, und Rob hing an ihren Lippen. »Direkte Gesandte von Aeya, hier auf ihren Wunsch und mit ihrem Segen.« Nichts ließ Rob an ihren Worten zweifeln. Sie war eine göttliche Gesandte. »Also, hat man dich gut behandelt, Rob?«

»Ja«, sagte er sofort. Cervantes und seine Leute hätten ihn hinter dem Karren durch den Dreck ziehen können, und er hätte in diesem Augenblick nichts anderes gesagt. Seine blutigen und verkrusteten Handgelenke straften seine Worte Lügen, doch er sah nur in die roten Augen, in denen eine Tiefe und Wärme lagen, nach denen er sich sehnte.

»Gut, sie können manchmal ein bisschen grob mit den Gefangenen sein. Ich verstehe, warum sie so sind. Sie stehen unter einem ziemlichen Druck da draußen, während ich hier in meiner Kammer sitze und die Urteile spreche.«

Rob ließ den Blick schweifen. Die kahlen Wände hatten etwas Trostloses und Kaltes.

Elia Anasia musste es bemerkt haben. »Ich halte nicht viel von weltlichen Dingen. Sie lenken mich von meiner Mission ab. Es braucht kein Gemälde von mir an der Wand, damit ich meiner Arbeit nachkomme. Hat man dir erzählt, warum du hier bist?« Ihre Worte klangen nun wie ein Gesang.

»Spionage«, sagte Rob, und ihm wurde kalt, nun, da sie zum Grund ihrer Audienz kamen. »Hört, ich habe wirklich nicht –«

Elia hob die Hand und schnitt ihm damit den Satz ab. Rob wollte weitersprechen, aber konnte nicht. Seine Lippen formten Worte, die den Mund nicht verließen. »Du brauchst dich nicht zu rechtfertigen. Es ist keine Verhandlung, keine Anhörung. Verstanden?«

»Ja«, japste Rob und war froh, dass er wieder reden konnte.

»Wie lange bist du schon auf Avataris?«

»Seit ein paar Tagen. Ich weiß nicht, wie lange die Silberne Garde mich durch das Land gekarrt hat. Zwei Nächte war ich in dem Dorf, dann kamen sie und haben mich mitgenommen.«

»Das ist nicht lang. Für gewöhnlich gelingt es Garraks Spionen, sich länger versteckt zu halten«, sagte die Scharfrichterin mehr zu sich selbst als zu ihm. »Was hast du in deinem vorherigen Leben gemacht?«

Rob hätte alles dafür gegeben, die Antwort zu kennen. Er ahnte, dass darin der Grund für das Missverständnis lag. Doch dieses Wissen war unter einer großen, dunklen Wolke in seinem Kopf versteckt. »Ich weiß es nicht«, gestand er. »Man hat mir gesagt, ich bin ein Held gewesen, gefallen auf einem Schlachtfeld, im Krieg gegen Garraks Horden. Aber darf ich offen mit Euch sein?«

»Aeya blickt auf uns hinab, und sie wird jede Lüge erkennen«, erwiderte Elia.

»Es fühlt sich nicht so an, als wäre ich jemals ein Held gewesen. Ich bin komplett einsam und habe Angst«, gestand er. »All das hier ist total fremd für mich. Das Kämpfen, das Töten, diese Schlacht, für die ich ausgebildet werden soll.« Er wandte den Blick ab, damit sie seine Tränen nicht sah.

»Du brauchst dich nicht zu schämen.« Die Scharfrichterin

erhob sich, umrundete den Tisch und legte ihm eine Hand auf die Schulter. »In Tränen liegt viel Wahrheit. Oft erzählen sie mir mehr, als Worte es könnten.«

»Es ist so einsam hier«, wiederholte er. »Ich will nur wissen, wer ich war und wo ich hingehöre. Alle sagen mir, was ich tun und was ich lassen soll, was meine Aufgabe ist, lassen mir aber keine Zeit, es selbst herauszufinden.«

Elia Anasia hatte auf dem Tisch vor ihm Platz genommen und sah auf ihn herunter. »Du sehnst dich nach Antworten, richtig? Du bist noch nicht bereit, dein altes Leben hinter dir zu lassen und nach vorne zu blicken.«

»Vielleicht.« Er wusste selbst nicht, was stimmte. »Es ist nicht einfach, wenn man aus dem Nichts erschaffen wird, ohne Erinnerungen an ein Gestern. Als würde man ein Buch mitten in der Geschichte anfangen zu lesen. Wie kann ich wissen, wer ich bin, wenn ich nicht weiß, wer ich war?«

»Manchmal liegen die spannendsten Geschichten erst noch vor uns«, erwiderte sie. »Ich verstehe deine Gefühle, kenne deine Sorgen. Mein Erscheinen hier auf dieser Welt war ganz ähnlich. Ich kam durch ein Portal, nackt und verwirrt.«

Rob hatte Mühe, sich die anmutige Scharfrichterin verwirrt vorzustellen.

»Das Portal war direkt hier auf dem Palasthof. Man hielt mich erst für eine Angreiferin. Die Wachten eilten herbei und umstellten mich. Stell dir vor: Du erlangst ein Bewusstsein, und das Erste, was du siehst, ist eine Reihe Speerspitzen, die auf dich zeigen. Das Einzige, was ich bei mir trug, war mein Schwert. Ein Geschenk Aeyas. Der Hohe Rat schritt ein, bevor man mich versuchte umzubringen. Sie alle hatten Träume gehabt, dass eine Gesandte kommen und in den eigenen Reihen aufräumen würde. Ich baute die Silberne Garde auf und bezog dieses Quartier.«

»Ihr seid mit einer Waffe hier angekommen?«, fragte Rob.

Elia stand auf und griff in die Taschen ihres Gewands. Der Schwertgriff war geformt wie die Faust, die er hier unzählige Male auf Wappenröcken, Flaggen und Bannern gesehen hatte. Doch die Klinge fehlte.

»Wie könnt ihr damit jemanden umbringen?« Die Frage war ehrlich gemeint, klang aber wie von einem kleinen Kind, das versuchte, die einfachsten Regeln der Welt zu verstehen.

Die Scharfrichterin lächelte milde. Dann schloss sie für einen Atemzug die Augen, und ein Sonnenstrahl schoss aus dem Griff hervor, formte eine Klinge. Einen Wimpernschlag später wurde aus dem wilden Strahl eine gezähmte, glänzende Schneide. Die Hitze verriet, dass sie nicht aus Metall bestand. Sofort rutschte Rob auf dem Stuhl zurück. »Aeyas Feuer. Es ist in der Lage, alles von dieser Welt zu entfernen, was nicht hierhergehört. Spione, Attentäter, Unzählige sind schon durch meine Hand gefallen, die den freien Völkern nichts Gutes wollten.«

»Ich bin kein Spion«, sagte Rob.

»Ich weiß«, erwiderte sie. Zwei Worte, die die Ketten sprengten, die Robs Herz fest umwickelt hatten.

»Ihr wisst es?«

»Garraks Schergen sind anders. Sie umgibt eine Aura des Bösen und der Niedertracht.«

»Also bin ich frei?«, fragte Rob.

Elia zögerte. »Was ist das für ein Ring an deiner Hand?«

Rob hob die Finger empor, so dass der Stein wieder im Licht funkelte. »Oh das«, sagte er so beiläufig wie möglich. »Den hatte ich schon, als ich im Seelenturm der Heldenliga beschworen wurde.«

»Gib ihn mir«, bat sie, und Rob zog den Ring ab. Er zögerte kurz, dann überreichte er ihn. Die Scharfrichterin ging damit ans Fenster, um ihn im Schein der Sonne besser betrachten zu können. »Ein spannender Stein«, murmelte sie. »Keine magischen Werte, aber irgendwas schlummert in ihm. Der Ring selbst sieht aus wie ein Werk Melfanas.« Sie wandte sich ihm zu.

»Ich habe keine Ahnung, wer das sein soll«, gestand er, erinnerte sich aber, den Namen schon einmal gehört zu haben. Shani, die Rekrutierungsoffizierin im Seelenturm, hatte ihn erwähnt. Aber Rob, der noch unter den Nachwehen seiner Wiederbelebung gelitten hatte, hatte nicht nachgehakt.

»Eine geplagte Seele«, erklärte Elia. »Gefangen in den Seelenstreifen, tief unten in einem Berg, bei der ewigen Esse, wo sie Tag für Tag Ringe schmiedet, die dieses Land fluten wie eine Plage. Ich habe sie nie gesehen, manche halten sie für einen Geist, andere für einen Dämon, aber die Clachans machen gute Geschäfte mit ihr.«

»Clachans?«

»Die Bewohner des Berges. Sie versorgen Melfana mit Eisen und verkaufen die Ringe an den Norden und an den Süden. Wenn sie weiter in so einer Geschwindigkeit produziert, wird bald an jeder Hand in diesem Land ein Ring von ihr stecken. Ich weiß nicht, was dieses Geschöpf antreibt, und ich werde es auch nicht herausfinden. Die letzte Expedition, die die freien Völker zu ihr schickten, kehrte nicht zurück. So bleibt sie eines der unzähligen Mysterien, die Avataris plagen.« Sie hielt die Klinge neben den Ring, und es schien, als würde er von der Hitze angezogen werden. Die Scharfrichterin hatte sichtbar Mühe, den Schmuck von der Klinge fernzuhalten. »Interessant«, sagte sie und warf Rob den Ring wieder zu.

Der steckte ihn sofort an den Finger.

»Du hast viele Fragen gestellt, sagte man mir«, fuhr Elia mit ihrem Verhör fort. Sie ließ sich auf der Fensterbank nieder, und der Sonnenschein spiegelte sich in ihren roten Augen.

»Es gab Dinge, die mir komisch vorkamen«, gestand Rob.

Mit einem Nicken deutete sie ihm an, das weiter auszuführen.

»Der Wirt in der Taverne hat immer wieder die gleichen

Worte gesagt. Jeden Tag kamen neue Helden an, die die Ratten in seinem Keller bekämpfen sollten. Wort für Wort wiederholte er sich und tat so, als wäre endlich die Kavallerie eingeritten. Ich verstehe das nicht.«

»Das ist alles?«

»Da war noch dieser Junge, dem niemand helfen wollte, weil die Belohnung zu schlecht war, und der sich angeblich alles nur eingebildet hat. Aber ich war da, ich habe die Schreie gehört und die Flammen am eigenen Leib gespürt.« Rob dachte noch an den Stab, der durch den Stoff der Robe der Magierin geglitten war. Aber das war in einer Welt voller Zauber noch erklärbar.

»Ich verstehe.« Die Scharfrichterin setzte sich wieder auf ihren Stuhl. »Und ich habe alles gehört, was ich hören musste. Du bist kein Spion.«

»Danke«, japste Rob. Die Anspannung der letzten Tage verschwand. Nun spürte er die Erschöpfung.

»Wache«, rief Elia, und der Eollyan, der Rob hierherbegleitet hatte, steckte den Kopf herein. »Bringt mir Cervantes.«

Die Wache verschwand wieder.

»Cervantes?«, fragte Rob und spürte sofort, wie sich die eiskalten Ketten wieder um sein Herz schlangen.

»Er ist meine Augen und meine Ohren da draußen. Er muss wissen, wie das Verhör verlief«, sagte die Scharfrichterin knapp.

Es dauerte nur wenige Augenblicke, dann stand Cervantes im Zimmer. Er hatte den Helm unter dem Arm geklemmt und das lange blonde Haar ordentlich nach hinten gekämmt. »Ihr habt nach mir verlangt, Scharfrichterin Elia Anasia?«

»Ich habe das Verhör beendet, Cervantes.« Sie deutete auf Rob, der immer noch auf dem Stuhl ihr gegenüber saß. »Ich muss Euch mitteilen, dass Ihr in diesem Fall geirrt habt. Rob hier ist kein Spion von Garraks Horden, und er wird auch nie ein Attentäter werden.«

Auf Robs Gesicht stahl sich ein Lächeln, und er wünschte sich, Cervantes, der in seinem Rücken stand, könnte es sehen. Also drehte er sich um und nickte ihm erleichtert zu.

»Aber irgendwas stimmt doch mit dem nicht«, protestierte Cervantes.

»Ihr habt recht«, sagte Elia, und der Gesang war aus ihrer Stimme verschwunden. »Rob hier ist anders. Und wir müssen unser Land vor allem schützen, was zur Gefahr werden kann.« Dann wandte sie sich wieder ihm zu. »Ich weiß, dass du kein Spion Garraks bist. Dennoch war deine Wiederbelebung ein Fehler, der nicht hätte passieren dürfen. Du bist kein Champion, Rob.«

Die Ketten zogen sich enger um sein Herz, und er vergaß zu atmen. Das Lächeln hatte sie ihm wie mit einer Backpfeife aus dem Gesicht gepfeffert.

»Du bist keiner von uns. Kein Held, kein Champion. Du bist eine Laune der Natur, im besten Fall. Im schlimmsten bist du irgendein Geschöpf einer Kreatur, die im Spiel der Götter mitspielen möchte. Ich kann es nicht verantworten, dass du weiter unter uns weilst. Aeya hat mich hierhergeschickt, damit ich ihr Reich vor allen Bedrohungen schütze. Ich verstehe nicht, was du bist oder wer du bist, und deswegen muss ich tun, was ich tun werde.«

»Ihr macht einen Fehler!«, rief Rob.

»Glaub nicht, dass es mir leichtfällt. Ich habe nie um diese Aufgabe gebeten. Aber Aeya hat mich für würdig erachtet, und ich werde tun, was nötig ist, um ihr Reich zu schützen.« Sie erhob sich und schob dabei ihren Stuhl nach hinten. Das Knarzen vom Holz, das über den groben Stein rutschte, füllte den ganzen Raum aus. »Hiermit verurteile ich dich zum Tod durch meine Klinge, Rob. Die Hinrichtung wird morgen auf dem Palastplatz stattfinden.«

»Ihr dürft nicht … nein!«, schrie Rob, als ihn Cervantes' kräf-

tige Hände packten und herumwirbelten. Nun war es der Oberoffizier der Silbernen Garde, der grinste.

»Komm, wir bringen dich zurück in deine Zelle, wo du hin-
gehörst«, sagte er, und aus jedem Wort triefte tiefe Genugtuung.
Rob wurde aus dem Zimmer der Scharfrichterin gezerrt. Er
stemmte sich mit aller Kraft dagegen, aber er hatte Cervantes
körperlich nichts entgegenzusetzen. Sein Blick heftete sich an
die Scharfrichterin, die mit hinter dem Rücken verschränkten
Armen vor dem Fenster stand. Die einfallende Sonne, die sich
wie eine Aura um sie schmiegte, verlieh ihr etwas Übernatürliches. Ihre Miene schien gleichgültig, als sie Rob hinterhersah.

KAPITEL
8

Zu der Kälte, die Rob in seinem Inneren spürte, kam die Kälte, die seinen Körper erzittern ließ. Als die Sonne sich herabgeneigt und der Dunkelheit Platz gemacht hatte, verließ ihre Wärme die Zelle durch all die Ritzen und Risse in den Wänden. Rob schlang die Arme um sich. Die Zähne klapperten aufeinander. Vielleicht würde er erfrieren, bevor sie ihn hinrichteten.

Er sehnte sich nach einem großen Feuer. Eines, das ihm die Hitze auf die Stirn trieb und das Gefühl gab, er würde darin verglühen. Und wenn es nach ihm ging, könnte es auch gleich den ganzen Palast und den kompletten Kontinent niederbrennen. Seit er denken konnte, und auch wenn das erst ein paar Tage her war, gab man ihm zu verstehen, dass er falsch und anders sei. Er hatte nie darum gebeten, als Champion wiederbelebt zu werden. Es war nicht sein Fehler, dass er war, wie er war. Nein, die anderen waren das Problem.

Rob erhob sich und lief auf und ab.

Sein Hirn ratterte, suchte einen Weg aus diesem Dilemma. Er rüttelte an den Zellenstäben, die fest im Granit verbaut waren. Er tastete die Risse im Gestein ab, ob sich einer davon verbreitern ließe. Erfolglos. Er würde ein Wunder brauchen, damit er den kommenden Tag überlebte. Doch Rob wusste nicht, zu welchem Gott er für dieses Wunder beten sollte. Aeya würde ihm nicht helfen, so viel stand fest. Garrak war der böse Feind. Wen gab es noch?

Der Ring am Finger schien noch ein paar Grad kälter als der Rest zu werden.

Entkräftet ließ sich Rob gegen die raue Wand fallen und glitt hinab.

Und von da aus schließlich in eine traumlose Dunkelheit.

»Aufstehen«, herrschte ihn eine Stimme an. »Es ist alles vorbereitet.« Im Raum stand eine Gront, die ihrer Uniform nach zur Palastwache gehörte. Sie musste sich ducken, um nicht mit dem Kopf an der Decke anzustoßen.

Rob rieb sich den Schlaf aus den Augen. Die Nacht hatte ihm kaum Erholung gegönnt. Immer wieder war er frierend aufgewacht, und die Hände hatten wie von selbst nach einer Decke gesucht, die nicht da war. Die Glieder waren steif wie Eiszapfen, als er sich erhob.

»Hände«, befahl sie.

Rob hielt sie hin, und zwei Eisenschellen klackten hörbar zu. Die Gront ergriff ihn und schob ihn auf den Gang, trieb ihn vor sich her, durch die Korridore, bis zu den Treppen. Immer wenn sie eine der Licht spendenden Fackeln passierten, versuchte Rob, ein bisschen Wärme zu erhaschen. Er fror erbärmlich. Die Gemäuer hatten die Kälte der Nacht aufgenommen und gaben sie nur langsam wieder her.

Als sie in den opulenten Palastflur kamen, der voller Gemälde vergangener Regenten und Champions hing, ahnte Rob zum ersten Mal, welches Spektakel die Bewohner von Gonholt heute erwartete. Nicht nur er würde hingerichtet werden. Nein, auch drei weitere warteten auf die Vollstreckung ihres Urteils. Ein Mensch, eine Squan und eine Eollyan standen aneinandergekettet in dem Flur, der durch ein Portal direkt auf den Platz führte. Schultern und Köpfe hingen herab, der Blick war fest auf das Muster im kalten Marmorboden gerichtet. Sie sahen fürchterlich aus und mussten schon länger in den Zellen gesessen haben. Ihre Kleidung war dreckig, das Fell der Squan fettig und verfilzt. Ihr Schluchzen hallte von der hohen Decke zurück. Der Mann hatte einen langen, ungepflegten Bart. Das waren keine Spione, dessen war Rob sich sofort sicher. Sie trugen ebenfalls die Rüstungen der Heldenliga. Möglicherweise war er nicht der einzige Fehler, den sich die Zauberer der Seelentürme erlaubt hatten.

Rob wurde an das Ende der Reihe bugsiert und die Handschellen mit der Kette der anderen verbunden. Der glatte Marmor war so kalt wie alle, die diesen herzlosen Ort bewohnten. Bewacht wurden sie von gleich acht Palastwachen. Sie standen links und rechts von den Verurteilten. Ihre Blicke waren starr nach vorn gerichtet. Sie wirkten wie Statuen, nicht wie Lebewesen. Niemand sprach ein Wort, und die Anspannung zerriss Rob beinahe. Er hörte, wie sich der Platz draußen füllte. Stimmen und Rufe drangen an sein Ohr.

Das war es, so würde er von dieser Welt gehen. Ein kurzes Vergnügen. Er hatte noch gar nicht verstanden, wer er wirklich war, da würde man ihn schon wieder zurück in das Meer aus Seelen werfen. Hoffentlich würden die Zauberer denselben Fehler nicht noch einmal machen. Vielleicht würde er sich noch daran erinnern, was hier geschehen war, und könnte sie davon abhalten, ihn ins Reich des Lebens zurückzuholen.

Das Portal wurde aufgestoßen, und Fanfaren erklangen. Das Dröhnen von Trommeln drang herein, und eine jubelnde Menge ließ ihrer ungehemmten Laune freien Lauf. Die Sonne warf einen langen Strahl in den Palastflur, doch er endete kurz vor Rob. Nicht mal jetzt war ihm die Wärme vergönnt.

Sie verharrten noch einen Moment, dann gaben die Palastwachen den Befehl, und die vier Gefangenen marschierten langsam auf das Unausweichliche zu.

Ihre eigene Hinrichtung.

Auf dem Platz vor dem Palast herrschte Feststimmung. Es schien, als würde jeder Bewohner von Gonholt der Hinrichtung beiwohnen. Händler verkauften Speisen, Kinder drängten sich durch die Beine der Erwachsenen, um einen Blick auf Garraks Abschaum zu werfen. Rob und die anderen Gefangenen wurden mit allerhand Schmährufen und Gejohle begrüßt. Man verhöhnte sie dafür, dass sie sich der falschen Seite des Konflikts angeschlossen hatten. Hin und wieder schwang jemand eine Faust nach ihnen, aber die Palastwache hielt die Menge davon ab, das Urteil selbst zu vollstrecken. Das war etwas, das der Scharfrichterin vorbehalten war.

Rob starrte auf den Boden. Er wollte nicht in all die Gesichter blicken, die ihm nichts anderes als den Tod wünschten. Lieber beobachtete er, wie seine Füße Spuren im Sand hinterließen. Spuren, die schnell verwischt sein würden, und dann würde nichts mehr auf seine Existenz hinweisen. Niemand würde sich an ihn erinnern. Nächste Woche gäbe es eine neue Hinrichtung. Neue arme Schweine, und ihn hatte man dann vergessen.

Das war in Ordnung, redete er sich ein. Bis vor ein paar Tagen, bis zu seiner Wiederbelebung durch die Zauberer, war es ihm egal gewesen, ob sich jemand an ihn erinnerte. Warum sollte es ihn jetzt scheren? Weil er ein Bewusstsein hatte, gestand er sich ein. Weil es nicht fair war, was hier passierte.

Plötzlich packte ihn eine Hand aus der Menge am Kragen und zog ihn von den Füßen, die Spur verwischte. Die Meute jubelte, die Palastwache versuchte einzugreifen. Aber der Griff des Gronts, dessen Gesicht unter einer Kapuze verborgen lag, war so fest wie der Glaube der freien Völker an Aeya. Rob stellte sich darauf ein, dass ihm der Kerl das Genick brach. Dann würde sein Tod zumindest nicht zu einem Spektakel für die mordlustige Menge.

»Über die Brüstung, wenn die Ketten ab sind«, hauchte ihm der Gront zu und ließ sich dann von den Palastwachen zurückdrängen.

Die Menge schrie und jauchzte auf. Dass es einem von ihnen gelungen war, Hand an die Verräter des Reiches zu legen, feierten sie offensichtlich als Erfolg gegenüber der Obrigkeit. Rob taumelte zurück. Was hatte der Bär gerade zu ihm gesagt?

Über die Brüstung.

Rob sah zu der Holzkonstruktion am Rand des Platzes. Sie war hoch genug, dass man sie von überall sehen konnte. Die Banner mit der silbernen Faust säumten das Gelände; sie wehten im Wind, als würden sie davonfliegen und diesem unwürdigen Spektakel nicht beiwohnen wollen. Der kreisrunde Platz über den Dächern der Stadt wurde von einer hüfthohen Steinmauer eingefasst, und dahinter ging es tief hinab.

Warum sollte er da hinunterspringen? War das ein makabrer Scherz, wollte die Menge mehr Unterhaltung? Oder konnte es sein, dass er hier doch Freunde hatte? Dass nicht alle gekommen waren, um dieser Hinrichtung aus reiner Freude am Spektakel beizuwohnen? Dieser Gedanke sorgte für einen Hoffnungsfunken in Rob, der die Kälte der Nacht vertrieb.

Wie Vieh wurden sie auf die Plattform getrieben und in einer Reihe aufgestellt. Die Ketten blieben an ihren Händen. Das Publikum schrie und johlte und forderte ihren Tod. Rob schaute nun doch in die Gesichter der Menschen, Squans, Eollyans und Gronts, die er nicht kannte, die ihn aber so abgrundtief hassten. Er sah nach rechts zu den anderen Gefangenen. Sie hielten den Kopf gesenkt, still dem ergeben, was kommen würde. Hatte man ihnen auch gesagt, dass sie über die Brüstung springen sollten?

Rob warf einen Blick über die Schulter. Die Mauer ging ihm höchstens bis zum Bauchnabel. Dahinter konnte er die roten Dächer von Gonholt sehen. Möwen kreisten unter den Wolken, und wenn Rob nicht spontan Flügel wachsen würden, würde er den Aufprall nicht überleben. Außer, man hatte etwas vorbereitet. Ein großes Tuch gespannt oder einen Heuhaufen platziert, der seinen Fall abfing. Zugegeben, es würde viel Heu brauchen, damit er sich bei einem Sprung aus dieser Höhe nicht alle Knochen brach. Aber vielleicht gab es noch einen Ausweg.

Plötzlich herrschte Stille auf dem Palastplatz. Rob sah wieder nach vorn und erblickte die Frau, die in ein paar Minuten das Todesurteil vollstrecken sollte.

Scharfrichterin Elia Anasia.

Sie trug eine rote Robe, und in der Hand hielt sie den Schwertgriff, der an die Faust Aeyas erinnerte. Sie schritt durch den Gang, den auch Rob und die anderen Gefangenen genommen hatten. Statt mit Hass und Hohn wurde ihr mit Respekt und Bewunderung begegnet. Gonholts Bewohner schwiegen, formten die Hand zur Faust vor der Brust und sahen ihr nach, als sie über den Platz ging.

»Aeyas Segen mit Euch«, murmelte der Chor aus Stimmen.

Elias Lippen formten ein freundliches Lächeln. Schmetterlinge umflogen ihren Kopf. Sie bewegte sich mit der Leichtfüßigkeit eines Rehs und dem Selbstbewusstsein einer Löwin auf die Gefangenen zu.

Als sie die Stufen heraufkam, schluckte Rob. Wenige Augenblicke trennten ihn jetzt noch von seinem Tod. Er kontrollierte seinen Atem, spürte, wie das Herz in der Brust pochte. Er musste einen klaren Kopf bewahren, wenn er diesen Tag überleben wollte.

Elia wandte sich dem Volk zu, so dass er nur ihren Rücken in der blutroten Robe sah. Sie hob die Arme in die Luft. »Freie Völker von Avataris«, rief sie mit der Kraft einer Riesin. Ihre Stimme hallte über den kompletten Platz und wurde vom Palast zurückgeworfen. Niemand wagte es, das Wort zu erheben. »Aeya sandte mich, um euch im Kampf gegen das Böse zu unterstützen. Sie gab mir die Klinge der Erlösung. Eine mächtige Waffe, die das Leben der Helden, die so erbittert und mutig für uns an der Front streiten, endgültig beenden kann. Eine Verantwortung, die schwer auf meinem Herzen liegt. Jedem Leben, das ich nehme, ist der Weg zurück in unsere Welt verwehrt.« Sie machte eine Pause und warf den Verurteilten einen Blick zu. Rob war der

Einzige, der ihn erwiderte. Ihm war, als würde sie ihn studieren, etwas in ihm lesen. Dann wandte sie sich wieder der Menge zu. »Heute werde ich vier von ihnen erlösen. Sie machten sich des Verrats an Aeya schuldig, waren im Bündnis mit dem Bösen.«

Rob hätte fast was gesagt, aber hielt es für klüger, nicht den offenen Disput mit der Scharfrichterin zu suchen. Der selbstmörderische Sprung in die Tiefe war der einzige Widerspruch, der ihm noch blieb.

»Pontax, tritt vor«, sagte Elia, und dem Mann wurden die Ketten von der Palastwache gelöst. Selbst jetzt, im Angesicht seines Todes, hob er nicht den Kopf. Er machte zwei unsichere Schritte nach vorne, blieb auf wackligen Beinen stehen und erwartete die Klinge.

»Du hast dem Feind Informationen über unsere Lagerbestände in den Waffenkammern geliefert«, klagte ihn Elia an.

»Es war nur ein Auftrag«, hörte Rob den Mann wimmern, der selbst mal ein Champion wie er gewesen war.

»Ein Auftrag des Bösen«, sagte Elia und erhob den Schwertgriff. Der Strahl stob heraus und formte die feste, heiße Sonnenklinge. »Möchtest du gestehen?«

Nur ein Schluchzen drang bis zu Rob. Die Scharfrichterin wartete nicht länger. Die Waffe schwang herum, durchschnitt den Hals, nachdem ein letzter, verzweifelter Schrei über den Palastplatz gebrandet war. Aber der leblose Pontax sackte nicht einfach zusammen. Der abgetrennte Kopf und der Körper vergingen in einem Glühen. Ein grelles Licht, das alles zu verschlingen schien, bis nichts mehr da war.

Rob keuchte entsetzt auf, als er beobachtete, was ihn selbst in wenigen Momenten ereilen würde. Pontax war verschwunden, und so würde es auch Rob ergehen. Die Angst packte ihn wie eine kalte Klaue. Das durfte noch nicht das Ende seiner wenigen Tage sein!

Die Scharfrichterin wandte sich wieder der Menge zu, die

immer noch stumm war. In ihrer Anwesenheit schien man den Tod nicht so offen feiern zu wollen. Aber Rob hatte das echte Gesicht der Meute gesehen, hatte es erlebt, als man ihn auf das Schafott geführt hatte.

»Der Nächste hat sich noch keiner Verbrechen schuldig gemacht. Er war kein Spion für das Böse, kein Attentäter, der unseren hohen Rat bedroht hat. Aber ich weiß, dass, wenn wir ihn gewähren lassen, er zu einer Gefahr für uns alle wird. Es war ein Fehler, ihn zurückzuholen, und diesen Fehler werde ich jetzt bereinigen.« Sie drehte sich um, und ihr Blick heftete sich auf ihn. Für einen Moment war es totenstill auf dem belebten Palastzelt. Dann sagte sie: »Rob.«

Er erwiderte ihren Blick, sagte aber nichts, sondern schüttelte kaum sichtbar den Kopf. Eine kleine Geste des Widerstands. Der Unwille zur Kooperation.

»Es ist Zeit«, sagte sie ruhig, und fast fühlte es sich richtig an. Er würde sich neben sie stellen und die Klinge erwarten. Dann würde er sich in einem Meer aus Licht auflösen, und diese verwirrende Existenz, aus der er einfach nicht klug wurde, hatte ein Ende.

Eine Palastwache steckte einen Schlüssel in die Handschellen, und unter lautem Klirren fielen sie auf die Holzbretter.

Er machte erst einen und dann noch einen weiteren Schritt. Tat genau das, was die Scharfrichterin Elia Anasia und die Menge von ihm erwarteten, nachdem er zu oft getan hatte, was er selbst für richtig hielt. Er hatte Fragen gestellt und jenen helfen wollen, die wirklich Hilfe brauchten. Das würde er nun mit dem Leben bezahlen.

Es zerriss ihn innerlich. Egal was er tat, in welche Richtung er sich bewegte, überall wartete der Tod. Außer der mysteriöse Gront in der Menge hatte einen anderen Plan. Rob schloss die Augen und sperrte so den bohrenden Blick der Scharfrichterin aus. Er horchte tief in sich hinein.

Spring.

Das Wort drang wie ein Dolchstoß in sein Hirn. Das Publikum erwartete ein Spektakel, und er würde es liefern.

Er fuhr herum, und der Schweigebann, der über der Menge zu schweben schien, war gebrochen. Ein entsetztes, kollektives Schreien durchschnitt die Stille. Rob rannte los, stieß die überraschte Wache mit der Schulter beiseite. Der Mann ging unter lautem Aufkeuchen der umstehenden Zuschauer zu Boden.

»Fasst ihn!« Die Worte der Scharfrichterin knallten wie ein Peitschenhieb über seinen Kopf hinweg.

Weitere Palastwachen eilten herbei, die Brüstung kam mit jedem Schritt näher. Ihre gepanzerten Handschuhe griffen nach ihm, verfingen sich in den Riemen seiner Rüstung, aber das Leder glitt hindurch. Rob zögerte nicht, legte die Hände auf die Brüstung und sprang.

Sofort bereute er all seinen Mut und sein Heldentum. Kein Leinentuch, auch kein Heuhaufen waren vorbereitet. Nur die Krypta und die Grabsteine, die er schon bei seiner Fahrt zum Palast gesehen hatte, erwarteten ihn wie Speere in einem Burggraben. Er hatte mit dem Schicksal gespielt und verloren und fand nun Frieden in dem Gedanken, dass er wenigstens dem Volk von Gonholt keine Genugtuung gegeben hatte. Er war nicht wie ein Lamm zum Schlachter gegangen, sondern hatte sein Ende selbst bestimmt. Wie ironisch es war, dass er ausgerechnet auf einem Friedhof sterben würde.

Es tat nicht weh, als er auf dem Boden aufschlug.

KAPITEL
9

Die Dunkelheit dauerte nur einen Augenblick lang an. Ein Fingerschnipsen, bevor er die Augen wieder aufschlug. Er lebte. Nein, das beschrieb seinen Zustand nicht. Er war aber auch nicht tot, sondern irgendwas dazwischen. Die Welt war in ein dunkles Grau getränkt. Als er sich umsah, hinterließen die Lichter Schlieren, als hätte er zu viel getrunken.

Rob drehte sich um und sah sich selbst – zumindest das, was von ihm übrig geblieben war. Sein Oberkörper lag auf dem Dach der Krypta. Die Beine baumelten herab, wie bei einer achtlos hingeworfenen Puppe. Feine Risse zogen sich an der Stelle durch den Marmor, an der er aufgeschlagen war. Das Dach hatte seinen Aufprall überstanden, aber nicht abgefedert. Immerhin hatte sich sein Körper nicht über den ganzen Friedhof verteilt. Es gab kein Blutbad, keine freiliegenden Organe. Sich selbst dort liegen zu sehen sorgte für einen sonderbaren Moment der Entfremdung. Als würde er nicht sich selbst beobachten, sondern jemand anderen. Als wäre er gar nicht der Rob gewesen, der von der Silbernen Garde gefasst worden war und durch Scharfrichterin Elia Anasia hingerichtet werden sollte. Als könnte er jeder sein.

Er sah an sich hinab.

Das waren immer noch seine Hände. Doch die gesunde Blässe der Haut war einem durchscheinenden Rauchgrau gewichen. Die Konturen seines Körpers wirkten unscharf. Bei jeder Bewegung hinterließen sie feine Schwaden in der Luft, die ihn an den Qualm einer Pfeife erinnerten.

Rob blickte die Mauer hinauf, sah unzählige Helme der Palastwachen, die auf ihn oder seinen Körper hinunterstarrten. »Schnell, bevor er entwischt!«, hörte er einen Ruf von oben. Und da erinnerte er sich an das, was Lunita ihm erzählt und gezeigt hatte. Erst jetzt verstand er den Plan des Gronts – und hielt sich für den größten Dummkopf, der je zum Champion erklärt worden war. Rob hatte so sehr an seinem Leben gehangen und die Gesetze der Sterblichkeit vorausgesetzt, dass er nie auf die Idee gekommen wäre, sich selbst umzubringen, um fliehen zu können.

Er wusste, was er als Nächstes tun musste. Es war wie ein natürlicher Instinkt. Er lief auf seine eigene Leiche zu und sprang. Der Geist, der er gerade war, schlüpfte in den Körper zurück.

Der erste Atemzug, der seine Lungen füllte, war eisig. Bevor er wieder richtig bei Bewusstsein war, rutschte er von der Kante der Krypta und schlug auf dem Friedhofsboden auf.

»Verdammt!« Rob starrte in den Himmel. Jeder Knochen in seinem Körper schmerzte.

Dann nahm er zwei Gestalten neben sich wahr. Da er gegen das Sonnenlicht blickte, sah er ihre Gesichter nicht, also versuchte er, seine Augen abzuschirmen, und erkannte, dass der eine der Gront war, der ihm den Weg aus der Misere verraten hatte. Und auch der andere, es war ein Squan, kam ihm vertraut vor.

»Ihr wart das in der Taverne«, sagte er und entsann sich der mysteriösen Gestalt, die sich zu ihm an den Tisch gesetzt und ihn aufgefordert hatte mitzukommen. Er hatte gesagt, Rob würde nicht hierhergehören.

»Wir haben nicht viel Zeit«, erwiderte der Squan. »Trink das.« Er reichte ihm ein Fläschchen mit einer roten Flüssigkeit.

Rob stellte keine Fragen. Es war ein Heiltrank, wie ihm Shani schon einen im Seelenturm gereicht hatte. Er entfernte den Korken und kippte sich den Inhalt in den Rachen. Augenblicklich spürte er die Lebensgeister zurückkehren. Die Schmerzen verschwanden und machten Platz für unbändige Energie.

Der Gront reichte ihm die Pranke, und Rob griff zu. Kräftig wurde er auf die Beine gezogen.

»Wirf das über«, knurrte der Bär, wobei Rob nicht wusste, ob er so streng klingen wollte oder ob das einfach zur Natur seines Retters gehörte.

Rob legte den beigen Umhang über und zog die Kapuze tief ins Gesicht. »Wer seid —«

»Keine Fragen, noch nicht«, unterbrach ihn der Squan mit einem aufgeregten Quieken. »Erst müssen wir von hier verschwinden. Das wird keine leichte Aufgabe. Los!«

Der Gront lief vorweg, Rob hinterher, und der Squan bildete die Nachhut. Sie eilten durch das Friedhofstor und die anschließenden engen Gassen Gonholts, und der Bär schob wie eine Lawine alles beiseite, Händler und Bewohner sprangen unter lautem Protest aus dem Weg. Sie rannten immer weiter bergab, weg von dem Ort, an dem man Rob hinrichten wollte. Und das war alles, was für ihn gerade zählte.

Lautes Glockenläuten ertönte. Rob ahnte, dass das kein gutes Zeichen war.

Der Gront blieb abrupt stehen, und Rob stolperte in ihn hinein. Der Bär hielt wie ein Bollwerk stand und wich kein Stück weiter. Stattdessen presste er Rob mit der Pranke gegen die nächste Hauswand. Es fühlte sich an, als würde ihm sein Retter die ganze Luft aus den Lungen pressen.

Rob wollte protestieren, da drängten Wachen an der Gasse vorbei. Sie waren gerüstet und eindeutig in der Überzahl.

»Keine hektischen Bewegungen mehr, benimm dich komplett unauffällig«, quiekte der Squan hinter Rob.

»Leise«, brummte der Gront. »Wir haben direkt ins Wespennest gestochen.«

»Ich bin der Anführer dieser Mission«, widersprach der

Squan. »Wir werden uns jetzt unter die Leute mischen, als wären wir ganz normale Besucher des Marktes. Wenn wir Glück haben, haben sie das Stadttor noch nicht geschlossen. Bereit?«

Der Gront nickte, und man wartete nicht auf Robs Reaktion. Die drei stolperten aus der Gasse auf einen der größeren Wege von Gonholt. Es herrschte komplette Aufregung. Die Nachricht, dass einem Verurteilten die Flucht vom Palastplatz gelungen war, verbreitete sich wie ein Steppenbrand. Händler sammelten ihre Waren zusammen, Eltern riefen ihre Kinder herein. Scheinbar traute man jemandem, dem es gelungen war, die Scharfrichterin hereinzulegen, alles zu. Rob wusste, dass er diesem Ruf in keiner Weise gerecht wurde, aber ein bisschen freute er sich über das Gerede. Cervantes und Elia würden daran ganz schön zu knabbern haben, vorausgesetzt, ihm gelang die Flucht aus der Stadt. In den Tod zu fallen war kein Kunststück gewesen. Er hatte seinen Körper nur über die Brüstung stürzen müssen; um den Rest hatte sich die Schwerkraft gekümmert.

Das Läuten der Glocken schien nicht enden zu wollen. Immer wieder ging Rob mit seinen Begleitern hinter Kisten in Deckung oder gab vor, sich für ausliegende Ware in den Schaufenstern der Handwerker zu interessieren, wenn ein Trupp Wachen vorbeieilte. In der Lederrüstung der Heldenliga fiel Rob in Gonholt nicht auf. Jeder Zweite sah aus, als würde er seinen Sold damit verdienen, Aufträge zu erledigen. Der Umhang, den ihm seine beiden Retter überreicht hatten, ließ ihn komplett in der Menge untergehen.

»Nicht mehr weit«, quiekte der Squan leise. »Direkt hinter der nächsten …« Das Meerschweinchen brach mitten im Satz ab und blieb stehen.

Rob sah sofort, was es hatte verstummen lassen.

Das Tor von Gonholt war geschlossen. Ein Pulk aus Händlern

und Bewohnern hatte sich davor versammelt. Niemand wollte in der Stadt bleiben, wenn ein Attentäter Garraks herumlief.

Rob war sich sicher, dass die Kunde, er sei kein Spion des Bösen, sondern nur ein vermeintlicher Fehler, den es auszulöschen galt, sich nicht so schnell wie die Flucht herumgesprochen hatte.

Da schlich sich ein Gedanke in seinen Kopf.

Konnte es sein?

Er ließ den Blick nach links und rechts, zu seinen Begleitern schweifen. Sie sahen nicht aus wie Spione. Aber genau das machte gute Spione doch aus, oder? Hatten ihn Garraks Leute gerade vor dem Tod bewahrt?

»Dahinten ist er!«, hörte er die messerscharfe Stimme von Cervantes Salomon. Er saß auf einem weißen Pferd und sah so über die Köpfe der Leute hinweg. »Ergreift sie!«, rief er, als hätte es noch einer Aufforderung bedurft. Panik brach auf dem Platz aus. Die Bewohner Gonholts suchten das Weite, als hätte Rob eine ansteckende Krankheit. Immerhin erschwerten sie so den anrückenden Wachen, die die Schwerter gezückt hatten, die Arbeit.

»Verdammt«, knurrte der Gront. »Zeit für eine Planänderung. Herr Anführer?« Der Hohn in seiner Stimme war unüberhörbar.

Der Squan sah sich hektisch um, drehte sich auf der Stelle. Dann blieb sein Blick auf einem Loch am Straßenrand hängen. »Meinst du, wir können uns auf Rose verlassen?«

»Was ist die Alternative?«, fragte der Gront und deutete in Richtung Stadttor.

»Und du warst schon mal in der Kanalisation?«

»Einmal«, brummte der Bär. »Verdammt eng da unten für einen wie mich.«

»Ich hoffe, Rose hält sich bereit«, quiekte das Meerschweinchen angespannt und wirbelte los, weg von den Wachen, dem Stadttor und Cervantes.

Rob und der Gront eilten hinterher, angespornt von den hektischen Rufen der Stadtwache in ihrem Rücken.

Der Eingang zur Kanalisation war eine Falltür an der Seite eines Amtsgebäudes. Schmale Stufen führten hinab in die Dunkelheit, und Robs Begleiter holten Phiolen unter ihren Umhängen hervor. Mit einem Schütteln fingen sie an zu leuchten.

»Pass auf, wo du hintrittst«, brummte der Gront, und Rob versuchte, auf den rutschigen Stufen, die offenbar tief unter die Stadt führten, nicht auszugleiten. Der Geruch war übel, brannte sich wie Säure in seine Nase, als sie immer tiefer kamen.

»Was hast du hier gemacht?«, wollte der Squan von seinem Begleiter wissen.

»Ich habe für einen Alchemisten Kanalschlamm sammeln müssen«, antwortete der Gront und sah sich um. Ein schmaler Steg bot ihnen gerade genug Platz, dass sie hintereinanderstehen konnten. Das Mauerwerk wurde von einem Schimmelgeflecht überzogen, und der Bär musste den Kopf einziehen, um sich nicht an der Decke zu stoßen.

Der Gestank trieb Rob die Tränen in die Augen. Ihm gefiel nicht, welche Wendung sein Leben genommen hatte. Eigentlich gefiel ihm sein Leben überhaupt nicht. Weder wollte er Ratten in Kellern erschlagen noch vor der Silbernen Garde flüchten. Aber das war keine Entscheidung, die in seinen Händen lag.

»Da sind sie rein«, hörte er gedämpft von oben. Die Stadtwache machte sich am Eingang zur Kanalisation zu schaffen.

»Hier lang«, sagte der Gront, und sie liefen über den nassen Steinboden in die Dunkelheit.

Im Schein der Lichter konnte Rob rechts einen Fluss aus Fäkalien ausmachen, der gemächlich dahinfloss.

»Einfach dem Dreck folgen«, sagte der Bär.

Die Schritte ihrer Stiefel verursachten lautes Schmatzen, und Rob war sich sicher, dass er seine Kleidung verbrennen musste, wenn ihnen die Flucht gelang.

Die Kanalisation war ein Irrgarten aus Gängen und Korridoren, ähnlich den Gassen weit über ihnen. Der Gront lief gebückt voran. Irgendwo, weit hinter ihnen, hörten sie die Rufe und Schritte ihrer Verfolger.

»Vorsichtig«, rief der Squan und warf sich vor Rob, als plötzlich etwas aus dem Wasser hervorschoss.

Eine Klinge zuckte durch die Luft.

Etwas Glänzendes zog sich zurück.

Im Schein der Phiole sah es zunächst aus wie eine Kröte, aber es war zu groß und hatte die Zähne eines Raubtiers. Schleim überzog die ledrige Haut.

»Ein Kanaltölpel«, brummte der Gront und griff in seinen Umhang. Zum Vorschein kam ein langer Hammer, dessen Kopf aus einem großen Granitstein zu bestehen schien. Für Rob war es unerklärlich, wie er den unter dem Stoff hatte verstecken können. Bevor er eine Frage stellen konnte, sauste der Hammer hinab und tötete den Tölpel. »Widerliche Biester. Sie sind nicht sehr gefährlich, aber jagen einem einen verdammten Schrecken ein, wenn sie aus der Brühe springen. Es gibt eine Quest, wo du gebeten wirst, gleich zwanzig Tölpelbeine zu bringen. Wer weiß, was die damit anstellen. Ich hoffe, keine Suppe kochen.«

Rob war kaum zu Atem gekommen, da eilten seine Begleiter schon weiter.

»Komm«, sagte der Squan. »Sie haben aufgeholt.«

Tatsächlich konnte er die Stimmen der Wachen nun deutlicher hören. Die Lichtquellen würden Rob und seine Begleiter früher oder später verraten, doch ohne waren sie hier unten aufgeschmissen und würden keinen Meter schaffen, bevor sie in dem Fluss aus Urin und Kot landeten.

Gerade als Rob dachte, dass sie im Kreis liefen, erschien vor ihnen ein weiteres Licht. Er schirmte die Augen ab, die sich an die Dunkelheit gewöhnt hatten, und atmete unwillkürlich ein.

Der Gestank wurde von einem frischen Wind zurück in die Korridore geweht.

»Unser Ausgang«, sagte der Squan zufrieden.

Für Rob sah es nicht wie ein Ausgang aus. Es war lediglich das Ende der Kanalisation. Sie kamen zum Stehen und beobachteten, wie der Fluss in die Tiefe fiel und dort im Meer verschwand. Klippen und Felsen ragten zwischen den Wellen in die Höhe, umkreist von Möwen.

»Da runterspringen war hoffentlich nicht euer Plan?«, fragte Rob. Er war heute schon einmal in seinen Tod gefallen und hatte kein Interesse, es ein zweites Mal zu tun.

»Das würde einem endgültigen Tod so nahe kommen wie nichts sonst in dieser Welt. Die Strömung würde unsere Leichen packen und weit hinaus zu den unbekannten Kontinenten bringen«, brummte der Gront. »Aber das ist auch nicht der Plan.«

»Immerhin gibt es anscheinend einen«, murmelte Rob.

Der Squan lehnte sich aus dem Abfluss. »Irgendwo da oben sollte sie auf uns warten, für den Fall, dass wir es anders nicht aus der Stadt schaffen.«

»Sie?«

»Rose, die Magierin unserer Gruppe«, erklärte der Bär. »Siehst du sie?«

Noch bevor der Squan antworten konnte, hörten sie die Rufe hinter sich. »Stehen bleiben, im Namen der Silbernen Garde, ihr seid verhaftet! Sonst wird euch Aeyas Zorn treffen.« Es war ein lautes Gewirr aus Stimmen und Schritten. Die Soldaten drängten wie eine Flutwelle durch die Kanalisation auf sie zu.

»Sie ist eigentlich immer zuverlässig, wenn es um solche Sachen geht«, murmelte der Gront angespannt.

»Wobei du nie weißt, was passiert, wenn sie zaubert. Es ist ein Glücksspiel«, erwiderte der Squan.

»Mir wäre auch lieber gewesen, wir hätten einfach aus dem Stadttor marschieren können.«

Rob warf einen Blick über die Schulter. Die Gardisten waren gefährlich nahegekommen. »Leute«, raunte er warnend. Dies war nicht der richtige Moment, um zu streiten. Aktuell saßen sie in der Falle und hatten zwei Möglichkeiten: Sie konnten kämpfen oder springen. Beides war selbstmörderisch.

Der Gront drehte sich um und zückte wieder den Hammer, den er mit beiden Händen führen musste. Er murmelte ein paar Worte, und der Kopf der Waffe fing an zu glühen. Ein gleißendes Licht erfüllte die Kanalisation. »Euch werde ich Aeyas Zorn ordentlich einprügeln«, bedrohte er die anrückenden Gardisten.

»Ein Paladin«, hörte Rob einen der Verfolger sagen.

»Ich sehe sie!«, rief der Squan. »Oben an der Klippe steht sie, ich kann ihre lila Robe sehen.« Wieder neigte er sich gefährlich weit aus dem Abfluss heraus und winkte nach oben. »Hier unten, Rose, hier unten!«, schrie er, aber der Wind trug seine Worte hinaus auf das Meer.

Die Gardisten kamen näher. Die beiden in der vordersten Reihe hatten Speere, die sie weit vor sich streckten. »Gebt auf!«

Der Gront ließ als Antwort den Hammer hinabsausen und schlug die Spitze eines Speeres ab.

»Sie winkt zurück«, sagte der Squan.

Als wäre dies ein Kommando gewesen, verschwand der Hammer, der Gront drehte sich um, rannte auf den Abgrund zu und zog Rob und das Meerschweinchen mit sich.

Rob hatte keine Möglichkeit zu reagieren. Der Bär riss ihn mit der Wucht eines Erdrutsches mit, hinaus in die Tiefe.

Die Klippen, die zwischen den Wellen aus dem Meer herausschauten, erinnerten an Haizähne. Rob schloss erneut mit dem Leben ab. Dieses Mal gab es keine Hoffnung auf Wiederbelebung, denn auf dem Meeresgrund würde er seine Leiche nie wiederfinden. Seine Retter hatten es bestimmt gut gemeint, das Schicksal aber nur hinausgezögert. Er würde nie erfahren, was ihre Intention gewesen war. Vielleicht waren sie wirklich Spione, die ihn für Garraks Armee rekrutieren wollten. Vielleicht hatten sie auch irgendwas in ihm gesehen, was er selbst nicht sah.

Donnernde Blitze und messerscharfe Eispfeile schossen an ihm vorbei, verfehlten ihn nur knapp.

Bevor die Haifischzähne aus Fels zubissen, umschlang Rob eine Aura aus rosa flirrendem Licht. Der plötzliche Stopp war ein Widerspruch gegen die Gesetze der Natur, und er spürte, wie die Schwerkraft noch für einen Moment an seinen Organen zog, dann aber aufgab. Er schwebte über den tosenden Wellen und drehte sich um die eigene Achse. Bevor er verstand, was passierte, glitt er an der schroffen Küste hoch, vorbei an der Mündung der Kanalisation, in der die verdutzten Gardisten standen und ihnen nachsahen.

Am oberen Rande der Klippe stand eine Magierin. Die Eollyan trug eine lila Robe. In einer Hand hielt sie einen langen, knorrigen Stab. Die andere hatte sie in die Luft erhoben, die Finger zeigten Richtung Himmel, und ein Licht umgab sie, von der gleichen Farbe wie die Aura, in der Rob, der Squan und der Gront auf den rettenden Boden schwebten.

Als Rob feste Erde unter seinen Füßen spürte, atmete er erleichtert aus. Ein Knoten der Anspannung löste sich zeitgleich mit dem rosa Flitter um ihn. Sie waren weit außerhalb der Stadt, anscheinend wollte man die stinkenden Hinterlassenschaften nicht direkt vor der eigenen Haustür ins Meer kippen. Die Türme von Gonholt erhoben sich unscharf in der Ferne. Die Rettung war geglückt, die Flucht gelungen. Rob lebte noch, die Scharfrichterin war gescheitert.

Der Squan erhob sich und klopfte sich Dreck vom Umhang. »Wir dachten schon, du hast uns vergessen.«

»Stunden habe ich hier gehockt und darauf gewartet, dass was passiert. Als sie das Stadttor geschlossen haben und die Glocken läuteten, war ich sicher, dass ihr zugeschlagen habt. Bloß hatte ich keine Ahnung, was genau da drinnen los war, Marten.«

»Kurze Geschichte«, quiekte der Squan, der anscheinend Marten hieß. »Wir haben ihn gerettet und sind geflüchtet.«

Rob hätte noch ein paar Sachen zu ergänzen gehabt: Er war gestorben, sie waren einem Kanaltölpel begegnet, der Hammer des Gronts hatte geleuchtet, und sie waren einen Abgrund emporgeschwebt. Aber das waren in dieser Welt wohl nur Kleinigkeiten, die es nicht wert waren, erzählt zu werden.

»Wir haben eine kurze Verschnaufpause«, sagte der Squan. »Bis die Wachen zurück aus der Kanalisation sind und man ein Reittrupp losschickt, sind wir über alle Berge. Gut, dass dein Zauber geglückt ist, Rose.«

Die Zauberin schüttelte den Kopf, und der Löwenzahn, der in dem moosigen Haar wuchs, wankte hin und her. »Es ist ein Graus, sage ich dir. Bevor ich den Schwebezauber hinbekommen habe, habe ich erst einen Kettenblitz und dann zwei Frostpfeile geworfen. Im letzten Moment ist es mir dann doch noch irgendwie geglückt.«

Rob musste die Frage stellen. »Ihr seid Spione Garraks, oder?« Er war sich sicher, dass er sich nun mit den Bösen eingelassen hatte.

Marten lachte laut, Rose schüttelte den Kopf.

»Nein, wir sind keine Spione«, brummte der Gront. »Wir erzählen dir alles in unserem Gildenlager bei einem Feuer und einem ordentlichen Bier. Wir hatten dich schon erwartet.«

»Mich erwartet?« Ein Gefühl der Kälte überkam ihm.

»Ja, klar. Wir waren uns sicher, dass du mitbekommen würdest, was los ist, und uns rettest«, sagte Marten. »Seit die Silberne Garde hier unterwegs ist, ist es echt gefährlich für uns geworden. Was ist denn da draußen los?«

Rob riss die Augenbrauen hoch. »Wovon redest du?«

Der Gront legte Marten eine Pranke auf die Schulter. »Überfordere ihn nicht so. Er ist dem Tod gerade von der Schippe gesprungen ... also eigentlich von der Mauer.« Dann wandte er sich Rob zu. »Wichtig ist, dass wir dich gefunden haben und du hier bist. Wir glauben, dass bald etwas Schlimmes passieren wird, zumindest für uns.«

»Uns?«

»Wir, die hier nicht hingehören. Die in dieser Welt leben, obwohl sie gar nicht hier sein dürften«, sagte Rose ungeduldig.

»Oje«, quiekte Marten. »Ethan, die Sache wird deutlich komplizierter, als ich dachte.«

Der Gront nickte. »Lasst uns ins Gildenlager aufbrechen. Dort werden wir einen Plan schmieden und alles besprechen. So viel können wir dir aber sagen: Wir sind keine Spione und sehr glücklich, dass du gekommen bist. Du bist unsere Hoffnung, Rob!«

Mit jedem Schritt, den er in dieser Welt machte, wurde sein Leben ein Stück komplizierter und verwirrender. Rob brauchte dringend ein paar Antworten.

10

Sie waren eine Stunde durch Kornfelder und über Wiesen marschiert, um die Berge zu erreichen, in denen die Gilde ihr Lager errichtet hatte. Schroffes Gestein, zu unwirtlich, als dass hier etwas anderes als Eidechsen überleben konnte.

»Ringsum gibt es keine Quests, nicht mal Erze oder Pflanzen zum Sammeln, die Helden hierhinführen würden. Ein blinder Fleck auf der Karte, wenn du so willst. Das war meine Idee«, hatte Marten stolz erklärt.

Das Lager befand sich in einer unscheinbaren Höhle, und nichts deutete darauf hin, dass hier eine Gruppe Außenseiter ihr Hauptquartier hatte. Der Eingang lag versteckt in einer Felsspalte, die man nur über einen schmalen Pfad erreichte. Ein falscher Schritt, und man würde in den Abgrund fallen und unter Geröll begraben. Der Anblick machte Rob keine Angst mehr. Er war die letzten Stunden oft genug in die Tiefe gestürzt.

Das Zentrum des Lagers bildete eine große, kreisrunde Halle, die sogar einem Drachen genug Platz bieten würde. In der Mitte brannte ein Feuer, über dem ein Kessel hing. Der Rauch zog über Löcher im Fels ab. Tische und Bänke boten den Abenteurern einen Ort der Erholung, wie Rob es aus einer Taverne kannte. Die hohe Decke war teilweise mit bunten Stofftüchern abgehängt, um der Höhle wohl zumindest den Anstrich von Gemütlichkeit zu geben. Fässer und Kisten, aber auch Regale, die mit Büchern und Phiolen vollgestellt waren, säumten die Wände. Ein gutes Dutzend Helden war anwesend, die sich auf bevorstehende Abenteuer vorbereiteten, mit einer Mahlzeit stärkten oder einfach nur ausruhten. Aber als sie bemerkten, wer da den Raum betreten hatte, hielten sie inne, und Rob spürte, dass das nicht an Marten, sondern an ihm lag.

»Es ist kein Luxus, den wir uns hier gönnen«, erklärte der Squan und führte Rob unter den neugierigen Blicken der Anwesenden herum. »Wir müssen vorsichtig sein. Mit dem Auftauchen der Silbernen Garde hat sich die Stimmung uns gegenüber geändert.« Bevor Rob nachhaken konnte, quasselte das Meerschweinchen weiter. »Dahinten ist der Schlaftrakt. Der Gang da führt zum Lager. Bedien dich dort, wir haben von allem mehr als genug, zumal ich vermute, dass wir nicht mehr lange bleiben werden. Die Rüstkammer findest du dahinter, da sollten wir noch einen Abstecher hinmachen. Du trägst ja noch die Standardausrüstung der Heldenliga. Ethan und Rose trommeln grad die restliche Truppe zusammen, und dann werden wir alles besprechen. Ich kann mir vorstellen, dass du viele Fragen hast.«

Rob hatte viele Fragen. Seit seinem ersten Tag in Avataris warf jede neue Begegnung weitere auf, und er wusste mittlerweile nicht mehr, wo er anfangen sollte. Langsam füllte sich der Raum, und auch die Neuankömmlinge betrachteten ihn wie einen lang verschollenen und totgeglaubten Freund. Rob fühlte sich schlagartig unwohl.

»Magst du vielleicht was essen?« Eine Frau reichte ihm einen Teller mit Schmorfleisch, das über dem Feuer geköchelt hatte. Es duftete nach Kräutern, und Pilze und Kartoffeln schwammen in der Flüssigkeit.

Erst jetzt spürte Rob, dass er die letzten Tage nicht nur ein Gefangener gewesen war, sondern auch so gelebt hatte. Dankbar nahm er den Teller entgegen und schaufelte das Essen wie ein Verhungernder in sich hinein, ohne jede Rücksicht auf Etikette oder Anstand.

»Köstlich, oder?«, fragte Marten. »Rayna hält nicht viel vom Kämpfen und hat sich seit ihrem ersten Tag hier dem Kochen gewidmet. Sie sagt uns, was sie für die Rezepte braucht, und wir bringen es ihr. Ich wette mit dir, dass du unter den freien Völkern keine Heldin finden wirst, die so versiert im Kochen ist wie sie.«

Die Frau neben dem Kessel lächelte, und Rob quittierte den Wortschwall des Meerschweinchens mit regelmäßigem Kopfnicken. Während er aß und Marten redete, füllte sich die Höhle mit weiteren Helden. Unter ihnen waren Ethan und Rose. Die Menschen, Squans, Eollyans und Gronts trugen Rüstungen und feine Gewänder, hatten Schwerter und Äxte geschultert oder stützten sich auf fein geschnitzten Holzstäben ab. Sie setzten sich zu ihnen ans Feuer, nahmen vom Essen, sprachen leise miteinander und warfen Rob freundliche Blicke zu.

»Ich glaube, es sind alle da«, sagte Ethan schließlich. In der Höhle hatten sich an die dreißig Leute eingefunden.

»Also gut, also gut, fangen wir an.« Marten sprang auf. Den Umhang, der ihn in Gonholt vor den Blicken aufmerksamer Wachen geschützt hatte, legte er ab, und ein polierter Brustpanzer kam über dem braunen Fell zum Vorschein. Er richtete sich zu seiner vollen Größe auf und reichte dem Gront trotzdem nur bis zum Bauchnabel. »Mitglieder der Gilde Neue Hoffnung. Wir haben ihn erwartet und gefunden, er ist zu uns zurückgekehrt!«

Mit großer Geste zeigte er auf Rob, und alle Gesichter wandten sich ihm zu. Er wusste nicht, ob er etwas sagen sollte, also nickte er ihnen nur zu.

»Du hast uns schon einmal gerettet und wirst es nun ein zweites Mal tun, richtig? Wir haben die Zeichen korrekt gedeutet, dass unsere Existenz in dieser Welt aufgeflogen ist und man nun versucht, die Lücken zu schließen und die Spuren zu tilgen?«

Rob sah das Meerschweinchen mit großen Augen an. Was wollten die von ihm? Für wen hielten sie ihn?

Ein unangenehmes Schweigen breitete sich aus.

Ethan ergriff das Wort. »Zeigt eure Ringe.«

Eine Hand nach der anderen wurde emporgestreckt. An jeder entdeckte Rob einen Ring, ähnlich dem, wie er ihn trug. Nur der Stein fehlte.

»Du hast sie uns gegeben, damit wir uns hier finden«, erklärte Ethan. »Und nun haben wir dich gefunden. Was hast du uns zu berichten?«

Robs Kopf war voller Gewitterwolken. Er versuchte, all das zu verstehen, aber ein tiefer Nebel umhüllte seinen Verstand. Allein der Versuch, nach einer Antwort zu graben, verursachte höllische Kopfschmerzen.

»Ich weiß es nicht«, sagte er.

Gemurmel breitete sich unter den Mitgliedern der Neuen Hoffnung aus. Er sah, wie Marten dem Gront einen Blick zuwarf. »Woran kannst du dich noch erinnern, Rob?«, fragte das Meerschweinchen vorsichtig.

»An gar nichts«, antwortete er ehrlich. »Ich wurde von den Zauberern aus dem Seelenmeer beschworen, und das ist der Beginn meiner Existenz.« Rob wusste, dass da mehr sein musste. Erinnerungen an eine Kindheit, Eltern, vielleicht auch Geschwister aus einem vorherigen Leben. Aber da war nichts, und er wusste, wenn er sich erlaubte, länger darüber nachzudenken, würde es ihn auffressen.

»Du erinnerst dich nicht an die Ringe, die du uns gegeben hast?« Sorge lag in Martens Stimme.

Rob schüttelte den Kopf.

»Du weißt auch nicht, welches Schicksal uns alle ereilt hat? Warum wir hier sind?«

»Nein«, erwiderte Rob ungewollt harsch. Er spürte die Blicke und Erwartungen aller auf sich. Dass er etwas sagte oder tat, aber er hatte nichts für sie.

»Wir alle hier sind tot«, sagte Marten vorsichtig. »Und wenn du hier bist, bedeutet es, dass du auch tot bist.«

»Ich weiß«, sagte Rob sofort. »Die Seelenmagier haben mich ja wiederbelebt.«

»Nein«, widersprach Marten. »Das meinte ich damit nicht.« Er kratzte sich am Kopf. »Wir alle hier sind wirklich tot und nicht wiederbelebt. Das hier ist ein Ort, an den wir kommen, um unser Nachleben zu verbringen. Verstehst du?«

Rob hätte das gern bejaht. Seit Beginn seiner Existenz saß er ständig Gesprächspartnern gegenüber, die versuchten, ihm Dinge zu erklären, die er eigentlich wissen sollte. Langsam zweifelte er an sich und seinem Verstand. »Ich weiß nicht, welches Spiel hier gespielt wird, aber in dieser Welt herrscht eine ziemliche Obsession mit dem Tod.«

Ethan machte einen Schritt auf ihn zu und bückte sich, so dass die Schnauze des bärenhaften Riesen direkt vor Robs Gesicht war. Er legte eine Pranke auf die Schulter seines Gegenübers. »Du bist tot, Rob. Jetzt gerade, in diesem Moment. Das hier ist nicht echt. Es ist ein Schauspiel, das für uns aufgeführt wird, um uns über unseren Tod hinaus zu unterhalten. Wir, die Gildenmitglieder, kennen die Wahrheit. Und wir glauben, dass du gekommen bist, um uns von hier fortzuführen. Es ist nur eine Simulation.«

»Simulation?« Rob hatte keine Ahnung, was das sein sollte. »Bitte verwirrt mich nicht mehr mit Namen. Mittlerweile kann ich immerhin Aeya und Garrak unterscheiden.«

»Er hält das hier für echt, Ethan. Mit solchen Begriffen kann er also nichts anfangen«, warf Marten ein und erzeugte in Robs Kopf noch mehr Fragezeichen.

Das hier *war* die echte Welt. Er war aus Fleisch und Blut, konnte nicht tot sein, und wenn er starb, würde er wiederbelebt werden. Oder? Ein Zweifel drang wie ein gehauchtes Wort durch die Gehörgänge und verdichtete sich dort, sprengte die Grenzen seiner Vorstellungskraft, und der Kopfschmerz kehrte mit aller Kraft zurück. Wie ein Eispickel, der den Weg nach draußen freilegen wollte, hämmerte er gegen die Stirn. Rob riss die Hände hoch, griff sich an die Schläfen.

»Scheint, als hat er Vorkehrungen beim Übertritt getroffen, damit er nicht auffällt und bemerkt wird«, sagte eine Frau.

»Das war sehr klug von ihm«, erwiderte Marten.

Schlagartig ließ der Kopfschmerz nach. Das, was nach draußen wollte, hatte sich für den Moment zurückgezogen. »Tot?«, fragte er. Es war der Gedanke, um den sich alles drehte.

»Heutzutage bedeutet es nur noch, dass wir in eine andere Existenzform übergehen. Wir verlassen unsere menschliche Hülle und begeben uns in neue Abenteuer«, sagte Marten, der eindeutig nie eine menschliche Hülle besessen hatte. Er war ein Squan.

»Die letzten Wochen waren ziemlich hart für uns. Seit die Silberne Garde aufgetaucht ist, geht es immer mehr von uns an den Kragen. Sie suchen nach jenen, die nicht hier sein dürfen. Die eine Lücke in den Mauern entdeckt und sich hereingeschlichen haben«, erklärte Ethan. »Dass du jetzt hier bist, ist bestimmt kein Zufall.«

Rob sah in die vielen hoffnungsvollen Augen. Aber sein Kopf war leer. Er atmete tief ein. Dann sprach er die alles entscheidende Frage aus: »Wer bin ich denn?«

Ethan und Marten tauschten einen Blick aus.

»Hast du häufiger diese Kopfschmerzen?«, fragte der Squan.

»Ja, regelmäßig«, gab Rob zu.

»Noch irgendwelche Auffälligkeiten? Dinge, die nicht sein sollten? Die andere Champions komisch beäugt haben?«

Rob zögerte. Konnte er ihnen anvertrauen, was er beobachtet hatte? Als er Lunita davon erzählt hatte, hatte sie ihn an die Silberne Garde verraten. Aber Ethan und Marten hatten ihr Leben riskiert, um ihn vor dem ewigen Tod zu retten. Außerdem gehörten sie offensichtlich selbst zu den Außenseitern der Gesellschaft, wenn stimmte, was sie erzählten. »Alles hat angefangen mit diesem Ring«, sagte er und hob den Finger in die Höhe, auf dem das Schmuckstück saß. Der Stein funkelte im Schein des Feuers. Wie zum Beweis erhoben auch die Gildenmitglieder erneut die Hände. Die Geste war wie ein Erkennungszeichen. »Dann war da dieser Junge, dem niemand helfen wollte. Die Belohnung ist zu schlecht, haben sie gesagt.« Er schüttelte den Kopf. »Doch wie können wir uns Helden nennen, wenn wir nicht denen helfen, die es brauchen? Außerdem war da noch dieser Wirt, der ständig –«

»– den gleichen Satz sagt«, vervollständigte die Frau, die eben noch von den Vorkehrungen gesprochen hatte. Rob sah sie an, und sie grinste. »Bist nicht der Einzige, dem so was auffällt.« Ihre langen, dunklen Haare lagen auf der blauen Robe, die den größten Teil ihrer schwarzen Haut verdeckte, und sie war so schön wie der Frühling nach einem kalten, grauen Winter.

»Ja«, sagte Rob und fühlte sich endlich verstanden. »Genau so war es. Und dann war da noch dieser Zauberstab, der einfach durch ein Gewand durchging.«

»Ich hab mal jemanden minutenlang gegen eine scheinbar unsichtbare Wand laufen sehen. Er hat es gar nicht bemerkt, und dann war er plötzlich weg«, warf jemand aus dem Hintergrund ein.

»Was mich aber am meisten irritiert, ist ein Quest-Eintrag, den ich seit Beginn meiner Ankunft in meinem Auftragsbuch habe. Er wurde mir von niemandem gegeben, er war einfach da. Dort steht, dass ich *sie* finden soll, wer auch immer das sein soll.«

Nur das Knistern des Feuers war in der Höhle zu hören. Niemand sprach.

Marten nickte. »Es ist Zeit, dass du dich ausruhst. Wir werden uns besprechen und überlegen, wie wir weiter vorgehen. Deine Ankunft bedeutet etwas. Du wolltest herfinden, zu uns. Wenn du einfach nur gestorben wärst, würdest du ein unauffälliges Leben wie all die anderen Champions führen, deine Aufträge für die Heldenliga erledigen und bald in den Splitterstreifen an der Front kämpfen. Aber du bist hier, um uns zu retten, jetzt müssen wir bloß noch herausfinden, wie.«

»Wovor soll ich euch retten?«

»Elia Anasia«, sagte Ethan. »Sie ist nur hier, um uns auszulöschen. Jetzt ruh dich aus, lerne die anderen Mitglieder der Gilde kennen und gönn dir ein Bier. Wir werden einen Schlachtplan aufstellen müssen. Die nächsten Tage und Wochen versprechen, spannend zu werden. Also stärke dich, Robe–«

»Nicht«, unterbrach ihn Marten. »Wir wollen die Kopfschmerzen nicht provozieren.«

Bevor Rob nachhaken konnte, verschwanden der Squan und der Gront, und ihm wurde ein Krug Bier gereicht. Die Frau mit der blauen Robe und dem schwarzen Haar nahm neben ihm Platz und stellte sich als Saira vor.

»Du bist erst seit ein paar Tagen hier?«, fragte sie.

Rob schluckte den Bissen herunter und nickte. »Frag mich nicht, wie viele es mittlerweile sind. Ich habe die Übersicht verloren. Während meiner Gefangenschaft war ich mit anderen Dingen beschäftigt, als die Tage zu zählen. Aber lange ist es noch nicht. Und Ihr?«

»Viele Zyklen. Man hat hier kein richtiges Zeitgefühl. Aber bitte duze mich, über alles andere sind wir schon lange hinaus.«

Rob nickte. »Und so lange haust ihr schon in dieser Höhle?« Es sollte nicht respektlos klingen. Wenn man sich vor den Obrigkeiten verstecken musste, konnte man nicht pingelig sein. Aber Zyklen wollte Rob hier nicht verbringen, höchstens ein paar Tage.

»Nein, wir haben vor ein paar Wochen alles gepackt und Gonholt verlassen. Die Silberne Garde hatte die Jagd auf uns eröffnet.«

»Wenn ich dich bitten würde, mir das genauer zu erklären,

würdest du genauso komische Andeutungen wie Ethan und Marten machen, oder?«

Saira überlegte kurz. »Die beiden haben uns sicher durch die letzten Wochen geführt. Wir waren kurz davor, uns in alle Himmelsrichtungen zu zerstreuen, aber sie sorgten dafür, dass wir zusammenblieben. Ich will ihnen also nichts vorwegnehmen. So wie ich sie kenne, schmieden sie gerade einen Plan.«

Rob seufzte und beließ es dabei. Früher oder später würde er Antworten bekommen. »Erinnerst du dich noch an dein früheres Leben?«

»Ich war Krankenschwester.« Sie lachte. »Also war es nur logisch, dass ich hier Priesterin werde.«

»Du bist eine Priesterin Aeyas?« Sofort verfiel sein Körper in einen Alarmmodus.

Saira schmunzelte, da sie anscheinend die Sorge in seinen Worten vernahm. »Ja, aber keine Angst, ich will dich nicht tot sehen. Viele meinen, in ihrem Namen zu reden, aber das ist Quatsch. Ich musste den Weg einschlagen, um Priesterin zu werden. Deswegen bin ich aber weder eine Fanatikerin, noch stehe ich in einem echten Bund zu ihr. Wenn du zaubern möchtest, sind das einfach die Spielregeln, die vorgegeben sind.«

»Muss ich irgendwann auch so einen Weg einschlagen?«

»Wenn du genug Erfahrung gesammelt hast, ist es klug, dich für eine Klasse zu entscheiden. Ethan ist zum Beispiel Paladin, Marten ist unser Wächter.«

»Wächter?«

Saira grinste, und Rob wurde warm. »Glaub mir, du wirst noch früh genug erleben, was das bedeutet. Spätestens beim ersten Kampf an seiner Seite. Ich lass dich jetzt mal besser schlafen, du musst völlig fertig sein.« Sie legte ihm die Hand auf die Schulter. »Schön, dass du bei uns bist.«

»Schön von Leuten umgeben zu sein, die meinen Kopf nicht vom Rumpf trennen wollen«, erwiderte Rob, und tatsächlich spürte er, wie sich sein Körper nach ein bisschen Ruhe sehnte. Zu sterben, wiederbelebt zu werden und aus einer abgeriegelten Stadt zu fliehen forderte einen gewissen Tribut.

Ihm wurden eine Decke und Stroh gebracht, das als Unterlage diente. Die große Halle leerte sich schnell, als man bemerkte, dass der Ehrengast Ruhe brauchte. Die Gilde ließ ihm Raum für sich, wohl auch deswegen hatte man ihm keinen Platz im Schlaftrakt angeboten. Also lag Rob allein da und starrte ins Feuer. Es war ein Tag, der nur weitere Fragen aufgeworfen hatte, trotzdem wusste er, dass er der Auflösung des großen Rätsels um die eigene Existenz ein Stück nähergekommen war. Kurz bevor er einschlief, beschloss er, sein Schlafquartier noch ein bisschen vom Lagerfeuer zu entfernen. Sicher war sicher. Den Flammen war nicht zu trauen.

Am nächsten Morgen wurde er vom geschäftigen Treiben in der Haupthalle wach. Als er die Augen öffnete, sah er Gildenmitglieder, die hochgerüstet den Unterschlupf verließen. Rob gähnte und streckte sich.

»Guten Morgen«, hörte er Martens helle Stimme.

Der Squan trug einen schillernden Brustpanzer und einen Helm, an dem eine Feder befestigt war. In der einen Pfote hielt er einen Schild, der ihn fast überragte, in der anderen ein Schwert.

»Ist was los?«, fragte Rob.

»Keine Sorge, wir schwärmen nur aus, um ein paar Aufträge zu erledigen oder Ressourcen zu sammeln. Nichts Ungewöhnliches. Auch wenn wir uns verstecken, versuchen wir, unsere täglichen Aufgaben zu erledigen. Es ist wichtig, dass man in der Übung bleibt und nicht einrostet.«

Ethan gesellte sich zu den beiden. Er legte dem Squan eine Hand auf die Schulter, bückte sich und gab dem Meerschweinchen einen Kuss. »Guten Morgen, Schatz.«

Beim Anblick der ausgetauschten Zärtlichkeiten spürte Rob eine seltsame Leere in seiner Brust. Das Herz wurde ihm schwer und schien ein paar Schläge auszusetzen.

»Guten Morgen«, erwiderte Marten.

»Hast du es ihm schon erzählt?«

»Er ist gerade erst wach geworden«, sagte Marten und zeigte auf Rob.

Der sah sie mit großen Augen an.

»Wir haben einen Plan«, erklärte der Gront. »Wir könnten dir alles erklären, von Anfang bis Ende, aber wir glauben, dass auf dir ein Fluch liegt, den wir erst brechen müssen. Deine Kopfschmerzen gestern waren auffällig, und wenn wir es mit den Erklärungen übertreiben, könnten sie dich umbringen.«

»Der nächste Friedhof ist bestimmt nicht weit. Ich werde mich einfach wiederbeleben«, erwiderte Rob und bemühte sich um ein Grinsen.

»Wir sind uns nicht sicher, ob das so einfach ist. Wir halten den Gedächtnisverlust für eine Sicherheitsvorkehrung, die du in deinem alten Leben getroffen hast, damit dich die …«, er zögerte kurz und suchte anscheinend nach dem richtigen Wort, »… Aufseher nicht bemerken.«

»Dann war ich damit aber nicht sehr erfolgreich«, stellte Rob fest und musste an die Silberne Garde denken.

»Immerhin hast du es an den Seelenmagiern vorbeigeschafft«, warf Marten ein.

»Unser Plan ist, dich zur Quelle zu bringen. Falls wir diesen Bann, der auf dir liegt, irgendwie brechen können, wird sie es wissen. Eigentlich kennt sie für alles eine Lösung, und du wärst auch nicht der Erste, dem sie zum vollen Bewusstsein verhilft.« Ethan streckte sich und überragte die beiden. »Wir wollen heute Mittag aufbrechen. Bis dahin müssen noch ein paar Sachen erledigt werden. Jeder trägt hier seinen Teil zur Gilde bei.«

»Du lässt dich in unserer Rüstkammer besser neu ausstatten«, sagte Marten. »Rose wartet dort schon auf dich.«

Rob zeigte auf seine Sachen. »Aber ich wurde schon von der Heldenliga versorgt.« Undankbar über neue Kleider wäre er trotzdem nicht. Der Geruch der Kanalisation haftete noch an ihnen.

»Das ist Zeug für Anfänger.« Der Squan winkte ab. »Wir haben auf unseren Abenteuern vieles gefunden, das wir für neue Mitglieder bereithalten.«

»Ich gehöre nun also zu eurer Gilde?« Rob konnte nicht verleugnen, dass ihn der Gedanke reizte. Eine Gemeinschaft, die aufeinander achtete und sich umeinander kümmerte. Es würde seinem Leben endlich einen Sinn geben.

»Noch nicht«, sagte Ethan und nahm ihm den Wind aus den Segeln. »Dafür fehlt dir noch unser Abzeichen. Aber das passiert schneller, als du glaubst.« Damit verabschiedeten sich die beiden, und Rob suchte die Rüstkammer auf.

Er fand sie am Ende eines verschlungenen Ganges. Rose, die Magierin, stand in der Tür. »Da ist unser Anwärter ja«, sagte sie und grinste. Der Löwenzahn in ihrem Haar wippte bei jeder Bewegung hin und her. »Gut geschlafen?«

»Wie ein Toter«, erwiderte er. »Du kleidest mich neu ein?«

»Wir schauen mal, was wir für dich finden. Hast du schon eine Ahnung, in welche Richtung du dich entwickeln möchtest?«

»Richtung?«

»Bist du mehr der Kämpfer, Magier oder vielleicht sogar Schütze?«

Langsam wanderte sein Blick in Richtung des Schwerts am Gürtel. »Da ich bisher weder einen Zauber gewirkt noch einen Pfeil geschossen habe, bin ich wohl ein Kämpfer. Oder gibt's auch Gelehrter oder so was?«

»Eher nicht.« Rose öffnete grinsend die Holztür, und gemeinsam betraten sie die Rüstkammer. Sie trug den Namen zu

Recht. Die Höhle, vielleicht halb so groß wie der Hauptraum, war bis zur Decke mit Ausrüstung gefüllt. Man hatte Holzplanken in dem Felsmassiv befestigt, die nun als Regalbretter Platz für Rüstungen, Gürtel, Handschuhe, Stiefel, Helme und Waffen boten.

»Für magische Sachen bist du noch nicht erfahren genug, denke ich.« Rose kramte in einem Stapel Handschuhe. »Aber das hier ist ein guter Anfang.« Sie hielt ihm ein Paar braune Lederhandschuhe hin. Stiefel in der gleichen Farbe und eine schwarze Lederhose folgten, die mit einem Gürtel an der Hüfte gehalten wurde. »Hier, der hat mehr Platz als jeder Rucksack, den du bisher für Aufträge bekommen haben dürftest«, sagte sie und reichte ihm ein großes Exemplar aus braunem Leder. »Für obenrum sollten wir nach einer Kettenrüstung schauen. Für einen richtigen Plattenpanzer bist du noch zu schwach auf der Brust, aber das kommt mit der Zeit. Nun zu der spannendsten Frage: Womit möchtest du kämpfen?«

Rob versuchte, seine Ahnungslosigkeit zu kaschieren. »Was steht denn zur Wahl?«

»Zweihänder, Einhänder, Säbel, Äxte, Hämmer, Sicheln, Dolche, Speere, Keulen«, zählte Rose auf.

»Gibt es auch Schilde?«, fragte Rob. Der Gedanke, sich hinter einem verstecken zu können, gefiel ihm.

»Mit einem Schild kannst du niemanden erschlagen, das dient nur der Verteidigung des eigenen Lebens«, hielt Rose dagegen und grinste. »Hab schon verstanden.« Sie gab ihm ein schmuckloses Einhandschwert und einen runden Holzschild. »Alles nichts Wildes, aber dann siehst du nicht mehr aus, als wärst du grad erst aus dem nächsten Seelenturm gestolpert. Und wahrscheinlich rechnet die Silberne Garde nicht damit, dass du komplett neu ausgestattet bist. Hier, für deine Tarnung.« Sie hielt ihm eine Lederkappe hin. Die Naht war unter weißem Fell versteckt, das wie der Schwanz eines Hermelins aussah.

Rob setzte die Kappe auf und konnte nur vermuten, wie lächerlich er damit aussah.

Rose' Grinsen wurde noch ein Stück breiter. Dafür, dass er ausgerüstet und nicht verkleidet werden sollte, hatte sie ein bisschen zu viel Spaß, fand Rob. Sie ließ ihn allein, damit er sich umkleiden konnte. Aus seiner Lederrüstung zu schlüpfen und in die neue Hose erwies sich als unkompliziert. Bloß das Kettenhemd stellte ihn vor eine schwerwiegende Herausforderung: Die unzähligen Ringe brachten ein ordentliches Gewicht auf die Waage. Er war kurz davor, aufzugeben und um Hilfe zu bitten, als Kopf und Arme endlich die richtigen Löcher fanden. Das Metall zog ihn zu Boden.

Es klopfte an der Tür. »Hat man dich da drinnen mit einem Schlafzauber belegt?«, fragte Rose.

»Dann würdest du mich schnarchen hören«, erwiderte Rob.

Rose öffnete die Tür und sah ihn an.

Rob hob die Arme zu den Seiten. »Überlebe ich so da draußen ein paar Sekunden?«

»Vielleicht sogar eine ganze Minute. Es ist fast perfekt«, antwortete sie und machte drei Schritte auf ihn zu, rieb sich das Kinn. »Etwas fehlt noch.« Sie nahm einen grauen Umhang von einem Stapel und legte ihn Rob um die Schulter. Um ihn am Hals zu befestigen, nutzte sie eine goldene Schnalle. Es zeigte ein verschnörkeltes H und war aus Gold. »Jetzt gehörst du dazu.«

»Dazu?«

»Zu uns, du bist jetzt offizieller Anwärter der Gilde.«

Die Sorgen, wie er mit der Kappe aussehen und ob er unter dem Gewicht des Kettenhemdes zusammenbrechen würde, waren vergessen. Rob starrte auf die Goldschnalle, die den Umhang an Ort und Stelle hielt.

Er war nicht mehr allein in dieser fremden Welt. Das war das Einzige, worauf es ankam.

Marten und Ethan kamen von ihren Abenteuern zurück, als die Sonne am höchsten stand. Sie hatten zahlreiche Pelze bei sich. »Die können wir für viel Gold in der Stadt verkaufen«, sagte der Gront zufrieden. »Momentan brauchen alle Lepunapelze, weil jemand ein neues Rezept entdeckt hat. Du brauchst zehn dieser Pelze und die nötigen Fähigkeiten im Schneiderhandwerk, um einen Rucksack herzustellen, in dem Fleisch nicht verdirbt. Das Fell der Lepunas hält es frisch.«

»Was ist ein Lepuna?«, fragte Rob und musterte den weißen, mit silbernen Streifen überzogenen Pelz.

»Katzenartige Wesen, bloß größer, und ihre Zähne sind so lang wie dein Mittelfinger. Sie lauern in Baumwipfeln und lassen sich auf ihre Beute fallen. Wenn sie in deinem Nacken landen, beißen sie dir in den Hals und versuchen, dich umzubringen.«

Rob spielte kurz mit dem Gedanken, die Höhle der Gilde nicht mehr zu verlassen.

»Du bist jetzt also ein Anwärter von uns«, sagte Marten offensichtlich zufrieden. »Wenn du dich gut schlägst, können wir dich schon bald zu einem vollwertigen Mitglied machen.«

»Wenn so viel Zeit noch bleibt«, brummte Ethan.

»Was meinst du damit?«, fragte Rob.

»Etwas wird passieren, da bin ich mir sicher. Die Silberne Garde wird immer stärker, immer zahlreicher. Irgendwas hat sich geändert, und wir erleben gerade die Auswirkungen davon. Aber ich glaube, der Höhepunkt steht uns noch bevor. Wir hatten die Hoffnung, dass du uns mehr darüber erzählen könntest«, sagte Ethan und übergab die Pelze einem Mitglied der Gilde. »Schaut, dass ihr sie nachher für einen guten Preis auf dem Markt verkauft.«

»Ihr wollt mir immer noch nicht erzählen, was es mit all dem hier auf sich hat, oder?«, fragte Rob.

Ethan und Marten schüttelten die Köpfe.

»Es ist zu gefährlich«, sagte Marten. »Wenn wir dir die Wahrheit einfach an den Kopf werfen, könnte sie dich umbringen. Du wärst nicht der Erste, dem das passiert.«

»Verstehe«, log Rob.

Der Gront legte ihm eine Hand auf die Schulter. »Komm, wir bereiten uns auf die Reise zur Quelle vor.«

Rob begnügte sich vorerst damit. Die Gewissheit, dass er nun auf dem richtigen Weg war, weckte die Abenteuerlust in ihm. Vielleicht würde doch noch alles zu einem guten Ende kommen.

Sie packten Proviant für einen halben Tag ein. Übernachten würden sie bei der Quelle.

»Nur wir drei?«, fragte Rob.

»Nein, eine gute Gruppe besteht immer aus fünf Mitgliedern«, sagte Ethan. »Wir brauchen jemand gut Gerüsteten, der ein paar Schläge einstecken kann.« Er zeigte auf Marten. Das Meerschweinchen in der Plattenrüstung hob stolz den Kopf. »Du und ich, wir sind dafür da, unseren Feinden ordentlich eine zu verpassen. Rose wird uns als Zauberin begleiten, und Saira wird die Heilerin unserer Gruppe sein. Damit sind wir auf alle Eventualitäten vorbereitet. Kommt, lasst uns nicht noch mehr Zeit verlieren.«

Als die fünf die Höhle verließen, brannte die Sonne gnadenlos auf sie nieder, und Rob befürchtete sogleich, dass das Gewicht des Kettenhemds sein geringstes Problem werden würde.

Ihr Weg führte sie weiter weg von Gonholt, nach Norden. Rob zog die Karte hervor, die er seit dem ersten Tag in Avataris besaß. Der Weg vom Dorf, in dem er Lunita kennengelernt hatte, bis Gonholt war eingezeichnet. Wälder und Küsten waren mit feinen Linien dargestellt. Nun befand sich das Kreuz, das seinen Standort symbolisierte, aber in einem tintenfreien Terrain.

»Wir müssen noch ein bisschen Strecke machen, bis sich das Gebiet aufdeckt. Es reicht nicht, es einfach zu betreten, du musst einen guten Teil erkundet haben«, erklärte ihm Ethan, der neben ihm ging.

Marten lief voran und gab die Richtung vor, Rose und Saira bildeten die Nachhut.

»Wie weit ist es noch?«, fragte Rob.

Ethan zeigte auf die Karte. Etwa zwei Fingerbreit war die Stelle entfernt. »Dort ist die Quelle«, erklärte er. Rob konnte nur schwer abschätzen, wie lange sie für die Strecke brauchten.

»Wenn du schon gut genug wärst, hätten wir reiten können«, rief ihm Saira zu.

Der Gedanke war ihm noch gar nicht gekommen. Die Silberne Garde hatte Pferde für den Gefangenentransport genutzt. »Ich kann bestimmt auf so einem Pferd sitzen«, erwiderte er.

»Darauf zu sitzen reicht nicht. Wenn wir im Galopp durch die Täler reiten, musst du ausgebildet sein. Sonst fällst du runter und brichst dir das Genick«, hielt Saira spöttisch dagegen.

»Dann belebe ich mich halt wieder und reite weiter. Das würde wahrscheinlich immer noch schneller gehen.«

»Nicht so ungeduldig, du bekommst noch rechtzeitig ein Reittier«, sagte Ethan und klopfte ihm auf die Schulter, womit er ihn fast aus dem Gleichgewicht brachte.

Die Berge wichen einem Meer aus Bäumen, das bis zum Horizont reichte. Es hatte Ähnlichkeit mit dem Gebiet, in dem der Seelenturm gestanden hatte, aber der Wald war dichter, fast so, als würde er keinen einzigen Sonnenstrahl hereinlassen wollen.

»Willkommen in Halonas Herz«, sagte Marten und schritt den Pfad weiter, hinein in die Dunkelheit.

Rob folgte ihm in den Schatten. »Es ist wunderschön.« Sein Blick wanderte die mächtigen Baumstämme hoch. Der Himmel war wie ein geflochtener Teppich aus Zweigen und Blättern in allen Farben.

»Die Eollyans haben hier ihren Ursprung«, erklärte Rose. »Wir werden wohl keine ihrer Siedlungen passieren, aber sie sind genau so, wie man sie sich vorstellt: im Einklang mit der Natur. Baumhäuser in den Kronen, Brücken, die von Stamm zu Stamm führen, Lichter und Laternen. Wenn die Eollyans nicht entdeckt werden wollen, verschmelzen sie einfach mit der Umgebung.«

»Außerdem sind sie allen, die nicht direkt den Bäumen entspringen, extrem skeptisch gegenüber«, ergänzte Saira.

»Stammt ihr von Bäumen ab?«, fragte Rob mit Blick auf Rose.

»Wir sollen magische Triebe des ältesten Baums Avataris sein. Sind wir schwer genug, brechen wir ab, wo wir aufgesammelt und von der Gemeinschaft aufgezogen werden. Natürlich ist man noch zu jung, um sich daran zu erinnern.«

»Das heißt, ihr habt keine Eltern?«

Rose schüttelte den Kopf. »Die Gemeinschaft ist unsere Familie. Das Wohl aller steht im Mittelpunkt. Während die Menschen den zum Anführer machen, der mit dem richtigen

Nachnamen zur Welt kommt, entscheidet bei den Eollyans die Gemeinschaft, wen sie für fähig hält.«

»Danke für den Geschichtsunterricht«, brummte Ethan. »Aber achtet bitte auf die Lepunas. Wir brauchen keine weiteren Felle, und Rob könnten sie mit einem Bissen töten, wenn sie ihn erwischen.«

Plötzlich hatte der Wald all seinen Zauber verloren. Zwischen den Blättern, die eben noch wie matte Smaragde gewirkt hatten, sah er nun überall Schatten und Augen. Wortlos erhob er den Schild und hielt ihn über den Kopf. Es war ein kleiner Schutz gegen etwas, das größer als eine Katze sein sollte und sich aus vielen Metern Höhe auf ihn stürzen mochte. Aber es war immerhin etwas.

Das Lachen des Gronts durchbrach die Ruhe des Waldes wie ein Steinmeißel, der auf Granit einschlug. »Das war nur ein Scherz, hier gibt es keine Lepunas.«

»Nicht so laut«, herrschte ihn Rose an. »Die Eollyans könnten dein Verhalten als respektlos verstehen.«

»Eigentlich *ist* sein Verhalten respektlos«, urteilte Saira.

»Ruhe«, befahl Marten, der ein paar Schritte vorausging. »Wir können sonst noch ganz andere Wesen als Lepunas anlocken. Ihr wisst, dass Aranach und seine Brut Halonas Herz bedrohen. Ich habe keine Lust, heute noch in einem Spinnennetz zu landen.«

»Spinnen?«, fragte Rob vorsichtig. Das Schweigen seiner Begleiter war Antwort genug. Vielleicht war es besser, manche Dinge nicht zu erfahren. Vorsichtshalber ließ er den Schild noch eine Weile über seinem Kopf.

Sie erreichten die Quelle am späten Nachmittag. Den breiten Weg hatten sie bald verlassen und waren einem Trampelpfad gefolgt, der immer tiefer in das Labyrinth aus Bäumen bis zu einem Bach führte. Sie folgten dem Wasser weiter talwärts.

Die Quelle war ganz anders, als Rob sie sich vorgestellt hatte.

Sie war kein Riss im Gestein, aus dem frisches Bergwasser quoll, eiskalt, von dem er trinken sollte. Auch kein magisch glitzernder Teich zwischen Bäumen, beschienen vom Mondlicht. Nein, die Quelle war ein alter Gront, der sich auf einen Gehstock stützte. Sein Fell war ergraut und hatte jeden Glanz verloren. Er saß auf der Veranda einer unscheinbaren Hütte am Fluss. Eine Katze fing am Ufer Frösche und ergriff die Flucht, als sich die Mitglieder der Neuen Hoffnung näherten.

Der Gront erhob sich vom Stuhl. »Besucher«, sagte er, und die Stimme kratzte wie das Stroh, auf dem Rob in der Taverne geschlafen hatte. Der Bär trug eine rote Hose aus Leinen, die am Saum ausfranste, sonst war er nackt. »Ich habe schon lange keinen Besuch mehr bekommen.« Die breite Brust hob sich bei jedem zweiten Wort wie ein Blasebalg.

»Einer der Nachteile, wenn man an so einem abgeschiedenen Ort wohnt«, sagte Marten.

»Es ist ein Vorteil, du kleines Meerschweinchen«, hielt die Quelle dagegen und musste lachen. Die beiden umarmten sich, dann begrüßte der Gront auch die anderen, bis er Rob erblickte.

Noch bevor er sich vorstellen konnte, erkannte Rob in den Augen des Gegenübers ein Erkennen. Für einen Moment verschwand der Nebel des Alters, der die Iris umgab. »Du bist es«, sagte der Gront. »Dein Kommen bedeutet Schlimmes.«

Rob sah die anderen Hilfe suchend an.

Marten sprang ihm zur Seite. »Jetzt überfahr den Armen doch nicht gleich. Rob kann sich an nichts erinnern. Wir vermuten, dass er sein Wissen an das, was vorher geschehen ist, bewusst versteckt hat, um es an den Aufsehern vorbeizuschaffen.«

Die Quelle sah zu Marten hinüber. »Rob?«

»Sprich seinen vollen Namen nicht aus, das sorgt nur für schlimme Kopfschmerzen.«

Rob horchte auf. Sein voller Name? Was wussten sie noch über ihn, was sie ihm nicht sagen wollten?

»Oh, verstehe.« Die Quelle wandte sich wieder Rob zu und inspizierte ihn wie einen Esel, den er auf einem Markt erstehen wollte. »Er ist es, kein Zweifel.«

»Wer bin ich?«, stellte Rob die alles entscheidende Frage. Es war die eine Sache, die ihn seit seinem ersten Atemzug in Avataris beschäftigte und die niemand beantwortete. Wer war er? Nun stand er endlich jemandem gegenüber, der es ihm sagen konnte.

»Wir müssen uns dem Thema langsam nähern, befürchte ich«, brummte die Quelle. »Rücksicht auf deinen Geist und Körper nehmen. Die Erkenntnis über das Sein und Alles, über uns und die Vergangenheit, hat schon so einige in den Wahnsinn getrieben. Du bist zwar unsterblich, aber was bringt die fleischliche Hülle, wenn der Geist verdirbt? Kommt, nehmt Platz, ich werde etwas servieren, und dann unterhalten wir uns.«

Die fünf kamen der Aufforderung nach, auch wenn Rob nicht noch länger auf Antworten warten wollte. Er fühlte, dass der Knoten, der alles zum Platzen bringen würde, sich lösen wollte. Aber alle behandelten ihn wie ein rohes Ei, und das gefiel ihm nicht.

Die Quelle deckte den Tisch mit allerhand Wurzeln, Kartoffeln und Pilzen. »Nichts Großes, nichts Großes«, entschuldigte er sich. »Ich bin Besuch nicht gewohnt.«

»Das wissen wir«, sagte Marten ungeduldig.

Die Katze vom Fluss hatte den ersten Schrecken vergessen und lag nun schnurrend auf Ethans Schoß. Der Gront war davon überhaupt nicht angetan, aber streichelte sie dennoch. »Das letzte Mal hat mich das Biest gekratzt«, erklärte er.

»Sie hat sich nur erschrocken, als du geniest hast«, sagte Marten und gab seinem Freund einen Kuss auf die Wange.

»Das war ein körperliches Bedürfnis«, verteidigte sich Ethan.

»Dann halt dich heute mit deinen körperlichen Bedürfnissen einfach zurück«, sagte Saira und griff sich eine Rübe.

»Bier oder Quellwasser?«, hörten sie aus dem Haus rufen. Die Antwort der fünf war einstimmig, und so saßen sie wenig später alle mit einem Krug Bier am Tisch. Aber Rob brachte keinen Schluck runter. Er war angespannt wie ein Bogen, mit dem man einen Pfeil über einen Berg schießen wollte.

»Also ich stelle mich wohl erst mal vor«, nuschelte die Quelle nach einem Schluck. Weißer Schaum hing in seinen Gesichtshaaren. »Ich bin die Quelle von Avataris, der Ort allen Ursprungs. Ich bin Vater von Aeya und Garrak, bin der Erschaffer aller Kontinente und Erbauer der Städte. Ich war da, als noch nichts existierte. Als das hier nicht mehr als viel Weiß auf einem Papier war.«

Rob ahnte, dass man ihn auf den Arm nahm. Ein Gront, der zurückgezogen und mit einer Katze in einer Hütte im Wald lebte, sollte der Erschaffer von allem sein?

»Mein Name ist Thomas Morley, aber alle nennen mich nur Morley oder halt die Quelle. Aber ich bevorzuge Morley.«

Eine Gottheit, die Aeya und Garrak erschaffen hatte, namens Morley? Nein, Rob war sich ganz sicher, dass man einen Spaß auf seine Kosten machte. Aber niemand lachte. »Morley?«

»Du lernst schnell«, sagte die Quelle zufrieden und nahm noch einen Schluck. »Also, ich habe mir all das hier erdacht. Vielleicht habe ich eben ein bisschen dick aufgetragen: Natürlich habe ich es nicht mit magischen Blitzen und zaubrischen Wolken erschaffen, sondern erdacht. Es ist ein klassischer Konflikt zwischen dem vermeintlich Guten und dem vermeintlich Bösen. Vereinte Völker, die sich mit aller Kraft einer ominösen Gefahr stellen. Ein nie enden wollender Krieg an den Grenzen, der immer neue Helden braucht, die die Seelenzauberer scheinbar wiederbeleben müssen. Champions, vor Hunderten Jahren auf dem Schlachtfeld gestorben. Mit dem Ansatz konnte ich damals die Produzenten überzeugen, mich die Geschichte schreiben zu lassen.«

Morley redete, und Rob spürte, wie sich die Kopfschmerzen zurückschlichen, wie Nebel, der über eine Türschwelle ins Haus glitt. Warnend hob er eine Hand.

»Ah, ja«, murmelte Morley, »also das ist eine Sache, um die wir uns kümmern müssen.«

»Wir möchten, dass er vom Trank der Welten trinkt«, erklärte Marten. »Wie wir alle, die der Gilde angehören.«

»Trank der Welten?«, fragte Rob.

»Es war meine Idee damals«, sagte Morley. »Ich fand die Vorstellung schön, irgendwann in meiner eigenen, erdachten Welt zu leben, auch wenn es gegen das Gesetz verstieß. Für mich war es eine Beschreibung und ein Auftrag, den ich mir überlegen musste. Für dich war es ein bisschen mehr Arbeit, damit die kleine Schummelei nicht auffiel, und du warst davon überhaupt nicht begeistert. Natürlich habe ich versprochen, dass es nur für mich ist, und du hast einem alten Freund einen Gefallen getan. Aber das Leben hatte seine eigenen Pläne, und nun stehen wir alle hier, mit Erinnerungen an etwas, an das wir uns nicht mehr erinnern dürften.«

Aus dem nebulösen Kopfschmerz wurde eine Gewitterwolke, die Blitze in alle Richtungen schoss. »Nicht«, japste Rob und presste sich eine Hand an die Stirn.

Morley seufzte. »So ein talentierter Junge, was für eine Schande, dass du schon hier bist.« Dann wandte er sich den anderen zu. »Ihr wisst, was ihr tun müsst, oder? Wenn ich Rob mehr erzähle, riskieren wir, dass er gleich wie ein Stück Brot auf dem Küchentresen verschimmelt. Er muss erst vom Trank der Welten kosten, dann ist er vielleicht bereit für die ganze Geschichte.«

»Vielleicht?«, fragte Saira, und Rob spürte ihre Hand auf seinem Rücken.

»Vielleicht wird er auch nie bereit für die komplette Wahrheit sein. Etwas ist anders mit ihm, als es bei euch oder bei mir

war. Wir alle fühlten uns hier wie Bäume, die man an einen unbekannten Ort verpflanzt hat, aber er …« Morley ließ offen, was
mit Rob war.

»Wer bin ich?«, fragte er wieder.

»Du warst mir ein guter Freund, Rob, und sicherlich einer
der wenigen, die zu meiner Beerdigung gekommen sind und geweint haben. Ich bin hier, weil du dein Versprechen gehalten
hast, wie alle anderen der Gilde.« Es glänzte in Morleys Augen-
winkeln, und er wischte mit der Pfote schnell darüber. »Also
Rob, möchtest du vom Trank der Welten kosten?«

»Wenn es nötig ist, um endlich zu erfahren, wer ich bin, ja«,
sagte er sofort, und die Kopfschmerzen zogen sich zurück. Er
wusste, dass sie nur auf die nächste Gelegenheit lauerten.

»Dann habe ich einen Auftrag für dich: Bring mir einen
Tropfen Harz von Halona, und ich werde den Trank für dich
zubereiten.«

»Halona?«, fragte Rob. Er wusste, dass die Region Halonas
Herz hieß, aber er hatte Halona für die Hauptstadt der Eollyans
gehalten.

»Der älteste Baum Avataris'. Seine Wurzeln sollen den kompletten Kontinent umspannen, und manche erzählen sich, dass
sie sogar andere Welten erreichen«, erklärte Saira, die Hand
noch immer auf seiner Schulter.

»Okay, dann nehme ich den Auftrag an«, sagte Rob und
wusste, dass gerade ein neuer Eintrag in seinem Quest-Buch
aufgetaucht war.

»Sehr gut, bring mir das Harz, ich bereite den Rest vor«, sagte
Morley. »Aber Vorsicht vor Aranachs Brut, die Biester werden
immer mutiger. Letztens hat sich eine bis an den Rand der Lichtung getraut und wollte Zimtkeks verschleppen. So schnell bin
ich noch nie aus meinem Stuhl aufgesprungen und losgerannt.
Aber das Monster hat die Krallen einer Katze unterschätzt.«
Zimtkeks schnurrte zufrieden auf Ethans Schoß, während ihr

Herrchen die Geschichte erzählte. »Brecht ihr noch heute auf? Andernfalls kann ich euch ein einfaches Nachtlager in meiner Hütte anbieten.«

Rob erhob sich. »Ich will endlich Antworten.«

Auch die anderen standen auf. Nur Ethan, der immer noch die Katze auf dem Schoß hatte, sah sich hilflos um. »Ich kann sie doch nicht wegscheuchen.«

Morley nahm Zimtkeks an sich, die unter wehklagendem Miauen protestierte. »Ihr kennt ja den Weg.«

»Immer hinein in den dunklen Wald«, sagte Marten und lief vorweg. Die anderen schlossen sich ihm an.

Mit jedem Schritt wurden die Schatten, die die Bäume warfen, kräftiger. Der Gesang der Vögel erstarb allmählich, und das Einzige, was Rob neben ihren Schritten vernahm, war das Knacken im Unterholz. Wer wusste, welche Bestien sie gerade aus dem Schutz des Dickichts beobachteten?

Plötzlich hob Marten die behandschuhte Pfote und zeigte in die Baumkronen. Sie verharrten, als sie sahen, worauf er sie aufmerksam machte. Zwischen den Ästen war ein Netz gesponnen. Die silbernen Fäden waren wunderschön, aber eine tödliche Falle. Denn Rob wusste nun, warum die Vögel verstummt waren. Unzählige von ihnen hingen gefangen im Netz. Die meisten waren verendet, andere flatterten hilflos.

»Wir müssen ihnen helfen«, flüsterte Rob in die Stille hinein.

Marten schüttelte den Kopf. »Das ist kein Problem, dem wir zu fünft Herr werden könnten. Hier müsste ein kompletter Schlachtzug aufräumen.«

»Besser wir halten uns bedeckt, ich habe keine Lust, dass uns diese Viecher auf den Fersen sind. Als ich das letzte Mal Harz für den Trank der Welten besorgen musste, haben sie mir auf dem Rückweg aufgelauert. Ich musste mich fünfmal wiederbeleben«, schimpfte Ethan.

Rob wünschte sich zurück in den von Ratten verseuchten Keller des Wirts. Hätte er gewusst, welche Gefahren in Avataris auf ihn warteten, hätte er sich von Shani direkt zurück ins Seelenmeer werfen lassen. Er suchte die Baumkronen ab. Irgendwo da oben lauerten sie, bestimmt.

»Du kannst froh sein, dass du nicht allein bist«, sagte Rose.

»Jemand mit deiner Erfahrung jagt eigentlich noch Banditen durchs Dorf und gehört nicht nach Halonas Herz«, stimmte ihr Saira zu.

»Achtet darauf, dass ihr nichts anlockt, was uns irgendwie gefährlich werden könnte. Sollte es doch zum Kampf kommen, wissen alle, was zu tun ist«, sagte Marten und stapfte weiter über heruntergefallene Äste und Laub.

Rob wusste nicht, was zu tun wäre, und er hoffte, dass ihm so eine Situation erspart blieb. Ständig wanderte sein Blick nach oben. Er rechnete damit, plötzlich in die geifernden Kiefer einer menschengroßen Spinne zu blicken. Aber bisher hatte er nur ein paar weitere Netze entdeckt.

»Du hasst es hier, oder?«, fragte Saira, mit der er das Schlusslicht bildete.

Rob zögerte. »Hass ist ein ziemlich starkes Wort. Allerdings hat man mich auf Avataris nicht gerade mit offenen Armen empfangen. Ich glaube, ich fühle mich vor allem fremd.«

»Ich meinte Halonas Herz und nicht gleich den ganzen verdammten Kontinent«, erwiderte sie grinsend.

»Oh, ja«, sagte Rob ertappt. »Ich habe wenig Lust, so einem Vieh gegenüberzustehen.«

»Verstehe ich.« Saira streckte sich, wobei die Ärmel ihrer Robe nach unten rutschten. Ihren Zauberstab hatte sie an einem Gurt über der Schulter hängen. »Aber wenn man erst mal versteht, was das hier ist, dann sorgen einen solche Sachen nicht mehr.«

»Ihr habt alle den Trank der Welten getrunken?«

»Jeder in unserer Gilde«, bestätigte Saira. »Wir kamen alle mit Erinnerungslücken in diese Welt. Fetzen von einem Leben davor, die uns ahnen ließen, dass etwas nicht stimmt. Es waren Marten und Ethan, die die Gilde gegründet und uns gefunden haben. Sie haben viele Abende damit verbracht, in Tavernen zu sitzen, zu beobachten und zuzuhören.«

»Sind die beiden ein Paar?«

Saira nickte. »Sie versuchen, es nicht so sehr raushängen zu lassen. Ihre Beziehung soll ihrer Verantwortung als Gildenanführer nicht im Weg stehen. Aber sie sind schon sehr lange ein Paar.«

»Schon bevor sie wiederbelebt wurden?«, fragte Rob und beobachtete den Squan und den Gront. Marten marschierte wie immer vorweg, und Ethan schien in ein wichtiges Gespräch mit Rose vertieft zu sein.

»Oh ja, es war wohl der Stein des Anstoßes. Beide hatten geahnt, dass diese Welt hier nicht so ist, wie man uns glauben lässt. Aber als sie sich getroffen haben, wussten sie es. Und als sie dann Morley begegnet sind, der sie am Trank der Welten nippen ließ, sahen sie plötzlich alles ganz deutlich.«

»Es muss schön sein, nicht allein hier zu sein«, sagte Rob gedankenverloren.

»Also«, erwiderte Saira, wobei sie den letzten Buchstaben besonders lang zog, »wenn du einsam bist, sag gerne Bescheid.«

Bevor Rob verstand, was für ein Angebot die Heilerin ihm machte, war sie schon mit einem dicken Grinsen davonmarschiert.

Der Weltenbaum war trotz der unzähligen Bäume, die ihn umgaben, unübersehbar. Er überragte sie alle um ein Vielfaches. Der Stamm war gerade in den Himmel gewachsen wie ein von Menschenhand geschaffener Turm. Er war zu breit, um je von einer Axt oder einer Säge gefällt zu werden. Die Blätter der Äste waren so grün, als würde der Baum in der Blüte seines Lebens stehen. Die Rinde war braun und kräftiger als jeder Schild, den Rob in seiner Zeit in Avataris bisher gesehen hatte.

»Darf ich präsentieren: der Weltenbaum«, sagte Marten feierlich.

Rob legte den Kopf tief in den Nacken, um die Baumkrone zu sehen. Aber der Stamm verschwand in dem Dickicht aus Blättern. »Warum lässt uns die Quelle den Weg hierhin machen? Warum hat er nicht einfach Harz in seinem Haus vorrätig?«

»Weil es dann kein Auftrag wäre«, erklärte Ethan ruhig. »Dir wird in der Welt wenig geschenkt. Wir können froh sein, dass Morley diese Quest und den Trank seinerzeit erdacht hat. Sonst wären unsere Erinnerungen wohl alle vergraben geblieben, und wir hätten ein wenig beneidenswertes Schicksal in dieser Welt fristen müssen.«

»Wer weiß, wie viele da draußen noch in den Tavernen sitzen, bei deren Übergang etwas schiefgegangen ist«, sagte Marten kopfschüttelnd.

»Oder denen jemand geholfen hat, obgleich es gegen das Gesetz ist«, sagte Rose und warf Rob einen Blick zu.

»Bitte keine Anspielungen mehr, bis ihr mir sagen könnt, was los ist«, sagte er resigniert. »Also, wie komme ich an das Harz?« Er legte die Hand auf die Rinde. Sie war unerwartet warm, und er glaubte, ein Pulsieren zu spüren wie von einem Herz, das gesund und kräftig schlug.

»Dein Schwert wird dir nicht helfen. Du würdest es nur kaputtschlagen, und hier draußen gibt es keinen Schmied, der es reparieren kann. Du musst hochklettern. Dort unter der Astgabelung gibt es eine Stelle, die harzt. Aranach soll seine Fänge dort vergraben haben, als er mit der Königin der Eollyans am Weltenbaum kämpfte«, erzählte Rose und zeigte auf eine Stelle, für die Rob wieder den Kopf in den Nacken legen musste.

»Das ist nicht euer Ernst, oder?« Niemand lachte. »Ich muss da hochklettern?«

»Wenn wir es tun würden, hättest du den Auftrag nicht erledigt, und Morley könnte dir keinen Trank zubereiten«, erwiderte Marten.

»Wir werden so lange hier aufpassen«, sagte Ethan und ließ sich am Stamm des Weltenbaums heruntergleiten. Er kramte in seinem Rucksack. »Irgendwo müsste ich noch ein Brot haben.«

»Und ich etwas Käse.« Saira holte ein in Tuch gewickeltes Stück hervor.

Bevor Rob etwas aus seinem Proviant beisteuern konnte, hatte die Gruppe eine Art Picknick am Fuße des Weltenbaumes vorbereitet. Sie saßen im Kreis, und niemand schien sich für ihn und die anstehende Kletterei zu interessieren.

Als er auf die kleinen Tongefäße sah, fiel ihm ein ganz anderes Problem auf. »Wie soll ich das Harz transportieren?«, fragte er. Schließlich konnte er es schlecht auf die Finger schmieren und zur Hütte zurücktragen.

Ohne von seinem Brot aufzublicken, reichte ihm Ethan eine Phiole.

Rob nahm sie entgegen und befestigte sie am Gürtel. Den Rucksack ließ er bei seinen Freunden stehen, dann machte er sich an den Aufstieg.

Er wusste nicht, ob er ein guter Kletterer war oder nicht. Das war einer der Nachteile, wenn man keine Erinnerungen an sein vorheriges Leben hatte. Aber er schlug sich nicht schlecht. Die Äste lagen dicht beieinander, und die eigentliche Kunst bestand darin, den richtigen auszuwählen. Nach kurzer Zeit war er in schwindelerregende Höhen geklettert. Er konzentrierte sich auf seine Aufgabe und versuchte, nicht daran zu denken, was im Wald lauern mochte. Zumindest im Weltenbaum sah er keine Spinnennetze. Es schien, als würden sie einen Bogen darum machen.

Rob erreichte die Stelle, an der die Rinde verletzt worden war. Es war ein münzgroßes, pechschwarzes Loch. Schrammen zogen sich rundherum durch das Holz, und dickflüssiges, glänzendes Harz quoll kaum merklich heraus, als würde der Baum versuchen, seine Wunde zu verschließen. Rob holte die Phiole hervor, wobei er einen Blick nach unten warf. Sein Herz setzte einen Moment aus. Würde er jetzt stürzen, würde er direkt auf die Speisen seiner Freunde fallen und sterben. Der nächste Friedhof, auf dem er erwachen würde, war meilenweit weg, und in dem Labyrinth aus Bäumen würde er nie zur Leiche zurückfinden.

Er konzentrierte sich auf seine Aufgabe und hielt die Öffnung der Phiole an das Harz. Er half mit den Fingern nach, um möglichst viel davon in das Gefäß zu bekommen. Das gestaltete sich als gar nicht so einfach, denn das Harz schien sich kaum vom Weltenbaum lösen zu wollen.

Am Ende hatte er nicht mehr als einen großen Tropfen der zähen Flüssigkeit in der Phiole. Sie schimmerte rötlich wie Bernstein. Das musste reichen, um einen Trank daraus zu brauen, beschloss er und machte sich an den Abstieg, als etwas anderes seine Aufmerksamkeit auf sich zog.

Erst hielt er es für Äste, die sich im Wind wiegten. Dann für einen Streich, den ihm seine Augen spielten. Die unzähligen Schatten und die Angst vor den Spinnen waren eine gefährliche Kombination, die einen schnell Dinge sehen ließ, die nicht existierten. Die glimmenden Punkte im dunklen Wald hätten feuerrote Insekten sein können, aber es waren zu viele. Mit jeder Sekunde, die verstrich, sickerte die Erkenntnis in ihn wie Wasser, das in feuchter Erde verschwand.

»N-n-nein«, stammelte er. Seine Freunde waren immer noch mit ihrer Pause beschäftigt. Ihre Worte drangen bis zu ihm hoch, sie waren in eine lebhafte Diskussion verwickelt und ahnten nichts von der Gefahr, die wie eine Lawine auf sie zurollte.

Nun sah er sie ganz deutlich. Spinnen, deren rindsgroße Körper sich mit einer erschreckenden Geschwindigkeit über den

Waldboden bewegten. Unzählige rote Augen, die alle nur eines im Blick hatten: Beute.

Unwillkürlich ertastete er den Ring an seinem Finger, der mit ihm in diese Welt gekommen war. Der Ring schenkte ihm Wärme, Zuversicht und den nötigen Mut, das zu tun, was nötig war. Dann ließ jede Vorsicht fahren und sprang von Ast zu Ast abwärts.

»Sie kommen, sie kommen!«, schrie er, kurz bevor die Spinnen aus dem Schutze des Waldes über sie herfielen.

KAPITEL

12

Die Spinnen waren schneller. Rob konnte nur tatenlos zusehen, wie sie über seine Freunde kamen. Zumindest hatten die warnenden Rufe dafür gesorgt, dass sie noch aufgesprungen waren und sich der Gefahr entgegenstellen konnten. Marten hielt den Turmschild vor sich und beschimpfte die anrückenden Spinnen als zu groß gewachsene Insekten und als zu dumm, um auf weniger als acht Beinen zu laufen.

Sie stürzten sich auf ihn, und sofort begann Saira mit Heilzaubern. Grünes Leuchten umgab ihre Hände, mit denen sie Buchstaben in die Luft zu zeichnen schien. Die Energie kam aus der Erde und aus den Pflanzen, dann ging das Leuchten auf Marten über.

Ethan wütete mit seinem Hammer unter den Monstern wie ein verrückt gewordener Holzfäller mit einer Axt im Wald. Er zerschmetterte die feinen Beine und ließ die plumpen Körper bewegungslos zurück.

Rose sendete Eispfeile über Martens Kopf hinweg in die heranrasenden Gegner.

Die Mitglieder der Neuen Hoffnung schlugen sich gut. Rob hatte befürchtet, dass sie keine Chance hatten. Es waren so viele. Aber sie verbissen sich an dem schimpfenden Marten, der von Saira geheilt wurde, und Ethan und Rose erledigten die Biester.

Rob hing wie erstarrt zwischen den unteren Ästen und beobachtete das Massaker. Es war wie der Sturm auf ein Bollwerk, das aus einem kleinen Squan in einem Plattenpanzer bestand.

»Mir geht das Mana aus«, hörte er Saira rufen.

»Nimm einen Trank«, entgegnete Ethan, »ich übernehme!«
Die Heilerin stellte ihre Zauber ein und griff an den Gürtel. Sie stürzte die blaue Flüssigkeit hinunter. Ethan zog sich zurück und hielt mit beiden Händen den Hammer empor. Der Kopf der Waffe fing an, orange zu leuchten, und schnell umgab den Squan das gleiche Licht.

Aber der Rückzug des Paladins aus der Frontreihe gab den Spinnen die Möglichkeit nachzusetzen. Sie griffen Marten nun auch von der Seite an, kamen am Schild vorbei.

Rob fluchte.

Er wollte sich nicht einmischen. Die vier sahen aus, als wüssten sie, was sie taten. Sie waren ein eingespieltes Team. Außerdem waren die Spinnen groß, und Rob war schon von Ratten überfordert gewesen.

Ein Knacken über sich ließ ihn aufschrecken. Er sah in die unzähligen roten Augen einer Spinne. Sie hatte sich am Stamm des Weltenbaumes zu ihm heruntergeschlichen und war nun nur noch eine Handbreit entfernt. Speichel triefte von den schwarzen Fängen und Rob roch den tödlichen Atem.

Jeder andere Champion von Avataris hätte das Schwert gezogen und sich mit dem Monster in den Zweigen des Weltenbaumes duelliert. Aber Rob tat nichts Heldenhaftes. Er ließ die Äste, an denen er sich festhielt, einfach los und fiel in die Tiefe.

Der Fall ging schnell, und er landete weich. Kein Vergleich mit seinem Sprung von der Mauer des Palastplatzes. Unten wartete keine marmorne Krypta, sondern der fette Körper einer Riesenspinne, der den Fall abfederte. Rob begrub das Tier unter sich. Grünes Blut spritzte in alle Richtungen, und die Brüder und Schwestern des Monsters wichen kurz zurück.

Ethan zog Rob aus einer Pampe aus Spinnenorganen und Blut. »Unkonventionell, aber es hat funktioniert«, lobte der Gront.

Der plötzliche Angriff von oben sorgte für Verwirrung unter den Spinnen, als könnte Rob ein Held von vielen sein, die sich aus den Baumwipfeln auf sie stürzten. Sie krabbelten ein paar Schritte zurück und verschafften der Gruppe so eine Verschnaufpause.

»Schlag auf alles ein, was mir an die Rüstung will«, befahl Marten. »Ich sorg dafür, dass ihr völlig uninteressant seid.« Dann wandte er sich wieder den Spinnen zu und beleidigte sie: »Eure Beine sind doch auch nur ein paar Zweige, die beim nächsten Wind durchbrechen! Und meine Güte, ihr seid hässlich wie die Nacht, deswegen müsst ihr euch hier im Schatten der Bäume verstecken, weil sonst da draußen alle blind werden würden. Wenn ihr kleiner wärt, würde ich euch einfach mit dem Fuß zertreten! Wäre ich einer von euch, würde ich mir den höchsten Baum im Wald suchen und mich einfach in den Tod stürzen!«

Offensichtlich verstanden die Spinnen nicht, was das wütende Meerschweinchen quiekte, aber sie spürten, dass sie verhöhnt wurden. Als würden die anderen Champions nicht existieren, stürzten sie sich auf Marten, und das Spektakel begann von vorn. Der Squan steckte die Angriffe der Monster ein, Saira heilte, und Ethan und Rose teilten aus. Nur Rob hatte seine Rolle noch nicht gefunden.

Etwas ratlos stand er daneben, betrachtete Schwert und Schild in den Händen. Vielleicht war es an der Zeit, sich endlich wie ein richtiger Held zu benehmen. Er konnte sich schließlich nicht darauf verlassen, dass die anderen immer zur Stelle waren. Er stürzte vor und hieb mit dem Schwert nach der erstbesten Spinne, die seinen Weg kreuzte. Selbst für Rob war es unmöglich, sie zu verfehlen. Die Klinge stach tief in das weiche Fleisch. Die Beine des Monsters zuckten wild umher, dann brach es zusammen. Über Robs Kopf flogen blaue Pfeile aus Energie und drängten gleich drei Gegner zurück. Spinne um Spinne fiel unter den Attacken, während Marten sie weiter mit Flüchen und Beleidigungen bedachte.

»Mir fehlt es langsam an Energie«, hörte er Saira, die dicht hinter ihm stand. Sie war dafür verantwortlich, dass das wütende Meerschweinchen nicht krepierte.

»Verdammter Mist«, brummte Ethan. »Wenn wir sterben, werden sie hier lauern und uns immer wieder töten. Ihr Verhalten ist total widernatürlich.«

Rob schlug weiter mit dem Schwert zu und wich den Angriffen aus. Eines der Monster donnerte mit vollem Gewicht gegen seinen Holzschild und brachte ihn ins Straucheln.

»Sie sollten nicht in so großen Gruppen jagen«, beantwortete Rose die unausgesprochene Frage. »Wenn die hier Wurzeln schlagen, war es das mit der Wiederbelebung.«

»Wir müssen einen Ausbruch versuchen, Marten!«, rief Ethan.

»Ihr verdammten Mistspinnen. Bei einem fairen Duell wärt ihr komplett unterlegen, ihr Feiglinge!« Wieder donnerten die Monster gegen den Turmschild, hinter dem sich Marten verschanzte. Trotz seiner geringen Größe hielt er den Angriffen stand wie eine tief verwurzelte Eiche einem Sturm. »Versammelt euch hinter mir. Wir versuchen es! Saira, sende eine Feuerwelle vorweg, damit wir ein paar Meter Anlauf haben.«

Bevor Rob verstand, was passierte, brannte der Boden vor Martens Füßen. Die Spinnen hasteten zur Seite, trampelten übereinander, und eine Schneise tat sich vor ihnen auf. Marten hob den Schild an und rannte los. Er nutzte ihn wie einen Rammbock. Ethan packte Rob am Umhang und zog ihn mit. Gegen die Kraft des Gronts war er machtlos. Er lief wie auf rohen Eiern, bis er merkte, dass von dem Feuer gar keine Hitze ausging. »Wie …?«

»Rose ist deine Freundin, nicht deine Feindin«, sagte Ethan atemlos.

Als das Feuer versiegte, stand die unüberwindbare Mauer aus Spinnen wieder vor ihnen. Marten rammte seinen Schild gegen sie, und kurz sah es aus, als könnte er seinen Gefährten noch ein bisschen Luft verschaffen, aber es waren zu viele. Nun drängten sie von allen Seiten auf sie ein, krabbelten mit ihren feingliedrigen Beinchen auf sie zu. Aufgeregt zuckten ihre Fänge.

»Macht euch bereit zu sterben«, sagte Saira.

»Wünscht uns lieber Glück, dass wir uns irgendwie wiederbelebt bekommen«, erwiderte Rose.

»Die jagen sonst höchstens zu viert oder fünft«, rief Marten, und es wirkte, als würde er hoffen, dass sich die Monster an diesen Umstand erinnerten. »Wer soll denn gegen so viele Spinnen ankommen?«

Rob hielt das Schwert schützend nach vorn, als er ein Kribbeln in den Füßen spürte. Für einen Moment fühlte es sich wie ein Spinnenbein an, das über die Haut glitt. Ein kurzer Blick nach unten verschaffte ihm Gewissheit, dass dem nicht so war. »Spürt ihr das auch?«

Ethan nickte und zertrümmerte einer Spinne mit einem Hammerhieb den Kopf.

Dann bebte die Erde. Etwas Großes kam auf sie zu.

»Aranach?«, fragte Marten, und jede Hoffnung war aus seiner Stimme gewichen.

»Den hat noch niemand zu Gesicht bekommen«, erwiderte Rose und sandte einen Feuerball in die Reihen der Spinnen. Im Licht der Funken und Flammen sah Rob den Grund für das Beben: Ein Tross aus unzähligen Reitern ritt auf sie zu. Hochgerüstete Menschen, Squans, Gronts und Eollyans auf Pferden, großen Wölfen und Raubkatzen. Sie ackerten sich durch die Spinnen wie ein Pflug durch lockeren Erdboden. Nichts war vor ihren Waffen und Zaubern sicher. Eispfeile regneten vom Himmel und spießten die Kreaturen auf, die nicht rechtzeitig das Heil in der Flucht gesucht hatten. Rob sah einen Gront, der mit einer Axt, größer als er selbst, eine Spinne nach der anderen in zwei Hälften teilte. Ein Eollyan saß auf dem Rücken einer Raubkatze und schoss mit einem Bogen ein Dutzend Pfeile gleichzeitig ab, die wie von Zauberhand ihr Ziel fanden. Marten, Ethan, Rose, Saira und Rob beobachteten das Spektakel erschöpft und stumm.

Die Spinnen hatten den berittenen Helden nichts entgegenzusetzen. Wer schnell genug war, rettete sich in die Baumkronen oder verschwand im Dickicht des Waldes. Aber schon nach kurzer Zeit färbte sich der Boden giftgrün, und unzählige Leichen lagen aufgerissen und verstreut umher. Rob hätte übel werden können, wäre er von der Schlagfertigkeit der Truppe nicht so beeindruckt gewesen.

Als auch die letzte Spinne erschlagen war, glitt der Bogenschütze vom Rücken seiner Raubkatze. Das Gesicht hatte er hinter einer hölzernen Maske versteckt, aber das moosige Haar verriet ihn als Angehörigen der Eollyans. Seine Begleiter trugen Rüstungen, die so schwer wie eindrucksvoll waren. Selbst die Silberne Garde sähe neben ihnen wie Rekruten einer Dorfmiliz aus.

»Aeyas Segen mit euch. Da sind wir ja gerade zur richtigen Zeit vorbeigekommen«, sagte der Eollyan. »Was ist denn hier passiert?«

Marten räusperte sich und sprach dann mit der gewohnt hohen Stimme: »Aeyas Segen mit euch. Wir sollten eine Aufgabe erledigen. Eigentlich nichts Kompliziertes oder Gefährliches, aber wir waren von der …«, er ließ kurz den Blick über das Massaker schweifen, »… schieren Masse an Spinnen überrascht.«

»Ihr habt Glück, dass wir gerade vorbeikamen. Wir wurden von Aeya persönlich an die Splitterfront berufen.«

Marten und die anderen verneigten sich. »Ihr habt es also geschafft«, sagte der Squan ehrfürchtig.

»Hat ein paar Zyklen und viele Aufgaben gedauert, bis wir zu unseren alten Kräften zurückgefunden haben. Es war ein langer, manchmal auch mühseliger Weg, aber es hat sich gelohnt.« Obwohl die Stimme hinter der Maske dumpf klang, hörte Rob den

Stolz darin. »Es ist lange her, dass ich hier Aufgaben absolviert habe. Scheinbar jagt Aranachs Brut nun in größeren Gruppen. Davor sollten sie einen warnen, wenn sie einen hierherschicken.« Dann wandte sich die Maske Rob zu. »Der sieht aber noch ziemlich unerfahren aus. Fast *zu* unerfahren für dieses Gebiet.« Rob hörte das Misstrauen in der Stimme und spürte, wie sich alles in ihm zusammenzog. Die Erinnerungen an seine letzte Festnahme waren noch sehr präsent. Fast hätte er den Fehler gemacht, das Schwert zu heben, aber Ethan kam ihm zuvor.

»Den haben wir frisch für unsere Gilde rekrutiert. Er ist noch ein bisschen grün hinter den Ohren, aber wir haben ihn trotzdem mitgenommen. Was soll er sich mit Wölfen und Banditen rumplagen, wenn er auch direkt mit Spinnen kämpfen kann? Da sammelt er viel schneller Erfahrung und kann euch bald an der Front unterstützen.«

Rob versuchte sich an einem verlegenen Grinsen, als ihn die Maske musterte.

»Man kann nie früh genug beginnen. Aber bis du einer von uns wirst, ist es noch ein langer und steiniger Weg. Irgendwann denkst du, jetzt hast du alles gelernt, und dann haben die Lehrer in den Städten wieder neue Fertigkeiten, die sie dir zeigen.« Er schüttelte den Kopf. »Egal, wir haben noch einen langen Ritt vor uns. Passt auf euch auf, das nächste Mal sind wir vielleicht nicht zur Stelle, und es hätte Ewigkeiten gedauert, bis ihr euch weit genug weg von ihnen hättet wiederbeleben können.«

»In einer Welt, in der man unsterblich ist, ist die Ewigkeit nichts, das ich fürchte«, sagte Saira.

»Ist trotzdem eine ziemlich lange Zeit, so eine Ewigkeit«, sagte der Eollyan und zog sich am Gurtzeug der schwarzen Raubkatze hoch. »Macht Aeya keine Schande, ihr Helden.«

Mit diesen Worten ritten sie durch den Wald davon und hinterließen ein Schlachtfeld aus Spinnenkadavern, Organen und giftgrünem Blut, in dessen Mitte fünf sprachlose Champions standen. Sie sahen der Truppe hinterher, bis sie zwischen Ästen und Büschen verschwunden war.

»Ich habe noch nie einen gesehen«, sagte Marten, und Rob glaubte, so was wie Ehrfurcht herauszuhören.

»Was meinst du?«, fragte er.

»Helden, die es geschafft haben, an die Front geschickt zu werden. Erst wenn man seine Professur perfektioniert hat, wird man von Aeya persönlich für diese Aufgabe erwählt. Man wird in die große Schlacht in die Splitterstreifen geschickt.«

»Es ist nicht der einzige Weg, wie man zu den Splitterstreifen kommt«, ergänzte Rose. »Wir waren auch schon da, ein paar Botengänge machen, ein bisschen Garraks Truppen sabotieren. Nichts Wildes. Aber an der Schlacht zwischen Aeya und Garrak nehmen nur die wahren Champions teil.«

Nichts Wildes. Sie sagte es, als würde es zum Alltag von Avataris gehören, für den Krieg zu arbeiten. Vielleicht war es das auch, dachte Rob. Er sah auf die Phiole an seinem Gürtel. Der zähe Tropfen Harz hatte den Kampf gegen die Schwerkraft verloren und sich auf dem gläsernen Boden gesammelt.

Bald würde Rob Antworten erhalten. Hoffentlich.

Als sie wieder auf die Lichtung vor Morleys Hütte traten, hatte die Sonne schon Platz für den Mond gemacht. Er war voll und rund wie ein Käselaib, und sein helles Licht spiegelte sich im Fluss. Auf der Veranda saß die Katze, und sie miaute lang und kläglich.

Die Tür verriet sofort, dass etwas nicht stimmte. Oben war sie aus den Angeln gerissen und hing nur noch halb in den Scharnieren. Wie eine Fahne im Wind schwang sie langsam hin und her.

Ethan holte augenblicklich den Hammer hervor, und Marten riss den Schild hoch. Ein Glimmen zwischen Rose' Fingern erschien, und Saira hielt die Hände empor. Rob suchte nach dem Schwertgriff am Gürtel und fand ihn nach einigem Tasten.

»Irgendwas stimmt hier ganz und gar nicht«, sprach Ethan aus, was alle wussten.

Die Katze machte ein paar Schritte auf sie zu. Ihr Schwanz pendelte ungeduldig hin und her.

»Na, Zimtkeks, du wirst uns nicht erzählen, was passiert ist, oder?«, fragte der Squan, ohne hinter dem Turmschild hervorzuschauen.

Die Katze drückte sich gegen den Rand des Schilds, strich daran entlang und ließ sich von Rob hochheben. Er streichelte ihr über den Kopf. »Wo ist dein Herrchen?«

»Lasst uns nachschauen.« Ethan klang, als wäre er davon selbst nicht überzeugt.

»Ist gut.« Marten rückte langsam im Schutz des Schilds vor.

Als könnte in der Hütte Aranach selbst lauern, näherten sie sich dem Eingang. Die vom Türrahmen eingefasste Schwärze ließ keinen Blick in das Innere zu.

»Rose«, forderte Marten die Zauberin auf.

Die schnippte mit den Fingern, und Eiszapfen schossen ins Innere.

Der Squan sah sie mit hochgezogenen Augenbrauen an. »Ich dachte, du hast dich mittlerweile unter Kontrolle?«

»Dachte ich auch«, murmelte sie. Dann fegten kleine Flammen über ihre Köpfe und erhellten das Innere der Hütte, das nur aus einem Zimmer bestand.

Zu Robs Erleichterung setzte sich nicht der Schemen eines Monsters von der Schwärze ab. Die Hütte war verlassen. Sie traten an die Tür und schauten hinein.

»Es gab einen Kampf«, sagte Ethan sofort.

Um das festzustellen, brauchte es kein besonderes Gespür. Der Tisch war umgeworfen, Teller und Krüge auf dem Boden zerbrochen. Phiolen waren aus dem Schrank gefallen, und die Flüssigkeiten hatten sich zu einer blubbernden, schwelenden Tinktur vereint. Das schmale Bett war auseinandergebrochen, als wäre eine schwere Kreatur darauf gestürzt. Die Decke lag in Fetzen auf dem Boden.

»Das ist schlecht«, murmelte Marten und machte ein paar Schritte ins Innere. Er drehte sich, betrachtete alles ganz genau. Die Holzlatten knarzten unter dem Gewicht der schweren Rüstung. »Wahrscheinlich saß er am Tisch und hat gerade gegessen, als sie gekommen sind.« Er zeigte auf den Brei, der durch die Ritzen des Bodens sickerte.

»Sie?«, fragte Rob. »So wie du es sagst, klingt es nach einer übergöttlichen Entität, die über Morley eingebrochen ist.«

»Die Silberne Garde, ohne jeden Zweifel«, antwortete Marten. »Morley war einer von uns. Er hatte verstanden, wie diese Welt wirklich funktioniert, und dass die Garde ihn gefasst hat, ist ein äußerst schlechtes Zeichen.«

»Die Luft wird immer dünner für uns«, flüsterte Saira.

Rob bekämpfte die Panik, die in ihm aufstieg wie Lava in einem Vulkanschlot. Er stand so kurz davor, endlich seine Antworten zu bekommen. Unwillkürlich wanderten seine Finger wieder zu dem Ring. Der kalte Edelstein gab ihm Sicherheit. »Ihr könnt den Trank auch brauen, oder?« Es klang mehr wie ein Flehen als eine Frage.

Marten sah zu Rose. »Du bist unsere beste Alchemistin. Traust du dir das zu?«

Sie legte den Kopf zur Seite und seufzte. »Der Trank der Welten ist kein Heil- oder Geschwindigkeitstrank. Selbst wenn ich ein Rezept dafür hätte, würde es wahrscheinlich meine Fähigkeiten übersteigen. Wer weiß, was mit Rob passiert, wenn er ihn trinkt und nur eine Zutat nicht richtig abgemessen ist?«

Robs Hoffnung auf ein Ende seines Martyriums starb wie die Spinnen unter den Klingen der Champions.

»Wir könnten es probieren«, sagte Ethan, der in einem großen Buch blätterte. »Morley hat alles aufgeschrieben, jedes verdammte Rezept. Vielleicht hat er etwas geahnt?«

»Der hatte nur Angst, senil zu werden«, erwiderte Marten und gesellte sich zu seinem Freund. Der Gront musste das Buch niedriger halten, damit das Meerschweinchen einen Blick darauf werfen konnte. »Jap, das ist der Trank der Welten. Das ist die Pampe, die er mir damals zubereitet hat.«

»Lasst mal sehen«, sagte Rose.

Eine Stille breitete sich in der Hütte aus, die nur vom Schnurren der Katze gestört wurde. Rob ballte die Hände zu Fäusten. Die Anspannung war schlimmer als alles, was ihm bisher auf Avataris passiert war. Eine Hand legte sich auf seine Schulter, und er sah in Sairas Gesicht.

»Wir bekommen das hin, versprochen«, sagte sie.

»Es ist nur …«, murmelte Rob.

»Verdammt beschissen, ich weiß.« Sie lächelte. »Wir alle waren mal in deiner Situation. Wir wurden in eine Welt geworfen, die wir nicht verstanden haben. Aber wir haben uns ganz gut eingefunden, würde ich sagen. Wir haben diesen Sud getrunken und unser Schicksal akzeptiert. Vielleicht sind wir tot und nicht echt, aber hier bekommen wir zumindest eine zweite Chance.«

»Nicht echt?«, fragte Rob.

»Saira«, herrschte Marten sie an. »Willst du riskieren, dass Rob an einem Hirnschlag krepiert?«

»Tut mir leid«, sagte sie zu Rob, grinste und zog sich wieder zurück.

Andeutungen, die mehr Fragen als Antworten brachten.

»Es wäre einen Versuch wert«, sagte Rose und blätterte in dem Almanach. »Er hat jeden Schritt sehr genau beschrieben. Ein gewisses Restrisiko bleibt natürlich, aber –«

»Wir probieren es«, schnitt ihr Rob das Wort ab. »Alleine die Vorstellung, dass ich mir bis in alle Ewigkeit eure nervigen Andeutungen geben muss, treibt mich in den Wahnsinn. Da kommt mir der Sud wie die bessere Alternative vor.« Egal, wie groß die Gefahr war, er würde den Trank trinken und wenn es sein Ende bedeutete. Diese Welt war ihm ein großes Rätsel, und vieles, was er sah und hörte, ergab keinen Sinn. *Er* ergab keinen Sinn. Er musste wissen, was es mit dem Eintrag in seinem Abenteuerbuch auf sich hatte. Er wollte *sie* finden, wer auch immer sie war. Rose aber zögerte. Sie sah zu Marten und Ethan.

»Im schlimmsten Fall trinkt er einen Tropfen davon, kippt um und steht nie wieder auf«, brummte der Gront.

»Wir brauchen ihn«, hielt Marten dagegen. »Damit meine ich nicht seine Fähigkeiten an der Klinge, die sind stark verbesserungsfähig, sondern seinen Kopf. Wir alle ahnen, dass etwas geschehen wird und wir verschwinden müssen. Ohne Rob wird es nicht funktionieren. Er ist aus einem bestimmten Grund hier.«

Der Bär nickte. »Hast ja recht.«

»Er hat seine Entscheidung schon gefällt. Wenn du sagst, Rose, dass die Möglichkeit besteht, dass es funktioniert und der Trank nicht zu einem Gift wird, sollten wir es tun«, beschloss Marten und unterstrich damit, warum er der Anführer der Truppe war. Er war bereit, auch schwierige Entscheidungen zu treffen.

»Ich wäre die erste Person in Avataris, die etwas brauen möchte, ohne das Rezept vorher gelernt zu haben«, sagte sie. »Aber du hast recht: In seiner aktuellen Verfassung nützt er uns nicht sehr viel, und der Trank der Welten ist vielleicht das Einzige, was an dem Zustand etwas ändern kann.« Sie seufzte ausgedehnt. »Ich brauche eine Waage mit Gewichten, einen Mörser, so viele Spatel, wie ihr auftreiben könnt, ein Sieb, einen Pinsel, eine Sanduhr, alle Schälchen, die diese Hütte hergibt, Reagenzgläser und eine kleine Flamme.«

Ethan und Marten hasteten sofort los, rissen Schränke auf und suchten nach den Gegenständen. Zum Glück war Morley gut ausgestattet.

Als alles vor Rose auf dem Tisch stand, fuhr sie fort: »Für die Zutaten brauche ich geklärtes Wasser, Nachtsamen, Dreidorndistel, Blütenquarz, Steinöl, Drachenkalk und natürlich den Harz vom Weltenbaum.« Morley hatte gesagt, dass er alle Teile des Trankes besaß, abgesehen vom Harz, für dessen Besorgung er sie losgeschickt hatte. Sie fanden die Zutaten in einer kleinen Truhe. Ethan verteilte die Sachen ebenfalls auf dem Tisch.

»Das ist aber nicht viel«, quiekte Marten, und er hatte recht: Von dem Blütenquarz war nicht mehr als ein Fingerhut vorhanden.

»Wir haben eh nur einen Versuch. Wenn ich einen Fehler mache, wird Rob keine zweite Chance bekommen«, sagte Rose ruhig, und langsam sickerte in ihn ein, was es bedeuten würde, wenn ihr kleines Experiment schiefging. Aber dann hatte er zumindest alles probiert.

»Brauchst du noch etwas?«, fragte Ethan.

Rose' Antwort war so deutlich wie ein Befehl. »Ruhe.«

Also verzog sich der Rest der Truppe nach draußen auf die Veranda. Von drinnen hörten sie bald das Zischen und Blubbern von Substanzen.

»Wie machen wir hiernach weiter?«, fragte Saira und versuchte, es sich auf einem der vier Stühle bequem zu machen. Ein unmögliches Unterfangen, da sie für den breiten Hintern eines Gronts gemacht waren. Ihre Beine baumelten in der Luft.

»Das wissen wir, wenn Rob den Trank getrunken hat«, sagte Marten. Er war der Einzige, der nicht Platz genommen hatte. Der Squan lehnte an einem Holzbalken und starrte in den nächtlichen Wald.

»Ich meine wegen Morley. Wir müssen ihn retten, wenn ihn die Silberne Garde hat. Er trägt so viel Wissen mit sich, ohne ihn sind wir verloren.«

»Nein, ich glaube nicht, dass wir das tun werden«, erwiderte Marten, und Rob sah, dass selbst Ethan überrascht war.

»Wie meinst du das?«, fragte der Gront.

»Wir dürfen keine Zeit mehr verlieren. Die Silberne Garde

hat ihre Schlinge um uns gelegt und zieht sie immer weiter zu. Es ist nur eine Frage der Zeit, bis sie uns entdecken. Entweder ist Rob unser Weg hier heraus, oder uns ereilt das gleiche Schicksal wie unsere Ahnen: der ewige Tod.«

Rob hörte nur mit einem Ohr zu. Er war nicht daran interessiert, noch mehr Dinge zu erfahren, die er nicht verstand. Auch wollte er nicht, dass das Leben seiner neuen Freunde an ihm hing. Also wechselte er das Thema. »Was war das vorhin mit Rose und den Eiszapfen? Sie wollte Feuer erzeugen, um Licht zu spenden, richtig?«

Ethan seufzte. »Es ist besser geworden, viel besser. Sonst hätten wir ihr nicht die Aufgabe gegeben, uns mit dem Schwebezauber aus der Kanalisation zu retten. Aber sie hat wie die meisten von uns einen kleinen Knacks, manchmal funktionieren die Zauber nicht wie geplant. Wir vermuten, dass es an dem Übergang in diese Welt liegt. Schließlich haben wir alle kleine Lücken gesucht, durch die wir unbemerkt schlüpfen konnten, um hier ein schönes Nachleben zu verbringen.«

Rob schüttelte den Kopf, als er spürte, dass sich seine Kopfschmerzen wieder ankündigten. »Lücken?«, fragte er und massierte die Schläfen, was die Schmerzen nur betäubte, aber nicht vertrieb.

»Du hast diese Lücken geschaffen und Menschen wie uns geholfen«, sagte Ethan.

Menschen wie ihnen? Ethan war eindeutig ein Gront, Rose eine Eollyan und Marten ein Squan. Nur Saira war ein Mensch. Er wollte nachfragen, aber als die Worte seinen Mund verlassen sollten, donnerte ein Gewitter aus Schmerzen auf ihn nieder.

»Hör auf damit«, herrschte Marten seinen Freund an. »Du siehst doch, wie er darunter leidet.«

»Schon gut«, flüsterte Rob, der seinen Kopf zwischen den Händen vergraben hatte. Bald würde er endlich den verdammten Trank trinken und alles verstehen.

»Wenn er unser Weg hier raus ist, wo wird er uns hinbringen?«, fragte Saira.

»Ich weiß es nicht«, gab Marten zu. »Das ist gerade aber auch egal. Die Sache ist ernst, wenn sogar Morley sich nicht mehr vor ihnen verstecken kann. Er kennt jede Geschichte, jeden Dialog in dieser Welt. Jedes gesprochene Wort entstammt seiner Feder. Jemand mit seinem Wissen dürfte nicht gefasst werden. Er war den Wachen immer ein paar Schritte voraus. Aber die Silberne Garde hat die Karten neu gemischt. Sie ist nicht seine Kreation. Und nun müssen wir weg von hier.«

Rob erhob sich. Die Schmerzen hatten nachgelassen, aber der Kopf pochte noch. Schweiß stand ihm auf der Stirn. »Mit den Spinnen hat auch etwas nicht gestimmt, richtig?«, fragte er in der Hoffnung, dass die Antwort ihn nicht wieder foltern würde.

»Richtig«, sagte Ethan. »Alles in dieser Welt folgt einer gewissen Logik. Es wurden Regeln aufgestellt, an die sich alle halten, auch die Monster, denen du da draußen begegnest. Und eine Regel besagt, dass sie sich nicht in großen Rotten zusammentun und auf die Jagd begeben. Wenn du ihnen zu nahe kommst, greifen sie dich an. Aber selten sind es mehr als drei oder vier, deren Aufmerksamkeit du auf dich ziehst. Doch das vorhin war anders. Es waren Dutzende, und sie haben uns gesucht. Irgendwas stimmte da ganz und gar nicht.«

»Wir hatten großes Glück«, bestätigte Marten. »Wenn unsere Leichen unter den Spinnen gelegen hätten, hätten wir uns zwar wiederbeleben können, aber sie hätten uns direkt wieder umgebracht. Ein Teufelskreis, den man um jeden Preis vermeiden sollte. Sonst bist du Jahre damit beschäftigt, zu sterben und wiederaufzuerstehen.«

Von drinnen hörten sie eine Verpuffung, und dunkler Rauch waberte heraus.

»Alles in Ordnung?«, rief Marten.

»Alles bestens«, antwortete Rose. »Das Zeug hat gemacht, was es sollte. Ich bin gleich bei euch.«

Rob schluckte. Hoffentlich war die Zeit der Ungewissheit dann endlich vorbei. Dass er nicht irgendein Held war, der in Aeyas Namen Ratten und Wölfe verdrosch, hatte er von Anfang an geahnt. Trotzdem wollte er nicht durch die Klinge der Scharfrichterin sterben. Seine Anwesenheit auf diesem Kontinent hatte einen Grund, und den wollte er zumindest erfahren, bevor er das Zeitliche segnete.

Rose kam heraus, ihre Robe war von schwarzem Ruß überzogen. Die Verpuffung hatte ihre Augenbrauen versengt. Sie stank nach Schwefel.

»Und?«, fragte Saira.

»Ich weiß nicht«, sagte die Zauberin, und die Antwort traf Rob wie eine Backpfeife. »Wir müssen es probieren, denke ich. Ich habe getan, was in meiner Macht liegt.«

In den Händen hielt sie eine Phiole mit einer grünen Flüssigkeit. Ihre Konsistenz erinnerte an das Harz des Weltenbaumes. Sie überreichte Rob die Phiole, die er mit schwitzigen Fingern entgegennahm.

Das Glas war warm, fast heiß. Er entfernte den Korken, und ein erdiger Geruch schlug ihm entgegen. Rauchschwaden entstiegen dem Gefäß. Er atmete tief ein. »Wünscht mir Glück.«

»Wir wünschen uns allen Glück«, erwiderte Marten.

Sie starrten ihn an, als wäre er gerade im Begriff, etwas unfassbar Mutiges oder etwas unsagbar Dummes zu tun. Rob würde gleich erfahren, was es war.

Er stürzte die Flüssigkeit hinunter. Erst passierte nichts. Dann spürte er die Hitze. Gleich darauf das Feuer. Er griff sich an die Kehle, die von innen zu verbrennen schien.

»Hilfe«, gurgelte er. Dann glitt sein Blick nach oben, und alles wurde schwarz.

KAPITEL
13

Der Falke flog hoch über den Dächern, noch über den Möwen. Er spürte den kalten Wind unter den Flügeln, der vom Meer kam und ihm Auftrieb verlieh. Unter sich sah er Gonholt, klein und fragil wie eine Sandburg. Die Bürger waren winzig wie Insekten, und trotzdem erkannte Rob dank der Falkenaugen die Angst auf ihren Gesichtern.

Die Panik.

Sie flohen. Nicht nur die Bewohner der Hauptstadt, auch die Champions und Helden waren auf der Flucht vor etwas. Dann begriff Rob, was er beobachtete: Gonholts Untergang. Die Stadt der freien Völker würde fallen und mit ihr alle, die sich unter dem Banner mit der silbernen Faust versammelt hatten. Es war ein Untergang, dem niemand entkommen würde, egal ob unsterblich oder nicht. Rob wusste es. Er hatte es schon sehr lange gewusst, bereits vor seiner Ankunft in Avataris. Das wurde ihm in diesem Moment klar.

Als er den Blick zum Horizont richtete, sah er, wovor sie flohen. Eine riesige Feuerwalze, höher als jeder Berg des Landes, bewegte sich von allen Seiten auf Gonholt zu. Selbst über dem Wasser stieg Rauch auf. Sie saßen in der Falle wie Ratten, die man ausräucherte, und drängten zum Platz vor dem Palast.

Rob ließ sich noch ein Stück höher treiben und erkannte, dass der Palastplatz der Mittelpunkt des Feuerkreises war. Hier würde sich alles entscheiden, hier würde alles enden. Es war keine Prophezeiung, keine Vorhersehung, sondern Gewissheit. Rob war gekommen, um sie zu warnen. Nein, um sie zu retten.

Nicht die freien Völker, auch nicht die Scharfrichterin. Sie waren nicht zu retten. Aber Marten, Ethan, Rose, Saira, die anderen der Gilde und … *sie.* Sie, für die er hier war.

Auf dem Platz entdeckte er einen blauen Strudel. Ein Portal in eine andere Welt. Es hatte die gleiche, einprägsame Farbe wie der Stein in seinem Ring.

Er schloss die Augen und stürzte hinab. Im Fall begann er zu trudeln, als hätte ihn ein Pfeil erwischt. Der Falke hatte ihm alles gezeigt, was Rob wissen musste. Das Ende der freien Völker stand bevor, und er musste die anderen retten.

Es gab ein Leben davor. Dieser Ort war eine Illusion. Und wenn er nicht scheiterte, würde es auch noch ein Leben danach geben. Für sie.

Der Falke schlug auf dem Steinboden auf, und das Leben verließ ihn.

Rob, nun wieder in der menschlichen Hülle, riss die Augen auf.

»Melfana«, sagte er. »Wir müssen zu ihr.« Sein Puls raste, er war atemlos. Schweiß brannte in seinen Augen. Erst jetzt spürte er, dass er in einem Bett lag, und richtete sich auf.

»Er ist wach«, hörte er Sairas Stimme. Sie saß neben ihm am Bett und hielt seine Hand. »Wir haben uns Sorgen gemacht. Rose hört mit den Selbstvorwürfen gar nicht mehr auf.«

Dann erklang das Poltern von Schritten auf dem Holzboden. Die anderen drei drängten sich zu ihm ans Bett.

»Robert«, rief Marten, »du bist wach!«

Sofort waren die Kopfschmerzen wieder da und zwangen seinen Oberkörper mit aller Gewalt zurück ins Bett. Der Schwindel packte ihn, er sah doppelt, und dann übergab er sich neben das Bett. Er kämpfte gegen den Drang an, zurück in das Reich der Träume zu gleiten.

»Sag das nie wieder«, presste er hervor. Langsam fanden seine Augen einen Fokus, und die doppelten Bilder verschwanden.

Rose hatte schon ein Tuch parat, mit dem er sich den Mund abwischte.

»Ich dachte, ich hätte dich umgebracht«, flüsterte sie, und er sah, dass sie geweint hatte.

»Wie lange war ich weg?«

»Fast einen ganzen Tag«, antwortete Saira. »Wir haben uns abgewechselt und an deinem Bett Wache gehalten. Zwischendurch hat sogar die Katze an deinen Füßen geschlafen.«

»Rob«, sagte Marten so vorsichtig, als könnte jeder weitere Buchstabe für einen verfrühten Tod sorgen, »woran erinnerst du dich? Hat der Trank gewirkt?«

Er richtete sich wieder auf. Der Schwindel war noch nicht verschwunden, aber die Schmerzen hatten nachgelassen. »Die freien Völker sind dem Untergang geweiht. Aber es gibt Hoffnung für uns. Ich bin gekommen, um euch von hier fortzubringen.«

Ethan und Marten sahen einander an, als hätten sie es gewusst.

»Weißt du auch, wie?«, fragte Rose.

Rob hielt die Hand mit dem Ring in die Höhe. »Ich glaube, es hängt damit zusammen.« Er versuchte, sich an die Bilder zu erinnern, die ihn nach dem Trank überkommen hatten. »Er ist der Weg hier raus.« Dann berichtete er ihnen von der Vision. Von der Feuerwalze, die Gonholt unwiederbringlich verschlingen würde, und dem Strudel inmitten des Untergangs.

»Dann trommeln wir alle zusammen und verschwinden«, sagte Marten zufrieden.

»Nein«, entgegnete Rob sofort. »Erst muss ich sie noch finden.«

»Sie?«, fragten Rose und Saira fast im Chor.

»Melfana.«

In dem Raum breitete sich eine unheimliche Stille aus.

Es war Ethan, der die offensichtliche Frage stellte. »Warum?«

»Das werde ich wissen, wenn ich sie sehe.« Er hatte keine bessere Antwort. Aber sein innerer Kompass hatte die Richtung endlich vorgegeben, und er wollte ihm folgen. Noch war es nicht Zeit, das Portal zu öffnen. Der letzte Tag war noch nicht angebrochen, und er wollte sie sehen.

»Okay«, murmelte Marten. »Und das ist alles? Keine Erinnerungen an früher?«

»Nein«, gab Rob zu, und die Erkenntnis, dass der Trank der Welten nicht die erwünschte Wirkung hatte, war schlimmer als Lunitas Verrat.

»Das muss mein Fehler gewesen sein, irgendwas habe ich falsch gemacht«, sagte Rose sofort.

Aber in Martens Miene sah er Zweifel. »Du bist Rob und niemand anderes. Langsam fang ich an, es zu verstehen. Du bist nicht er. Nein, er hat dich *geschickt*. Deswegen erkennst du uns nicht und hast keine Erinnerungen.«

»Ich wünschte, ich wüsste, was du damit meinst«, sagte Rob ehrlich und kämpfte gegen den Kloß in seinem Hals an.

»Was ich meine, ist: Du bist genau richtig, wie du bist. Kein Fehler, keine Vergangenheit. Du bist hier, um uns zu retten, und das tust du. Verschwende keine Gedanken mehr an früher, denke nur an morgen. Der Grund deines Eintreffens wurde von deinem Schöpfer gut versteckt, damit du den Weg zu uns überhaupt schaffst. Sonst hätten sie dich schon viel früher rausgefischt oder gar nicht beschworen. Es ist unsere Aufgabe, diese Erinnerungen freizulegen. Wenn du erst noch Melfana sehen willst, dann ist das okay, aber danach bring uns hier raus.«

»Wenn ich im Portaleöffnen mehr Talent habe als beim Rattenerschlagen, wird das kein Problem sein«, sagte Rob.

Ethan lachte. »Das klingt ja überzeugend.«

»Wir brauchen einen Schlachtplan«, verkündete Marten und verfiel sofort wieder in die Rolle des Anführers. »Wir sollten einen Brief an unsere Gildenmitglieder schicken und sie über den aktuellen Stand informieren. Im besten Fall verraten wir nicht alles, falls jemand mitliest. Aber sie sollen sich bereithalten, für den Tag, an dem wir verschwinden.« Die Worte sprudelten regelrecht aus dem Meerschweinchen. »Zu Fuß brauchen wir eine Ewigkeit bis zu den Bergen in den Splitterstreifen. Wir sollten die Hauptstadt der Eollyans aufsuchen. Dort wirst du das Reiten lernen, Rob, und dich vielleicht für eine Profession entscheiden. Mittlerweile hast du genug Erfahrung gesammelt, um einen Weg einzuschlagen.«

Rob, der den Trank der Welten noch nicht ganz verdaut hatte, schwirrte der Kopf. »Ich weiß, wie man ein Pferd reitet.«

»Auf einem Pferd zu sitzen und ein Pferd zu reiten sind zwei völlig unterschiedliche Dinge, glaube mir«, sagte Marten, und Rob erinnerte sich, dass Saira so etwas Ähnliches gesagt hatte. »Außerdem kann es durchaus sein, dass es sich nicht um ein Pferd handelt.«

»Wir müssen vorsichtig in Yallandil sein«, sagte Ethan.

»Sie werden wahrscheinlich überall lauern. Zieht euch die Kapuzen tief ins Gesicht und erregt kein Aufsehen«, befahl Marten.

»Wann brechen wir auf?«, fragte Rob, der keine Ahnung hatte, wie spät es war. Nur das fehlende Tageslicht verriet die Nacht.

»Yallandil liegt einen kurzen Fußmarsch von hier entfernt, keine drei Stunden. Wir warten bis Tagesanbruch. In Yallandil können wir auch einen Brief abschicken. Wir sollten uns besser ausrüsten. Der Weg wird schwer und gefährlich, selbst für erfahrene Helden wie uns. Er wird uns bis in die Splitterstreifen, vorbei an Aeyas Garnisonen führen. Wir müssen vorbereitet sein.« Bei den letzten Worten legte sich ein Schatten auf seine Stimme.

Es würde schwer werden, so viel stand fest. Hoffentlich würde es sich lohnen. *Sie* war Melfana, da war sich Rob nun sicher. Aber er hatte keine Ahnung, welche Belohnung für die Beendigung dieser Quest auf ihn wartete.

Mit Einbruch der ersten Sonnenstrahlen brachen sie auf. Zimtkeks sah ihnen von der Terrasse aus hinterher.

»Er wird sich hier schon durchschlagen. Es ist ein Wald voller Nager, und ein Fluss verläuft direkt am Haus. Er wird weder verhungern noch verdursten«, sagte Marten, der Ethans sorgenvollen Blick bemerkt haben musste. Obwohl die Bekanntschaft mit dem Tier kurz gewesen war, hatte der Hüne es offensichtlich ins Herz geschlossen. Aber auf ihrem Abenteuer war kein Platz für ein Haustier. Die Gefahren, die ihnen bevorstanden, mochten sogar die neun Leben einer Katze herausfordern.

Ein Pfad führte sie immer tiefer in den Wald, und Rob entging nicht, dass das Meerschweinchen an der Spitze angespannt war. Ständig sah sich Marten um und suchte die Baumkronen ab. Rob vermutete, dass es an der Begegnung mit den Spinnen lag.

»Das ist also der Weg hier raus«, sagte Saira neben ihm und nickte in Richtung des Ringes.

»Selbst wenn er nicht auf magische Weise ein Portal öffnet, können wir damit zur Not einen Kapitän bestechen, der uns dafür von diesem Kontinent wegbringt. Also ja, er ist der Weg hier raus«, antwortete Rob, zweifelte aber nicht an den magischen Fähigkeiten des Artefakts an seinem Finger.

»Weißt du auch, wohin? Ist es eine Spiegelwelt?«

»Spiegelwelt?«

»Eine Welt, die mit dieser hier identisch ist, nur von ganz anderen Gestalten bevölkert wird. Was hat es mit Melfana auf sich? Warum möchtest du zu ihr?«

Die Antworten darauf fielen Rob schwerer. Er suchte nach passenden Worten. »Weil es sich richtig anfühlt. Der Eintrag in meinem Buch sagt, dass ich *sie* finden soll. Ich weiß nicht, was ich dort tun muss, aber wenn es erledigt ist, fliehen wir alle durch das Portal.«

Rose schloss zu ihm auf. »Tut mir leid mit dem Trank, wirklich.«

»Es war meine Entscheidung, ihn zu trinken, und außerdem habe ich keine Ahnung, was eigentlich hätte passieren sollen. Wir können also so tun, als wäre alles nach Plan verlaufen«, erwiderte Rob. Zwar hatte er keine Erinnerungen zurückerhalten, aber er hatte wichtige Informationen über den Grund seiner Anwesenheit bekommen. In der Hinsicht musste er Rose also danken.

»Wenn du vom Trank der Welten trinkst, weiten sich kurz deine Pupillen, und du bist wie in Trance. Ich vermute, dass ein paar Bahnen im Hirn neu verknüpft werden. Und das war es dann. Keine tagelange Ohnmacht, keine Visionen. Ich habe davon gekostet und wusste, wer ich vorher war.«

»Wer warst du vorher?«, fragte Rob.

»Bäckerin, Mutter und Ehefrau«, erzählte sie. »Ich verstehe schon, warum man die Regel aufgestellt hat, dass es in der Ewigkeit keine Erinnerungen an das Früher geben darf. Nur die Gewissheit, dass, wenn man in den Tod geht, noch etwas kommt. Es sollte einem Frieden geben. Quasi eine Art Reinkarnation, die das Beste von einem mitbekommt, nicht aber die Erinnerungen. Zu wissen, dass man noch eine Ewigkeit vor sich hat, ohne die Menschen, die man liebt, ist hart, verstehst du?«

Rob verstand es nicht, beschloss aber, zu schweigen und zuzuhören.

»Ich kann mich glücklich schätzen, dass ich hier bin. Das verdanke ich dir.« Sie schenkte ihm ein warmes, aufrichtiges Lächeln, das jedoch nicht über die feuchten Augen hinwegtäuschte.

»Mir?«

»Du hast uns hierhergebracht, und wir wussten, dass es Probleme geben könnte. Ein Risiko, das wir alle gerne eingegangen sind. Und hätte man mir angeboten, die Erinnerungen an mein altes Leben zu behalten, hätte ich sofort zugesagt. Dass es nun so passiert ist, haben wir alle nicht kommen sehen.«

»Tut mir leid«, murmelte Rob, der nicht wusste, was er darauf erwidern sollte. Sein früheres Leben war so nebulös und würde es auch bleiben, wenn die verdammten Kopfschmerzen anhielten.

»Es gibt nichts, für das du dich entschuldigen musst. Wir sind dir alle sehr dankbar, und deswegen haben wir keine Sekunde gezögert, dir zu helfen. Als Marten davon berichtet hat, dass du ihm aus der Taverne nicht folgen wolltest, konnten wir es kaum glauben. Als dann die Nachricht die Runde machte, dass die Silberne Garde wieder jemanden gefasst hat, waren wir sicher, dass es sich um dich handeln musste.«

»Kannst du mir sagen, wer ich war? Also ohne, dass du mich umbringst?«, fragte Rob. Er schluckte schwer, als Rose für einen Moment schwieg.

»Du warst …« Sie stockte und setzte noch mal neu an. »Wir kannten uns nicht. Ein Bekannter hatte den Kontakt hergestellt. Als du von meiner Geschichte gehört hast, hast du sofort geholfen. Du saßest ja direkt an der Quelle, und für dich war es ein Leichtes, mich nach Avataris zu bringen.«

»War ich ein Zauberer?«

Rose legte den Kopf schräg und grinste. »In gewissen Dingen. Für mich war das, was du getan hast, auf jeden Fall Zauberei. Was hat es mit Melfana auf sich?«

»Ich muss zu ihr, aber ich weiß nicht, warum«, sagte Rob.

»Das wird spannend. Ich kenne niemanden, der sie zu Gesicht bekommen hat. Die Clachans verstecken sie tief im Berg, geschützt vor neugierigen Blicken. Sie ist die Schmiedin der ewigen Esse, und ihren Schmuck findest du im ganzen Land. Wahrscheinlich hat es mit dem Ring zu tun, vielleicht muss sie ihn einschmelzen und irgendein Artefakt daraus herstellen.«

Rob betrachtete das Geschmeide an seinem Finger. »Ja, kann gut sein«, murmelte er, wusste aber, dass das nicht der Grund war. Er wusste es so sicher, wie man gewiss sein konnte, dass es Regen geben würde, wenn man dunkle Wolken am Horizont sah.

»Darf ich präsentieren: Yallandil«, schrillte Martens Stimme höher als sonst.

Sie kamen am Rande einer Baumreihe zum Halten, und vor ihnen erstreckte sich eine Senke. In der Mitte wuchs ein gutes Dutzend Bäume, fast so groß wie der Weltenbaum. Ihre Kronen waren miteinander verwoben wie feines Garn. Brücken und Plateaus waren zwischen den Bäumen gespannt. Es gab mehrere Ebenen, stabil genug, dass Häuser und Zelte darauf standen. Konstruktionen aus Seilen und Holz führten die Besucher der Stadt nach oben.

Rob schluckte beim Anblick der Architektur. »Sie haben es einfach in die Bäume gebaut.«

»Im Falle eines Angriffes ist das effektiver als jede Mauer«, sagte Ethan. »Eine Mauer kann man überwinden, aber so einen Baum muss man erst mal hochklettern. Und glaub mir: Das macht keinen Spaß, wenn von oben unzählige Bögen auf dich gerichtet sind. Du kletterst als Squan hoch und kommst als Stachelschwein runter.«

Alle außer ihrem Anführer lachten. »Keine Witze auf Kosten meiner Spezies«, ermahnte Marten. »Verhaltet euch unauffällig. Ihr seid Champions auf der Suche nach ein paar neuen Aufträgen und guter Ausrüstung. Keine unnötigen Gespräche und verletzt nicht das oberste Gebot Yallandils.«

»Das da wäre?«, fragte Rob.

»Wenn es eine Sache gibt, die Eollyans nicht leiden können, dann ist es Feuer.«

Rose entblößte ihren Arm, und Rob betrachtete die Rindenhaut. »Wir sind bei dem Thema ein bisschen empfindlich. Schnell entflammbar, weißt du?«

Langsam setzte sich die Gruppe wieder in Bewegung, kletterte in die Senke hinab und marschierte auf einen der unzähligen Aufzüge zu.

Rob dachte darüber nach. »Wenn ich Yallandil angreifen

wollte, dann würde ich mir ein paar Magier organisieren, die Feuerbälle werfen. Ist darauf noch niemand gekommen?«

Marten öffnete den Mund, schloss ihn wieder und zog die Augenbrauen zusammen. »Ich weiß es ehrlich gesagt nicht, gute Frage. Das ist etwas, das dir Morley beantworten könnte, er hat sich das schließlich alles ausgedacht. Aber vielleicht bist du der Erste, der eine Schwachstelle in der Verteidigung der Eollyan entdeckt hat. Kleiner Tipp: Geh damit besser nicht hausieren. Du wirst dir da oben mit der Theorie keine Freunde machen.«

»Nicht über Feuer reden, verstanden«, sagte Rob.

Sie bestiegen eine der Plattformen, die nicht größer als Morleys Hütte war. Es gab ein niedriges Geländer, und als Rob nach oben blickte, sah er die Seile und Taue, die über Gewinde mit dem Holz verbunden waren, in den Baumkronen verschwinden. Weitere Champions und Helden gesellten sich zu ihnen. Man nickte sich zu, tauschte ein paar freundliche Worte aus und wartete darauf, dass etwas passierte.

Rob hatte die Kapuze tief ins Gesicht gezogen. Damit fühlte er sich besonders verdächtig. Die anderen Helden trugen Helme und Kappen, aber versuchten nicht, ihr Antlitz zu verbergen. Egal, Marten hatte es befohlen, und Rob wollte dem Anführer nicht widersprechen.

Die Plattform ruckelte, dann hob sie sich leicht an und schwankte von links nach rechts. Rob war froh, dass er nicht am Rand stand, als sich der Aufzug mit quälender Langsamkeit emporbewegte. Dafür bekam er eine wunderschöne Aussicht auf Halonas Herz. Die Bäume, die als Stützpfeiler von Yallandil dienten, überragten die umliegenden bei Weitem. In der Ferne sah Rob den Weltenbaum. Wie ein Monolith ragte er in den Himmel. Jeder Ast, jeder Zweig war groß genug, um ein eigener Baum zu sein. Die Wipfel verschwanden in den Wolken, und vielleicht gab es niemanden, der wusste, wie es da oben aussah.

Krähen und andere Vögel zogen über den Wäldern ihre Runden. Es war ein schöner und, wenn man von den Gefahren nichts wusste, friedlicher Ort. Kaum vorstellbar, dass die Spinnen dort unten jagten.

Mit einem Ruckeln kam die Plattform zum Stehen. Sie befanden sich auf der untersten Ebene, ein Irrgarten aus Brücken und Pfaden, der trotzdem hoch über den Wipfeln der gewöhnlichen Bäume von Halonas Herz thronte. Eine Planke führte auf ein größeres Plateau, auf dem einige Händler standen. Die anderen Helden strömten direkt los. Aber Marten, Ethan, Rose, Saira und Rob ließen Yallandil einen Moment auf sich wirken.

Es war ein Baumhaus, erträumt von einem Riesen. Zwischen den Ästen hingen Strickleitern hinab, Eollyans balancierten auf schmalen Brettern, und Vögel saßen auf Zweigen und warteten auf einen günstigen Moment, einem unaufmerksamen Besucher Leckereien zu stibitzen. Eine Gruppe, die den Aufzug nach ihnen genommen hatte, kam von hinten und schob sie unweigerlich weiter.

»Schaut.« Rob deutete auf eines der Feuer, über dem ein Tier briet. Die Flammen waren nicht rot, wie er es gewohnt war, sondern blau. »Was macht es?«

»Wie du weißt, ist hier oben Feuer verboten. Das schließt aber magisches Feuer nicht ein. Und außerdem leuchtet es schön blau«, erklärte Ethan.

»Was ist daran anders als an normalem Feuer?«

»Es wird für einen ganz bestimmten Zweck erschaffen. In dem Fall soll es das Fleisch braten. Ist das passiert, hat das Feuer seinen Nutzen erfüllt und verschwindet. Du könntest es anfassen und würdest dich nicht verbrennen. Selbst wenn Funken fliegen, würden kein Ast und kein noch so trockenes Blatt Feuer fangen. Hier oben ist ein ganzer Wirtschaftszweig rund um das magische Feuer entstanden. Magier unterbieten sich mit den

Preisen, um Köchen, Händlern und allen, die es brauchen, magisches, zweckgebundenes Feuer zu entzünden.«

Rob starrte in die Flamme. Das Feuer tanzte vor seinen Augen, und für einen Moment war er wie erstarrt. Sie würden verbrennen, alle. Was sie erwartete, war ein Inferno. Ein Sturm aus Hitze, der alles verschlang. Yallandil würde brennen wie ein trockenes Scheunendach im Wind. Er wusste es, aber er konnte niemanden warnen.

»Keine Aufmerksamkeit erregen«, murmelte Marten und zog Rob mit sich. »Du siehst aus, als wären gerade Dämonen über dein inneres Auge gehuscht.«

Sie liefen über eine Hängebrücke. Die Seile, an denen sich Rob festhielt, waren mit bunten Fahnen und Wimpeln geschmückt.

»Sie feiern bald den Tag der Fruchtbarkeit«, erklärte Marten. »Der Tag, an dem alles blühen und voller Farben erstrahlen soll, sogar die verdammten Hängebrücken.«

»Passt auf, dass sie euch nicht bestäuben«, sagte Rose und lachte.

Rob wusste nicht, ob es ein Scherz war oder nicht. »Fühlt es sich für dich wie Heimkommen an?«

Sie seufzte. »Ich würde gerne sagen, dass es so ist. Und wenn ich keine Erinnerungen an mein altes Leben hätte, wäre es ganz bestimmt so. Ich würde es als die Wiege meines Lebens betrachten, als meine Heimat. So ist es nur ein spannender Ort, der das Leben als solches feiert. Egal ob Blumen, Insekten, Eollyans oder Menschen, alles findet hier einen Platz.«

Rob sah ein paar Hornissen, die ihre Köpfe in rote Blüten steckten. Wären die Eollyans nicht gewesen – in goldglänzenden Rüstungen, mit langen Speeren, an deren Spitzen rote Fähnchen hingen –, hätte er vielleicht sogar die Schrecken der letzten Tage vergessen können. Aber auch hier war man jederzeit auf Angriffe vorbereitet.

Sie liefen eine Treppe hoch, deren Stufen in den Ästen hingen und bei jedem Schritt schaukelten.

»Typisches Eollyan-Zeug«, schimpfte Ethan. »Für euch Leichtgewichte ist das kein Problem, aber ich muss bei jedem Schritt Angst haben, dass ich eine Ewigkeit in die Tiefe stürze.«

Rose quittierte es mit einem Lächeln. »Das nächste Mal lassen wir dich unten warten.«

Sie passierten ein Gebäude, an dessen Seite ein Banner mit silberner Faust auf schwarzem Grund hing. Rob zog augenblicklich die Kapuze noch ein bisschen tiefer ins Gesicht.

»Das Büro der Heldenliga«, verriet Marten. »Lasst mich mal schauen, was aktuell für Aufgaben ausgeschrieben sind.« Der Squan ließ sie stehen und ging auf ein Brett zu, das an der Wand hing. Verschiedene Zettel waren daran befestigt, die Rob aufgrund der Entfernung nicht lesen konnte.

Es dauerte einen quälend langen Moment, bis ihr Anführer zurückkehrte. Rob sah sich immer wieder um, ob sie beobachtet wurden.

»Alles gut, niemand ist uns auf den Fersen«, flüsterte Saira beruhigend.

Rob nickte. Sie hatte recht, es nützte nichts, sich in eine Paranoia hineinzusteigern.

»Das ist schlecht«, sagte das Meerschweinchen, als es zurückkam. »Schaut euch das an.«

Es hielt ihnen ein Blatt Papier entgegen, das groß mit *Auftrag* überschrieben war. Darunter stand ein Satz: *Findet Rob und bringt ihn nach Gonholt zur Scharfrichterin Elia Anasia.* Ein Porträt, das ihn darstellen sollte, war darunter abgebildet, und es wurde eine hohe Belohnung versprochen.

»Scheiße«, zischte Rob.

»Immer mit der Ruhe. Der Kerl hier drauf hat ungepflegtes Haar, zwei Augen und eine Nase, und damit sieht er so ziemlich jedem männlichen Menschen ähnlich, der einen Fuß auf Avataris gesetzt hat.«

»Die haben ein Kopfgeld auf mich ausgesetzt!«

»Nicht so laut, nicht so laut.« Marten hob beschwichtigend die Arme, aber Rob fiel es schwer, die Ruhe zu bewahren. »Das ist nicht unbedingt gut, aber auch kein Grund zur Panik. Nach allem, was wir wissen, ist dafür ein aktiver Eingriff nötig. Das bedeutet, sie haben dein Eindringen mitbekommen. Anscheinend können sie dich aber nicht orten, sonst würden wir hier nicht stehen und miteinander plaudern. Wer den Auftrag also annimmt, wird keine Ahnung haben, wo er dich suchen muss. Und wenn niemand den Auftrag findet …«, er warf seinem Freund einen Blick zu, der das Papier in den Händen hielt, »… kann ihn auch niemand annehmen.«

Ethan ließ den Zettel mit einer schnellen Bewegung in seinem Mund verschwinden. »Schmeckt fürchterlich«, nuschelte der Bär.

»Und du wunderst dich, dass das Holz unter deinen Füßen knarzt«, kommentierte Rose trocken.

»Wir machen jetzt Folgendes: Wir teilen uns auf«, sagte Marten. »Rose und Saira, ihr kümmert euch um Ausrüstung. Besorgt Proviant, aber auch Verbände und Tränke. Vor allem Heil- und Manatränke. Davon kann man nie genug mitnehmen. Kauft ein, was ihr für sinnvoll haltet. Wir treffen uns in einer Stunde wieder hier.«

»Verstanden«, sagten die beiden und verschwanden im Getümmel der Helden und Champions.

»Und wir kümmern uns jetzt darum, dass aus dir noch ein anständiger Held wird.« Marten zog die Mundwinkel hoch, als würde ihnen ein großer Spaß bevorstehen.

Sie kämpften sich durch den Irrgarten aus Leitern, Treppen und Brücken, bis sie eine Ebene weit über der ersten erreicht hatten. Es war ein großes Plateau aus Holzplanken, auf dem neun verschiedenfarbige Zelte standen. An jedem hing eine Flagge, und davor saß je ein Eollyan. Sie hatten entweder die Arme vor der Brust verschränkt oder die Hände in die Hüfte gestemmt. Hinter ihnen erkannte Rob Waffenständer, Rüstungen, Trainingspuppen aus Heu, aber auch Schränke voller Tränke, große Folianten und magisch anmutende Steine.

»Das sind die Lehrer der verschiedenen Klassen«, kündigte Marten mit hochtrabender Stimme an. »Zu deiner Linken steht die Lehrerin der Ritter. Sie kämpfen mit Schwert und Schild, tragen Panzerrüstungen und sind die perfekten Alleskönner. Dann kommen wir zu den Wächtern, denen ich angehöre.« Auf der Fahne über dem Zelt war ein Turmschild abgebildet. »Dazu muss ich dir ja nicht viel erklären.« Er zeigte auf den nächsten. Ein hochgewachsener Eollyan mit Mooshaar, das wie ein Kranz gewachsen war. »Paladine, denen gehört Ethan an. Sie machen mit ihren Hämmern ordentlich Schaden, können im Zweifelsfall aber auch heilen. Danach haben wir die Waldläufer: meisterhafte Schützen, die man immer in Begleitung eines Wildtieres antrifft.« Im Schatten des Zeltes erspähte Rob zwei wachsgelbe Augen, die ihn aufmerksam musterten: Ein Tiger lag zusammengerollt unter einem Tisch. »Dann haben wir die Schurken. Ihnen eilt kein guter Ruf voraus, aber es ist immer gut, sie um sich zu haben, solange ihre Finger nicht in deine Geldbörse wandern. Sie verschmelzen mit den Schatten und greifen mit vergifteten Dolchen an.«

Rob schwirrte bereits der Kopf, dabei waren sie noch lange nicht am Ende. Es fühlte sich an, als würde Marten die Auslage eines sehr vielseitigen Händlers erläutern.

»Duellanten«, führte das Meerschweinchen fort. »Sie kämpfen mit Degen und einhändigen Armbrüsten. Sie kennen jeden Trick des Zweikampfes, und wenn er noch so dreckig ist. Ist schon etwas dabei?« Marten sah Rob von der Seite an, und der spürte auch Ethans aufmerksamen Blick auf sich. Die beiden waren wie stolze Eltern, die versuchten, ihren Spross für etwas Neues zu begeistern.

Rob hatte bereits einen Favoriten, aber er sagte nichts. »Ich will noch wissen, was die anderen drei mir beibringen könnten.« Die übrigen Lehrer trugen alle weite Roben und waren anscheinend in den Künsten der Magie versiert.

»Priester, Elementarbändiger und Zauberer«, kürzte Marten ab. »Ich will dir nicht zu nahe treten, bisher hast du aber nicht den Eindruck auf mich gemacht, als wärst du sonderlich magisch begabt.«

Das stimmte. Rob fand die Magie spannend, aber sie selbst zu wirken kam ihm so abwegig vor, wie einen Drachen mit bloßen Händen zu erwürgen.

»Also?«, fragte Ethan in einem fast väterlichen Ton. »Hast du dich entschieden?« Es fehlte nur, dass er ihm die Hand auf die Schulter legte und »mein Sohn« sagte.

Rob wandte sich dem ersten Zelt zu. »Ich möchte ein Ritter werden.«

»Ritter?«, wiederholte Marten ungläubig. »Wir haben schon einen Paladin und einen Wächter in der Gruppe. Zwei Typen in großen Rüstungen reichen eigentlich. Sicher, dass du nicht Waldläufer, Duellant oder Schurke werden möchtest? Jemand, der ein bisschen mehr Schaden macht, würde uns sehr gut tun.« Er pries die drei Lehrer mit ausgestreckter Hand an.

»Wenn ich Waldläufer werde, kann ich dann Zimtkeks als Partner mitnehmen?«

Marten schüttelte den Kopf. »Das wäre doch verschenktes Potenzial. Warum so einen Stubentiger, wenn du einen richtigen haben kannst?«

Rob grinste. »Ich glaube, ich bin nicht gut mit so einem Bogen.« Die Vorstellung, sich hinter einem Schild verstecken zu können statt hinter einer Sehne und einem Stück zerbrechlichem Holz, gefiel ihm viel mehr.

»Ich glaube, du würdest einen guten Schurken abgeben. Du fällst eh ungern auf und siehst schon aus wie einer.« Spielerisch zupfte Ethan an Robs Kapuze. »Wenn du erst mal gelernt hast, eins mit den Schatten zu werden, kann das Kopfgeld noch so hoch sein, niemand wird dich finden.«

Rob geriet ins Wanken. Das war tatsächlich eine Sache, die er nicht bedacht hatte. Er könnte einfach vom Erdboden verschwinden, sobald die Häscher der Silbernen Garde ihn verfolgten. Dann wanderte sein Blick wieder zu der Lehrerin der Ritter. Hinter ihr hingen auf einem Ständer glänzende Panzerrüstungen und Schilde, nicht so groß wie Martens Turmschild, aber aus echtem Metall geschmiedet. Keine Ratte und keine Spinne würden den kaputtbekommen. Unwillkürlich tastete er nach dem Holzschild, das mit einer Kordel befestigt über seiner Schulter hing. Genau aus dem Grund hatte er sich in der Rüstkammer dafür entschieden, obwohl Rose ihn darauf hingewiesen hatte, dass man mit einem Schild niemanden erschlagen konnte. Wäre er ganz ehrlich gewesen, hätte er sich womöglich sogar für die Wächter entschieden. Aber Marten würde das nicht zulassen, zumal Rob nicht halb so gut fluchen konnte wie der Squan.

»Ich werde ein Ritter«, sagte Rob und spürte, dass das eines der wenigen Dinge war, derer er sich wirklich sicher war seit seiner Auferstehung.

»Ein Ritter also.« Marten seufzte. »Gut, ist deine Entscheidung, und immerhin geben sie dir noch ein scharfes Schwert.«

Die drei liefen auf die Lehrerin zu, die die Arme vor dem Plattenpanzer verschränkt hatte.

»Was möchtest du?«, fragte sie in einem Ton, der Rob seine Entscheidung sofort hinterfragen ließ.

»Ich möchte ein Ritter werden.«

Sie musterte ihn von oben bis unten. »Bist du sicher?«

»Spricht etwas dagegen?«

»Wer ein Ritter werden möchte, muss bereit sein, in der ersten Reihe zu kämpfen. Sie sind die Schwertspitze einer jeden Truppe, die mutig und ohne Zweifel gegen Garraks Horden marschieren. Kannst du das?«

»Natürlich«, log Rob.

»Gut, deine Entscheidung ist unwiderruflich. Wenn du dich für die Ritter entscheidest, werden wir dich in unsere Fertigkeiten einweihen. Du wirst nicht nur die Rüstung tragen, sondern mit Kampfrufen die Moral deiner Gruppe stärken. Du wirst ein leuchtendes Vorbild für alle in deinen Schlachtreihen sein.«

Rob war sich sicher, dass er das nie werden würde. »Verstanden.«

Die Lehrerin überreichte ihm ein Buch. Es hatte einen grauen Deckel, und in goldenen Lettern stand *Die Lehren der Ritterkunde* darauf. »Hier, lies das. Da wirst du in alles eingeführt. Du bist jetzt offiziell ein Ritter unter Aeyas Banner.«

»Das war es?«, fragte er unwillkürlich, und Marten und Ethan sahen ihn mit großen Augen an.

»Ja«, sagte die Lehrerin und zog eine Augenbraue hoch.

Ethan und Marten packten Rob am Umhang und zogen ihn mit sich. »Keine Aufmerksamkeit erregen«, raunte Marten. »Du bist jetzt ein Ritter. Lies das Buch und lerne, was da drin steht. Dann kannst du mit ein paar aufbauenden Reden und Rufen die Moral unserer Truppe stärken.«

Rob betrachtete das Buch einen Moment enttäuscht und ließ es dann im Rucksack verschwinden. Einen großen Schild aus doppelt geschmiedetem Metall hätte er lieber gehabt. »Ist das normal? Ich dachte, es gibt irgendeine Zeremonie oder eine Aufnahmeprüfung. Das war ziemlich unspektakulär.«

Marten winkte ab. »Das kümmert hier niemanden. Hin und wieder besucht man die Lehrer in den unterschiedlichen Städten, in der Hoffnung, dass sie einem etwas Neues beibringen können. Die Erschaffer dieser Welt haben wohl keinen großen

Wert auf den Part gelegt. Aber es erfüllt seinen Zweck, und damit sind alle zufrieden. Stell dir vor, du müsstest jetzt noch ein jahrelanges Training absolvieren. So viel Zeit haben wir nicht. Wir sind Helden und dafür gemacht, draußen Monster zu jagen, nicht um stundenlang auf Heupuppen einzuschlagen.« Es war keine befriedigende, aber eine nachvollziehbare Antwort. Die Helden wurden auf den Schlachtfeldern, nicht in den Bibliotheken und auf den Trainingsplätzen gebraucht.

»So, jetzt kümmern wir uns noch darum, dass du das Reiten lernst. Wir werden unterwegs bestimmt an einem Posten vorbeikommen, an dem wir uns ein paar Tiere ausleihen können«, sagte Ethan zufrieden.

Sie verließen das Plateau der Lehrer und begaben sich wieder nach unten zu den Händlern. Dabei passierten sie das Büro der Heldenliga. Rob sah es schon aus der Ferne: Das Antlitz, das ihn darstellen sollte, prangte wieder an dem Brett. »Hat nicht viel genützt«, stellte er entmutigt fest.

»Wenn man dich kennt, kann man zwischen dir und der Zeichnung ein paar Parallelen finden. Aber das ist nichts, um das wir uns sorgen müssen«, erwiderte Marten, schob sich zwischen zwei Gronts durch und kletterte eine Strickleiter hinab. »Irgendwo hier war er.«

Rob wusste nicht, wonach genau der Squan Ausschau hielt, aber er roch es. Der Geruch von Stroh und Schweiß brannte in der Nase.

Der Reitlehrer verfügte über ein Plateau, das ähnlich groß wie das der anderen Lehrer war. Die Fläche war in verschiedene Stallungen aufgeteilt, in denen große Raubkatzen saßen. Manche von ihnen trugen Reitgeschirr und schienen ihren nächsten Ausflug kaum abwarten zu können, andere dösten an der frischen Luft. Der Reitmeister war ein gedrungener Eollyan. Das moosige Haar erinnerte an Heu, und der Staub fiel bei jeder Bewegung von dem langen, braunen Mantel.

»Aeyas Segen mit dir, Meister, unser Freund muss reiten lernen«, rief ihm Marten zu.

Der Eollyan wandte sich Rob zu. »Aeyas Segen mit dir, bist du denn schon erfahren genug?«

»Er hat mit uns Jagd auf Aranachs Brut gemacht«, sagte Ethan.

Rob hätte ihn korrigieren können, dass die Brut eigentlich Jagd auf sie gemacht hatte, entschied sich aber dagegen.

Der Reitmeister betrachtete ihn eingehend. Rob konnte nicht deuten, ob er darüber nachdachte, ihm das Reiten beizubringen oder ihn einfach an die Raubkatzen zu verfüttern. Dann nickte er. »Ist gut, je schneller ihr im Land unterwegs seid, umso mehr könnt ihr helfen. Ihr wisst aber, dass meine Dienste nicht umsonst sind, oder?«

»Halsabschneider«, sagte Marten leise genug, dass der Reitmeister es nicht hörte. Er griff in einen Beutel am Gürtel und überreichte eine Handvoll Münzen. »Von dem Rest kaufst du den Tieren eine ordentliche Mahlzeit. Die armen Viecher sehen völlig abgemagert aus.«

Der Reitmeister ging nicht darauf ein. »Danke schön. Also, beim Reiten kommt es darauf an, immer fest im Sattel zu sitzen. Du schwingst dich auf den Rücken des Tiers und gibst mit dem Zaumzeug die Richtung vor.«

»Okay«, bestätigte Rob.

»Dann viel Erfolg auf euren Abenteuern. Macht Aeya stolz!«

»Moment, das war es …«, begann Rob und spürte Ethans schwere Pranke auf der Schulter.

»Lass es, es hat alles seine Richtigkeit«, sagte er im ruhigen, fast väterlichen Ton.

Sie drehten sich um und verließen das Plateau, aber Rob konnte damit noch nicht abschließen. »Für diese zwei Sätze hätten wir doch nie im Leben bezahlen müssen. Das waren triviale

Dinge, die jeder weiß, der schon mal ein Pferd gesehen hat. Das erklärt einem der gesunde Menschenverstand.«

»Erst mal würde ich hier mit Formulierungen wie ›gesunder Menschenverstand‹ aufpassen, das könnten die anderen Spezies als Affront verstehen«, sagte Marten tadelnd. »Zweitens musst du die Regeln dieser Welt akzeptieren. Wir haben dir doch gesagt, dass es einen Unterschied zwischen auf-einem-Pferd-sitzen und ein-Pferd-reiten gibt. Bevor du nicht diese Gebühr gezahlt und dir die Sätze des Reitmeisters angehört hast, wird dich jedes Tier abwerfen, das du reiten willst. Glaub mir, dein Steißbein ist dankbar, dass wir dich hierhergebracht haben.«

Darauf fiel Rob keine Erwiderung ein. Er hatte früh gemerkt, dass in dieser Welt nicht alles Sinn ergab, angefangen bei dem Wirt in der Taverne, der jeden Tag unzähligen Helden von der Rattenplage in seinem Keller erzählte. Trotzdem überraschte es ihn immer wieder, mit welcher Selbstverständlichkeit solche Dinge hingenommen wurden.

»So, jetzt steht nur noch eine Sache auf unserer Liste«, sagte Marten und zog einen Umschlag aus seinem Rucksack. Ein rotes Wachssiegel verschloss ihn. »An unsere Gildenmitglieder. Wir haben geschrieben, dass sie sich bereithalten sollen. Nicht warum oder weshalb, falls jemand mitliest, aber sie müssen vorbereitet sein. Wenn wir zurückkommen, haben wir vielleicht nicht mehr viel Zeit. Er geht nach Gonholt an ein Brieffach in der Poststelle.« Der Squan steuerte sie sicher über die Pfade von Yallandil. Der Briefkasten war nur ein schmaler Schlitz in einem der unzähligen Äste. Zufrieden klopfte Marten dagegen, als würde er dem Brief eine gute Reise wünschen. Er drehte sich um und hatte ein breites Grinsen auf dem Gesicht. »Alles erledigt.«

»Dann lasst uns jetzt zum Punkt kommen, wo wir uns mit Saira und Rose treffen«, sagte Ethan. »Ich will weiter, hier sind zu viele Leute.«

»Ach, solche Orte hast du schon immer gemieden, mein Dickerchen«, erwiderte Marten und tätschelte dem Gront den Bauch.

»Keine Spitznamen vor den anderen«, erinnerte Ethan seinen Freund.

»Verzeih, die gute Laune geht wohl mit mir durch«, erwiderte Marten, klang aber überhaupt nicht so, als würde er irgendwas bereuen.

Der Gront beendete die Diskussion mit einem langen Seufzen, das klang, als hätte sich ein Bär eine schwere Erkältung zugezogen und versuchte nun, den Schleim abzuhusten.

Der Treffpunkt war nicht weit von dem Briefkasten entfernt, aber die beiden Frauen ließen auf sich warten. Der Platz war überfüllt, Händler boten lautstark ihre Waren an, und Helden drängten sich auf der Suche nach der Taverne oder einem Schmied an ihnen vorbei.

Rob zog die Kapuze ein Stück tiefer ins Gesicht.

»Mach dir keine Sorgen, Junge«, brummte Ethan.

Das war schwerer getan als gesagt.

»Rob?«, rief eine weibliche Stimme.

Es war weder Saira noch Rose, das hörte er sofort. Ein schlimmer Verdacht überkam ihn. Er wirbelte herum und sah in ein Gesicht, das er gehofft hatte, nie wiederzusehen.

Lunita.

KAPITEL

14

Für Rob dauerte der Moment eine Ewigkeit, in Wirklichkeit vielleicht keine Sekunde. Lunita. Die Frau, die ihm erst alles gezeigt und ihn dann an die Silberne Garde verraten hatte. Sie trug nicht mehr die Rüstung der Heldenliga, sondern einen Spitzhut mit einer Feder und ein weißes Hemd unter einem Korsett und einer Lederjacke. In einer Hand hielt sie eine kleine Armbrust, und ein Degen baumelte griffbereit an ihrem Gürtel.

Er wusste, dass er Zorn empfinden sollte, vielleicht sogar Rachegefühle. Aber eigentlich hatte er mit ihr abgeschlossen und kaum einen Gedanken an sie verschwendet. Sie hatte ihre Gründe gehabt, ihn zu verraten. Dass Rob nicht der typische Held war, den man in einem Turm beschwor, hatte sich mittlerweile herausgestellt. Trotzdem hatte sie sein Todesurteil besiegelt, als sie ihn an Cervantes verriet. Das war etwas, das Rob trotz allen Verständnisses nicht vergeben konnte. Sie hätte die Taverne einfach verlassen und ihn vergessen können. Abenteuer in einem anderen Dorf suchen. Neue Geschichten schreiben. Stattdessen hatte sie sich entschieden, ihn auszuliefern.

Ihre mandelbraunen Augen sahen aus, als würde sie einen Geist sehen. »Verdammt, du bist es wirklich! Ich habe die Gerüchte gehört, dass jemand der Hinrichtung entkommen ist, aber keine Sekunde habe ich dabei an dich gedacht. Das hätte ich dir nie zugetraut.«

Die Worte trafen ihn wie Faustschläge. Keine Entschuldigung, keine Silbe des Bedauerns. Er hätte versuchen sollen, sich selbst zu verleugnen, vielleicht wäre er so aus der Situation herausgekommen, aber er musste es wissen. »Warum hast du mich verraten?«

»Ernsthaft?«, fragte sie und gab sich offensichtlich alle Mühe, dass Rob doch noch so etwas wie Rachegefühle entwickelte. »Ich lag doch komplett richtig mit meiner Einschätzung. Warum sonst hätte dich Scharfrichterin Elia Anasia exekutieren wollen?«

»Ich war nie ein Spion Garraks«, hielt Rob wütend dagegen.

Die Gespräche um sie herum verstummten, und man wandte sich ihnen zu.

»Nimm diesen Namen hier nicht in den Mund, verdammt«, raunte ihm Marten von der Seite zu, aber Rob war das egal.

»Mir ist nicht wichtig, was du bist«, entgegnete Lunita. »Du bist auf jeden Fall keiner von uns. Du bist —«

»Anders, ja ich weiß«, schnitt ihr Rob das Wort ab. »Das habe ich auch schon bemerkt. Das macht mich weder besser noch schlechter, aber vor allem ist es kein Grund, mich für immer in den Tod zu schicken!«

Für einen Moment herrschte Stille zwischen ihnen, und erst jetzt bemerkte Rob, dass sogar die Händler mit dem Anbieten ihrer Waren aufgehört hatten. Er wusste, was Lunita als Nächstes tun würde, denn sie hatte es schon einmal getan.

»Wachen, der Kerl hier wird von der Silbernen Garde gesucht!« Mit ausgestrecktem Finger zeigte sie auf ihn, und Rob wünschte, dass er ihn mit bloßer Gedankenkraft brechen könnte.

»Weg hier«, brummte Ethan, packte Rob und wirbelte herum. Der Gront rannte los und schob aus dem Weg, wer nicht schnell genug beiseitesprang. Marten eilte hinterher.

»Stehen bleiben, stehen bleiben!«, erschallten Rufe hinter ihnen.

Ethan, Marten und Rob kamen der Aufforderung nicht nach. Zu ihrem Glück wussten die meisten Anwesenden nicht, was sich abspielte, und warfen ihnen nur irritierte Blicke hinterher.

»Zu den Aufzügen«, rief Marten.

»Aber Rose und Saira«, protestierte Rob.

»Für die wird sich gerade niemand interessieren. Falls es dir nicht aufgefallen ist: Alle Augen sind auf dich gerichtet«, quiekte der Squan ungehalten.

Ethan war wie ein Rammbock aus Fleisch und Fell. Rob warf immer wieder Blicke über die Schulter und sah zwischen den unzähligen Köpfen nicht nur verwirrte Gesichter, die ihnen nachstarrten, sondern auch die glänzenden Rüstungen von Yallandils Wachen. Dazwischen entdeckte er die Feder von Lunitas Spitzhut. Dieses Mal gab sie sich nicht damit zufrieden, ihn an die Autoritäten auszuliefern. Nein, sie nahm selbst an der Jagd teil.

Ethan schaufelte einen überraschten Squan beiseite, und sie sprangen auf die wackelige Plattform. »Fahr schon runter«, brummte der Gront, als würde das Holz ihn verstehen.

»Haltet die Aufzüge auf, keiner darf mehr fahren!«, rief jemand.

»Wir sitzen in der Falle«, sagte Ethan.

»Wir könnten springen«, schlug Marten vor.

»Nein, bis wir zurück bei unseren Leichen sind, warten sie da schon. Der nächste Friedhof ist einen kleinen Marsch entfernt, das funktioniert nicht«, erwiderte Ethan und zog an einem Hebel, aber nichts bewegte sich. Die Wachen nahmen vor der Plattform Stellung.

»Gebt auf«, sagte eine Eollyan in einer goldglänzenden Rüstung. Unzählige Speere waren auf sie gerichtet.

»Nein«, flüsterte Rob.

Ethan und Marten sahen ihn an.

Lunita schob sich zwischen den Wachen durch. »Er gehört mir, auf ihn ist sicher ein Kopfgeld ausgelobt.« Sie zog einen Degen.

»Mit dir schleife ich das Holz der Planken«, grollte Ethan und machte einen Schritt nach vorn.

»Halt.« Rob hielt ihn am Arm zurück. Es war Zeit, dass er endlich selbst Verantwortung für sein Schicksal übernahm. »Ich bin jetzt ein Ritter, und ich werde das selbst regeln.« Er nahm den Holzschild vom Rücken und ergriff das Schwert. »Du und ich, ein Duell. Dieses Mal bekommst du keine Hilfe von der Silbernen Garde.« Er hatte eine Horde Spinnen überlebt, da würde er auch irgendwie mit Lunita klarkommen.

»Du weißt, dass du gerade eine Duellantin zum Duell herausgefordert hast?«, fragte sie.

Erst da fiel Rob ein, was Ethan und Marten ihm über die Duellanten erzählt hatten. Duellanten waren die Meister der schmutzigen Tricks im Zweikampf. Die Armbrust und der Degen hätten ihm eine Warnung sein müssen. Rob schüttelte langsam den Kopf. Vielleicht war es der falsche Zeitpunkt, um seinen Heldenmut zu entdecken. Aber sie würden gegen Yallandils Wachen nicht gewinnen, dafür waren es zu viele. Wenn er Lunita besiegte, würden die Wachen ihn wahrscheinlich trotzdem festnehmen. Aber dieses Mal würde er es nicht einfach geschehen lassen, sondern sich wehren.

»Du bist vielleicht eine Duellantin, aber ich bin jetzt ein Ritter, und auch wir haben unsere Tricks.« Er schlug mit dem Schwertknauf gegen den Schild und spürte Zuversicht seinen Körper fluten. Dass er das Buch noch gar nicht gelesen hatte, musste sie nicht erfahren.

»Hiernach ist die Silberne Garde mir einen großen Gefallen schuldig«, sagte sie und sprang mit gezogenem Degen auf ihn zu. Sie hätte direkt Robs Herz durchbohrt, hätte er nicht den Schild dazwischengeschoben. Die Spitze durchstach das Holz, und der Degen bog sich unter dem Druck.

Rob grinste, verlor das Lachen aber ganz schnell wieder. Er war direkt in eine Falle geraten. Lunita richtete die kleine Armbrust auf sein Gesicht und drückte ab. Rob duckte sich und stieß die Duellantin gleichzeitig mit dem Schild von sich fort. Nur so durchbohrte ihm der Bolzen nicht die Stirn, sondern verpasste ihm ein neues Ohrloch.

»Nicht schlecht, so eine schnelle Reaktion habe ich dir gar nicht zugetraut«, lobte Lunita, aber es klang wie Hohn. Leichtfüßig tänzelte sie auf den Planken, ungeachtet der tödlichen Tiefe links und rechts.

Rob keuchte. Er spürte, wie Blut aus dem Ohrläppchen den Hals hinunterlief. Nichts, was Saira nicht mit einem Zauber beheben konnte, aber der Schmerz wurde mit jedem Herzschlag schlimmer. Er wusste, dass er Lunita nicht in einem Kampf besiegen würde. Dafür war sie zu stark, und sie hatte viel mehr Erfahrung als er. Obwohl er ein Ritter war, würde auch er tricksen müssen.

Dieses Mal griff Rob an. Er stürmte mit dem Schild vorweg, das Schwert erhoben und schlug zu. Lunita drehte die Hüfte ein und ließ ihn vorbeistolpern. Rob fing sich und wirbelte herum. Yallandils Stadtwachen standen nun in seinem Rücken, und ihre Speere waren alle auf ihn gerichtet.

Lunita grinste und nahm sich einen Moment Zeit, um ihre Armbrust nachzuladen. »Ich hoffe, dass es hierfür eine besondere Auszeichnung gibt. Ich habe gehört, dass man für manche Aufträge und Errungenschaften einzigartige Titel erhält.«

»Noch hast du nicht gewonnen«, erwiderte Rob und atmete tief ein. Er hatte Lunita genau an der Stelle, wo er sie haben wollte. Sie stand zwischen der Plattform und dem Plateau auf den Holzplanken.

Sie hob die Armbrust, zielte und drückte ab. Rob versteckte sich hinter dem Schild. Die Spitze des Bolzens bohrte sich in das Holz, blieb darin stecken. Wieder lud sie in aller Ruhe die Armbrust nach. »Ich werde dich ausliefern, Rob. Dich und die anderen, ihr werdet alle sterben und unseren Kampf gegen Garrak nicht weiter sabotieren. Ohne Infiltranten wie euch hätten wir das Böse schon längst zurück in den Norden gedrängt.«

Nein, Rob wollte nicht sterben. Er durfte nicht sterben. Zu viel hing davon ab, dass er überlebte und seine Mission vollendete. Sein Leben und das vieler anderer. Es war wichtig, dass er das Portal öffnete, bevor der Feuersturm kam.

»Du machst einen Fehler«, sagte er.

»Du *bist* der Fehler«, erwiderte sie.

Rob hatte es satt. Schreiend und ungeachtet der Gefahr durch die Armbrust rannte er los. Lunita hatte diesen ungestümen Ausbruch, der allem widersprach, was einem ein guter Trainer beibringen würde, offensichtlich nicht kommen sehen. Der Schuss verfehlte Rob knapp, und sie konnte weder nach links noch nach rechts ausweichen – beiderseits ging es tief hinab.

Er rammte sie mit dem Schild, so wie er es bei Marten und den Spinnen gesehen hatte. Lunita wurde von den Füßen gehoben und flog durch die Luft. Sie landete mit dem Oberkörper auf der Plattform, die Beine auf dem Steg. Rob setzte nach, stürzte sich auf sie.

Aber Lunita hatte noch nicht aufgegeben. Bevor Rob sie erreichte, strich sie mit der Hand über das Holz und warf ihm eine Handvoll Sand ins Gesicht, was ihn zurückschrecken ließ.

»Wie?«, rief Rob und wischte sich Dreck aus dem Gesicht. »Hier ist gar kein Sand!«

»Hör doch endlich auf, alles zu hinterfragen!«, entgegnete Lunita und rappelte sich auf.

Beide standen sich nun auf dem Steg gegenüber.

Rob hatte sich den Sand aus den Augen gerieben und sah wieder klar. Lunita hatte den Degen zum Stich erhoben und erwartete seinen Angriff. Rob wusste, was zu tun war. Er war ein Ritter, und als solcher würde er das Schild nutzen, um ihren ersten Stich abzuwehren, um dann mit dem Schwert zuzuschlagen. Und wenn er es wusste, wusste es auch Lunita.

Er musste tiefer in die Trickkiste greifen.

Also tat Rob genau das, was sie von ihm erwartete. Er stürzte sich auf sie, wehrte den Degen mit dem Schild ab und schlug zu. Sie wich aus, und ihr selbstgefälliges Grinsen verriet ihm, dass alles nach Plan verlief. Erneut richtete sie die Armbrust auf ihn. Bevor sie abdrückte, tat er aber etwas Ungewöhnliches. Ein spontaner Einfall, ein Akt der Verzweiflung. Sicher stand es in keinem der Bücher, die all die Lehrer überreichten.

Rob trat der Duellantin mit voller Wucht gegen das Schienbein.

Lunita hielt mitten in der Bewegung inne und zog das Bein an. »Verdammt, was soll denn das!?«

Er gab ihr keine Antwort, nur einen Schubs. Lunita fiel wie ein Stein in die Tiefe, dem Tod entgegen, der nicht lange andauern würde.

Rob sprang auf die Plattform zu Ethan und Marten, die ihn mit großen Augen ansahen.

»Du bist unglaublich«, brachte der Squan hervor. »In all meinen Jahren auf Avataris habe ich noch nie einen Ritter zutreten sehen. Völlig unkonventionell.«

»Das war spontan«, gab Rob zu.

»Das war genial«, sagte Ethan.

Rob hatte kein schlechtes Gewissen wegen Lunita. Sie würde sterben und zurückkommen. Wahrscheinlich war ihr Wunsch, ihn zu erwischen, jetzt nur größer. Sie hatte sich auf das Duell mit ihm eingelassen und verloren. Bei ihrem nächsten Aufeinandertreffen würde sie ihn nicht mehr unterschätzen.

Sie bekamen nicht die Gelegenheit, seinen Sieg zu feiern. Die Stadtwache rückte einen Schritt näher. Die Speere reichten nun über die Planke bis auf den Aufzug.

»Ihr seid festgenommen«, sagte die Anführerin der Wache. »Legt eure Waffen nieder und kommt herüber, einer nach dem anderen.«

»Ich kann denen unmöglich auch allen gegen das Schienbein treten«, sagte Rob.

»Leuchtet ein«, erwiderte Marten und legte die Fellstirn in Falten.

»Es sind zu viele«, sagte Ethan.

»Ich fordere euch ein letztes –« Die Anführerin brachte den Satz nicht zu Ende.

Für einen Moment dachte Rob, etwas würde aus ihr herausplatzen. Als hätte ein schreckliches Wesen in ihr gewohnt, das nun den Weg nach draußen suchte. Ihr Gesicht fing an, sich zu verformen, ihre Extremitäten krümmten sich. Das moosige Haar wurde weiß und lockig. Das platte Gesicht lang. Sie fiel zu Boden, schrie unter Schmerzen, als sich offensichtlich ihre Knochen verformten.

Die umstehenden Wachen gingen sofort auf Distanz zu ihrer Anführerin. Alle hielten die Luft an, niemand sagte etwas.

Die Rüstung fiel von ihrem Körper und machte weißen, dichten Locken Platz. Die Hufe trappelten unsicher über das Holz.

»Ein Schaf?«, fragte Rob.

Bevor jemand antwortete, brachen Saira und Rose durch die Lücke in der Reihe der Stadtwache. Eine leuchtende Kugel umgab sie. Mit einem Satz waren sie über das Schaf hinweg, das eben noch die Stadtwache Yallandils befehligt hatte, und bei ihrer Gruppe.

»Schnell, kappt die Seile!«, rief Rose.

»Aber dann fallen wir!«, erwiderte Rob.

Marten und Ethan sahen darin offensichtlich weniger Probleme. Sie machten sich sogleich an die Zerstörung der Aufhängungen.

Die Wache sammelte sich wieder und rückte auf den Steg vor.

Rose murmelte ein paar Worte und formte mit ihren Fingern Runen in die Luft. Rote Partikel formten sich zu einem großen, glühenden Kreis. Ein Feuerball flog den anrückenden Eollyans entgegen, kam kurz vor ihnen auf und setzte den Steg in Brand. Sofort wichen sie zurück.

»Feuer?«, schrie Marten entsetzt. »Kein Feuer, habe ich gesagt. Jetzt werden sie deinen Namen bis in alle Ewigkeiten verfluchen!«

»Es sollte eigentlich eine Eiswand werden«, rechtfertigte sich Rose, da durchtrennte Ethan das letzte Tau, das die Plattform im Gleichgewicht hielt. Rob hörte das Reißen von weiteren Seilen, das Holz des Aufzugs ächzte.

Dann sausten sie alle hinab. Es gelang ihnen gerade so, sich an den Geländern festzuhalten.

War das ihr Plan gewesen? Dann hätten sie auch direkt springen können, dachte Rob und sah hinüber zu Marten, der den Halt verloren hatte. Aber Ethan hielt seine Hand fest, während der Squan wie eine Hummel im Wind flatterte. Der Gront umklammerte mit der anderen Pranke das Holz und war nicht bereit, seinen Freund loszulassen.

Rob war es gelungen, das Geländer zu umarmen. Die Plattform zog sie alle mit sich in den Tod. Sie kamen dem Boden mit einer schwindelerregenden Geschwindigkeit näher. Er fand keinen klaren Gedanken mehr, bekam nur am Rande noch mit, dass ein Leuchten das Holz erfasste.

Ein paar Meter über der Erde bremste alles ab. Die Schwerkraft griff mit aller Gewalt nach ihnen, und Rob prallte auf der Plattform auf. Er keuchte. Der Aufzug schlug auf dem Boden auf, aber sie waren noch am Leben.

»Ein Schwebezauber«, sagte Marten und richtete den Helm.

»Ich kann nicht mehr«, flüsterte Rose. Sie lag auf dem Rücken und starrte nach oben. »Ich brauche einen Manatrank. Ich bin völlig erschöpft.«

Saira eilte zu ihr, suchte in ihrem Rucksack nach einem der blauen Tränke und flößte ihr den Inhalt ein.

»Du bist die Beste deines Faches, auch wenn manches danebengeht. Die Idee, die Anführerin in ein Schaf zu verwandeln und so für die nötige Ablenkung zu sorgen, war großartig.« Der

Squan kam aus dem Schwärmen nicht mehr raus. »Als du meintest, dass wir die Seile kappen sollen, hatte ich keine Ahnung, worauf du hinauswillst. Aber ich habe dir vertraut und das zu Recht. Der Schwebezauber hat uns alle vor dem Tod bewahrt.«

Rob schwirrte der Kopf. Er verstand nicht, wie das große Meerschweinchen schon wieder so viel reden konnte. Ein Blick zu Ethan verriet ihm, dass es dem Bären genauso ging.

»Wenn ich die Beste meines Faches wäre, wäre das nicht geschehen«, sagte Rose matt, und sie alle schauten nach oben.

Was Rob sah, schmerzte mehr als der Aufprall. Hoch oben in den Baumkronen der prächtigen Stadt Yallandil brannte es. Eine rote Flamme griff nach allem ringsum, nährte sich von dem trockenen Holz.

»So wird es enden«, sprach Rob ruhig. Dieses Schicksal stand dem ganzen Kontinent bevor.

»Die haben auch Zauberer, die ein paar Wasserstrudel beschwören können«, wiegelte Marten ab. »Trink das.«

Er hielt ihm einen Heiltrank hin, den Rob bereitwillig hinunterstürzte. Der Schmerz in der Brust verschwand, und auch das von Lunita gepiercte Ohrläppchen pulsierte nicht mehr. Er sah ihre Leiche ein paar Meter weiter im Gras liegen. Viel war nicht mehr übrig. Nur der Spitzhut mit der Feder identifizierte sie zweifelsfrei.

»Die steht auch wieder auf, keine Sorge.« Marten musste seinen Blick bemerkt haben. »Wir machen besser, dass wir wegkommen. Dort oben haben wir jetzt mehr Feinde als Freunde.«

Sie sammelten ihre Sachen zusammen und liefen los. Hinein in den Wald und in Richtung Splitterstreifen.

KAPITEL
15

Den ersten Tag waren sie nur gelaufen, dem Pfad in Richtung Norden gefolgt. Wegweiser führten sie auf ihrer Flucht. Geschlafen hatten sie in ihre Umhänge gehüllt unter einer alten Eiche, doch Rob hatte kaum ein Auge zugemacht. Zu groß war die Angst vor den Spinnen oder dass man ihnen gefolgt war.

Am zweiten Tag hatte Marten ein strenges Marschtempo vorgegeben. Mittags erlaubten sie sich eine Pause und stellten Ethan ab, um die Umgebung im Auge zu behalten. Sie saßen zusammengekauert zwischen ein paar Büschen und teilten Brot, Schinken und Käse.

»Ich glaube, da kommt niemand mehr. Die ganze Stadt war damit beschäftigt, den Brand zu löschen«, sagte Saira und nahm noch ein Stück Käse.

»Es tut mir so leid, ich wollte das wirklich nicht.« Rose schüttelte den Kopf und starrte in die Ferne. Sie war schweigsam und schien etwas mit sich selbst auszumachen. »Ich hoffe, sie können es wieder reparieren.«

Rob überlegte, ob er sagen sollte, dass das bald keine Rolle mehr spielte. Er hatte gesehen, was mit den freien Völkern geschehen würde. Bald würde noch viel mehr brennen als nur ein Steg und ein paar Planken. Der ganze Kontinent würde in Flammen stehen. Aber das würde ihre Stimmung nicht verbessern.

»Du hast uns die nötige Ablenkung verschafft, um zu türmen«, sagte er stattdessen.

»Das hätte ich mit einer Eiswand auch«, hielt sie dagegen. »Noch nie hat jemand das Volk der Eollyan so beleidigt wie ich. Und ich bin ein Teil von ihnen.« Sie sah ihre Hände an, als wären die von einer seltenen Krankheit befallen. »Ich kann das nicht mehr. Ich dachte, ewiges Leben sei ein Segen, aber es kommt mir immer mehr wie ein Fluch vor.«

»Jetzt weißt du, warum es verboten ist, dass man beim Übertritt das Bewusstsein behält«, sagte Marten und legte ihr eine Pfote auf den Unterarm. »Ohne seine Liebsten kann es schnell einsam werden.« Er warf Ethan einen Blick zu.

»Wie lange kennt ihr euch schon?«, fragte Rob, und ein warmes Lächeln huschte über das Gesicht des Squans, als er über die Antwort nachdachte.

»Es fühlt sich im besten Sinne wie eine Ewigkeit an. Wir waren dreißig Jahre verheiratet, bevor wir gemeinsam hierherkamen. Ich weiß nicht, ob ich ohne ihn wirklich glücklich hier wäre. Wäre ich ein normaler Held, der das hier als Realität versteht, wäre ich es. Keine Frage. Jeden Tag den Helden spielen, sich mit Monstern rumschlagen, nicht sterben können, neue Gegenstände finden, Aufträge abarbeiten, Rätsel und Landschaften entdecken – was gibt es Schöneres? Abends trinkt man ein Bier mit seinen Freunden in der Kneipe und geht zufrieden ins Bett. Aber wenn du weißt, was *vor* dem hier war, und ich hoffe, du wirst es bald selbst wieder wissen, dann fühlt man oft einen Schmerz, der wächst, wenn man nichts dagegen unternimmt. Diese Gilde ist der beste Schutz dagegen. Gleichgesinnte, Gestrandete in dieser Welt, die sich unterstützen.«

»Man muss sich den neuen Gegebenheiten anpassen«, sagte Saira und brach ein Stück Brot ab. »Wenn man zu viel an die Vergangenheit denkt, ist kein Platz für die Zukunft. Und da wir davon noch sehr viel vor uns haben, sollte man lieber Platz machen.«

Rob war sich nicht sicher, ob sie wirklich noch so viel Zukunft vor sich hatten. Aber er schluckte seinen Einwand herunter. »Woran erinnerst du dich noch?«, fragte er stattdessen.

Wenn er schon nicht in den Erinnerungen seiner eigenen Vergangenheit schwelgen konnte, wollte er mehr über die der anderen erfahren.

Saira schüttelte den Kopf. »Im Gegensatz zu euch bin ich gerne hier. Mein altes Leben war nicht schön. Ich bin jeden Tag zwei Stunden zur Arbeit und zwei Stunden zurückgefahren, weil ich es mir nicht leisten konnte, in der Stadt zu wohnen. Wir hatten Zwölf-Stunden-Schichten und waren chronisch unterbesetzt. Mindestens sechzehn Stunden des Tages gingen also für die Arbeit drauf, und trotzdem blieb am Ende des Monats nichts über. Ich war gefangen in diesem Hamsterrad, in dem man sich immer nur abstrampelt. Meine Erkrankung und dass du mir den Weg hierhin ermöglicht hast« – sie nickte in Robs Richtung – »waren eine Erlösung für mich.«

»Sag so was nicht«, herrschte Marten sie an. »Das Leben ist lebenswert, und man sollte es schätzen.«

»Wenn ich Anwältin gewesen wäre und mein Ehemann ebenso, hätte ich das Leben vielleicht mehr genießen können.«

»Wir haben auch viel gearbeitet, und nicht jeder Anwalt vertritt korrupte Typen, okay? Wir haben unzählige Mandanten betreut, die zu Unrecht aus ihren Wohnungen geschmissen worden sind.«

»Es war eine unfaire Welt«, entgegnete Saira kühl. »Es wurde immer von Chancengleichheit gefaselt, aber das war Quatsch. Hier haben wir alle wirklich die gleichen Chancen – vorausgesetzt, man kommt über den offiziellen Weg in diese Welt.«

»Aber das hier ist nicht das echte Leben!«, widersprach Marten und gestikulierte wild mit einem Stück Brot in der Hand.

»Schmerz ist Schmerz, Liebe ist Liebe, egal ob das hier das echte Leben ist oder nicht. Unsere Gefühle sind real, und das ist alles, worauf es ankommt«, sagte Saira bestimmt, und darauf fiel nicht mal dem kleinen Anführer etwas ein.

Rob hätte nur zu gern das komplette Ausmaß der Diskussion

verstanden, aber er hatte sich längst damit abgefunden, dass sich ihm nicht alles erschloss. »Wenn es so schlimm ist, da wo du herkommst, warum sind dann nicht alle hier?« Er dachte an Rose, die ihre Familie so sehr vermisste.

»Weil die Regierungen dann ein echtes Problem hätten. Deswegen gibt es ja die Gesetze für das Nachleben. Keine Erinnerungen, kein Kontakt, kein Übertritt in andere Welten. Sonst würden sich die Organisationen, die über die Orte wie Avataris herrschen, vor Anfragen nicht mehr retten können«, sagte Saira und winkte ab. »Aber das ist eh nur etwas für die Reichen.«

»Außer man kennt jemanden wie Rob«, warf Marten ein.

»Warum sind Ethan und du eigentlich über Rob hierhergekommen? Ihr hättet euch das doch locker leisten können?«, fragte Rose und wirkte etwas anwesender als zuvor.

Marten zögerte, dann nickte er. »Das Finanzielle war kein Problem. Wir hätten den offiziellen Weg gehen können, aber niemand konnte garantieren, dass wir dann auch wirklich in der gleichen Welt landen. Sie werfen dich in die Welten, wo gerade Kapazitäten sind. Wir beide hatten Angst vor unserem Übertritt in eine neue Welt ohne den anderen. Wir haben nicht darum gebeten, dass wir die Erinnerungen aneinander behalten, wir wollten einfach mit der Gewissheit ins Jenseits scheiden, dass dort, wo wir hinkommen, der andere auch ist. Dass wir uns noch einmal begegnen und neu verlieben können, versteht ihr? Das hat mir die Angst vor dem Tod genommen.«

»Das ist schön«, flüsterte Rose.

»Schön und kriminell. Wir sind alle Verbrecher«, sagte Saira und grinste. »Und der größte sitzt hier mit uns und teilt sein Brot.«

»Das Kriminellste, was ich bisher getan habe, war, meiner eigenen Hinrichtung zu entfliehen, indem ich mich von einer Mauer gestürzt habe und gestorben bin«, hielt Rob dagegen.

»Das Kriminellste in *diesem* Leben. In deinem letzten hast du uns alle hierhergebracht, vorbei an den ganzen Vorkehrungen und Gesetzen.«

»Und jetzt will ich euch von hier fortbringen«, erwiderte Rob. Auch wenn ihm die Zusammenhänge fehlten, gab diese Aufgabe seiner Existenz einen Rahmen. Ein Rahmen allerdings, dem Leinwand und Farbe fehlten.

»Ich hoffe, du hast einen Plan, wohin du uns bringst«, sagte Marten.

Das hoffte er auch.

Zwei Tage später erreichten sie ein unscheinbares Dorf. Der Wald war immer lichter geworden, Steine und Felsen verdrängten das Gras. Die Ansammlung aus Hütten bestand aus einer Taverne, einer Schmiede, ein paar Händlern und einem Reitstall. Marten verhandelte lang und hart mit der Reitmeisterin, bis sie ihm fünf Pferde überließ.

»Das wissen die meisten nicht, dass man manchmal auch verhandeln kann. Man muss nicht immer das erste Angebot annehmen«, sagte er stolz.

Rob war froh, dass er nicht auf einer Raubkatze sitzen musste. Das Pferd war eher ein Pony. Gedrungen und robust, mit kurzen Beinen und einem breiten Bauch. Die Mähne war zottelig und das Reitgeschirr hart und unnachgiebig wie die Krypta, auf der Rob aufgeschlagen und gestorben war.

Eigentlich hatten sie alle Lust, in die Taverne einzukehren, ein Bier zu trinken und ein Stück Braten zu essen. Die Nacht könnten sie in einem ungemütlichen Bett verbringen, aber immerhin in einem Bett. Trotzdem schlug es niemand vor. Nicht nur die Zeit, wahrscheinlich auch die Silberne Garde und alle, die in Yallandil dabei gewesen waren, saßen ihnen im Nacken. Sie durften nicht trödeln.

Noch am selben Tag verließen sie das Dorf wieder in Richtung Norden. Aus den wunderschönen Wäldern wurden bald einsame Kiefern auf sandigem Grund. Ihre Nadeln waren braun, und die Äste hingen trocken herab. Das saftige Gras wich einem staubigen und von spitzen Steinen und kantigen Felsen überzogenen Boden.

»Wir kommen den Splitterstreifen immer näher«, sagte Ethan. Das Pferd sah unter ihm seltsam klein aus, und der Rücken hing ein wenig durch.

»Wir müssen vorsichtig sein, nicht nur wegen anderer Helden. Auch die Monster hier sind eine andere Nummer. Wir sollten nicht die Aufmerksamkeit von mehr als zwei auf uns ziehen, verstanden?« Marten sah in die Runde.

Rob war damit beschäftigt, sein Pferd im Zaum zu halten. Es war stur wie ein Esel und hielt kaum still.

»Wir passieren jetzt noch die rote Flucht, dann stoßen wir auf die ersten Ausläufer der Splitterstreifen«, fuhr der Anführer fort.

»Die rote Flucht?«, fragte Rob. Für ihn klang das wie der Titel eines Buches, nicht wie ein Landstrich.

»Als sich die große Explosion in den Splitterstreifen ereignete, wurde unglaublich viel Geröll, Schutt und Erde in die Luft geschleudert. Und hier kam ein großer Teil wieder runter und begrub Pflanzen und Tiere unter sich.«

Das erklärte die Findlinge, die auf der roten Erde lagen wie Meteoriten.

Eine trostlose, karge Strecke lag vor ihnen. Hin und wieder passierten sie Dörfer oder kleine Siedlungen, jedes Mal zog sich Rob die Kapuze tief ins Gesicht. Nie blieben sie über Nacht, nie führten sie Gespräche mit anderen Helden. Zu groß war die Angst, erkannt zu werden. Sie füllten ihre Vorräte auf, reparierten die Rüstungen und machten sich wieder auf den Weg.

Gelegentlich kreuzte ein Monster ihre Reiseroute. Die rote Flucht wurde von Steinbeißern heimgesucht: menschengroßen, insektenähnlichen Wesen, die Findlinge mit ihren Kiefern zerkleinerten und für den Nestbau nutzten. Leider unterschieden sie dabei nicht zwischen Geröll und den Behausungen der freien Völker, was für zahlreiche Konflikte sorgte. Da man keine gemeinsame Sprache sprach und die Steinbeißer sich als invasive, wilde Spezies entpuppten, versuchte man, ihrer mit roher Waffengewalt Herr zu werden. Mehr als einmal wurden dem Trupp rund um Marten Aufträge angeboten, ein neues Nest, die überall wie Unkraut aus der Erde sprossen, zu zerstören. Dauernd sollten sie einer bestimmten Anzahl von Steinbeißern den Kopf abschlagen und die Köpfe abliefern. Eine repetitive Aufgabe. Sie hatten weder Zeit noch Lust, sich mit diesem Problem zu beschäftigen.

Rob und das Pferd, das vielleicht auch ein Pony, ein Esel oder ein bisschen von allem war, hatten sich bald so sehr aneinander gewöhnt, dass er auf dem Rücken des Tieres das Buch der Ritterkunde studieren konnte. Es begann mit einer fürchterlich langweiligen Abhandlung darüber, welchen Stellenwert Ritter in der Gesellschaft einnahmen: Die Schwachen sollten beschützt werden, der Ritter stehe für das Gute und opfere sich auf. Der spannendere Part kam später: Rob lernte, wie er einen Kriegsschrei ausstieß, der die Moral der Gruppe heben und sie stärker machen würde. Außerdem lernte er die Technik der Stürmenden Klinge: ein weiter Sprung, bei dem er das Schwert wie einen Speer vorschnellen ließ. Mit der Bewegungsabfolge namens Donnernder Sturm konnte er seine Gegner in kurzer Zeit mit unzähligen Hieben eindecken. Dann gab es noch ein paar allgemeine Kampftechniken, und am Ende stand der Hinweis, dass er sich wieder bei Lehrern umhören solle, wenn er mehr Erfahrung gesammelt habe.

Kurz bevor sie die Splitterstreifen erreichten, brach die Nacht über sie herein. Ihr Lager errichteten sie im Schatten eines großen Steins. Er war breit genug, um sie vor neugierigen Blicken zu schützen. Hier im Norden waren nicht viele Helden unterwegs, und wenn, dann waren sie mit den Steinbeißern beschäftigt.

Rose hielt Wache. Sie war auf den Stein geklettert, von wo aus sie eine perfekte Übersicht hatte. Ethan und Marten lagen eng umschlungen am Feuer. Sie hatten eine Decke über sich geworfen und schienen sich einen Wettkampf zu liefern, wer am lautesten schnarchen konnte.

Rob lag abseits des Lagers und war wieder in das Buch vertieft. Eine Phiole spendete genug Licht zum Lesen. Marten hatte gesagt, dass es nicht einfach werden würde, dort, wo sie hingingen, und Rob wollte nicht länger Ballast sein. Also war es klug, sich gut vorzubereiten. Noch einmal ging er das Kapitel mit den Kampftechniken durch. Hätte man ihn vorher gefragt, hätte er ein praktisches Training immer vorgezogen. Aber in dieser Welt waren Bücher anscheinend der Schlüssel zu größerem Können. Er beschloss, in Zukunft mehr von ihnen zu lesen.

»Ich kann nicht schlafen«, hörte er Saira neben sich flüstern. »Wenn Marten und Ethan so weitermachen, ziehen wir noch die Aufmerksamkeit des nächsten Steinbeißernests auf uns. Die beiden haben sich echt verdient.«

Rob sah zu ihnen hinüber. »Die beiden sind wunderbar.« Er beneidete sie um das, was sie aneinander hatten. Sie waren nicht allein in dieser seltsamen, fremden Welt, die keinen Sinn ergab.

»Hätte ich damals jemanden gehabt, hätte ich ihn auch hierher mitnehmen wollen«, sagte Saira. »Darf ich?« Sie deutete auf ein Stück Decke, das von Robs Schulter gerutscht war.

»Klar«, sagte er überrumpelt, und sie schlüpfte zu ihm unter die Decke, schmiegte sich an ihn.

»Es ist sehr kalt hier draußen«, sagte sie.

Rob ahnte, in welche Richtung das Gespräch gehen würde. Ihm waren ihre Anmerkungen und scheinbar zufälligen Berührungen zuvor nicht entgangen, aber er wusste nicht, was er davon halten sollte. Also versuchte er sich erst mal an einem unverfänglichen Gespräch. »Ich befürchte, je weiter wir in den Norden kommen, umso kälter wird es.«

Sie legte eine Hand auf seine Brust. Er spürte die Wärme durch den Stoff des Hemdes. »Du und ich, wir kannten uns im alten Leben, weißt du das noch?«

Rob drängte die aufkommenden Kopfschmerzen sofort zurück. »Nein«, sagte er abweisender als gewollt. Das Wort galt den Wolken in seinem Hirn, nicht ihr. »Entschuldige, wahrscheinlich sollte ich –«

»Alles gut, kein Problem. Es war mehr eine lose Bekanntschaft in einem Pub, gar nicht so unähnlich wie die Tavernen hier. Du hast einsam ausgesehen, ich war es auch.«

»Haben wir …?«

»Nein, so weit kamen wir nicht.« Sie drückte ihr Gesicht an seine Schulter. »Leider. Stattdessen habe ich erfahren, was du beruflich machst, und du hast von meiner Krankheit gehört. Deswegen bin ich jetzt hier. Obwohl es an dem Abend keinen Sex gab, war das immer noch eine ziemlich gute Ausbeute, finde ich. Ewiges Leben. Damals erschien es mir so unerreichbar, wenn man nicht zu den wenigen Glücklichen gehörte, die über die Lotterie an einen Platz kamen. Nun bin ich hier, eine Priesterin Aeyas.«

»Werde ich irgendwann alles verstehen?«, fragte Rob leise.

»Das weiß ich nicht«, flüsterte sie. »Aber ich weiß, dass wir jetzt etwas nachholen können, wenn du magst.«

Rob dachte einen Moment nach, und das hätte als Antwort genügen müssen. Trotzdem versuchte er, die richtigen Worte zu finden. »Ich kann nicht verstehen, wie der Rob, der ich mal war, sich die Gelegenheit damals hat entgehen lassen. Aber aktuell, ohne meine Erinnerungen, würde ich gerne darauf verzichten. Für den Fall, dass mein altes Ich seine Gründe hatte.«

Er befürchtete, dass Saira die Antwort als Beleidigung auffassen würde, deswegen schob er hinterher: »Die Gründe werden nicht bei dir liegen, sondern nur bei mir. Ernsthaft, morgen, wenn ich wieder auf dem Rücken meines Pferdes sitze, werde ich mich wahrscheinlich ärgern, dass ich diese Gelegenheit ausgeschlagen habe. Aber es fühlt sich aktuell nicht richtig an, nicht in diesem Moment.« Er hätte sich all die Worte sparen und nur den letzten Satz sagen können. Damit war alles gesagt.

Die Stille, die sich ausbreitete, verdrängte sogar das Schnarchen von Ethan und Marten. Saira verlagerte ein bisschen ihr Gewicht. Ihr Kopf wanderte weiter in Richtung seiner Brust. »Du hattest deine Gründe, sehr gute sogar. Und solange dir du darüber nicht bewusst bist, wäre es wahrscheinlich wirklich nicht richtig. Wenn ich dir erzählen würde, was es ist, würde dir leider der Kopf platzen, und das ist nicht die Art von Sauerei, die ich mir für heute Abend vorgestellt habe.«

»Tut mir leid.«

»Dafür nicht. Aber hast du etwas dagegen, wenn wir etwas kuscheln? Mir fehlt das.«

»Nein.« Er legte den Arm um ihre Schulter, und sie drückte sich an ihn. Niemand sagte etwas. Rob genoss den Moment. Für einen Augenblick fühlte er sich weniger allein in dieser fremden Welt. Er starrte in den Sternenhimmel und plagte sich nicht mit Sorgen über die Vergangenheit oder die Zukunft. Er war einfach hier und existierte.

»Aufstehen, ihr Turteltäubchen«, weckte Marten die beiden.

Reflexartig wollte Rob richtigstellen, dass sie einander nur gewärmt hatten, beschloss aber, dass er sich für nichts zu rechtfertigen hatte. Saira löste sich von ihm, flüsterte ein »Danke schön« in sein Ohr und stand auf. Die Mahlzeit bestand aus einem undefinierbaren Brei, den Ethan angerührt hatte.

Marten streckte sich zufrieden. »Ich habe so gut geschlafen wie lange nicht mehr.«

»Hat man gehört«, erwiderte Rob und schob einen Löffel des

grauen Kleisters in seinen Mund. Er war zäh und geschmacklos, wie Haferflocken mit Wasser.

»Was soll das denn heißen?«

»Wir alle haben es gehört, die ganze rote Flucht auch, und wahrscheinlich weiß man in den Splitterstreifen schon von unserem Kommen. Ihr beide wart so laut, dass Garrak seine Verteidigungslinien verstärken wird, weil man mit einer ganzen Armee rechnet, die gen Norden marschiert.«

Ethan und Marten tauschten einen Blick und sagten dann gleichzeitig: »Wir haben nicht geschnarcht!«

»Habt ihr wohl.« Rose' Augenringe ließen keinen Widerspruch zu. »Deswegen habe ich auch die ganze Nacht Wache gehalten. Gönnt mir auf dem Rücken des Schimmels ein bisschen Ruhe, sonst kann ich heute für keinen Zauber garantieren.«

»Wir werden uns heute Nachmittag leider von den Pferden verabschieden. Wir haben sie nur für die Strecke bezahlt und müssen sie an der nächsten Station abgeben. Den Rest machen wir dann zu Fuß«, erklärte Marten.

Rose seufzte. »Ihr erspart mir auch nichts.«

Sie packten alles zusammen, und wenig später befanden sie sich wieder hoch zu Ross und folgten dem Pfad, der sich durch den roten Sand schlängelte.

Rob dachte über die letzte Nacht und Saira nach. Über das, was geschehen war, und auch, was nicht geschehen war. Und über ihre Bemerkung, dass sie sich bereits kannten. Gern würde er behaupten, dass es ein vertrautes Gefühl gab, wachgerufen durch ihren Duft oder ihre Berührung. Aber da war nichts. Im Grunde war sie eine Fremde für ihn, wie die anderen in dieser Welt auch.

»Halt!«, rief Marten, und Rob schreckte hoch.

Das Tier, das für Rob ein Drittel Esel, ein Drittel Pony, ein Drittel Pferd war, tänzelte nervös von links nach rechts.

»Wer seid ihr?«, fragte Marten, und erst jetzt sah Rob die zwei Menschen, die sich ihnen in den Weg gestellt hatten.

Ihre Gesichter waren mit weinroten Tüchern verhüllt, nur Augenschlitze hatten sie gelassen. Sie trugen keine Plattenpanzer, sondern sandfarbene Leinengewänder und dicke Stiefel.

»Durchreisende«, sagte eine Frauenstimme.

»Dafür, dass ihr auf der Durchreise seid, steht ihr ziemlich im Weg. Reisende sollten in Bewegung sein«, erwiderte Marten. Die Pfote des Squans wanderte langsam zum Schwertgriff. Auch die anderen machten sich für einen Kampf bereit.

Die beiden tuschelten. Die Frau holte ein Stück Papier heraus, sah darauf und dann zu Rob. Sie zeigte es ihrem Begleiter, der ein Stück größer und breiter war als sie.

»Er ist es«, sagte er mit tiefer Stimme.

Sie sah noch mal auf das Papier. »Ja, ich denke auch.« Dann wandte sie sich Rob zu. »Robert –«

»Nein!«, schrie Marten und galoppierte los.

»… Harlow«, fuhr sie fort, »wir sind hier, um Sie mitzunehmen. Sie sind in großer Gefahr.«

Marten donnerte auf sie zu, und die beiden sprangen auseinander. Der Mann zog einen Säbel aus der Schlaufe am Gürtel. Rob wollte etwas sagen, eingreifen, aber der Schmerz in seinem Kopf ließ Blitze in jeden Nerv schießen. Er krümmte sich auf dem Pferd, ließ die Zügel los und umfasste seinen Schädel mit beiden Händen, als müsste er ihn festhalten, damit er nicht platzte.

»Robert –«, fing die Frau wieder an, die nicht zu verstehen schien, was gerade passierte.

»Aufhören!«, brüllte Marten und hieb mit dem Schwert nach ihr.

Sie wich der Klinge mit einer unnatürlich schnellen Bewegung aus und zog selbst eine Schusswaffe.

»Was hat das zu bedeuten?«, presste Rob hervor, übergab sich dann aber über die Mähne des Reittieres. Er spürte, wie ihn die Ohnmacht zu übermannen drohte. Die Schmerzen vernebelten ihm die Sicht. Er schmeckte Galle.

Robert Harlow.

Aus dem Gewittersturm wurde ein Taifun.

»Saira, bring ihn weg von hier!«, rief Ethan. Er hatte bereits den Hammer gezückt, dessen Kopf hell leuchtete.

»Wer ist … Harlow?«, hauchte Rob.

Saira packte das Zaumzeug seines Pferdes und gab ihrem einen Klaps auf die Flanke. Die beiden Tiere galoppierten los, direkt auf das Scharmützel zu. Ethan war seinem Freund zu Hilfe geeilt, und Rose ließ Eispfeile auf die beiden regnen.

Saira und Rob, der sich nur mit Mühe auf dem Pferd halten konnte, ritten direkt durch das Geschehen.

»Er versucht zu entkommen!«, rief die Frau, die gerade vor Martens sich aufbäumendem Reittier zurückwich.

Der Mann wirbelte herum, wich Ethans Hammer aus und griff nach dem Lederzeug von Robs Pferd. In der anderen Hand hielt er den Säbel. »Dein Leben steht auf dem Spiel, du musst zurückkommen!«, schrie er ihn an und schlug mit der Waffe nach ihm.

Rob fühlte sich wie in einem Fiebertraum, dem er nicht entkommen konnte.

Die Klinge verfehlte ihn, und Ethans Hammer traf den Rücken des Mannes. Die Zügel glitten ihm aus den Händen.

»Los jetzt, Saira!«, rief Ethan, und die beiden hatten endlich freien Weg.

Die Pferde galoppierten durch die Steppe, weg von dem Kampf. Rob hielt sich mit aller Kraft in der Mähne des Tieres fest, das ihn laut schnaufend von der Gefahr wegbrachte.

Robert Harlow.

Die Augenlider wurden schwer, der Schmerz schien ihn umzubringen. Rob kämpfte gegen den Drang an, einfach loszulassen und in den erlösenden Schlaf hinabzugleiten.

Von hinten preschten Ethan, Marten und Rose heran.

»Die dachten wohl wirklich, du gehst freiwillig mit«, sagte

Marten. »Kommt, wir haben einen Vorsprung, den wir nicht verspielen sollten.«

»Wer war das?«, raunte Rob. Die Speiseröhre brannte, und er wurde den Geschmack von Erbrochenem nicht los. Seine Kleider waren schweißgetränkt, und die Haare klebten auf der nassen Stirn.

»Verschwende deine Gedanken nicht daran. Sie hätten dich fast umgebracht.«

»Er wird mit jedem Tag gefestigter, den er hier verbringt«, warf Ethan ein.

»Vielleicht können wir bald mit ihm über alles sprechen, und vielleicht erinnert er sich doch«, sagte Marten. »Kommt.« Er gab seinem Tier einen Klapps und galoppierte davon.

Saira packte die Zügel von Robs Pony-Esel – und alles, was von ihnen blieb, waren die Spuren im Sand und eine rote Staubwolke.

Sie erreichten die Siedlung am Nachmittag. Sie bestand aus mehreren Hütten, gebaut auf einem Steinplateau. Die Felsen waren scharfkantig und spitz. Ein Palisadenwall zog sich um die Häuser. Über einen gewundenen Pfad kamen sie zum Eingang, bewacht von einer Frau, die sie nicht weiter beachtete.

»Erst bringen wir die Pferde weg«, sagte Marten, und wenige Augenblicke später erreichten sie den Stall.

Rob glitt vom Rücken des Tieres und schwankte. Konturen zogen vor seinen Augen Schlieren, und seine Beine zitterten. »Verdammt.«

»Ich kümmere mich darum«, sagte Saira, während Marten und Ethan die Reittiere übergaben.

Rose suchte nach einem Heiltrank im Gepäck, Saira begann sofort, eine ihrer Formeln zu murmeln. Wenige Sekunden später hatten sie Rob wieder aufgepäppelt, nur der Schmerz blieb. Ihm war nach einer Pause, er war müde, wusste aber, dass sie dafür keine Zeit hatten. Immer mehr Leute wollten ihm an die Kehle, und sie mussten Melfana erreichen. Sie war der Schlüssel, der sie aus diesem ganzen Schlamassel herausbringen würde, da war sich Rob sicher.

Nur seine Rolle darin verstand er immer noch nicht.

KAPITEL
16

Die rote Flucht war nur ein Vorgeschmack auf die Splitterstreifen gewesen. Rob hatte noch nie einen so trostlosen Ort gesehen. Eine Wüste aus Geröll und Steinen, Gebirgen und Schluchten. Hin und wieder sah er Kakteen auf der trockenen Erde und Echsen, die zwischen den Steinen in die Schatten huschten, wenn sich die Reisegruppe näherte. Das Laufen auf den losen Steinen war anstrengend und schmerzte in den Fußgelenken.

»Theoretisch ist das hier schon Kriegsgebiet«, erklärte Marten wie ein Fremdenführer. »Aber es wäre ungewöhnlich, so tief im Landesinneren Garraks Schergen zu begegnen.«

»Hier hat sich die Schlacht zwischen Aeya und Garrak vor Ewigkeiten zugetragen?«, fragte Rob.

»Die beiden sind in der Mitte des Kontinents direkt aufeinandergetroffen, beide in Begleitung riesiger Heerscharen, erzählt man. Die Schlacht dauerte unzählige Zyklen. Jeden Morgen schickten die Kriegstrommeln und Fanfaren neue Helden in die Schlacht, bis nur noch Aeya und Garrak übrig waren. Die Begegnung der beiden gipfelte in einer Explosion, die den ganzen Landstrich verwüstete und nun als Grenze zwischen den beiden Reichen betrachtet wird. Die Seelen der Helden gingen in die Splitter über, die von den freien Völkern gefördert werden, um Helden wiederzubeleben, die vor Jahrhunderten an der Front gestorben sind. In den Türmen brechen sie die Splitter dann auf, und die Seelen gehen in die blaue Suppe über, aus der man uns alle beschworen hat.«

Rob hatte all das schon mal erzählt bekommen, glaubte er. Aber beim ersten Mal hatte es ihn komplett verwirrt. Nun fühlte es sich nicht mehr so fremd und verrückt an. Schließlich konnte er die Folgen des Kampfes ringsum betrachten.

»Hier wird es zu gefährlich, um draußen zu übernachten. Wir könnten schnell das zufällige Ziel eines Schlachtzugs von Garraks Horde werden. Wenn die wollen, schleppen sie unsere Leichen tief ins Feindesland, wo wir uns wiederbeleben müssten. Zumindest sind mir solche Geschichten schon zu Ohren gekommen.«

»Wie oft wart ihr schon hier?«, fragte Rob.

»Ich selbst dreimal, Ethan auch.«

»Einmal«, sagte Saira.

Rose ergänzte: »Ebenfalls.«

Sie marschierten weiter und sprangen über einen Spalt, der den Weg durchzog. Er war kaum breit genug, um hineinzufallen, aber der Blick in den schwarzen Schlund ließ Rob erahnen, dass es viele Meter hinabging, und wenn man da unten feststeckte, brachte einem die Unsterblichkeit auch nichts. Man würde verhungern, sich wiederbeleben und wieder verhungern.

»Die Splitterstreifen teilen sich in zwei Bereiche auf. Es gibt den Teil für die normalen Helden wie uns, die ein paar Aufträge erledigen und Ressourcen sammeln wollen. Wir sind nicht hier, um uns mit der Gegenseite anzulegen, aber wenn es passiert, dann gehen wir der Gelegenheit auch nicht aus dem Weg.« Marten grinste vielsagend. »Aber die echten Helden, wie die, die uns vor den Spinnen gerettet haben, die treffen sich am Großen Krater. Ein Tal, in der Mitte der Streifen, in dem die Explosion stattgefunden hat. Es ist wie ein Loch in der Erde. Dort treffen sich alle, die für Aeya und Garrak in die Schlacht ziehen. Um diesen Ort werden wir einen großen Bogen machen.«

Immer wieder passierten sie Ruinen, die darauf hindeuteten, dass es hier mal Dörfer gegeben hatte, in denen Menschen,

Squans, Gronts und Eollyans lebten. Nun standen nur noch die Reste der Häuser und Brunnen. Ihre vom Sand geschliffenen Steine und Mauern waren wie ein Mahnmal an den Schrecken, der sich hier vor langer Zeit zugetragen hatte.

Vor Einbruch der Nacht erreichten sie eine Splittergarnison. Die Garnisonen waren Festungen, die gebaut worden waren, um jeder Belagerung standzuhalten. Ihre Mauern reichten hoch in den Himmel, und die Steine waren zu glatt, um daran hochklettern zu können. Vor den Mauern hatten man einen Graben ausgehoben, in dem spitze Stöcke, Speere und scharfkantige Steine lagen. Ein großes Tor, an dem zwei Ketten befestigt waren, versperrte den Weg.

Marten ballte die Pfote zur Faust und klopfte an.

Ein Guckloch öffnete sich im Tor, und die aufmerksamen Augen eines Eollyan inspizierten sie. »Aeya zum Gruße«, sagte die Wache.

»Aeya zum Gruße«, erwiderte Marten routiniert. »Wir sind Helden der freien Völker, und Aufträge führen uns hierher. Wir suchen für die Nacht noch eine Unterkunft.«

Die Wache inspizierte die fünf, und augenblicklich wünschte sich Rob, er hätte die Kapuze seines Umhangs ins Gesicht gezogen.

Da schnaubte der Eollyan. »Ist gut, wir haben noch ein paar Plätze frei.«

Das Klicken eines Mechanismus ertönte, und eine Tür im Tor öffnete sich. Sie war vorher nicht zu erkennen gewesen, und wer nicht wusste, dass sie da war, würde sie übersehen. So ersparte sich die Garnisonsbesatzung, das ganze Tor zu öffnen. Die fünf schlüpften hinein, und sofort wurde die Tür wieder hinter ihnen geschlossen.

Ein paar Helden saßen im Innenhof und betrachteten die Neuankömmlinge. Man nickte sich zu, ließ sich ansonsten aber in Ruhe. Eine Schmiedin schärfte Klingen an einem Schleifstein, und Robs Blick verharrte auf der Szene. Die umherfliegenden Funken schienen ihn förmlich zu hypnotisieren. Ein seltsames Gefühl der Vertrautheit stellte sich ein, das er in seiner Zeit auf Avataris erst selten gefühlt hatte. Bevor er dem nachspüren konnte, zog ihn Saira weiter zu einem Squan. Er hatte in der Mitte des Hofes einen Stand aufgebaut, der sich schnell als Krämerladen entpuppte. Tränke, Stoffe, Leder, Dolche, Beutel, Rucksäcke, Tuniken, sogar Nahrung hatte der Squan im Angebot.

»Ich sprech mit dem Quartiermeister, wo wir übernachten können«, sagte Marten und ließ die anderen vier stehen.

Rob drehte sich im Kreis. Wachen standen auf den Mauern, und im Hof trainierte eine Einheit den Schwertkampf. Der Ort hatte nichts von der Idylle des ersten Dorfes, das er nach seiner Wiederbelebung im Seelenturm betreten hatte. Der Konflikt mit Garrak war hier spürbar.

Saira ging zum Händler hinüber, und Rob sah, wie sie ein paar Münzen gegen einen neuen Heiltrank eintauschte. Sie kam damit zurück. »Für unsere Vorräte, wir haben ja eben einen aufgebraucht.«

»Gibt es hier auch Aufträge?«, fragte Rob. Er war sich sicher, dass man an diesem Ort keine Wölfe mehr erschlagen musste, sondern etwas wirklich Sinnvolles zu erledigen hatte.

»Lass es uns herausfinden«, sagte Ethan und marschierte mit Rob im Schlepptau auf den Ausbilder zu, der die Rekruten herumscheuchte. »Aeya zum Gruße, habt Ihr Aufgaben für uns?«

Der Eollyan wirbelte herum, und die Ringe seines Kettenhemdes klirrten. Das moosige Haar quoll unter dem Helm hervor. »Endlich schickt uns die Heldenliga Verstärkung, wir können sie wirklich gebrauchen. Unsere Minenarbeiter werden immer wieder von den Wyrms angegriffen. Sie brechen aus den Wänden der Schächte und fallen über sie her. Bringt mir zehn Wyrm-Köpfe, und ich biete euch neue Lederhandschuhe an.«

Ethan warf Rob einen vielsagenden Blick zu und wandte sich dann wieder an den Ausbilder. »Klingt wirklich aufregend, aber leider sind wir in Eile. Eine wichtige Mission an der Front, wir kommen direkt aus Gonholt.«

»Meldet euch, wenn ihr es euch anders überlegt«, knurrte der Eollyan und widmete sich wieder seinen Rekruten.

Die beiden marschierten zurück zu den anderen über den staubigen Innenhof.

»Wyrms?«, fragte Rob.

»Große Würmer. Sie machen den Arbeitern, die die Splitter schürfen, das Leben schwer. Jede Garnison verfügt über unzählige Betten für die Minenarbeiter, die tagsüber in die umliegenden Stollen ausschwärmen und mit Körben voll Splitter zurückkommen. Vorausgesetzt, sie kommen zurück. Denn die Wyrms haben die Splitter zu ihrer Delikatesse erklärt und verspeisen gerne den Arbeiter gleich mit. Doch die hängen an ihrer Ernte, denn schürfen sie nichts, werden sie auch nicht von den Garnisonen entlohnt. Viele Aufträge hier bestehen darin, in eine Mine hinabzusteigen, den Arbeitern zu helfen und ein paar Wyrms zu erschlagen. Das letzte Mal habe ich acht arme Schweine gerettet, die in einem eingestürzten Stollen feststeckten. Marten und ich haben auch mal die Schwänze der Wyrms für eine Alchemistin sammeln müssen, die daraus irgendeine Tinktur brauen wollte.«

»Ich bin Robert Harlow, oder?«, fragte Rob unvermittelt und erwischte Ethan damit auf dem falschen Fuß. Er spürte, wie die Gewitterwolken sofort wieder am Horizont aufzogen, aber Ethan hatte es schon gesagt: Er wurde immer gefestigter.

»Ich … also«, stammelte der Gront. »Ich habe Angst, dass die Antwort dich umbringen könnte.«

»Wer waren die beiden vorhin?«

»Wir vermuten, dass es Ermittler aus unserem vorherigen Leben waren. Zum Glück haben wir gerade auf unseren Reittieren gesessen, sonst wären wir ihnen wohl nicht so einfach entkommen.«

Rob hielt den Frust nicht länger zurück. »Ihr müsst mir endlich sagen, was hier los ist. Wer ich bin, was das alles soll!«

Ethan blieb stehen und wandte sich Rob zu. Er legte ihm beide Pranken auf die Schultern und sah ihn mit seinen nussbraunen Augen an. »Du bist Rob, und du bist hier, um uns alle zu retten. Das ist das Allerwichtigste, was du momentan wissen musst. Wir alle haben bereits ein Leben geführt und sind gestorben. Du bist der Grund, warum wir hier sind, und du hast dafür einige Risiken auf dich genommen. Damit hast du dir Feinde gemacht, und ich kann mir vorstellen, dass du gerade versuchst, Spuren zu verwischen, bevor sie uns finden. Das Auftauchen der Silbernen Garde und der Scharfrichterin deutet darauf hin, dass sie wissen, dass es Eindringlinge in ihre Welt gibt, die nicht hier sein dürften. Reicht dir das?«

Nein, es reichte ihm nicht. »Wer war ich? Warum muss ich zu Melfana?«

Ethan seufzte. »Die Frage nach Melfana kann ich dir nicht beantworten. Ich wünschte, ich wüsste es. Du warst Robert —«

Das Donnern der Wolken in seinem Kopf wurde stärker. Rob hob den Arm.

Ethan verstand den Hinweis offensichtlich. »Du warst ein Weltenbauer, Rob. Und dein Name spielt keine Rolle, auch deine Vergangenheit nicht. Wichtig ist nur, dass du immer noch der gleiche korrekte Kerl wie damals bist. Du hast verstanden, welche Verantwortung du trägst, und hast die wirtschaftlichen Interessen hintangestellt. Deine Präsenz in dieser Welt wird immer fester. Die Begegnung mit diesen beiden Gestalten, das Aussprechen deines alten Namens – vor ein paar Tagen hätte das deinen Kopf noch zum Platzen gebracht. Ich bin mir sicher, dass du bald die Antworten bekommst, die du suchst. Ich möchte aber nicht riskieren, dich damit umzubringen.«

Rob verschwieg, dass die Begegnung seinen Kopf fast zum Bersten gebracht hatte, aber der Gront hatte recht: Es war schon schlimmer gewesen. Also beschloss er, sich zu gedulden. Er hatte das Gefühl, dass nun fast alle Puzzle-Stücke beisammen waren und es nur noch eine Frage der Zeit war, bis sie endlich ein Bild ergaben.

Gegen Abend, kurz bevor die Sonne versunken war, kamen die Minenarbeiter zurück. Sie gehörten allen Spezies der freien Völker an, Männer und Frauen, einige Ältere und manche kaum alt genug für Bartwuchs. Ihre einfachen Leinengewänder waren drecküberzogen, und viele trugen Knieschützer. Über den Schultern hatten sie Beutel, in denen Rob Kristalle sah, die an Glas erinnerten und blau schimmerten. In der anderen Hand trugen sie Spitzhacken. Die Beutel gaben sie bei einem Soldaten der Garnison ab, der den Inhalt wog und ihnen Münzen im Tausch reichte.

Gespannt beobachtete Rob, wie die Minenarbeiter eine lange Schlange vor der Waage bildeten. Hatten sie ihren Sold erhalten, verschwanden sie in den Katakomben, erholten sich vermutlich von dem anstrengenden Tag und stärkten sich für den nächsten.

»Stecken in den Splittern Seelen?«, fragte Rob.

»Nicht in allen«, sagte Marten, »eigentlich in den wenigsten.«

»Es ist eine Schande, wie die Minenarbeiter behandelt werden«, flüsterte Saira. »Sie sind das Rückgrat der freien Völker. Ohne sie gäbe es keine Helden, die in den Seelentürmen wiederbelebt werden könnten. Die Splitter sind essenziell. Man sollte sie behandeln wie Heilige.«

»Stattdessen lässt man sie in Lumpen herumlaufen und gibt ihnen einen Sold, der zum Sterben zu viel und zum Leben zu wenig ist. Von dem bisschen Geld können sie sich beim Quartiermeister eine warme Mahlzeit und einen Platz zum Schlafen kaufen, nur zurücklegen können sie nichts. Sie werden diesem Ort nie entkommen«, ergänzte Rose und schüttelte den Kopf. »Eine Nation sollte ihre Leute nicht so behandeln.«

Auch die anderen anwesenden Champions verfolgten, was sich auf dem Innenhof abspielte. Die Schlange reichte hinaus bis durch das Tor, und es dauerte, bis alle abgefertigt waren.

»Wir werden den Lauf der Dinge nicht ändern«, meinte Ethan. »Zumindest nicht diesen.«

»Morgen werden wir die Festung der Clachans erreichen«, sagte Marten. »Sie bewachen das Reich, das in die ewige Esse führt, und nach allem, was ich gehört habe, sind sie Fremden gegenüber nicht gerade freundlich eingestellt.«

»Das ist eine Untertreibung«, warf Saira ein.

»Aber wir müssen uns mit ihnen gut stellen, wenn wir zu Melfana wollen«, erklärte Marten.

Rob hob unwillkürlich die Hand und betrachtete den Ring.

»Nicht so was, das ist etwas Spezielles«, fuhr Marten fort. »Wir alle tragen besondere Ringe, die ich so noch nicht bei einem Händler gesehen habe. Auch kein Monster hat so was fallen lassen. Wir waren uns sicher, dass du der Grund dafür warst – um uns quasi ein Wiedererkennungszeichen zu geben.«

»Ein geheimes Abzeichen – so geheim, dass nicht mal die Träger die wahre Bedeutung verstehen«, sagte Ethan.

»Morgen gibt es endlich Antworten, oder? Dann haben all die Andeutungen ein Ende.«

Marten verzog das Gesicht und legte den Kopf schief. »Ich hab doch gesagt, dass die Clachans kein einfaches Völkchen sind. Warten wir es ab.«

Die Nacht verbrachten sie in einem kleinen Zimmer tief unter der Garnison, das Marten dem Quartiermeister abgequatscht hatte. Von überallher erklang das trockene Husten aus den Kehlen der Minenarbeiter, aber Rob hätte auch ohne den Lärm kein

Auge schließen können. Seine Gedanken schwirrten um Robert Harlow und das, was er wohl in seinem alten Leben getan hatte. Es war klar, dass er sich auf einer Mission befand. Er hatte etwas zu erledigen. Er musste Marten und die anderen hier heraus-holen. Und er musste *sie* finden.

Als ihn schließlich doch die Müdigkeit übermannte, träumte er vom Feuer und dem Ende allen Seins.

Sie verließen das Quartier vor den ersten Sonnenstrahlen, und noch bevor die Minenarbeiter sich von ihren dünnen Strohmat-ten erhoben und wieder in alle Richtungen ausströmten.

Ein kalter Wind peitschte durch die Splitterstreifen und trug den Sand durch die Ebene. Rob hatte die Kapuze tief ins Gesicht gezogen. Nicht weil er befürchtete, erkannt zu werden, sondern zum Schutz vor dem Sand. Hin und wieder gab ihnen Marten das Zeichen anzuhalten, wenn sie Gefahr liefen, den Weg von Monstern zu kreuzen. In den Splitterstreifen lebte nicht viel, aber was Rob dort sah, wollte er auch nicht weiter kennenler-nen. Gigantische Aasgeier mit Schnäbeln so lang wie sein Un-terarm. Echsen groß wie Elefanten, die bei jedem Schritt die Erde erbeben ließen.

»Einen können wir schaffen«, sagte Marten, »aber nur, wenn wir diszipliniert kämpfen und keinen weiteren anlocken. Das ist nichts, was wir ausprobieren wollen.«

Nur die Wyrms bekam er nicht zu Gesicht.

Als die Sonne am Höhepunkt stand, erblickten sie endlich die Festung der Clachans. Marten hatte erzählt, dass sie sich weder Garrak noch Aeya angeschlossen hatten. Sie gehörten zu den wenigen Fraktionen auf Avataris, die neutral geblieben waren und Geschäfte mit Angehörigen beider Seiten machten. Sie wa-ren ein stolzes Volk. Ihr Reichtum fußte auf dem Ort, den sie für sich beansprucht hatten: ein mächtiges Bergmassiv, dessen Spitzen in den Wolken verschwanden.

»Bis zum Anschlag mit Erzen gefüllt«, erklärte Rose. »Weder die freien Völker noch Garraks Truppen könnten genug Waffen produzieren, wenn die Clachans sie nicht mit Erzen, Barren und Rohlingen versorgen würden. Sie können die Preise diktieren, denn niemand möchte in die Situation kommen, nicht mehr beliefert zu werden. Das würde den sofortigen Stillstand der meisten Schmieden im Lande bedeuten. Oft zwingen sie einen, auch allerhand weiteres Zeug einzukaufen. Melfanas Ringe sind nur ein Teil davon.«

Die Festung der Clachans sah wie ein Diamant in der Wüste aus. Aus der Ferne war sie kaum zu erkennen, da die Sonne sich in ihr spiegelte und jeden, der sich ihr näherte, blendete. Als sie näherkamen, erkannte Rob dafür den Grund: Die Mauer, die einen Halbkreis vor dem Berg bildete, war mit Edelsteinen überzogen. Mehrere Aussichtstürme, die direkt aus dem Berg zu wachsen schienen, ragten in die Höhe, und auch ihre Mauern waren mit Edelsteinen bedeckt.

»Warum?«, fragte Rob erstaunt.

»Weil sie es können, vermute ich. Es gibt dir keinen strategischen Vorteil, wenn du deine Mauern mit Diamanten überziehst. Im Gegenteil, man sollte meinen, dass es Verbrecher, Diebe und alle, die es schlecht mit dir meinen, erst recht anzieht«, monologisierte Marten. »Aber es zeigt die Arroganz der Clachans. Ein kleines Volk, das auf einem Schatz sitzt und sich, sobald dunkle Wolken aufziehen, einfach in seinem Berg verschanzt, bis das schlechte Wetter verschwunden ist.«

Rob fiel auf, dass es weder Tor noch Tür gab, an der sie Einlass erbitten konnten. Als sie die Mauer erreichten, klopfte Marten gegen die mit Edelsteinen besetzte Wand. Rob betrachtete das funkelnde Bollwerk und bemerkte den handgroßen Korb erst, als er neben ihm hielt. Man hatte ihn heruntergelassen, und Rob sah verwundert seine Freunde an.

»Nichts hier ist umsonst, der berüchtigte Burgzoll der Clachans«, sagte Ethan und warf fünf Münzen in den Korb. Er wurde wieder hochgezogen, und für einen Augenblick passierte nichts. Dann war das Knarzen von Holz zu hören. Ein Mechanismus hatte sich in Gang gesetzt, und eine schmale Rampe, die parallel zur Mauer verlief, schob sich aus der Wand. Sie war vorher aufgrund der vielen Edelsteine nicht zu sehen gewesen. Steil verlief sie hinauf bis auf die Wehrgänge.

Auf dem Weg nach oben bekam Rob eine unverstellte Aussicht über die Splitterstreifen: eine Wüste aus rotem Sand, umherziehenden Echsen und Ruinen, die auf eine gewaltige Explosion hinwiesen. Es war ein zerstörter Ort, in dem nur überlebte, was sich anpasste. Die freien Völker hatten sich in Garnisonen zurückgezogen, die Clachans in ihren Berg. Rob hoffte, dass sie bald die Heimreise antreten könnten.

Sie betraten den Wehrgang und standen zwei Gestalten gegenüber, die wohl Clachans waren. Sie reichten Rob bis zur Hüfte, und es war schwer zu sagen, wie sie aussahen, denn sie steckten unter Schichten aus Rüstungen und Kleidern. Die unterste bildete ein schwarzer Waffenrock, dick gepolstert, darüber lag ein Kettenhemd, das unter einem glänzenden Plattenpanzer hervorschaute. Die Schulterteile und Armschienen waren mit dicken, metallenen Dornen gespickt. Ihre Köpfe steckten unter prunkvollen Helmen, verziert mit Edelsteinen. In den Händen hielten sie lange Lanzen, die in einem sichelförmigen Bogen endeten – perfekt, um Fremde direkt wieder die Mauer runterzustoßen, wenn sie störten.

»Was wollt ihr?«, fragte der eine. Er hatte eine tiefe, raue Stimme.

»Wir möchten« – Marten räusperte sich – »zu Melfana.«

Für einen Augenblick schwiegen die beiden, und Rob fürchtete, dass sie von der ungewöhnlichen Lanze Gebrauch machen würden.

»Melfana?«, fragte der andere.

»Wir müssen zu Melfana, korrekt«, wiederholte Marten.

»Folgt uns«, sagte der Clachan mit der kratzigen Stimme. Die beiden drehten sich unter dem Scheppern ihrer Rüstungen um und liefen den Wehrgang hinab.

»Das ging einfacher als gedacht«, flüsterte Rob.

»Freu dich nicht zu früh«, erwiderte Saira.

Sie passierten Ballisten und Katapulte, die auf die Fläche jenseits der Mauer gerichtet waren. Rob konnte sich keine Armee vorstellen, die in der Lage war, dieses gigantische Bollwerk zu überwinden. Man müsste schon ein Loch in die Wand sprengen, aber niemand würde nah genug herankommen.

Alle paar Meter stand ein Clachan. Sie würdigten die Besucher keines Blickes, sondern verharrten stoisch auf ihren Posten. Sie waren dem Berg, den sie bewohnten, gar nicht unähnlich, wirkten wie eine Hommage an das Gebirge selbst. Das Metall ihrer Rüstungen war wahrscheinlich direkt hier gefördert und in Form geschlagen worden. Der Wehrgang endete im Berg und ging so nahtlos in einen Gang über, als hätte die Natur ihn so erschaffen. Sie passierten einige Türen und Tore, bis sie schließlich in einer Kammer standen. Eine Schreibstube, in der sich Folianten und Schriftrollen stapelten. Eine Staubschicht hatte sich über die Bücher in den hinteren Bereichen gelegt. Die einzige Lichtquelle war eine Laterne, die von der Decke baumelte. Die Luft war abgestanden, als würde man befürchten, jeder Windstoß könnte die vielen Papiere und Pergamente durcheinanderbringen.

Ein Clachan in einer Rüstung, noch prunkvoller als die der Mauerwachen, saß am Tisch. Nicht nur der Helm, auch die Schulterteile waren mit Diamanten geschmückt. Rob wunderte sich, dass er den Helm überhaupt trug, immerhin ging von diesem Ort keine Gefahr für ihn aus. Außer, die Clachans hätten hin und wieder mit Steinschlägen zu kämpfen. Hinter ihm türmten sich Eisen- und Goldbarren auf. Der Tisch war leer, abgesehen von einem Stück Papier, einem Tintenfass und einem Federkiel.

»Herr Wachoffizier, hier sind fünf Besucher, die Melfana sehen wollen.«

Der Wachoffizier reagierte nicht sofort. Er signierte Papiere, die ihm zwei eifrige Clachans, die links und rechts von ihm standen und deren Rüstungen gar keine Edelsteine aufwiesen, abwechselnd hinhielten. Erst als die Stapel in ihren Händen abgearbeitet waren, sah er auf. Als er sich aufrichtete, quietschte die Rüstung, als hätte er seit Ewigkeiten bewegungslos am Tisch gesessen.

»Der Preis dafür wird euer Vermögen übersteigen«, sagte er.

»Wir wissen, dass in diesen Mauern nichts umsonst ist«, erwiderte Marten. »Nennt uns den Preis, und wir werden schauen, ob wir ihn bezahlen können.«

»Melfana wünscht Ruhe, sie möchte niemanden sehen. Sie will nur das Eisen schmieden, das wir ihr bringen«, erwiderte der Wachoffizier, und Rob vermutete, dass er den Preis in die Höhe treiben wollte.

»Wir werden sie nicht lange behelligen.«

»Was ich damit sagen will«, brummte er in einem unmenschlich tiefen Ton, »ist, dass ein Besuch bei ihr mit allem Gold der beiden Reiche, die sich in diesen Gegenden die Köpfe einschlagen, nicht zu bezahlen ist. Sie ist die beste Schmiedin, die in diesem Berg je einen Hammerstiel umfasst hat. Ununterbrochen steht sie an der Esse und formt neues Geschmeide, das den Weg bis in die entferntesten Teile des Kontinents findet. Sie wünscht keinen Besuch, und wir werden das respektieren.«

Rob, der sich so nah am Ziel wähnte, konnte das nicht akzeptieren. »Nur fünf Minuten.«

»Und wenn ich euch fünf Sekunden gewähren würde, wären es fünf Sekunden zu viel. Sie möchte dort unten nicht gestört werden.«

»Ich bin mir sicher, dass wir uns einig werden können«, sagte Marten im Versuch, einen diplomatischen Einwand geltend zu machen. »Es muss doch irgendwas geben.«

Rob war sich sicher, dass die Clachans sich nicht von noch mehr Diamanten und Edelsteinen beeindrucken lassen würden.

»Ihr wisst, wer unser Feind ist?«, fragte der Offizier.

»Die Wyrms. Sie bohren sich durch den Berg wie Pfeile durch Leinenstoff und fressen eure Erze«, antwortete Marten.

»Ich habe einen Auftrag für euch«, sagte der Clachan und lehnte sich im Stuhl zurück. »Bringt mir die Augen von Jyl, dem Urwyrm, dem Verschlinger ganzer Welten.«

Rob wollte zustimmen. Er hatte schon lange keinen Auftrag mehr angenommen, und wenn das alles war, was zwischen ihm und Melfana stand, würde er sich nicht abhalten lassen. Aber Ethan kam ihm zuvor.

»Das wäre glatter Selbstmord. Ganze Schlachtzüge sind schon gegen ihn in den Kampf gezogen und haben verloren.«

»Das ist der Auftrag, den ich euch anbieten kann: Bringt mir Jyls Augen, und zwar alle drei, und ihr dürft Melfana treffen.«

»Es muss doch einen anderen Weg geben«, protestierte Rose.

»Jyls Augen«, beharrte der Clachan.

Rob wusste, dass er Melfana treffen musste, wenn er herausfinden wollte, wer er war. Seine Anwesenheit auf Avataris war unmittelbar mit ihr verknüpft. Sie war die Gesuchte aus seinem Auftragsbuch. Der Auftrag, der eigentlich nicht existieren durfte, wenn man den Regeln der Welt folgte. Niemand hatte ihm die Mission aufgetragen, es gab auch keine Belohnung dafür, nur Frieden. Es war eine Mischung aus Trotz und Wut, als er mit der Faust auf den Tisch schlug, um seine Gruppenmitglieder zum Schweigen zu bringen, die immer noch mit dem Clachan diskutierten. »Wir machen es. Wir bringen Euch die Augen des Wyrms. Aber dann bringt Ihr uns auf direktem Weg zu Melfana.«

Der Clachan zögerte kurz. »Sie wird ungern gestört, wenn sie das Eisen formt, und das macht sie rund um die Uhr. Ich kann nicht garantieren, dass sie euch sofort –«

»Ihr bekommt die Augen, wir treffen Melfana. Das ist der Deal«, unterbrach ihn Rob.

»Rob, nicht. Du hast keine Ahnung, was du da annimmst«, sagte Marten.

»Was *wir* annehmen«, korrigierte ihn Ethan. »Wenn er den Auftrag annimmt, nehme ich ihn auch an.«

»Das ist eine verdammte Selbstmordmission«, schimpfte der Squan.

»Als wären wir nicht alle schon unzählige Male gestorben«, erinnerte ihn Saira. »Solange uns Jyl nicht verschlingt, sehe ich kein Problem darin.«

»Wo finden wir das Monster?«, fragte Rob.

»Es nistet unweit von hier in einem verlassenen Stollen der freien Völker. Auf halbem Wege zur Garnison werdet ihr eine Vertiefung sehen, die auf den ersten Blick wie ein Loch im Boden aussieht. Aber es ist nur der Eingang in die Höhle«.

»Ich weiß, wo das ist«, sagte Marten. »Bei meinem letzten Besuch bin ich daran vorbeigekommen und hab mich gefragt, welches Monster da wohl lauert.«

Rob holte seine Karte hervor und stellte fest, dass die Gebiete, die sie unter Mühen und Strapazen durchschritten hatten, nun eingezeichnet waren. Eine gestrichelte Linie stellte ihre Reiseroute dar. Sie befanden sich nun ziemlich im Mittelpunkt des Papiers, den Splitterstreifen. Nördlich davon befand sich Garraks Reich. Rob hoffte, dass er diesen Teil der Karte nicht mehr aufdecken würde. Aber links und rechts gab es noch unzählige Gebiete zu erkunden.

»Hier ist es.« Marten zeigte auf eine Stelle unmittelbar unter dem Kreuz, das ihre Position darstellte. »Du bist sicher, dass du das tun möchtest?«

Rob holte auch das Abenteuerbuch hervor. Der Auftrag, der besagte, dass er *sie* finden sollte, hatte Gesellschaft bekommen.

Auftrag: Liefert Jyls Augen beim Wachoffizier der Clachans ab.
Belohnung: eine Audienz bei Melfana, der Schmiedin der
ewigen Esse.

»Ich bin mir sicher«, antwortete Rob. Noch nie in seiner kurzen Zeit auf Avataris war er in einem Entschluss so gefestigt gewesen. »Sie ist unser Weg hier heraus oder zumindest die Antwort auf meine Fragen. Ich erwarte nicht, dass ihr mitkommt. Nach allem, was ich gehört habe, wird es gefährlich, aber ich muss zu ihr.«

»Du hast die letzten Tage wohl im Halbkoma verbracht«, tadelte ihn Marten. »Natürlich kommen wir mit. Ohne uns würdest du gar nicht mehr existieren. Du wirst da draußen allein keinen Wimpernschlag überleben.«

»Jyl ist eine legendäre Kreatur, kein einfaches Monster. Du wirst also eine gute Gruppe brauchen«, ergänzte Ethan.

»Lasst uns direkt aufbrechen.« Rob wollte keine Zeit mehr verschwenden, keine Übernachtungen mehr unter dem Sternenhimmel oder in stickigen Kammern. Er wollte nur noch seine Aufträge abschließen und sie alle von hier wegbringen.

Die beiden hochgerüsteten Clachans geleiteten sie zurück auf die Mauer, vorbei an den Ballisten und Katapulten und zur Rampe, die sie nach unten brachte.

»Wir werden einen guten Plan brauchen. Eine Taktik, mit der wir das Monster austricksen können. Wir können nicht einfach brüllend auf Jyl zurennen, das wird nicht funktionieren«, schwadronierte Marten, als sie sich von dem Berg entfernten.

»Hat bisher doch auch immer geklappt«, erwiderte Rob und versuchte, hoffnungsvoll zu klingen.

Sie hatten vielleicht die halbe Strecke zurückgelegt, als sich plötzlich eine Pranke auf seine Schulter legte. Ethan zog ihn zurück.

»Was ist los?«, fragte Rob, sah es aber sofort selbst. Am Horizont zeichneten sich vier Gestalten ab. Erst befürchtete er, Lunita oder die zwei sonderbaren Menschen mit den Tüchern im Gesicht, hätten sie eingeholt. Aber die Schemen verrieten, dass es weder Menschen noch Squans, Gronts oder Eollyans waren, die in der Ferne auf einem Felsvorsprung standen.

»Garraks Gesocks«, zischte Marten.

Eines der Wesen zeigte in ihre Richtung. Sie waren also entdeckt worden.

»Macht euch bereit«, befahl der Squan, und sie rüsteten sich für einen Kampf.

»Aber Jyl«, warf Rob ein.

»Das hier lässt sich nicht aufschieben. Es wäre das erste Mal in der Geschichte beider Reiche, dass Vertreter sich ignorieren und kampflos aneinander vorbeigehen. Es gebietet die Ehre, dass wir sie bekämpfen.« Ethan holte den mächtigen Hammer hervor. »Sie sehen aus, als würden sie ungefähr unsere Erfahrung haben. Wir sind einer mehr, wir können es schaffen.«

Sie setzten sich in Bewegung, und auch ihre Feinde kamen näher. Als sie heran waren, spuckte Marten in den Sand und schrie: »Hat Garrak nur noch ein paar lumpige Gestalten vorzuweisen?«

»Dein Fell wird sich wunderbar in meinem Zelt machen«, knurrte die Frau, die zweifelsfrei eine Orkin war. Ihre dunkelgrüne Haut und die beiden Hauer in ihrem Unterkiefer ließen keine andere Deutung zu. Sie trug Schichten aus rotem Leder und eine Kettenrüstung. Unter dem mit zwei Hörnern verzierten Helm lugte stoppeliges schwarzes Haar hervor. Die Axt ruhte auf ihrer Schulter.

Die anderen Wesen erkannte Rob nicht. Neben der Orkin stand eine fuchsartige Gestalt, kaum größer als Marten. Die lange Schnauze war mit weißem Fell überzogen, und goldene Ringe hingen in den großen, spitzen Ohren. Sie trug eine dunkle Lederrüstung und einen Umhang. In einem Gürtel, der quer über der Brust hing, steckten Dolche.

Links davon stand eine Art Hyäne. Sie war groß wie ein Stier, lief auf zwei Beinen und trug lediglich einen Lendenschurz. In den Pfoten hielt sie kampfbereit einen Zweihänder, länger als Rob selbst. Er konnte sich nicht vorstellen, wie viel Kraft man benötigte, die Waffe auch nur anzuheben.

Die Vierte im Bunde war zweifelsfrei eine Frau. Sie sah einem Menschen ähnlich, aber ihre Haut unter der weinroten Robe schien von Schuppen übersät zu sein. Ihre feuerroten Augen schauten aufmerksam.

»Fehlt es euch nun schon an Rüstung?«, fragte Marten und nickte in Richtung Hyäne.

»So wie ihr zuschlagt, brauchen wir keine«, erwiderte das Wesen und gackerte schallend.

Die Ohren des Fuchswesens zuckten hin und her.

»Es wird unsere Heerführer freuen, wenn wir berichten, dass wir gleich fünf von euch gestellt und getötet haben«, sagte die Orkin und schwang ihre Axt von links nach rechts.

»Mit fünf Stück geben die sich schon zufrieden? Da sind unsere Offiziere aber ein bisschen anspruchsvoller«, entgegnete Marten.

Rob kannte die Strategie des Squans bereits. Er wollte den Zorn der Gegner auf sich ziehen, damit seine Gruppenmitglieder unbehelligt angreifen konnten.

Die Orkin machte einen Schritt vor. Der Fuchs zog zwei Dolche, die Hyäne balancierte den Zweihänder in den Klauen. Das Wesen, das mehr Dämon als Mensch war, ließ Flammen zwischen seinen Händen tanzen.

»Sie haben niemanden, der heilt. Das wird ein leichtes Spiel«, flüsterte Saira.

Rob hielt schützend den Schild vor sich. Seine Atmung beschleunigte sich. Er hatte keine Lust auf ein Scharmützel mit Garraks Dienern. Er wollte den großen Wurm erschlagen und dann endlich Melfana treffen. Wenn sich ein Kampf aber nicht vermeiden ließ, würde er Marten und die anderen nicht hängen lassen.

»Hat man einen von euch eigentlich schon über dem Feuer gebraten? Ihr seht aus, als würde an euch viel dran sein«, sagte die Orkin und musterte den Squan.

»Hiernach wirst du nur noch Suppe schlürfen können«, erwiderte Marten.

Ethan knurrte laut hörbar.

Es war keine Frage, *ob* es einen Kampf gegeben würde. Das stand fest. Nur, wer den ersten Schlag führte, war noch nicht geklärt.

Es war der Fuchs, der die Wortgefechte offensichtlich satthatte und endlich Taten schaffen wollte. Eine schnelle Handbewegung, nicht mehr als ein Zucken, und zwei Dolche schwirrten heran. Rob bekam den Schild im letzten Moment hochgezogen und hielt ihn schützend vor das Gesicht. Die Klingen bohrten sich tief in das Holz, und die Wucht ließ ihn zurücktaumeln.

»Alles okay?«, fragte Marten.

Rob antwortete nicht. Er tat, was jeder Ritter in diesem Moment tun würde, und rief: »Für die Gilde der Neuen Hoffnung!« Er spürte, wie er Zuversicht gewann, dass sie den Kampf gewinnen würden.

Der Kriegsschrei ließ die Gegner unwillkürlich einen Schritt zurückmachen. Seinen Freunden zauberte es eine unbekannte Entschlossenheit ins Gesicht.

»Nun ist er ein echter Ritter«, sagte Marten. »Er nutzt die Fähigkeiten seiner Klasse.« Dann stürzte sich das Meerschweinchen im Plattenpanzer auf die Feinde. Im selben Moment, als die Schläge und Zauber auf es trafen, wirkte Saira ihren ersten Heilzauber. Eine Aura umgab den Anführer.

Ethan nutzte die Ablenkung und schlug mit dem Hammer nach der Hyäne, die sich auf Marten konzentriert hatte. Sie bekam den Schlag direkt gegen die Brust und taumelte zurück. Rose deckte die feindliche Magierin mit Feuerbällen ein, die sich wiederum mit einem Energieschild verteidigte. Die Orkin war in einen Zweikampf mit dem Squan verwickelt.

Rob schluckte, dann stürzte er los. Die Klinge nach vorn gereckt, wie er es in dem Buch gelernt hatte, zum Sturm auf den Feind. Den Schild presste er dabei eng an die Brust. Er fühlte sich unbesiegbar. Vielleicht lag es am Hochmut, vielleicht an der Unerfahrenheit, aber er bemerkte den Fuchs erst, als es zu spät war. Wie aus dem Nichts griff eine Kralle von hinten nach seinem Umhang und zog ihn zurück. Rob wurde von den Beinen gerissen, und der Schurke stand sogleich über ihm. Er zog die Lefzen zurück und präsentierte ein Gebiss mit spitzen Zähnen.

Rob schrie. Dieses Mal nicht, um die Moral und Stärke der eigenen Truppe zu erhöhen, sondern aus Angst. Der Dolch war so schnell, dass er ihn nicht abwehren konnte. Er stach durch das Kettenhemd direkt in das Fleisch zwischen Brust und Schulter. Ein brennender Schmerz flutete seinen Körper. Rob wurde schwarz vor Augen, als das Wesen wieder zustach.

»Aeya-Abschaum«, zischte es dabei.

Der nächste Stich traf Rob unter dem Brustkorb, und auch wenn er kein Heiler war, wusste er, dass die Situation spätestens jetzt lebensbedrohlich war. Er wollte nach Hilfe rufen, aber nur ein Röcheln entkam seinen Lungen.

Wieder zuckte die Klinge hinab, zielte nun auf den ungeschützten Hals. Rob war wie paralysiert, dem Gegner schutzlos ausgeliefert. Aber bevor er starb und sich auf irgendeinem Friedhof wiederfinden würde, zuckte die Hand des Fuchses zurück. Er begann sich zu krümmen, das rote Fell wurde weiß und lockig, und die Pfoten verwandelten sich in Hufe. »Was passiert –« Die Worte gingen in ein lautes Mähen über, und plötzlich stand ein Schaf auf Robs Brust. Rose hatte ihre Magie gewirkt.

»Eigentlich wollte ich einen Feuerball werfen«, hörte er sie atemlos sagen.

»Ich beschwere mich nicht.« Rob keuchte. Er wollte sich aufrichten, aber die Schmerzen zogen ihn zu Boden.

Ein Leuchten umschloss ihn. »Du verpasst noch den ganzen Spaß, wenn du weiter da unten liegst.« Saira tauchte in seinem Sichtfeld auf und reichte ihm die Hand. »Keine Zeit zu verschnaufen.«

Die gegnerische Magierin lag bewegungslos am Boden. Ihre Robe wies Brandspuren auf. Die Monster-Hyäne und die Orkin waren noch mit Ethan und Marten in einen Kampf verwickelt. Rob sah zu dem Schaf, das laut mähend über den sandigen Boden stampfte und nach Gras zu suchen schien.

»Mach dir um den erst mal keine Gedanken. Das dauert ein paar Minuten, bis er sich zurückverwandelt«, sagte Rose.

Rob sah an sich hinab. Das Blut und die Löcher in der Kleidung bezeugten, was eben geschehen war. Sein Feind hatte zielsicher die Lücken in seiner Rüstung ausgenutzt. Aber seine Wunden waren geschlossen. Zeit, dass er seinen Freunden beistand.

Wieder setzte er zur Stürmenden Klinge an, und dieses Mal packte ihn niemand am Umhang. Mit dem Schwert voraus und dem Schild vor der Brust stürmte er auf die Hyäne zu. Ethan wich gerade der monströsen Waffe aus, als Rob sich in das Kampfgeschehen einmischte. Er erwischte Garraks Monster an der Seite, zog einen langen Schnitt über dessen Hüfte. Das Wesen jaulte auf, spannte die Muskeln an und wirbelte herum. Das Schwert schien sogar die Luft zu zerschneiden. Rob duckte sich weg, gerade noch rechtzeitig. Ethan nutze die Chance, hob eine Faust in den Himmel und murmelte Worte. Der Kopf des Hammers begann zu leuchten, und er ließ ihn mit unglaublicher Wucht herabsausen, traf das Wesen direkt auf der Stirn, und der Stab der Waffe bog sich unter der Wucht. Rob hörte das Knacken der Schädeldecke und wusste sofort, dass hier kein Heiler und kein Zauber mehr geholfen hätten. Ein kritischer Treffer. Die Pupillen der Hyäne drifteten nach oben weg, sie stolperte ein paar Schritte zurück und dann fiel sie um.

Sie erlaubten sich keine Verschnaufpause und umzingelten die Orkin. Ein schiefes Grinsen huschte über ihr Gesicht. »Wir werden uns auf dem Schlachtfeld wiedersehen«, grunzte sie. Ihr Atem ging schwer und langsam. »Das nächste Mal werden wir eine Schamanin dabeihaben, die uns heilt.«

»Und wenn Garrak persönlich an eurer Seite kämpft, werdet ihr keine Chance haben«, quiekte Marten und stach zu. Auch Ethan ließ den Hammer hinabsausen. Nur Rob beteiligte sich nicht an dieser Hinrichtung.

Für einen Moment sagte niemand etwas. Sie betrachteten die drei Leichen, dann erklang ein lautes: »Mäh!«

Marten seufzte. »Ist einer von euch so lieb?« Er wischte sich mit dem Handschuh über die Stirn. Das Fell war schweißnass.

Rose ließ einen Blitz herabsausen, der das Schaf in einen Braten verwandelte. Es zuckte und fiel dann zur Seite.

Ethan stützte sich auf dem Hammer ab. »Damit habe ich nicht gerechnet, dass wir hier auf Garraks Schergen stoßen.«

Marten schnaufte. »Wahrscheinlich hatten sie die Aufgabe, unsere Minenarbeiter zu töten oder eine Garnison zu infiltrieren.«

»Das sind also die, vor denen sich Aeya so fürchtet?«, fragte Rob.

»Das *werden* mal die, vor denen sie sich fürchtet«, korrigierte Saira.

»Sag das bloß nicht zu laut in der Nähe der Silbernen Garde«, tadelte Marten sie und zwinkerte ihr zu. »Das große Monster da war ein Huunen. Starke Kämpfer mit dem Willen einer Bestie. Das Schaf war vorher ein Fengir. Gerissene Gestalten, vor denen du dich in Acht nehmen musst. Die Magierin ist eine Draak. Man sagt, sie sind die Kinder Garraks, aber ich halte das für eine Legende.« Er deutete auf die Orkin. »Und was das ist, muss ich dir wohl nicht erklären.«

Rob atmete durch, während Ethan und Rose die leblosen Feinde durchsuchten. »Darauf hätte ich heute gut verzichten können.«

»Wenn man in den Splitterstreifen unterwegs ist, lässt es sich kaum vermeiden.« Marten wischte sich mit der Pfote über die Stirn. »Wir sollten nicht ewig bleiben, auch die können sich wiederbeleben und werden nicht gut auf uns zu sprechen sein. Wir hatten tatsächlich Glück, dass sie ohne Heiler unterwegs waren.«

»Hier, probier den mal an, Rob«, sagte Ethan und hielt ihm einen Ring hin.

»Nein, ich habe schon einen«, erwiderte er sofort und zog die Hand weg, als könnte das entgegengestreckte Schmuckstück ihn beißen. Rob würde seinen nicht gegen einen anderen tauschen.

Ethan zog eine buschige Augenbraue hoch. »Du hast zwei Hände und zehn Finger. Bisher trägst du einen Ring. Hast du eben einen Schlag auf den Kopf bekommen?«

»Nein«, murmelte Rob und wusste selbst nicht, warum er plötzlich Angst gehabt hatte. Er nahm das Beutestück entgegen und streifte es über einen Finger der anderen Hand. Es war aus Gold geschmiedet und hatte einen roten Stein eingefasst.

»Wie fühlst du dich?«, fragte der Gront.

Rob wusste nicht sofort, worauf er hinauswollte. Er fühlte sich elend von dem Marsch durch die Splitterstreifen. Die letzten Nächte hatte er auf dünnen Matten oder dem Waldboden verbracht. Sein Rücken sehnte sich nach einer weichen Matratze.

Aber dann spürte er es. Es war wie das Zucken eines Muskels, den man nie bewusst wahrnahm. »Ich fühle mich stärker.«

Ethan grinste zufrieden. »Eigentlich bist du noch nicht erfahren genug, um solche Gegenstände zu finden. Aber das ist der Vorteil, wenn man sich mit Garraks Leuten prügelt. Hin und wieder fällt ein guter Gegenstand ab.«

Rob musste an Shanis Worte denken. Sie hatte gesagt, dass der Ring, den er mit in die Welt gebracht hatte, ihn weder stärker noch klüger machen würde. Damals hatte er ihre Worte nicht verstanden, wie so vieles andere. »Du meinst, dass ich stärker bin, solange ich diesen Ring trage?«

»Wenn wir nicht vorhätten, von hier zu verschwinden, würdest du in ein paar Jahren nur magische Gegenstände tragen. Die Typen, die uns in Halonas Herz gerettet haben, waren bis zur Nasenspitze mit magischen Gegenständen ausgerüstet.«

Rob suchte etwas, einen großen Stein oder einen Baumstamm. Er wollte wissen, wie viel stärker er geworden war.

»Ganz langsam mit den wilden Pferden. Der Ring allein macht keinen muskelbepackten Troll aus dir«, sagte Marten und schob hinterher: »Dafür braucht es noch ein paar mehr magische Gegenstände.«

»So, genug Zeit vertrödelt«, sagte Rose. »Gegen Jyl ist das hier nur ein Spaziergang an einem warmen Frühlingsmorgen gewesen.«

»Du hast recht. Außerdem könnten diese Mistkerle noch denken, wir warten hier, um ihnen die nächste Abreibung zu verpassen. Also kommt«, forderte Marten sie auf und marschierte weiter.

Rob spreizte die Finger beider Hände. Der blaue und der rote Ring, sie bildeten einen schönen Kontrast.

KAPITEL
17

Der Eingang zur Höhle war unübersehbar. Wie ein Schlund in ein anderes Reich klaffte das Loch im Gestein. Skelettierte Tierkörper lagen drumherum, und der Gestank von verrottendem Fleisch schlug ihnen entgegen. Der Tunneleingang war kreisrund und breit genug, dass sie es alle gemütlich nebeneinanderher betreten könnten.

Rob überkam ein Schauer, als er verstand, was dieses Loch in den Felsen gefressen hat.

»Ich gehe vor«, sagte Marten und packte den Schild. Niemand machte ihm diesen Posten streitig. »Seid vorsichtig. Auf dem Weg zu Jyl werden wir wahrscheinlich ein paar Wyrms begegnen. Wir sollten immer nur einen zur selben Zeit anlocken, sonst wird es schwierig. Ich lenke ihre Aufmerksamkeit auf mich, ihr kümmert euch darum, dass sie schnell das Zeitliche segnen.«

Niemand hatte vor, etwas an dieser Taktik zu ändern. Sie hatte sich bewährt und sie bis hierher gebracht. Sie holten Phiolen aus ihren Rucksäcken und betraten Jyls Reich. Wurzeln wuchsen aus der Decke, und der Gang führte in gerader Linie immer tiefer hinab.

»Die freien Völker hatten mal geplant, Jyl zu unterjochen und ihn für das Graben von neuen Minen einzusetzen«, erzählte Saira, die neben Rob lief.

»Das ist wohl ordentlich nach hinten losgegangen.«

»Er soll eine ganze Garnison gefressen haben. Aber vielleicht gehört diese Geschichte auch in das Reich der Legenden, was weiß ich.«

»Ruhe dahinten!«, tadelte Marten. »Wir wollen sie doch nicht vorwarnen.«

Rob wusste, dass seine Freunde Gründe gehabt hatten, ihn von dem Unterfangen abhalten zu wollen. Er hatte keine Ahnung, wer oder was ein Jyl war. Aber langsam bekam er eine Vorstellung von dem Wesen.

»Komm schon, du hässliches Vieh«, schimpfte Marten los, und Rob sah im Phiolenschein einen Wurm. Dafür musste er nicht genau hinschauen, auch nicht die Augen verengen, denn der Wurm war groß wie ein Hund, und wahrscheinlich war es kein Wurm, sondern ein Wyrm.

Langsam wuchtete sich das Monster herum. Es schien sie zu mustern, doch es hatte keine Augen. Dafür riss es ruckartig das Maul auf und entblößte einen kreisrunden Mund, der mit spitzen Zähnen bestückt war. Sie ragten bis tief in den Schlund, und Rob mochte sich nicht vorstellen, was passierte, wenn es auch nur seinen Arm erwischte. Die Reihen aus Zähnen schienen in ständiger Bewegung zu sein, als würden sie nach der Beute gieren.

Plötzlich spuckte das Wesen einen gräulichen Schleim aus – und schoss auf sie zu. Es hatte den Boden vor sich benetzt, um schneller voranzukommen. Wie ein Armbrustbolzen hielt es auf Marten zu, der sich bereits hinter dem Schild versteckte. Der Aufprall drängte Marten einen Schritt zurück, und der Wyrm wuchtete sich in die Höhe, entblößte wieder die Zähne.

Ethans Hammer traf das Monster unterhalb des Schlunds.

»Du bist doch eigentlich auch nur ein zu groß gewachsener Nacktmull!«, spottete Marten, und der Wyrm stürzte sich wieder gegen den Schild, prallte ab und ignorierte Ethan.

Rose' Feuerball erleuchtete den Gang. Rob erkannte kleine, feine Haare auf der Haut des Wyrms, dann wurde er von einer Wand aus Hitze getroffen.

Saira wirkte ihre Heilzauber, damit der Squan nicht unter den Angriffen zusammenbrach.

Rob atmete tief ein und stürzte sich auf den Wyrm. Sein Schwert stach tief ins Fleisch, und Blut, so grau wie die Schleimspur, trat aus den Wunden. Das Monster schien von Marten abzulassen, und so gönnte sich Rob eine Atempause. Prompt vollführte das Wesen mit dem Schwanz einen Rundumschlag, traf ihn direkt über den Knien und schleuderte ihn durch die Luft. Unter lautem Scheppern knallte er gegen die Wand, fiel zu Boden, und Dreck rieselte auf ihn hinab. Er rang nach Luft. Der Brustkorb schien sich mit jedem Atemzug in die Lungen zu bohren.

»Hilfe«, krächzte er.

Nur Sekunden später umgab ihn das warme Leuchten, und die Schmerzen verschwanden.

»Du musst vorsichtiger sein«, rief Saira. »Die Viecher hier sind eigentlich noch viel zu stark für dich.«

Rob richtete sich auf und sah, dass der Wyrm sich nicht mehr regte. Marten pulte mit einem Dolch im Schlund des Monsters. »Die Händler zahlen gutes Geld für die Sekretblasen. So was lässt man nicht liegen.«

Saira öffnete einen der blauen Tränke und stürzte ihn hinab. »Schon besser, ewig hätte ich dich nicht mehr heilen können.«

»Wenn wir zwei von denen gegenüberstehen, haben wir ein echtes Problem«, sagte Ethan.

»Und deswegen bleibt ihr alle hinter mir. Ich bin dafür zuständig, dass wir es bis zu Jyl schaffen«, sagte der Squan und lief voran.

Sie folgten dem sich schlängelnden Gang immer tiefer ins Erdreich unter den Splitterstreifen. Unzählige Wyrms warteten in dem Gang und ließen sich von dem Meerschweinchen provozieren. Marten achtete penibel darauf, nie mehr als einen anzulocken. Und so fiel ein Monster nach dem anderen, während immer mehr Sekretblasen in den Rucksack ihres Anführers wanderten. Mit dieser Taktik, dachte Rob, würden sie jede Gefahr besiegen können.

Doch dann, endlich, standen sie Jyl gegenüber. Und Rob verwarf den Gedanken.

Jyl unterschied sich in zwei Dingen von einem gemeinen Wyrm: Zum einen hatte er Augen, und zwar gleich drei davon. Sie lagen horizontal in einer Reihe über dem Schlund. Außerdem war Jyl nicht nur groß, sondern gigantisch. Er musste so lang wie einer der Türme in Gonholt sein. Er lag am Ende des Ganges in einer Höhle, deren Deckenhöhe Rob im Dunkeln nur erahnen konnte. Rose hatte einen Zauber gewirkt, der ein übernatürlich starkes Licht erzeugte, so dass sie die Phiolen nicht länger tragen mussten.

Jyl lag zusammengerollt wie eine Schlange in der Mitte der Höhle. Die fleischige Haut war von feinen Haaren überzogen, und Sekret wurde durch unzählige Öffnungen abgesondert. Mit jedem Atemzug breitete sich der Geruch von Fäulnis in der Höhle aus. Die Augen waren geschlossen, und vielleicht hatte das Ungetüm die fünf Helden noch nicht bemerkt.

Rob schluckte beim Anblick der Kreatur. »Wie sollen wir ihn besiegen?«

»Ich hatte gehofft, du hast einen Plan. Schließlich warst du davon überzeugt, dass wir ihn besiegen würden.« Martens Worte trieften vor Selbstgefälligkeit.

»Ich wusste nicht, dass er so groß ist«, gab Rob zu. Das Schwert in seiner Hand wirkte wie ein Zahnstocher im Vergleich. Selbst wenn er an jedem Finger einen Ring trug, der ihn stärker machte, würde er Jyl nicht mehr als einen Kratzer zusetzen können. »Ich muss zu Melfana«, sagte er, als würden diese Worte etwas an der Tatsache ändern, dass Jyl ein Koloss war.

Ethan stützte sich auf seinen Hammer. »Das ist wirklich unumgänglich, oder?«

»Ja, ich muss zu ihr«, wiederholte er.

»Dann schmieden wir besser einen Plan«, sagte Marten.

»Was wissen wir über Jyl?«, fragte die Eollyan und machte es sich auf einem Stein gemütlich. Sie kramte im Rucksack und holte einen Lederschlauch heraus, der mit Wasser gefüllt war. Sie trank und reichte ihn dann an Saira.

»Ehrlich gesagt nicht sehr viel«, gestand Marten. »Ich habe gehört, dass Jyl immer wieder das Ziel von Schlachtzügen wird. Aber die bestehen aus mindestens zwölf, wenn nicht mehr Helden, die weitaus erfahrener sind als wir. Wir sind zu fünft und haben auch noch Rob dabei.«

Rob wandte den Blick von Jyl ab und sah vorwurfsvoll in das Fellgesicht ihres Anführers.

»Nichts Persönliches, aber du solltest dich eigentlich noch mit Banditen in den Wäldern rumschlagen, nicht mit solchen Gegnern.«

»Wenn wir es hier lebend rausschaffen, solltest du einen Lehrer aufsuchen. Ich bin mir sicher, dass sie jede Menge neue Tricks für dich haben«, warf Ethan ein.

»Ich kann versuchen, ihn in ein Schaf zu verwandeln. Dann könnt ihr kurzen Prozess mit ihm machen«, schlug Rose vor.

»Meinst du, das funktioniert?«, fragte Rob. Es überstieg seine Phantasie sich vorzustellen, wie dieser gigantische Wurm zu einem Schaf geschrumpft wurde.

Rose zuckte mit den Schultern. »Wenn nicht, wird er uns töten, und wir bekommen einen neuen Versuch.«

Marten sah zu Jyl und kratzte sich am Kinn. »Das kommt mir ein bisschen verrückt vor. Wenn das funktioniert, dann gibt es ja überhaupt keinen Feind mehr für uns in dieser Welt. Ich glaube, dass die Erschaffer so was unterbinden. Aber lasst es uns ausprobieren. Hauptsache, Jyl frisst euch nicht. Ich weiß nicht, wie man sich im Bauch eines solchen Monsters wiederbeleben soll.«

Die fünf bezogen Stellung vor der Bestie, die noch zu schlafen schien. Rose legte eine Hand aufs Herz, die andere formte sie zur Faust und streckte dann Zeige- und Mittelfinger. Damit zeichnete sie Formen in die Luft und murmelte etwas. Die letzten Silben schrie sie und machte mit der Hand eine Bewegung, als würde sie die Zeichen in Richtung des Monsters schleudern.

Niemand sagte etwas, als der Zauber auf Jyl stieß. Sie alle warteten darauf, dass aus dem Fleischkoloss ein kleines, unschuldiges Lamm wurde. Aber der gewünschte Effekt blieb aus.

Stattdessen erwachte die Bestie.

Jyl hob das Haupt. Es ragte in die Höhle, verschwand fast in der Dunkelheit. Ein Auge nach dem anderen öffnete sich, und sie sahen wie entfernte Sterne am Himmel aus. Das Monster blinzelte, als hätte es Schlaf in den Augen. Dann öffnete es das Maul, und ein tiefes, bedrohliches Grollen erschütterte die Höhle.

»Das Mähen eines Schafes wäre mir deutlich lieber«, kommentierte Rob.

Rose senkte die Arme. »Ich glaube, wir können dieses Experiment als gescheitert ansehen.«

Jyls Kopf begann, von einer Seite zur anderen zu pendeln, bevor er sich auf sie stürzte. Marten riss im letzten Moment den Schild hoch, wurde aber von den Beinen gehoben und gegen die Wand geschleudert. Wie ein nasser Sack blieb er auf dem Boden liegen und regte sich nicht mehr.

»Nein!«, schrie Ethan und rannte los.

Jyl hatte sich zurückgezogen, sein Kopf schwebte wieder weit über ihnen.

Ethan griff an. In dem Moment, als er zuschlug, zuckte der Schwanz aus der Dunkelheit hervor und peitschte auch ihn durch die Luft. Ethan ereilte das gleiche Schicksal wie Marten.

Robs Gedanken überschlugen sich. Er war wie gelähmt, als er die beiden leblosen Körper am Boden sah. Dann wandte sich das Monster ihm zu.

Jyl glitt los. Rob wollte fliehen, aber er wusste, dass es dafür zu spät war. Der Kopf des Giganten schnellte herab, Rob sah in den unendlichen Schlund aus zermahlenden Zähnen. Ein Eisblitz schoss heran und traf den Giganten unter dem rechten Auge. Er brüllte auf, schüttelte sich und ließ von Rob ab, der wie eine Statue auf sein Ende gewartet hatte.

Dafür traf es Rose. Sie konnte der grauen Galle nicht mehr ausweichen, die Jyl in ihre Richtung spuckte. Ihre Haut bildete Blasen, und sie brach unter Schmerzensschreien zusammen. Das Echo erfüllte die Hallen, ebbte erst ab, als Saira einen Heilzauber wirkte und die Blasen sich zurückbildeten.

»Es reicht nicht«, presste sie hervor. »Sie nimmt zu schnell Schaden.« Saira brach den Zauber ab, als sich Rose' Brustkorb nicht mehr hob.

Nun waren sie noch zu zweit. Jyl schwenkte den Kopf hin und her, als könnte er sich nicht entscheiden. Rob umfasste den Schild fest, auch wenn er wusste, dass er ihm nichts nützen würde.

Jyls Kopf zuckte herab, und Rob tat, was zu erwarten war: Er machte einen Hechtsprung zur Seite und missachtete dabei den Schwanz, der wie ein Raubtier aus der Dunkelheit hervorschoss und ihn direkt auf der Brust erwischte. Er wurde von den Beinen gehoben und gegen die Wand geschleudert.

Dieses Mal bekam er keine Luft mehr. Er versuchte zu atmen, aber die Lungenflügel versagten ihren Dienst. Wie ein Ertrinkender rang er nach Atem, fasste sich an die Kehle. Schmerzen brannten in seinem ganzen Körper. Er versuchte aufzustehen, sich zu bewegen, aber die Gliedmaßen versagten ihm ihren Dienst. Jyl hatte ihm den ganzen Oberkörper zertrümmert, und mit dieser Erkenntnis verlor Rob das Bewusstsein.

Als er die Augen wieder aufschlug, erschien ihm die Welt so geisterhaft wie nach seinem Ableben auf der Krypta. Er stand auf einem Friedhof irgendwo in den Splitterstreifen. Nur ein paar Grabsteine, verwittert und teilweise umgefallen, verrieten, dass hier jemand beerdigt worden war. Es gab keine Kapelle und keine Gruft, nur eine Eidechse, die im Schatten eines Steins Schutz vor der Hitze suchte. Die Konturen zogen rauchige, graue Schlieren. Rob sah Marten, Ethan und Rose auf den Grabsteinen sitzen. Sie waren genauso durchsichtig und geisterhaft wie er selbst.

»Fehlt nur noch Saira«, sagte Marten.

»Wie bist du gestorben?«, fragte Ethan.

»Er hat mich direkt auf der Brust erwischt. Ich habe keine Luft mehr bekommen.«

»Der hat die Kraft eines Schmiedehammers, den einer der großen, doppelköpfigen Oger führt«, sagte Marten und schüttelte den Kopf. »Ich verstehe, dass du zu Melfana willst, aber da hast du uns eine ganz schön schwierige Aufgabe eingebrockt.«

»Können wir die Clachans irgendwie anders überzeugen?«, fragte Rob.

Marten winkte ab, und die Hand hinterließ Schwaden in der Luft. »Mit denen ist schlecht zu verhandeln. Sie wissen, auf welchem Schatz sie sitzen, und damit meine ich ausnahmsweise nicht die Erze in ihrem Berg, mit dem sie die Waffenschmiede beider Reiche beschäftigt halten.«

Plötzlich poppte Saira neben Rob auf. Sie hielt sich mit einer Hand den Kopf.

»Und, wie ist es bei dir geschehen?«, fragte der Squan.

»Ich bin gelaufen, aber das war eine dumme Idee. Er hat wieder gespuckt und mich direkt am Hinterkopf getroffen.«

»Gut, dann sind wir vollzählig.« Marten klatschte mit beiden Händen auf die Oberschenkel. »Dann lasst uns mal zurück und uns wiederbeleben.«

»Und dann?«, fragte Rob.

»Das nächste Mal halten wir uns an unser Erfolgsrezept«, antwortete der Squan und lief los.

Sie folgten ihm zurück in Jyls Höhle. Mittlerweile waren die Gänge von neuen Wyrms bevölkert, die die Eindringlinge aber in ihrer Geistererscheinung nicht wahrnahmen und passieren ließen. Jyl hatte sich wieder eingerollt und schien zu schlafen, als wäre es Alltag, dass ein paar Helden auftauchten und sich mit ihm prügeln wollten.

Augenblicke später waren sie alle wieder in ihre Körper geschlüpft. Dank Sairas heilenden Fähigkeiten und den roten Heiltränken kamen sie wieder schnell zu Kräften. Denn auch wenn sie unsterblich waren – das Ableben hinterließ Spuren.

»Hier ist der Plan: Ich ziehe die Aufmerksamkeit auf mich, Saira heilt, und ihr sorgt dafür, dass das Monster schnell das Zeitliche segnet«, erklärte Marten.

Ethan räusperte sich. »Hast du schon vergessen, wie er dich eben durch die Luft befördert hat? Du hältst dem doch keinen Herzschlag stand.«

»Du solltest ein bisschen mehr Vertrauen in mich haben, Dickerchen«, erwiderte Marten, und Rob wusste nicht, ob er wirklich verletzt war oder es nur spielte.

Ethan seufzte. »Keine Spitznamen.«

Rob hielt diesen Plan für weitaus schlechter, als das Monster in ein Schaf zu verwandeln, aber er sagte nichts. Marten war der Anführer, und wenn er es ausprobieren wollte, dann würde er nicht widersprechen.

»Bereit?«, fragte der Squan.

Alle nickten, aber in ihren Gesichtern sah Rob, dass auch sie nicht von dem Vorhaben überzeugt waren.

»Gut«, sagte Marten und watschelte ein paar Schritte auf Jyl zu. »Ey, du, du bist wirklich das Hässlichste, was ich je auf ganz Avataris gesehen habe!«

Jyl hob den Kopf, als könnte er nicht glauben, dass seine Ruhe schon zum zweiten Mal an diesem Tag gestört wurde.

»Wirklich, und ich habe einiges gesehen. Ich meine, du bist

doch nicht mehr als eine Fleischwurst mit ein paar Stoppelhaaren und mindestens einem Auge zu viel. Was versuchst du damit zu kompensieren?«

Jyl erhob sich, und Marten hatte sein Ziel erreicht. Er sah über seine Schulter und sagte: »Halte deine Heilzauber bereit, Saira.« Er machte noch drei Schritte vor und wandte sich wieder dem Monster zu. »Wenn ich so aussehen würde wie du, würde ich mich auch den ganzen Tag in einer Höhle verstecken. Dein Anblick lässt doch sogar die Sonne erblinden. Du bist eine Beleidigung für die Natur!«

Jyl kroch ein Stück vor. Die Augen blinzelten nacheinander und ließen das Monster einfältig wirken.

»Wenn du mich fragst, sollte man einfach den Eingang zur Höhle zuschütten und dich hier unten vergessen. Dich würde niemand vermissen, wirklich. Du bist echt ein besch–«

Jyls Kopf schnellte mit unfassbarer Geschwindigkeit herab und stampfte den Squan in den Boden. Viel war nicht mehr zu sehen, als der riesige Wyrm das Haupt wieder hob.

Ethan seufzte erneut. »Was hat er denn anderes erwartet?«

»So schnell hätte ich ihn gar nicht heilen können«, sagte Saira frustriert.

»Gib dir nicht die Schuld«, entgegnete Ethan.

Jyl brüllte.

»Dann wollen wir mal«, sagte der Gront und stellte sich dem Unvermeidlichen.

Rob wollte nicht noch einmal sterben, aber Martens Strategie hatte sich als mindestens so großer Reinfall erwiesen wie Rose’ Idee.

Ethan stürmte voran, um seinem Freund, von dem nicht mehr viel übrig war, zur Hilfe zu eilen. Rob lief hinterher. Es war dumm, und es war klar, wie es enden würde. Aber es half nichts, es länger hinauszuzögern. »Für Marten!«, schrie er und fasste neuen Mut.

Es war hoffnungslos. Ethan und Rob wurden mit demselben Streich des Ungeheuers aus dem Leben gefegt und fanden sich kurz darauf wieder auf dem Friedhof ein. Dort wartete bereits Marten. »Ja, ja, sagt nichts.«

Aber Ethan ließ sich nicht abhalten. »Allein der Größenunterschied hätte dir eine Warnung sein müssen!«

»Wer kann denn ahnen, dass so ein großes Vieh auch so schnell ist?«

Saira und Rose tauchten als Geister neben ihnen auf.

»Es ist hoffnungslos«, sagte die Heilerin. »Ich kann den Zauber gar nicht wirken, da seid ihr schon tot. Wir werden es im Kampf nicht besiegen können.«

»Wir müssen einsehen, dass das Vieh eine Nummer zu groß für uns ist«, warf Rose ein.

Rob überlegte. Wenn *sie* es nicht besiegen könnten, würden es vielleicht andere. »Ein Versuch noch, wenn es dann nicht klappt, müssen wir wohl in die ewige Esse einbrechen.«

»Bevor ich es mir mit den Clachans verscherze, kämpfe und sterbe ich lieber noch zehnmal gegen Jyl«, sagte Marten und hob den Schild an, der genauso grau und durchsichtig wie alles andere von ihm war. »Aber vorher muss ich wohl einen Schmied aufsuchen, der muss dringend wieder in Form gebracht werden.« Dellen und Schrammen waren Beweis ihrer Niederlagen. Auch Robs Kettenhemd hatte einige Löcher mehr.

»Sie wollen doch nur die Augen, oder?«, fragte Rob.

»Oh, du wirst da nicht raufklettern und sie pflücken können wie frische Äpfel«, sagte Ethan sofort.

»Nein, das ist nicht der Plan.«

»Sondern?« Marten war von dem Grabstein aufgestanden und sah ihn aufmerksam an.

»Vertraut ihr mir?«, fragte Rob.

Rob hatte eine Frage gestellt, auf die ein Schweigen auch eine Antwort war.

Ethan räusperte sich. »Nichts für ungut, wir haben dir in unserem alten Leben vertraut, aber hier bist du der Grünschnabel.«

»Ich weiß«, sagte Rob. »Und ich habe keine Ahnung, ob es funktionieren wird. Vielleicht hilft mir, dass ich von dieser Welt so wenig verstehe. Aber ich verspreche: Schlimmer als unsere beiden ersten Anläufe wird es nicht.«

Marten und Ethan tauschten Blicke.

Es war Saira, die für ihn Partei ergriff. »Warum nicht? Er hat recht, wir haben nichts zu verlieren. Ob wir noch einmal das Zeitliche segnen oder nicht, macht keinen Unterschied.«

Marten kratzte sich am Kinn und bemerkte offensichtlich gar nicht, dass die Geisterfinger ins Leere griffen. »Na gut, dann finden wir mal heraus, was passiert, wenn man so einen unbefleckten Geist wie ihn die Pläne machen lässt.«

Sie liefen den Weg zurück zur Höhle und belebten sich wieder. Saira heilte sie, und sie reparierten an ihren Rüstungen, was zu richten war.

»Ethan und Saira teilen sich alle Manatränke auf. Du kannst doch auch heilen, oder Ethan?«, fragte Rob.

»Ich mach es selten, weil wir dafür ja eine Expertin haben, aber im Fall der Fälle bin ich zur Stelle.«

»Gut, du lässt deinen Hammer dieses Mal stecken. Marten bekommt alle Heiltränke«, sagte Rob.

Unter dem kritischen Blick ihres Anführers teilten sie alles auf.

»Und jetzt?«, fragte der Squan.

»Jetzt müssen wir erst mal die Wyrms im Gang töten«, sagte Rob. Wenn sein Plan funktionieren sollte, musste der Weg frei sein.

»Willst du die Höhle zum Einstürzen bringen?«, fragte Rose.

Rob schüttelte den Kopf. Er wusste, dass sein Plan irrwitzig war. Ein schwieriges Unterfangen, das vielleicht erst beim dritten oder vierten Anlauf gelang. »Wir werden laufen müssen.«

Marten war offensichtlich nicht glücklich damit, dass er weder die Strategie vorgeben durfte, noch wusste, wie sie aussah. »Wenn das in die Hose geht, schuldest du mir ein Bier.«

»Nach deinem Auftritt eben stehst du bereits mit einem Bier bei mir in der Kreide«, erwiderte Rob und grinste.

Der Anführer schüttelte erst den Kopf, dann lachte er laut. »Aus dir wird langsam ein richtiger Held.«

»Nicht! Ihr weckt noch Jyl auf, und ich habe keine Lust, die Strecke vom Friedhof gleich wieder hierherzulaufen«, zischte Rose.

»Also gut, kümmern wir uns erst um die Wyrms, dann verrätst du uns hoffentlich, was du mit Jyl vorhast«, sagte Marten.

Die Würmer zu erlegen stellte sie vor keine größere Herausforderung mehr. Sie waren eingespielt, und jeder wusste, was die eigene Rolle im Kampf war. Nachdem sie sich einmal bis zur Erdoberfläche durchgekämpft hatten und Martens Rucksack voll mit den wertvollen Sekretblasen war, fanden sie sich wieder in der großen Halle ein.

»Also, der Plan ist folgender: Marten, du sorgst dafür, dass Jyl nicht die Lust verliert, dich zu töten. Wir werden laufen müssen, eine ganze Strecke, und das Monster muss uns folgen. Ethan und Saira, ihr werdet Marten in dem Moment heilen, in dem ihn das Monster trifft. Rose und ich werden dafür sorgen, dass wir ungehindert laufen können und hin und wieder vielleicht einen Angriff wagen, damit Jyl nicht das Interesse verliert.«

»Du willst es an die Sonne locken?«, fragte Ethan.

»Ich will es nicht nur an die Sonne locken, ich will es bis vor die Tore der Clachans führen«, gestand Rob und starrte in die offenen Münder seiner Freunde.

»Du willst *was?*« Saira klang, als hätte Rob gerade vorge

schlagen, die Scharfrichterin Elia Anasia nach einem Date zu fragen.

»Wir werden Jyl nicht töten, so viel steht fest. Aber auf den Mauern haben sie Ballisten und Katapulte, groß genug, um dieses Monster aufzuspießen. Die Clachans wollen, dass wir Jyls Augen bringen.« Rob holte das Auftragsbuch hervor und las vor: »Liefert Jyls Augen beim Wachoffizier der Clachans ab. Da steht kein Wort davon, dass wir Jyl umbringen müssen. Wie dieser Riesenwurm stirbt, ist also völlig egal. Hauptsache, wir kommen irgendwie an die Augen.«

»Okay, du hast vielleicht eine Lücke im Regelwerk gefunden«, gab Marten zu, »aber dir ist schon bewusst, wie weit die Strecke bis zu den Clachans ist?«

»Dann sorg dafür, dass Jyl so wütend ist, dass er sogar so einen weiten Weg auf sich nimmt, um dich zu kriegen. Wichtig ist nur, dass die Heilzauber in dem Moment wirken, in dem du getroffen wirst. Solltest du sterben, versuche ich, deinen Platz einzunehmen.« Rob hoffte inständig, dass das nicht nötig werden würde. »Nur bis zu den Clachans, den Rest werden die Mauerwachen machen«, schob er nach. Gewissheit darüber gab es nicht. Vielleicht würden sie beim Anblick der Kreatur ihre Posten in Panik verlassen. Rob hoffte auf ihre Disziplin.

»Also ich will nicht sagen, dass das der dümmste aller Pläne ist, aber das ist der dümmste aller Pläne«, sagte Ethan. »Was nicht bedeutet, dass er nicht funktionieren wird.«

»Wir müssen uns extrem gut absprechen«, sagte Saira zum Gront. »Wir müssen die Attacken antizipieren und unsere Zauber im richtigen Moment auf den Weg schicken.«

»Also, legen wir los«, sagte Marten und watschelte wieder einen Schritt auf Jyl zu.

»Nicht zu weit«, erinnerte ihn Rob. »Du musst die ganze Strecke laufen.«

»Ist gut, ist gut.« Marten winkte ab und blieb stehen. »Die ersten beiden Runden sind an dich gegangen, aber wir sind wiedergekommen. Mein Problem ist nur: Mir gehen die Worte aus, um deine Hässlichkeit zu beschreiben!«

Langsam und müde, fast schon genervt, erhob Jyl wieder das mächtige Haupt und sah zu dem Squan, der in den drei Augen nicht größer als ein Insekt wirken konnte. Wie eine Mücke, die mit ihrem ständigen Summen vom Schlaf ablenkte.

»Ernsthaft, wer auch immer sich dich ausgedacht hat, hat einen krankhaften Geist«, schob Marten nach.

Wieder ließ die Kreatur das markerschütternde Grollen los.

»Ich glaube, du hast ihn genug geärgert, lauft!«, rief Rob, und sie rannten los.

Marten blieb an letzter Stelle, nicht nur wegen seiner kurzen Beine, sondern weil er auch als Köder für Jyl fungierte. Davor liefen Ethan und Saira, deren einzige Aufgabe es war, den Squan in dem Moment zu heilen, in dem er angegriffen wurde, nicht erst, wenn der Schaden schon angerichtet war. Rob und Rose kümmerten sich darum, dass nichts im Weg lag, über das man stolpern konnte. Zugegeben, eine der einfacheren Aufgaben.

Jyl walzte hinter ihnen los, und sein massiger Körper füllte den ganzen Gang aus. Kein Grashalm hätte mehr zwischen die Haut des Kolosses und die Erde gepasst.

»Er ist ziemlich schnell.« Marten keuchte und schien jetzt schon mit der Ausdauer zu kämpfen. In dem Moment wurde er von Jyl erwischt und nach vorn geschleudert. Aber Saira und Ethan waren vorbereitet. Der erste Zauber heilte ihn in dem Moment, als er von dem Monster getroffen wurde, der zweite, als er aufschlug.

Marten rappelte sich auf und rannte weiter. Jyl verharrte und wirkte überrascht, dass das Meerschweinchen die Attacke überlebt hatte.

»Du musst ihn wieder beleidigen!«, rief Rob über die Schulter.

Marten schnaufte. »Ich hatte mal einen Hund, der war klüger als du!«

Langsam setzte sich die Kreatur wieder in Bewegung, hatte nur den Squan im Blick.

Nach drei weiteren Attacken erreichten sie den Ausgang der Höhle. Jedes Mal konnte Marten rechtzeitig geheilt werden, und Jyl verlor nicht die Lust, hinter ihm herzujagen.

Rob und Rose taumelten als Erste an die frische Luft. Sie liefen noch ein Stück weiter, bevor sie sich umdrehten und gespannt auf das Loch starrten. Schweiß lief über ihre Gesichter. Ethan stützte sich auf den Knien ab. Saira und er nahmen einen Manatrank. Marten kippte einen Heiltrank hinunter. »Nur zur Sicherheit«, sagte er.

Bis hierhin hatte Robs Plan funktioniert. Jyl war ihnen gefolgt, aber Rob war sich nicht sicher, ob sie interessant genug waren, dass er auch die Höhle verließ. Für einen Moment hörte er nur das schnelle Atmen und Keuchen der Gruppe.

Dann grollte die Erde. Wie ein Hai aus dem Wasser schoss Jyl hervor, nur um Augenblicke später wie ein Fisch am Land im Sand zu liegen. Als sein mächtiger Körper aufschlug, bebte der Boden unter Robs Füßen.

Langsam robbte Jyl auf sie zu. Der Hass in den drei Augen war unübersehbar. Sie hatten die Bestie gereizt, und sie würde erst lockerlassen, wenn sie tot waren.

»Er ist langsamer hier draußen.« Ethan atmete zwischen jedem Wort tief ein.

»Aber immer noch flink genug«, mahnte Rob.

Der gigantische Wyrm hatte seine Schnelligkeit mit dem Verlassen der Höhle, die voll mit grauem Schleim war, eingebüßt. Trotzdem kroch Jyl immer noch schnell genug, um sie einzuholen.

»Lauft«, sagte Marten, und wieder setzte sich die Gruppe in Bewegung. »Bei Tageslicht bist du ja noch viel hässlicher! Ich werde Aeya bitten, mir neue Augen zu schenken«, rief der Anführer und rannte dann selbst los.

Rob hatte unterschätzt, wie anstrengend es war, auf sandigem Boden zu laufen. Doch auch Jyl mühte sich sichtlich ab, und so hielten sie eine gute Distanz zwischen sich und dem Monster. Das wütende Brüllen spornte sie stetig an.

Rob warf einen Blick über die Schulter und sah, dass der gigantische Wurm immer langsamer wurde und dann plötzlich verharrte, sich sogar abwendete.

»Rose, einen Feuerball!«, forderte er die Magierin auf. »Marten, du musst wieder die Aufmerksamkeit auf dich ziehen.«

Die Zauberin reagierte sofort und schleuderte Eiszapfen. »Verdammt«, zischte sie, aber die Geschosse verfehlten nicht ihre Wirkung. Sie blieben in dem Körper stecken und wirkten wie Wespenstacheln.

Jyl fuhr herum.

»Hast du Demenz, oder warum hast du uns vergessen?«, brüllte Marten und machte ein paar Schritte auf das Monster zu. »Ernsthaft, du gibst schon auf? Ich bin enttäuscht von dir! Du wirst doch wohl so einen kleinen Squan wie mich einholen können. Wozu bist du denn so groß und ach so gefährlich, wenn du nicht mal das schaffst?«

Jyl brüllte und nahm die Verfolgung wieder auf. Es schien, als würde die Kreatur noch mal alle Kräfte sammeln, denn sie holte auf.

»Schneller«, schrie Rob die anderen an, aber es brauchte keine Aufforderung. Niemand hatte Lust, sich von der Bestie verschlingen zu lassen.

Jyl erwischte Marten und schleuderte ihn über die Köpfe der anderen hinweg, aber Ethan und Saira kamen ihrer Aufgabe nach. Rob und Rose packten das Meerschweinchen und zerrten es mit sich, während es Jyl mit weiteren Flüchen überzog, bis es wieder selbst laufen konnte.

Es war eine Hetzjagd, bis sie in der Ferne die ersten Konturen des Gebirges erkannten, in dem sich die Clachans ihre Heimat gebaut hatten.

»Unsere Manatränke gehen zu Ende«, rief Saira.

»Durchhalten«, forderte Rob sie auf. Sie waren so kurz davor, ihr Ziel zu erreichen. Jyl war nur ein paar Meter hinter ihnen. Es verlangte der Kreatur offensichtlich alles ab, sich durch die Wüste zu kämpfen. Sonst hätten sie schon längst wieder das Zeitliche gesegnet.

»Wenn das nicht klappt« – Marten keuchte – »schuldest du mir« – er atmete tief ein – »nicht nur einen Humpen Bier, sondern ein ganzes Fass.«

Rob ging nicht darauf ein. Sein Blick war auf die immer größer werdende Mauer gerichtet. Das Einzige, was ihn antrieb, war die Hoffnung, dass sie es schaffen könnten. Dass die ganze Reise, seine Existenz, nicht sinnlos war. Er sah, wie sich auf den Wehrgängen Wesen bewegten. Sie eilten aufgescheucht von der einen Seite zur anderen. Man hatte ihr Kommen bemerkt. Die Hoffnung wich der Erleichterung.

»Es ist gleich geschafft!«, rief Rob, da flog Marten erneut an ihm vorbei.

»Kein Mana mehr!«, brüllte Saira.

»Ebenfalls«, meldete Ethan.

Marten schlug auf und regte sich nicht mehr.

Rob sah zu dem Monster, das wieder im Begriff war, sich abzuwenden. Es hatte sein Ziel erreicht und das Meerschweinchen erledigt, das ihn die ganze Zeit mit Flüchen und Beleidigungen gekränkt hatte.

Robs Blick wanderte zu dem Ring am Finger.

Nein, das durfte er nicht zulassen.

Er blieb stehen. Die anderen drei liefen an ihm vorbei.

»Ey, Jyl«, rief er. »Jetzt bist du schon so weit gekommen und willst uns einfach verschwinden lassen?«

Aber das Monster interessierte sich nicht für ihn. Wie eine vollgefressene Raupe wendete es sich ab und kroch langsam davon.

Rob zog sein Schwert und stürmte mit der Klinge voran, wie er es in dem Buch der Ritter gelernt hatte. Es war eine selbstmörderische Aktion, aber das war hinnehmbar, wenn man unsterblich war. Die Klinge traf Jyls Schwanzteil und bohrte sich bis zum Schaft ins Fleisch. Er zog das Schwert gerade noch rechtzeitig heraus, bevor der Schwanz nach oben zuckte und ihn mit sich gezogen hätte.

Dann lief er wieder, und Jyl kroch wie eine Lawine hinter ihm her. Rob warf keinen Blick mehr über die Schulter. Er wusste genau, was hinter ihm passierte.

Ethan, Saira und Rose hatten aufgegeben, Marten irgendwie ins Reich der Lebenden zurückzuholen. Jetzt kam es darauf an, dass zumindest einer von ihnen mit Jyl im Schlepptau die rettende Mauer erreichte. Rob roch den verwesenden Atem und spürte die warme Luft, die das Wesen mit jedem Schnauben ausstieß.

Auf den Mauern wurde es immer voller. Die glänzenden Rüstungen der Clachans funkelten in der Sonne. Katapulte und Ballisten wurden in ihre Richtung gedreht. Die Clachans hatten wie erhofft nicht das Weite gesucht, sondern würden ihr Reich verteidigen. Rob betete zu Aeya, dass sie Jyl und nicht ihn als Gefahr auserkoren.

Als das Monster ihn mit der Schnauze erwischte und durch die Luft schleuderte, fühlte er sofort die heilende Wirkung eines Zaubers. Als er aufschlug, durchfuhr ihn erneut eine warme Welle Energie. Er rappelte sich auf, als wäre nichts geschehen, lief weiter und warf Saira einen irritierten Blick zu. Hatte sie nicht gesagt, sie hätte kein Mana mehr?

»Haben Mana regeneriert«, erklärte die Heilerin, die neben ihm rannte. »Aber jetzt bin ich wirklich erschöpft.« Das viele Zaubern hatte sie und auch Ethan sichtlich Kraft gekostet.

Jyl brüllte hinter ihnen. Rob sah immer wieder zur Mauer, hoffte, schwarze Streifen im Himmel zu erkennen, die sich als Bolzen entpuppen würden. Aber entweder waren sie noch nicht in Reichweite der Waffen, oder der Wachoffizier hatte entschieden abzuwarten.

Das Monster wurde wieder langsamer, und dieses Mal war es Rose, die dafür sorgte, dass die Verfolgungsjagd nicht endete. Sie blieb stehen und formte Runen in der Luft. Rote Elemente schwirrten umher, formten einen glühenden Kreis. Dann schleuderte sie einen großen Feuerball auf das Ungeheuer, der wie Feuerwerk zwischen den Augen explodierte.

»Renn!«, rief Rob über die Schulter, als Jyl wieder Geschwindigkeit aufnahm.

Aber Rose schüttelte den Kopf. »Ich bin völlig am Ende.«

Sofort rollte Jyl über sie hinweg.

Nun waren sie nur noch zu dritt, aber das Monster war wieder voller Wut.

Rob hastete einen Hang hoch. Der Sand war weich, und er sank immer wieder im Boden ein. Ethan schob ihn von hinten an. In der Ferne hörte er nun die Rufe der Mauerwache, als würden sie erst jetzt verstehen, was sich ihnen näherte. Hektik brach auf den Wehrgängen aus, ein Horn war zu hören. Rob wedelte mit den Armen, als könnte er ihnen so gestikulieren, dass sie sofort das Feuer auf die Kreatur eröffnen mussten.

Er lief weiter, bis die Mauer hoch vor ihm aufragte. Für ihn stellte sie ein unüberwindbares Hindernis dar, aber Jyl, der ganze Gänge und Höhlen in Gestein fraß, könnte den Clachans gefährlich werden. Zumindest setzte Rob darauf, dass die kleinen Wesen das dachten.

»Er verliert wieder die Lust«, brüllte Saira.

Ethan und Rob blieben stehen. Tatsächlich schien der Hang, den sie sich hochgemüht hatten, Jyls Wut zu lindern und daran denken zu lassen, dass es den ganzen Weg auch noch zurückkriechen musste.

»Komm schon, gleich hast du uns.« Rob versuchte, das Monster bei Laune zu halten.

»Das bringt nichts«, sagte Ethan. »Die Ballisten und Katapulte müssten längst nah genug sein, um das Feuer zu eröffnen. Lasst uns in den Kampf stürzen, wie es sich für richtige Helden gehört«, sagte er und schulterte den Hammer.

Rob schnaufte und rang nach Luft. Seine Haare klebten auf der nassen Stirn. Ethan hatte recht. Sie waren nah genug. Wenn die Clachans jetzt nicht das Feuer eröffneten, würden sie es womöglich nie tun. Er zog sein Schwert, nickte Ethan und Saira zu, und rannte los. Er brüllte und fasste Mut, genau wie der Gront und die Priesterin, die links und rechts von ihm liefen. Ethan hatte den Hammer erhoben, Saira schleuderte heilige Blitze auf die Kreatur, die plötzlich wieder Interesse an den drei kleinen Wesen zu finden schien.

Kurz bevor sie Jyl erreichten, hörte Rob hinter sich das Rattern und Zurren der Kriegsapparate. Sehnen wurden gespannt, Räder gedreht, und dann – endlich! – flogen Bolzen und Steine über seinen Kopf hinweg. Ein Großteil verfehlte den Wyrm und schlug im Boden ein, wirbelte Sand auf. Wahrscheinlich kamen die Clachans nur selten in die Situation, ihre Waffen benutzen zu müssen. Weder die freien Völker noch Garraks Horden machten den Fehler, einen Angriff auf sie zu wagen. Auch Jyl hätte sich der Stadtmauer nie genähert, hätten Rob und die anderen ihn nicht so weit herangelockt.

Ein Bolzen, so lang wie Rob selbst, spießte Jyl knapp oberhalb des Schwanzes auf und blieb stecken, nagelte die Kreatur an Ort und Stelle fest. Jyl brüllte, wand den Oberkörper, als würde er sich losreißen wollen. Rob, Ethan und Saira verloren an Tempo und blieben stehen, als sie sicher waren, dass die Irrläufer der Clachans sie nicht erwischen würden. Jyl konnte sie nicht mehr erreichen und war nun dem Beschuss der Mauerwache wehrlos ausgesetzt. Ein Regen aus Pfeilen, Bolzen und Felsen ergoss sich über das Monster. Aus dem Brüllen wurden verzweifelte Schreie wie die eines Fuchses, der einem Jäger in die Falle gelaufen war. Ein hilfloses Quieken. Rob hatte Mitleid mit der Kreatur, aber ihr Tod war unvermeidlich. Der Beschuss dauerte ein paar Minuten an, dann verebbte der Angriff.

Jyl lag leblos am Boden. Wie ein gestrandeter Wal in der Wüste.

Rob wusste, dass ihre Arbeit noch nicht getan war. Er zückte das Schwert und näherte sich der Kreatur, als könnte sie jeden Moment wieder aufwachen. Ethan hob die geschlossenen Lider, und Rob trennte mit der Klinge die Augen vom Sehnerv. Sie waren groß und glitschig. Nacheinander purzelten sie heraus, bis alle drei im Sand lagen. Sie hatten ihren Glanz verloren, und der Dreck blieb an ihnen kleben.

Saira nahm ihren Umhang und formte damit einen Sack, in dem sie die Augen verschwinden ließ. »So müssen wir diese Dinger nicht anfassen«, erklärte sie.

Sie hatten es geschafft! Rob verdrängte die Befürchtung, dass der Wachoffizier ihre Vereinbarung für nichtig erklären würde, schließlich hatten sie Jyl nicht selbst getötet. Aber das war auch nicht ihre Aufgabe gewesen. Sie sollten nur die Augen abliefern.

»Was für ein verdammter Mist!«, hörte er Marten in der Ferne. Er kam auf sie zugelaufen, Rose hinter sich. »Ihr habt es wirklich geschafft, dein Plan hat funktioniert!«

»Jetzt kann ich ja zugeben, dass ich selbst nicht davon überzeugt war.« Robs Puls raste, und nach jedem zweiten Wort schnappte er nach Luft. »Wir hatten Glück, dass Jyl sich an der Erdoberfläche nicht so schnell fortbewegen konnte wie in der Höhle.«

»Wir hatten Glück, dass die Clachans uns zu Hilfe gekommen sind«, warf Ethan ein.

»Man wird Geschichten über uns in den Tavernen erzählen«, sagte Saira.

»Hoffentlich erst, wenn wir von hier verschwunden sind.« Marten schnaufte. »Ich brauche so dringend eine Pause.«

»Du bist doch gerade erst gestorben«, entgegnete die Heilerin schmunzelnd.

»Das ist nicht das Gleiche!«, schimpfte Marten.

»Du kannst Pause machen, wenn wir bei Melfana sind«, sagte Rob.

Er drehte sich um und sah die Mauer hoch. Unzählige Clachans starrten auf sie herab, anscheinend unschlüssig, was sie mit ihnen anstellen sollten. Doch als Marten und die anderen auf die Mauer zuliefen, ließ man den Korb für den Burgzoll herunter, und Rob war erleichtert.

Er würde Melfana treffen.

KAPITEL
18

Die drei Augen purzelten aus dem Umhang auf den Tisch und hinterließen Flecken auf den Papieren. Rob sah aufgrund des Helms den Gesichtsausdruck des Wachoffiziers nicht, der immer noch auf dem Stuhl in der Stube saß.

»Damit habt ihr den Auftrag erfüllt«, krächzte er heiser, als könnte er nicht glauben, dass sich Jyls Augen wirklich auf seinem Tisch befanden. »Ihr seid die Ersten, die das geschafft haben. Ihr verdient ein Abzeichen.«

»Abzeichen?«, fragte Rob.

»Davon habe ich schon gehört. Wenn es einem gelingt, Quests von gewisser Tragweite als Erstes zu erledigen, darf man fortan einen Titel tragen«, erklärte Marten und zog die Augenbrauen hoch. »Nie in diesem Leben hätte ich gedacht, dass uns diese Ehre mal zuteilwird.«

Der Clachan suchte in seinen Zetteln nach einem Stück Papier. »Nennt mir bitte eure Namen.«

Rob zögerte. Er dachte an die Steckbriefe der Heldenliga, aber Marten ließ keine Sekunde verstreichen: »Marten, Ethan, Rob, Saira und Rose.«

»Das Meerschweinchen nennt sich immer zuerst«, murmelte Ethan.

»Du sollst mich nicht so nennen, Dickerchen.«

Der Wachoffizier tunkte den Federkiel in Tinte und machte ein paar Notizen. »Hiermit erkläre ich euch zu den Bezwingern des großen Wyrms.« Saira kicherte, und der Clachan sah auf. »Was?«

Die Heilerin schüttelte den Kopf und grinste. »Nichts.«

»Ihr dürft euch jetzt offiziell so nennen und könnt auch darauf bestehen, dass euch andere mit dem vollen Titel ansprechen.«

»Marten, Bezwinger des großen Wyrms«, sprach der Squan aus. »Wie klingt das?«

Rob wollte nicht lügen. »Bleib am besten einfach bei Marten.«

»Das würde dir einige dumme Sprüche ersparen«, fügte Saira an.

»Marten, Bezwinger des großen Wyrms«, murmelte der Squan versonnen.

Rob holte das Abenteuerbuch hervor. Die Quest für die Clachans war abgeschlossen und die Zeilen durchgestrichen. Nur die Belohnung war noch offen. »Ich will jetzt zu Melfana.«

Der behelmte Kopf des Clachans wackelte. »Wir werden einen Boten vorwegschicken, der sie darüber informiert. Ich bitte euch, noch ein bisschen Geduld zu haben.« Er hob eine Glocke und läutete damit. Sofort kam ein Clachan in schmuckloser Rüstung herein. »Bring sie in den Hof und versorg sie mit allem, was sie möchten. Sie haben Jyl getötet, sie verdienen unseren Dank.«

Rob wies nicht darauf hin, dass es genau genommen die Verteidigungsanlagen dieser Burg gewesen waren, die das Monster bezwungen hatten. Außerdem war er sich sicher, dass der Offizier den nächsten Helden, die eine Audienz bei Melfana verlangten, genau dasselbe Angebot machen würde. Jyl war vermutlich genauso unsterblich wie er selbst oder die Wölfe und Ratten, die schon längst hätten ausgerottet sein müssen.

Der Clachan führte sie eine Treppe hinab, in den Hof der Anlage. Es war ein staubiger Platz. Links und rechts schraubten sich rechteckige Steinbehausungen in die Höhe. Ein großes Tor versperrte den Weg in den Berg, es war wie die Mauer mit Edelsteinen besetzt. Eine Verschwendung, reiner Protz, der jedem

Betrachter zeigen sollte, wie reich die Clachans waren. Im Tor befand sich eine Öffnung, groß genug, dass Förderwagen auf Schienen hindurchpassten. Sie fuhren im Sekundentakt aus der Dunkelheit, und Clachans machten sich sofort daran, den Inhalt auf Karren umzuladen und abzutransportieren.

»Erze und Steine«, erklärte Ethan. »Sie haben den Abbau perfektioniert.«

»Wenn Ihr etwas benötigt, sagt es«, sprach der Clachan, wartete eine Erwiderung jedoch nicht ab und wandte sich um.

»Gibt es hier einen Schmied?«, fragte Marten schnell.

Als hätte man eine Armbrust auf ihn gerichtet, blieb der Clachan stehen, drehte sich aber nicht um. »Dort hinten«, sagte er und zeigte auf eines der rechteckigen Steinhäuser.

»Danke«, rief ihm Marten nach, während der Clachan den Hof verließ. »Kommt, wir lassen unsere Rüstungen reparieren.«

Der Schmied trug einen Harnisch wie alle anderen. Robs Neugier, wie die Kleinen darunter aussahen, wurde immer größer. Statt der Kleidung war der Schaft des Schmiedehammers mit Juwelen besetzt.

Ethan, Rob und Marten ließen ihre Rüstungen, Schilde und Waffen da, damit sie repariert wurden. Im Innenhof fanden sie ein Plätzchen im Schatten der Häuser, und der Squan schwärmte aus, um die Sekretblasen bei einem Händler zu verkaufen. Er kam nicht nur mit einem Beutel voller Gold zurück, sondern auch mit Datteln.

»Guten Appetit«, sagte er und warf die Tüte in die Mitte der Gruppe.

Ethan, Rose und Saira griffen zu. Rob nicht.

»Keinen Hunger?«, fragte der Gront und schob sich eine Dattel in den Mund.

Rob schüttelte den Kopf. Er starrte auf das große, eiserne Tor. Die vielen Edelsteine spiegelten die Sonne. Ihm war übel, er hatte mehr Angst vor der Begegnung mit Melfana als vor dem

Kampf mit Jyl. Sie war sein erster Eintrag in dem Quest-Buch gewesen, und vielleicht würde sie auch der letzte sein. Hatte sie ihn hierhergerufen? Hatte sie einen Gegenstand für ihn, mit dem er das Portal öffnen konnte, das ihn und die anderen von hier fortbrachte?

»Du kannst den Händlern hier echt jeden Scheiß andrehen, es ist unglaublich. Erst kaufen sie dir die Sekretblasen ab, dann ein paar Erze, Garn, Kräuter und noch ein paar rostige Schwerter. Es ist denen komplett egal. Du schiebst es einfach über die Theke, und sie geben dir eine Summe dafür. Das sind so Momente, wo ich denke, dass es den anderen doch auffallen müsste«, erzählte Marten, aber Rob hörte nur mit einem Ohr hin.

»Ich bin mir sicher, dass man das über die echte Welt auch sagen könnte«, hielt Rose dagegen. »Da gab es doch auch genügend Momente, in denen man dachte, dass es sich nur um eine Simulation handelte.«

»Jetzt mach dieses Fass bitte nicht auf. Du klingst schon wie eine, die zu viel Zeit mit den falschen Nachrichten verbracht hat«, sagte Marten und stopfte sich noch eine Dattel in den Mund.

»Es stimmt doch. Wie kannst du, nachdem du das hier erlebt hast und all die Helden, die die Pille schlucken, mit voller Gewissheit sagen, dass unser vorheriges Leben keine Simulation war?«, fragte Rose.

Marten wollte zu einer Antwort ansetzen, schüttelte dann aber den Kopf.

»Ist es nicht eigentlich komplett egal?«, fragte Saira, und alle Köpfe, sogar Robs, drehten sich ihr zu. »Ich meine, solange es sich echt anfühlt, ist es doch egal, ob wir nur eine Simulation oder Wesen aus Fleisch und Blut sind. Mein altes Leben hat sich verdammt echt angefühlt, und dieses hier tut es auch.«

»Wenn man anfängt, darüber nachzudenken, fällt man in ein

Kaninchenloch«, pflichtete ihr Ethan bei. »Dann muss man plötzlich alles in Frage stellen, was man je gesehen und gefühlt hat.«

»Ich weiß, dass die Liebe zu meiner Familie echt war. Egal ob Simulation oder nicht – und sie fehlt mir.« Rose verzog das Gesicht und kämpfte gegen die Tränen an.

Ethan legte ihr eine Pranke auf die Schulter und tätschelte sie unbeholfen. »Du fehlst ihr auch.«

»Wisst ihr noch, als es die Demonstrationen gab? Wo die Leute darauf bestanden haben, ihre Erinnerungen mit ins Jenseits nehmen zu dürfen?«, fragte Marten, und Rob hörte mittlerweile mit beiden Ohren zu, stellte aber keine Fragen. Wenn sie vergaßen, dass er mit ihnen in der Runde saß, würden sie vielleicht nicht länger um den heißen Brei herumreden.

»Ich bin sogar mitgelaufen«, sagte Rose. »Wie naiv ich damals war. Mittlerweile verstehe ich nur zu gut, warum die Ethikkommission entschieden hat, dass Erinnerungen nicht ins Jenseits gehören.«

»Gerüchte, dass es genug Unternehmen gibt, die genau das für eine gut betuchte Kundschaft anbieten, gab es trotzdem zur Genüge. Wer soll das auch überwachen?«, brummte Ethan.

»Die Leute, die uns vorhin aufgelauert haben, befürchte ich«, erwiderte Marten.

Ein kollektives Nicken.

»Was ist eine Simulation?«, fragte Rob und rechnete mit Kopfschmerzen, aber die dunkle Wolke blieb aus.

»Würdest du es nachschlagen, würdest du wahrscheinlich eine Definition finden, die dir etwas von der Nachbildung eines realen Szenarios erzählt. Du erlebst also etwas, das sich echt anfühlt, es aber nicht ist«, erklärte Marten.

Rob sah auf seine Handinnenflächen, streckte die Finger und ballte sie zu Fäusten. Das hier war zweifelsfrei echt. »Man hat Avataris nachgebildet?«

»Oh, man hat nicht Avataris nachgebildet, nein«, erwiderte der Squan und sah die anderen an. »Da, wo wir alle herkommen, wo wir mal gelebt haben, läuft alles ein bisschen anders.«

»Nicht weniger kriegerisch«, sagte Ethan und sah aus, als hätte er sich den Kommentar nicht verkneifen können.

»Aber es gibt nur Menschen, niemand reitet mehr, die Häuser sehen anders aus, viel Arbeit, wenig Abenteuer, keine Magie«, zählte Marten auf.

»Manches hat für mich schon wie Magie gewirkt«, widersprach Saira.

»Nur weil du nicht weißt, wie ein Computer –« Marten hielt mitten im Satz inne und sah zu Rob rüber.

»Was?«

»Keine Kopfschmerzen?«, fragte der Squan.

Rob nickte. Sie hatten so offen über Themen gesprochen, die ihm vor ein paar Tagen noch an den Rande eines Hirnschlags gebracht hätten, und jetzt saß er einfach entspannt da. »Alles gut«, sagte er überrascht.

»Nur weil du nicht weißt, wie ein Computer funktioniert, heißt es noch nicht, dass es Magie ist«, vervollständigte Marten den Satz an Saira, sprach aber jedes Wort mit Vorsicht aus, als fürchtete er, in eine Bärenfalle zu treten. »Geht's dir gut?«, schob er mit Blick auf Rob schnell hinterher.

»Ich habe keine Ahnung, was ein Compi…«, Rob hatte das Wort schon wieder vergessen, »… sein soll, aber es sorgt auf jeden Fall nicht dafür, dass ich Kopfschmerzen bekomme.«

»Erinnerst du dich an die Rolle in deinem alten Leben? An deine Arbeit? An die Begegnungen mit uns?«

Da war es wieder, das Gefühl von Einsamkeit. »Weder an euch noch an irgendjemand anderen. Wenn ich euch nicht begegnet wäre, würde ich heute noch glauben, dass ich vor Hunderten Jahren auf einem Schlachtfeld gekämpft habe und für Aeya gefallen bin.«

»Wenn wir nicht wären, wärst du auf dem Richtplatz gestorben«, sagte Ethan und grinste.

»Wenn er nicht wäre, wären wir schon vor langer Zeit gestorben«, hakte Saira ein. »Ich glaube, wir standen also in seiner Schuld.«

»Sagen wir einfach, wir sind quitt«, sagte ihr Anführer.

»Wisst ihr, was ich von Melfana will?«, fragte Rob.

»Kein Plan, ehrlich«, sagte Marten sofort. »Sie ist eines der Mysterien in dieser Welt, die ich nicht verstehe. Es würde mich nicht wundern, wenn du sie erschaffen hast, um eine Art Fluchtplan zu haben, sollte es mal Probleme geben.«

»Erschaffen?«, fragte Rob und fasste sich reflexartig an die Stirn. Aber die Kopfschmerzen blieben aus.

»Du, Morley und andere, ihr habt diesen Ort und diese Welt erbaut. Nicht mit euren Händen, mehr mit euren Gedanken. Aeya ist Morleys Erfindung, wie eigentlich alle Charaktere und Geschichten. Sogar die meisten Aufträge hat er selbst geschrieben.«

Es waren keine Kopfschmerzen, die Rob heimsuchten. Nur eine Leere, die nach ihm griff und drohte, ihn mitzuziehen. »Wie meinst du das?« Es überstieg die Grenzen des Vorstellbaren, dass er diese Welt mitgeformt haben sollte.

»Um das zu beantworten, müsstest du wissen, was ein Computer ist, und das zu erklären, übersteigt meine Kompetenzen«, sagte Marten und stopfte sich noch eine Dattel in den Mund.

»Also ist das alles eine große Lüge?«, fragte Rob und sah sich um. Die Clachans holten immer noch Wagen um Wagen aus dem Berg und brachten die Erze und Steine weg. Das hier war keine Lüge, nein, der Kampf mit Jyl war so echt gewesen. Er hatte den fauligen Atem der Kreatur in seinem Nacken gespürt.

»Für alle hier, die sich nicht an früher erinnern, ist es das echte Leben. Zwar ist es eine Simulation, aber sie fühlt sich echt an. Das ist das Wichtigste«, erklärte Saira.

Rob legte den Kopf in die Hände und schloss die Augen. Er würde sie alle durch das Portal führen, und auf der anderen Seite würde es endlich Antworten geben. Darauf musste er vertrauen, wenn er nicht an allem zweifeln wollte.

»Kopfschmerzen?«, fragte Marten.

»Nein.«

»Du wirst wirklich besser. Wahrscheinlich verfestigt sich deine Existenz in dieser Welt immer mehr. Wenn du auf dem gleichen Weg hierhergekommen bist wie wir nach unserem Tod, war es nicht der direkte. Das Einzige, was mich irritiert, ist, dass du noch immer keine Erinnerungen an dein vorheriges Leben hast.«

Rob hob den Kopf wieder. »Ich bin in meinem alten Leben tot, wenn ich euch richtig verstanden habe, also welche Rolle spielt das noch?«

»Sei froh«, sagte Rose. »Ohne Erinnerung kannst du zumindest nichts vermissen und dir ein neues Leben aufbauen.«

Eine tiefe Stimme unterbrach ihr Gespräch. »Eure Rüstungen sind jetzt fertig.« Der Schmied stand auf der anderen Seite des Hofes im Eingang des Hauses.

Rob, Marten und Ethan erhoben sich, gingen hinüber und kleideten sich wieder ein. Die Ausrüstung sah wie neu aus, und Rob verstand nicht, wie der Schmied das in der kurzen Zeit hinbekommen hatte. Die Clachans waren offenbar Meister an der Esse und im Umgang mit Eisen und Hammer geübt.

Ausgerüstet kamen sie zu Rose und Saira zurück, die gerade die letzten Datteln aus der Tüte aßen.

Es dauerte noch bis zum späten Abend, bis der Abgesandte des Wachoffiziers wieder auftauchte. »Die Meisterin ist jetzt bereit. Folgt mir bitte.«

Er führte sie auf das große Tor im Berg zu, und mit jedem Schritt fiel Rob das Laufen schwerer. Er wusste nicht, warum er

Melfana treffen sollte, nur, dass diese Begegnung wichtig war. Vielleicht war sie sogar der Grund für seine Existenz auf Avataris.

Als sie sich dem mit Diamanten geschmückten Tor näherten, wurde es geöffnet und gab den Blick in den Berg preis. Die Schienen verschwanden in der Dunkelheit. Wagen um Wagen reihte sich aneinander; sie warteten darauf, geleert zu werden.

»Bitte nicht die Schienen betreten. Das würde zu Verzögerungen im Ablauf führen, und die Kosten müssten wir leider in Rechnung stellen«, ermahnte sie ihr Begleiter. »Bitte bleibt direkt hinter mir.«

Sie betraten die Minen. Unzählige Clachans wuselten herum. Zu Robs Überraschung dienten die Gänge und Stollen nicht nur zum Abbau des wichtigen Erzes – die Clachans lebten unter dem Berg. Riesige Höhlen, erleuchtet von magischen Feuern, boten unzähligen von ihnen eine Herberge. Brücken aus Stein spannten sich über Abgründe und Schluchten. Fahrstühle aus Holz fuhren in die Dunkelheit, und ein Wasserfall ergoss sich in einen unterirdischen Fluss. Die Festung, die man von außen sah, war nur ein Vorposten. Ein erster Wall, den es zu überwinden galt. Das echte Leben spielte sich im Inneren des Berges ab. Rob wusste nicht, wohin er zuerst schauen sollte. Häuser und Höhlen waren in den Stein gehauen worden, und der Weg dorthin war gepflastert. Wo kein magisches Feuer brannte, hatte man Steine aufgehängt, die Licht spendeten. Sie waren grün und leuchteten wie Jyls Augen. Pflanzen, die wie Algen aussahen, wuchsen an beiden Seiten des Wasserfalls auf dem nassen, glatten Stein.

Ständig wuselten bis zur Haarspitze gerüstete Clachans um sie herum, aber auch ein paar andere Helden erspähte Rob. Jedes Mal durchzuckte ihn die Angst, dass es sich um Lunita handeln könnte, die seiner Spur bis hierher gefolgt war. Doch die Champions, die weitaus stärker als sie aussahen, kümmerten sich gar nicht um die Gruppe. Sie kehrten in die Taverne ein oder feilschten mit den Händlern. Aber, und das fiel Rob auch auf, alle waren in Begleitung eines Clachans, den man offensichtlich extra für sie abgestellt hatte. Die Bewohner des Bergs schienen ein misstrauisches Volk zu sein, das Fremde nur so lange duldete, wie sie ihm einen wirtschaftlichen Vorteil verschafften. Wenn sie ihr Gold für die Güter der Händler und das Bier der Schenken ausgaben, waren sie willkommen.

»Wie viele Helden kommen hier jeden Tag vorbei?«, fragte Marten.

»Ein gutes Dutzend, manchmal auch zwei«, sagte der Clachan kurz angebunden und steuerte auf einen Fahrstuhl zu.

»Gibt es hier auch Aufträge für uns?«

»Keine, für die Ihr erfahren genug seid«, sagte ihr Fremdenführer und ließ es wie eine Beleidigung klingen.

»Ich möchte, dass du mich bei meinem Titel ansprichst«, konterte der Squan.

»Keine, für die Ihr erfahren genug seid, Bezwinger des großen Wyrms«, wiederholte der Clachan im gleichen Ton.

»Es funktioniert wirklich«, sagte Marten mehr zu sich selbst. »Wenn ich darauf bestehe, müssen sie mich damit ansprechen.«

»Das ist nichts, auf das ich bestehen möchte«, sagte Saira.

Sie betraten eine der großen Plattformen an den Hängen, die Trupps von Clachans, bestückt mit Spitzhacken und Laternen, hinauf- und hinunterbrachte. Auf der gegenüberliegenden Seite kam gerade ein Fahrstuhl herauf, und Rob sah, dass die Flechtkörbe voll Erde und Steinen waren. Der Inhalt wurde in die Förderwagen gekippt. Die Rüstungen der Minenarbeiter bestanden aus Leder, und wieder waren Gesichter und Haut komplett verhüllt. Über den Kapuzen trugen sie am Helm befestigte Laternen, die aus einem der grün leuchtenden Steine und einem Glas bestanden, das das Licht brach. So konnten sie beide Hände zum Schürfen wertvoller Steine nutzen.

»Was hat es damit auf sich, dass sie sich nie zeigen?«, flüsterte Rob Ethan zu.

»Noch nie hat jemand einen Clachan zu Gesicht bekommen, und die Gerüchte besagen, dass sie dich umbringen, wenn es doch passiert. Sie hüten das Geheimnis um ihr Aussehen genauso gut wie die Schätze dieses Bergs.«

Es ruckelte unter ihren Füßen, und das Holz knarrte, dann setzte sich die Plattform in Bewegung. Quälend langsam bewegte sie sich nach unten, fuhr vorbei an Höhlen und Behausungen, in denen Clachans lebten. Selbst die Kinder, zumindest vermutete Rob das aufgrund der Größe, trugen schon Rüstungen. Ohne Edelsteine. Das war etwas, was man sich offensichtlich erst verdienen musste. In der Ferne hörte er das Hauen der Spitzhacken, und hin und wieder erschütterte eine Explosion den Berg. Rob wagte einen Blick nach unten, aber dort wartete nur die Dunkelheit.

Der Clachan räusperte sich. »Das dauert einen Moment.«

Rob schloss die Augen und versuchte, das Gefühl der Anspannung zu verdrängen. Sein Herz pochte, und er wusste nicht, warum. Bisher war Melfana nur ein Name, nur eine mysteriöse Gestalt. Etwas, das die Clachans unter dem Berg versteckt hielten.

Ruckartig blieb die Plattform stehen, und Rob wurde aus seinen Gedanken gerissen. Der Clachan trat hinaus auf den Boden, der von feinen Nebelschwaden überzogen war.

»Heiß wie in einem Bärenarsch«, murmelte Marten, und Ethan warf ihm einen bösen Blick zu. Aber der Squan hatte recht. Die Hitze hier unten war fast unerträglich, und Rob bereute, die Rüstung wieder angelegt zu haben. Sie liefen eine enge Gasse hinab, die offenbar vor vielen Jahren in den Berg geschlagen worden war. Sie war kaum breit genug für Ethan. Es roch nach Feuer, und es erklang das regelmäßige Schlagen eines Hammers, der auf Eisen traf. Der Nebel wurde immer dichter, und irgendwann sah Rob nicht mehr, wohin er trat, folgte nur den Schrittgeräuschen vor sich.

Das Nächste, was er sah, war eine eiserne Tür, die man im Berg verbaut hatte. Sie war komplett mit Diamanten, Rubinen, Saphiren und Malachiten überzogen, als würde man jedem Dieb in diesem Berg sagen wollen: *Hinter diesem Schloss liegt unser Schatz.* Nur eine Stelle war ausgespart, an der sich ein Türklopfer befand. Er war aus Eisen, und der Clachan schlug ihn zweimal.

Das Hämmern erstarb.

Der Clachan öffnete die Tür, und Robs Herz drohte ihm aus der Brust zu springen. Ein erneuter Schwall aus Hitze drang ihm entgegen, vertrieb den Nebel ringsum.

Ein Bach aus Lava schlängelte sich durch die Schmiede, und in der Mitte stand eine große Esse mit einem Blasebalg, vor dem sich ein Amboss befand. Werkzeuge aller Art hingen an der Wand: Hämmer, Zangen, Stangen, Sägen und Gussformen. Unverarbeitete Erzbrocken stapelten sich ringsum und warteten auf ihren Einsatz.

Und in der Mitte der Schmiede stand sie.

Melfana. Nein, das war nicht ihr Name, nicht ihr echter.

»Annie«, flüsterte Rob.

»Robert«, hauchte sie.

19

Einen Moment standen sie sich wie zwei Duellanten gegenüber. Annies dunkle Haut war rußverschmiert, und auch die dicke Lederschürze zeugte von ihrer harten Arbeit an der Esse. Die krausen Haare waren unter einem roten Tuch vor den Funken und dem Feuer in der Schmiede geschützt.

Rob rang mit sich. »Du lebst«, flüsterte er und machte zwei Schritte auf sie zu. Er erinnerte sich. Nicht an sein vorheriges Leben, nicht an das, wovon Marten und die anderen erzählt hatten. Aber er erinnerte sich an Annie Melfort.

»Du lebst«, wiederholte er. Er begann zu zittern, und aus seinen Beinen verschwand jegliches Gefühl. »Ich dachte, du bist tot.«

»Warum?«, schrie sie ihm entgegen, und Rob zuckte erschrocken zusammen. Schlagartig schien jede Hitze aus der Esse zu weichen, und ihm wurde kalt. »Warum hast du das getan!?« Sie hob den Schmiedehammer. Jeder Muskel ihres trainierten Körpers war angespannt.

»Ich … w-w-was?«, stammelte Rob.

»Du wusstest genau, dass ich das nie gewollt habe!«, rief sie, und ihre Worte hallten von der hohen Kammerdecke zurück.

Rob blickte Hilfe suchend zu seinen Gefährten, die aber genauso ratlos aussahen wie er.

Annie machte drei Schritte auf ihn zu, den Hammer immer noch erhoben. »Dazu hattest du kein Recht. Mein Wunsch war klar.« Trauer mischte sich unter den Zorn, und sie verschluckte das letzte Wort.

»Was habe ich getan?«, flüsterte Rob, und die Frage galt mehr ihm selbst.

»Mach, dass dieser Albtraum endlich aufhört«, forderte sie ihn auf. »Ich habe keine Kraft mehr.«

Rob kramte in seinem Kopf. Irgendwas musste es dort doch geben. Eine kleine Erinnerung an das, was geschehen war. Ein Mosaikstück, das ihn irgendwie auf das große Ganze schließen ließ. Aber sein Gedächtnis war nicht mehr als eine Wüste, die auch nach einem Tagesmarsch ihr Erscheinungsbild nicht änderte. Die immer gleiche, monotone Leere.

»Ich bin hier, um dich zu retten.« Schon als er die Worte aussprach, wusste er, dass er die falschen gewählt hatte.

»Ich bin tot, mir ist nicht zu helfen«, erwiderte Melfana, die Schmiedin der ewigen Esse, und langsam wich der Zorn aus ihrem Körper. »Und wenn du hier bist, bedeutet es, dass auch du tot bist.« Sie machte einen weiteren Schritt auf ihn zu, runzelte die Stirn. »Du hattest noch so viel Zeit, du darfst nicht hier sein.«

»Deinetwegen bin ich hier, deinetwegen, Annie.« Jetzt ergab es alles Sinn. Er war hier, um *sie* zu retten.

Sie ließ den Hammer sinken, und mit dem nächsten Schritt war ihre Wut verraucht.

Dann fielen sie sich in die Arme, und der Geruch aus Schmiedefeuer und Schweiß weckte in Rob eine Vertrautheit. Endlich war er angekommen, er war zu Hause. Er war bei ihr.

»Weder du noch ich sollten hier sein«, presste sie hervor.

»Ich weiß, ich weiß«, flüsterte Rob. »Ich bin hier, um dich zu retten.«

»O Robert, du kannst nicht immer alle retten. Du musst loslassen.«

Kopfschmerzen sollten ihn in die Ohnmacht stürzen, aber er spürte nichts außer grenzenloser Erleichterung, sie endlich gefunden zu haben. »Ein Feuer kommt, das alles verschlingt,

Annie. Es wird alle umbringen, die sich nicht rechtzeitig retten. Wir werden durch ein Portal flüchten, ich habe es gesehen.«

»Niemand auf Avataris kann wirklich sterben«, erwiderte Annie.

»Es ist ein magisches Feuer. Nichts und niemand, selbst die Unsterblichen nicht, werden dem standhalten können. Es wird alles verschlingen. Frag mich nicht, wieso, aber es wird kommen.« Er umfasste ihre rauen Hände und wollte sie mit sich ziehen, weg von diesem Ort, hin zu dem Portal. Aber Annie blieb stehen.

Ihr Blick wanderte zu dem Ring an seinem Finger. »Du trägst ihn immer noch.«

»Er war alles, mit dem ich in diese Welt kam.«

»Regeln sind nicht so deine Sache, oder?«

»Was meinst du?«

»Erinnerst du dich nicht?«

Rob schüttelte den Kopf und fühlte sich wieder hilflos.

»Das ist der Ring, den ich dir für unsere Hochzeit geschmiedet habe. Ich habe ihn dir geschenkt, als klarwurde, dass wir nicht mehr genug Zeit haben. Du hast geschworen, ihn bis an dein Lebensende zu tragen. Ich hätte mir denken können, dass es auch darüber hinaus galt.«

Rob nickte, und die Erinnerung wurde freigegeben wie ein Brocken, den man mit einer Spitzhacke aus einem Fels schlug. Sie hatten heiraten wollen, aber Annie war vorher gestorben. Nur woran, wusste er nicht mehr. Es waren keine Bilder, die er im Kopf hatte, nur die Gewissheit. Fragmente eines vergessenen Lebens.

»Komm, wir müssen zum Portal.« Wieder wollte er sie mit sich ziehen, aber sie gab dem Versuch nicht nach.

»Nein, Rob, verlang das nicht von mir.«

Die Worte trafen ihn mit der Wucht eines Schmiedehammers. »Was?«

»Du hast schon einmal ignoriert, worum ich dich gebeten habe. Bitte tu es kein zweites Mal. Die ersten Zyklen habe ich Hass empfunden, den ich dann in eine unglaubliche Produktivität verwandelt habe.« Sie sah zur Seite, wo sich ein Berg aus Ringen türmte. Daneben lagen unzählige Schwertrohlinge. Die Schmiedin unter dem Berg war fleißig gewesen, kein Zweifel. »Ich habe mein Schicksal akzeptiert. Du konntest das nicht.«

»Aber es gibt eine Rettung für uns. Das Portal –«

»Das Portal wird niemanden von uns lebendig machen«, schnitt sie ihm das Wort ab, und Rob spürte, wie sich die Stimmung weiter abkühlte. »Lass endlich los, Robert.«

»Nein.« Er spürte eine seltsame Taubheit. »Warum sagst du so was?«

»Weil das halt das Leben ist. Wir können nicht Gott spielen. Ich wollte kein virtuelles Nachleben haben. Ohne dich.«

Die letzten zwei Worte verfingen sich in seinem Kopf. »Aber ich bin doch hier.« Tränen liefen über sein Gesicht.

»Ich weiß, und unter anderen Umständen hätte ich mich darüber gefreut. Aber dass du hier bist, bedeutet, dass du tot bist, und das hier ist nicht echt. Es ist nicht das echte Leben.«

Rob schüttelte den Kopf. Nein, er fühlte sich lebendig, und seine Gefühle waren echt.

»Seine Erinnerungen sind ein wenig unvollständig«, meldete sich Marten von irgendwo hinter ihm. Bisher hatten die Mitglieder der Gruppe den beiden schweigend zugesehen.

»Komm mit uns durch das Portal«, forderte er.

Annie wischte ihm die Haare aus dem Gesicht. »Robert, bitte.«

»Nein.« Er schüttelte den Kopf. »Du musst mitkommen.«

Sie küsste ihn, und all die Trauer und Verzweiflung verschwanden. Rob war angekommen. Ihre Lippen schmeckten nach einer Zeit ohne Sorgen und Gefahren.

»Du kannst dir gar nicht vorstellen, wie furchtbar es hier für mich war. Allein, verwirrt. Die Erinnerungen an das frühere Leben kamen erst später zurück. Die Clachans haben mich aufgenommen und mein Talent für das Schmieden erkannt. Seitdem habe ich nichts anderes getan, weil es das Einzige war, was mich davon abhält, verrückt zu werden. Du hast meine Bitte ignoriert und mich in diese Welt gebracht.« Sie klang nicht mehr wütend, aber ein Vorwurf schwang in ihren Worten mit.

»Dafür gab es bestimmt gute Gründe!«

»Rob«, erwiderte sie, als würde sie mit einem bockigen Kind sprechen. »Warum kannst du meinen Wunsch nicht respektieren?«

»Weil es nicht richtig ist.« Er wischte sich die Tränen aus dem Gesicht. »Du und ich, wir müssen leben. Zusammen.«

»Das Portal, was hat es damit auf sich?«, fragte sie und wollte das Thema offensichtlich in eine andere Richtung lenken.

»Es wird auf dem Palastplatz von Gonholt erscheinen. Kurz bevor das Feuer kommt. Wir müssen hindurch, bevor es uns erwischt.«

»Wo führt es hin?«, fragte Annie.

Er suchte nach den richtigen Worten. »Ich weiß nicht. Weg von hier. Irgendwo, wo es sicher ist.«

»Rob«, wiederholte sie. »Manches ändert sich nie.« Sie schenkte ihm ein warmes Lächeln, und er verstand nicht, was sie damit sagen wollte.

»Ich weiß nicht, wie viel Zeit wir noch haben«, sagte er drängend. »Die Silberne Garde sucht mich, und wir müssen noch herausfinden, wie wir das Portal öffnen. Am besten wir brechen heute noch auf.«

Aber Annie schüttelte den Kopf. »Keine Experimente mehr, okay? Ich will gar nicht wissen, auf welchem Weg du mich nach Avataris geschleust hast. Ich bin auf jeden Fall nicht wie die anderen hier, und ich bin froh, dass mich die Clachans tief unter ihrem Berg versteckt halten. Ihr seid die Ersten, denen eine Audienz erlaubt wurde. Man hat mir erzählt, dass ihr Jyl besiegt habt.«

»Bezwinger des großen Wyrms«, sagte Marten voller Stolz. »Du bist also eine von uns. Wir sind auch nur mit Robs Hilfe hier gelandet und entsprechen nicht dem klassischen Helden.«

Annie wandte sich Robs Begleitern zu. »Hat er euch auch an den Sicherheitsmechanismen vorbeigeschleust?«

»Ja, aber wir haben ihn darum gebeten«, antwortete der Squan. »Meine Vermutung ist, dass sie die Sicherheitsmechanismen gerade hochschrauben und nach Anomalien in der Welt suchen. Wir sind auf jeden Fall eine, und nach allem, was ich eben hören durfte, handelt es sich bei dir auch um eine.«

»Komm mit«, flehte Rob.

Annie sah ihn für einen Moment an. »Eigentlich müsste ich dir einen mit dem Schmiedehammer überziehen. Du glaubst gar nicht, wie ich gelitten habe. Ich war einsam, verwirrt, aber habe mich irgendwie zurechtgefunden, nachdem du meinen vorletzten Wunsch ignoriert hast. Nun tauchst du hier auf, aus dem Nichts, und verlangst, dass ich dir durch irgendein Portal folge, von dem du nicht mal das Ziel kennst.«

»Wunsch?«, fragte Rob.

»Ich habe mir gewünscht, dass du mich nicht in eine deiner Welten lädst, Rob. Der Gedanke, eine Ewigkeit ohne dich und die Menschen, die ich liebe, zu verbringen, egal ob ich mich erinnere oder nicht, war mir unheimlich. Ich hatte ein schönes Leben geführt und war bereit für das Unvermeidliche.«

»Aber du lebst«, widersprach Rob und fühlte ihre warme Hand in seiner.

»Ich habe gelebt. Nun existiere ich noch.«

»Bitte, komm mit uns. Ich bin hier, um dich zu retten«, flehte er wieder. Er brauchte nicht in das Auftragsbuch zu schauen, um zu wissen, dass er *sie* gefunden hatte. Sie war der Grund für seine

Anwesenheit auf Avataris und wenn er sie erst gerettet hatte, würde endlich alles Sinn ergeben.

Sie legte die Hand auf seine Wange, und die Mundwinkel hoben sich leicht. »Ich brauche keinen Retter, ich brauche Ruhe. Wie wollt ihr dieses Portal überhaupt öffnen?«

»Wir … ich … ich weiß nicht«, gab Rob zu. Er hatte noch keinen Plan geschmiedet. Er hatte nur sie finden wollen. Und nun, wo er wusste, wer sie war, wollte er sie nur noch von diesem Ort wegbringen.

»Möglicherweise können die Magier unserer Gilde einen Zauber wirken«, warf Marten ein.

»Dieser Zauber müsste erst noch erfunden werden«, kommentierte Rose ruhig.

»Gib mir den Ring«, forderte Annie.

Rob zögerte, aber da war dieses Urvertrauen in die Frau, der er erst vor wenigen Augenblicken begegnet war. Keine Erinnerungen, aber die Gewissheit, ein ganzes Leben mit ihr geteilt zu haben. Er griff nach dem Ring, jedoch ließ er sich nicht sofort vom Finger nehmen. Rob zog daran, drehte ihn, und schließlich löste er sich. Er überreichte ihn Annie, die ihn prüfend ins Licht hielt.

»Es sieht aus wie unser Ehering, ich habe mich nicht getäuscht. Aber etwas ist anders«, sagte sie. »Welche Farbe hat das Portal?«

»Blau«, sagte Rob.

»Das hier ist nicht unser Ehering, sondern eine fast perfekte Kopie. Der Ring, den ich einst für dich geschmiedet habe, fasste einen blauen Tansanit, für den ich verdammt viel Geld gezahlt habe. Der Juwelier hat mir noch einen großzügigen Rabatt gewährt, weil ich häufiger für ihn Aufträge und Reparaturen übernommen hatte. Das hier ist aber ein anderer Stein. Er ist größer und dunkler. Außerdem sehe ich eine Art Nebel.« Sie wendete den Ring. »Fast wie ein Schatten, der sich über das Blau legt.

So wie ich dich kenne, ist die Lösung sehr viel näher, als ihr die ganze Zeit dachtet.« Sie ging hinüber zum Amboss und legte den Ring darauf. Dann ging sie zu der Werkbank und nahm einen Hammer.

»Nicht!«, rief Rob und stürzte vor, aber zu spät.

Der Kopf des Hammers sauste herunter und traf den Stein. Blaue Funken stoben in alle Richtungen davon.

Annie legte den Hammer wieder weg und ignorierte Rob, der nur wenige Meter von ihr stand, fassungslos, was sie gerade getan hatte. Wieder hielt sie den Ring empor, und das Licht der Esse spiegelte sich in dem Stein.

»Kein Kratzer, nichts. Eigentlich hätte es ihn zerstören müssen. Das hier ist nicht normal.« Sie hielt Rob den Ring hin.

»Er ist das Einzige, mit dem ich in diese Welt kam«, sagte er.

»Du hättest diesen Weg nicht auf dich genommen, wenn du keinen Plan gehabt hättest. Du wusstest, was kommen wird, und du wolltest mich hier rausbringen.«

»Uns«, warf Marten ein.

»Also hast du einen Plan gemacht und dich umgebracht«, sagte sie.

»Nein«, entgegnete Rob. Wenn er sich umgebracht hätte, würde er sich auf jeden Fall daran erinnern. So was vergaß man nicht.

»Doch«, erwiderte sie bestimmt. »Dieser Stein ist das Portal hier raus, und ich bin mir sicher, dass es an einen Ort führt, wo ihr sicher seid.«

»Wo *wir* sicher sind«, sagte Rob.

Sie ignorierte seinen Einwand und ging hinüber zu dem Bach aus Lava, der sich durch die Schmiede schlängelte. Die Hitze trieb ihr augenblicklich Schweiß auf die Haut. Annie ging in die Hocke und tunkte den Ring zu Robs Entsetzen in die Lava. Gerade tief genug, dass der Stein untertauchte. Die Hitze hätte ihr eigentlich die Haut verbrennen müssen, aber nichts passierte.

Sie zog den Ring wieder heraus, und vom Edelstein tropfte noch dampfende Lava, aber er war unversehrt. »Gibt es irgendwas in Gonholt, das in der Lage ist, das hier zu zerstören?«

Rob dachte nach. In Gedanken folgte er dem Weg vom Stadttor hoch bis zum Palast. Er versuchte, sich zu erinnern, was er vom Karren aus gesehen hatte. Gebäude und Gestalten. Die Palastwache. Cervantes Salomon. Die Scharfrichterin Elia Anasia. Das Schwert, mit dem sie den Gefangenen hingerichtet hatte. Es war in der Lage, selbst Unsterbliche zu zerstören. Er erinnerte sich daran, wie der Ring förmlich von der Klinge angezogen worden war.

»Wir brauchen die Waffe der Scharfrichterin«, sagte er. »Damit können wir den Stein zerstören und das Portal öffnen.«

»Ach du meine Güte«, brummte Ethan, und das Seufzen der anderen war unüberhörbar. »Wir sollen uns mit der Scharfrichterin anlegen?«

»Nicht anlegen, wir brauchen nur das Schwert«, sagte Rob und drehte sich zu seinen Freunden um.

»Die Silberne Garde sucht uns. Wir würden uns komplett ausliefern. Selbst wenn wir mit voller Stärke in Gonholt aufmarschieren, hätten wir keine Chance«, sagte Marten. »Nicht nur die Palastwache würde sich uns in den Weg stellen, sondern auch andere Helden. Man würde auf uns alle ein Kopfgeld aussetzen.«

»Wir müssen das Portal öffnen«, sagte Rob. Er hatte das Feuer gesehen, wie es alles und jeden vernichtete. Nichts aus dieser Welt würde bleiben.

»Aber warum das Schwert der Scharfrichterin? Warum können wir nicht noch gegen, keine Ahnung, zwei Jyls oder so kämpfen?« Marten klang nun fast flehend. »Es gibt nichts, was mir Angst macht in dieser Welt, aber die Scharfrichterin hält sich nicht an die Spielregeln, verstehst du?«

»Es tut mir leid. Wir müssen den Stein zerstören, und das

Einzige, was das kann, ist das Schwert der Scharfrichterin.«
Rob hatte keine Gewissheit darüber, aber nun ergab es Sinn,
dass sich das Portal auf dem Palastplatz öffnen würde. Dort, wo
Elia Anasia ihre Gefangenen richtete und die Menge jubelte. Er
wandte sich wieder Annie zu, die immer noch mit dem Ring am
Lavabach stand. »Komm mit, bitte, ich brauche dich.«

Annie legte ihren Kopf leicht schräg. »Ach Rob, du hast dich
wirklich kein Stück geändert, oder?« Ihre Augen füllten sich mit
Tränen. »Ich habe dich so sehr vermisst, aber ich habe mir gewünscht, dass wir uns nicht wiedersehen.«

»Warum sagst du so was?«

»Du bist tot, Rob, du bist tot. Verstehst du das nicht? Du solltest nicht hier sein, du bist noch viel zu jung.«

Er verstand es wirklich nicht. »Ich bin nicht tot. Ich bin lebendig, schau mich an. Und wir beide werden zusammen durch
dieses Portal gehen und weiterleben, Annie.«

»Du hast es früher nie verstanden, und du willst es auch jetzt
nicht verstehen«, sagte sie.

»Was?«

»Dass ich mein Leben gelebt habe und dass es okay für mich
war zu sterben.«

Rob sah sich Hilfe suchend zu seinen Freunden um, die aber
nur den Kopf schüttelten. Dann wandte er sich wieder Annie zu.
»Bitte. Ich gehe nicht ohne dich.«

»Dann wirst du wohl auch von dem Feuer heimgesucht, vor
dem du warnst. Hier.« Sie überreichte ihm den Ring, ging hinüber zum Amboss und griff sich einen Rohling, aus dem später eine Klinge oder ein Werkzeug werden würde. Sie legte das
Eisen in die Glut und sah Rob an.

»Dann ist es so«, sagte Rob. Sein Entschluss stand fest: Er
würde nicht ohne Annie gehen. Er hatte keine Erinnerungen
an ein gemeinsames Leben, aber trotzdem wusste er ganz genau, wie es war, neben ihr aufzuwachen. Er wusste, wie es sich

anfühlte, wenn sie über seine Witze lachte. Er kannte den Schmerz, wenn sie stritten, und er spürte die Sehnsucht, wenn sie nicht da war.

»Rob, bitte. Ich habe gelernt, zu vergessen, mich nur noch auf meinen Hammer und die Esse konzentriert. Du verstehst nicht, welche Wunden du aufreißt.«

»Das Portal bringt uns an einen Ort, an dem wir alle sicher sind.«

»Es gibt keinen Ort, der sich je wieder wie ein Zuhause anfühlen wird ohne dich.«

»Ich bin doch hier, verdammt!«, rief Rob, als die Verzweiflung in ihm wuchs.

»Wir sind nicht echt«, hielt Annie dagegen, und die Wut schlich sich wieder in ihre Worte.

»Was ich für dich empfinde, ist echt. Ich weiß nicht, was wir gemeinsam erlebt haben, aber ich weiß, was ich fühle. Und das lass ich mir von niemandem absprechen. Ich liebe dich, und wir müssen hier fort.«

Annie schloss die Augen. »Ich liebe dich auch, und das hat mich hier fast um den Verstand gebracht. Zu wissen, dass du lebst, aber dass wir für immer getrennt sind.«

»Eben nicht«, sagte Rob eine Spur zu energisch, als hätte er bei einer Partie Karten ein unbesiegbares Blatt gezogen. »Ich stehe vor dir, aus Fleisch und Blut.«

»Du bist kein Fleisch und Blut. Wir alle nicht. Wir sind nur eine Erinnerung, und ich mag mich nicht mehr daran erinnern, was ich verloren habe.« Sie holte den Rohling mit einer Zange aus der Glut und legte ihn auf dem Amboss ab. »Ich muss nachdenken. Ich werde nach euch schicken lassen, sobald ich mich entschieden habe. Lasst mir Zeit.«

Als hätte er vor der Tür gehorcht, tauchte der Clachan auf und lotste die Truppe aus der Schmiede. Rob hatte das Gefühl, auf ganzer Linie versagt zu haben.

Sie wurden auf eine der oberen Etagen im Berg einquartiert. In der Höhle war kaum genug Platz, dass jeder eine Schlafmatte ausrollen konnte. Ein Fenster in der Mauer bot einen Ausblick auf den Wasserfall, der sich in die Tiefe stürzte. Rob starrte ihn seit Stunden an. Er versuchte, nicht nachzudenken, was umso schwerer fiel, je mehr er es versuchte.

Annie.

Er hatte sich sofort an ihren Namen erinnert. Er wusste, dass es eine Zeit gegeben hatte, in der er alles für sie gegeben hätte. Sogar sein Leben.

Er wusste nicht, was er tun würde, wenn sie ihre Meinung nicht änderte. Der Gedanke, sie hier zurückzulassen, zerriss ihn.

»Wir gehen in die Taverne, willst du mit?« Ethans Worte drangen wie durch Nebel an seine Ohren. »Rob?«

Er schüttelte kaum sichtbar den Kopf und nahm nur am Rande wahr, wie seine Freunde die Höhle verließen. Jeden Gesprächsversuch ihrerseits hatte er abgeblockt. Eigentlich sollte er Erleichterung darüber verspüren, dass er endlich wusste, warum er hier war. Der Grund seiner Existenz war es, Annie zu retten. Er war nie ein Held gewesen, nein. Irgendwie hatte er von der Gefahr erfahren, die diesen Kontinent heimsuchen würde, und dann den Plan gefasst, seine große Liebe zu retten. Durch Magie hatte er es geschafft, seine Seele in diesen Körper zu verpflanzen. Dabei hatte er nicht alle Erinnerungen mitnehmen können. Er zog das Auftragsbuch hervor und sah auf die Zeilen. Auch die letzte Quest war nun durchgestrichen. Er hatte das Ziel erreicht, verspürte aber keinen Frieden. Jetzt musste er sie alle von hier fortbringen. Rob befürchtete, dass Annie mit ihrer Vermutung richtig lag: Der Stein war der Weg hier raus, deswegen hatte er ihn bereits am Körper getragen. Das Schwert wäre stark genug, ihn zu zerstören und seine Kraft freizusetzen. Was selbst Unsterbliche vernichten konnte, würde auch mit einem magischen Stein fertigwerden.

Sie würde mitkommen. Sie *musste* mitkommen.

Eine Hand legte sich auf seine Schulter, und er zuckte zusammen.

»Wie geht es dir?«, fragte Rose.

»Ich dachte, ihr seid in die Taverne«, erwiderte Rob. Die Antwort auf ihre Frage hätte Kraft gekostet, die er gerade nicht hatte.

»Mir war nicht nach einem feuchtfröhlichen Umtrunk«, erklärte die Eollyan und setzte sich neben ihn. Sie sah aus dem Fenster. »Schön, oder?«

Rob starrte auf den Wasserfall. Die Halle war erfüllt vom Licht unzähliger Lampen, Laternen, magischer Feuer und glühender Insekten, die sich im Wasser spiegelten. Nur noch wenige Clachans waren unterwegs, die meisten hatten sich in ihre Gemächer zurückgezogen. Doch die Aufpasser der Helden waren noch wach. Eine lose Gruppe aus Menschen, Eollyans, Gronts und Squans hatte sich am Fuße des Wasserfalles zusammengefunden. Gelächter drang zu ihnen hoch.

»Ja«, sagte er matt.

»Du hast Angst, sie zu verlieren, oder?«

»Bis vor ein paar Stunden wusste ich nicht mal, dass sie existiert. Wie kann ich jetzt so fühlen? Eigentlich ist sie eine Fremde.«

»Gefühle überdauern den Tod. Das weiß ich am besten«, sagte Rose.

»Ich wünschte, ich könnte einer von ihnen sein.« Rob deutete auf die Helden, die lachend, trinkend und tanzend am Wasserfall feierten. »Ich würde nichts von dem Feuer wissen. Mir keine Gedanken machen. Ich würde einfach mein Leben als Held führen.«

»Das habe ich mir auch schon so oft gewünscht«, gestand Rose.

»Was glaubst du, wie sie sich entscheiden wird?«

»Ich kenne sie nicht. Ich kann nur ihren Schmerz nachfühlen. Hier gefangen zu sein, ohne die Menschen, die wir lieben, ist eine Bestrafung, kein Privileg. Dass du hierhergekommen bist, um sie und uns zu retten, ist ein großes Opfer. Vielleicht das größte aller Opfer. Wenn sie das erkennt, wird sie uns folgen, ohne jeden Zweifel.« Sie legte eine Hand auf seine Schulter und lehnte ihren Kopf an. »Du hast alles für uns aufs Spiel gesetzt, das werden wir dir nicht vergessen.«

»Kannst du meinen Namen sagen? Ich meine, meinen richtigen.«

Sie sah ihn an, als hätte er sie gebeten, ihm ein Messer in die Brust zu rammen. »Sicher?«

»Sicher.«

»Robert Harlow«, sprach sie langsam aus.

Rob wartete auf den Schmerz, eine Ohnmacht, aber nichts. Zu seiner Enttäuschung kamen mit dem Namen aber auch keine Erinnerungen zurück. Keine Bilder, keine Gefühle, keine Emotionen. Es waren nur ein paar Buchstaben.

»Alles okay?«, fragte Rose.

»Ja, alles okay. Keine Kopfschmerzen mehr, die mich umbringen wollen.«

»Ich habe zwar nie Medizin studiert, aber ich kann dir mit Sicherheit sagen, dass das ein gutes Zeichen ist. Irgendwelche Erinnerungen?«

»Nein, nichts.«

»Das wiederum ist nicht so gut, aber kein Grund zur Sorge. Aktuell sind wir auf einem guten Weg, und wer weiß, wohin du uns führst. Möglicherweise klärt sich dann alles.«

»Ich hoffe es.« Tief in seinem Inneren ahnte er, dass es nicht so einfach war. Falls er einen Plan gehabt hatte, bevor er seine Erinnerungen verloren hatte und wiedergeboren worden war, dann war er nicht sehr gut gewesen. Denn dass sie so weit gekommen waren, war eher Glück als seinem Verstand zu verdanken. Hätten ihn Marten und Ethan nicht vor der Hinrichtung gerettet, wäre all das nicht geschehen. Das nächste Mal würde er sich einen eindeutigeren Quest-Eintrag schreiben, der nicht so viele Fragen offenließ. »Was soll ich tun, wenn sie nicht mitkommen möchte?«

Rose hob den Kopf von seiner Schulter und sah ihn mit hochgezogenen Augenbrauen an. »Das Einzige, was dir in so einer Situation bleibt: Du respektierst ihre Entscheidung. Wenn mein Mann jetzt hier auftauchen und mir sagen würde, dass ich alles stehen und liegen lassen soll, um mitzukommen, ich würde keine Sekunde zögern. Aber weder du noch ich wissen, was vor ihrem Ableben und dem Übertritt in diese Welt passiert ist. Wir wissen nicht, woran sie sich noch erinnert und woran nicht. Sie wirkte nicht gerade glücklich mit ihrem Leben hier.«

»Sie hat sehr deutlich gesagt, dass sie nichts davon wollte. Warum habe ich das trotzdem getan?«

»Keine Ahnung, aber vielleicht bist du gekommen, um es wieder geradezubiegen.« Rose gähnte. »Ich hoffe, die anderen machen nicht zu lang. Wenn die hier heute Nacht erst reintorkeln, wecken sie uns auf.«

Rob würde die Nacht kein Auge zumachen.

Als die anderen von ihrem Tavernenbesuch zurückkamen, lag er noch wach auf der Matte und starrte an die Decke. Sie bemerkten es nicht. Marten lallte etwas Unverständliches und fiel unter Gepolter und Gelächter der anderen beiden hin. Das anschließende Schnarchen, das durch den Raum schallte und vom Berg zurückgeworfen wurde, war laut genug, um einen Steinschlag auszulösen.

Am nächsten Morgen wurde er endlich erlöst.

Der Clachan, der sie schon am vorherigen Tag durch den Berg navigiert hatte, erschien am Eingang ihrer Schlafhöhle. Rob hatte sich gerade ein Stück Trockenfleisch aus dem Rucksack geangelt und wollte reinbeißen.

»Melfana schickt mich«, sagte der Clachan mit hinter dem Rücken verschränkten Armen.

Sofort sprang Rob auf. »Was sagt sie?«

»Sie möchte dich sprechen.«

Brummend und fluchend erhob sich Marten von seinem Nachtquartier. Das Fell um die Schnauze war vom Bier verklebt. »Zu früh«, brummte er.

Der Clachan wandte sich ihm zu. »Ihr könnt liegen bleiben, Bezwinger des großen Wyrms. Sie verlangt nur nach einem Robert.«

Bei der Erwähnung des Titels huschte über das Antlitz des Squans ein für alle gut sichtbarer Stolz.

»Gehen wir«, sagte Rob. Sie hatten keine Zeit zu verlieren. Das Feuer würde kommen, und dann mussten sie auf dem Palastplatz sein, um das Portal zu öffnen, denn das Schwert der Scharfrichterin würde ganz bestimmt nicht zu ihnen kommen.

Der Clachan in seiner Rüstung und mit den kurzen Beinen war ihm viel zu langsam. Rob musste sich davon abhalten, ihn anzuschieben. Als sie wieder die Plattform betraten und sie behäbig nach unten sank, zog sich in Rob alles zusammen. Es lag nicht an der Höhe oder der wackeligen Konstruktion, sondern dem bevorstehenden Gespräch. Endlich kam die Plattform mit einem Ruckeln zum Stehen. Er kannte den Weg zur Schmiede und marschierte vorweg.

»Nicht so schnell«, hörte er den Clachan hinter sich meckern.

Rob ignorierte ihn. Er stieß die Tür zur Schmiede auf und lief gegen eine Wand aus Hitze. Annie, die unter dem Berg nur als Melfana bekannt war, stand mit vor der Brust verschränkten Armen am Amboss.

»Verzeiht, er ist einfach vorweggelaufen.« Der Clachan kam hinter Rob regelrecht angekrochen. »Wenn etwas ist, ruft nach mir.« Mit einer übertriebenen Verbeugung verabschiedete er sich.

Nun waren sie allein.

Annie betrachtete ihn für einen Augenblick, und Rob hielt den Moment der Ruhe kaum aus. Er konzentrierte sich auf das Blubbern der Lavablasen, um nicht den Verstand zu verlieren. Sie musste mitkommen. Sie musste einfach.

»Du siehst, was ich mir hier aufgebaut habe, oder? Wie sie mich behandeln. Ich kann den ganzen lieben langen Tag schmieden. Es ist das Einzige, das mein Herz noch mit ein bisschen Wärme füllt. Du hast meine Begeisterung für dieses Handwerk nie ganz verstanden. Es war dir zu analog, man ist zu begrenzt in den Möglichkeiten, hast du immer gesagt. Nur ein Stück Eisen oder Gold, das man in Form bringt.«

»Annie, ich –«, sagte Rob, aber sie brachte ihn mit einem Handzeichen zum Schweigen.

»Nicht, lass mich ausreden. Du hast es nie verstanden, aber du warst unfassbar stolz auf alles, was ich damit erreicht habe. Als ich dir den Antrag gemacht habe und dir den selbst geschmiedeten Ring über den Finger streifte, hast du geweint. Wir beide haben geweint.« Sie lächelte, und Rob spürte, wie die Anspannung nachließ. »Die Zeit hier ohne dich war die Hölle. Ich wusste, dass ich an diesem Ort bis in alle Ewigkeit gefangen bin, allein mit meinen Erinnerungen.«

»Aber warum kommst du dann nicht mit? Wir können wieder zusammensein«, sagte Rob.

»Weil ich nie hier sein wollte. Ich musste sterben und bin gestorben. Aber ich bin hier wiederauferstanden, und das war nicht, was ich wollte. Aber du. Du hast dich über meinen Willen hinweggesetzt, und es fällt mir schwer, das zu ignorieren, trotz meiner Gefühle zu dir. Du wusstest, wie ich über diese Technik denke, die den Tod austrickst, und hast es trotzdem getan.«

»Es tut mir leid«, sagte Rob, ohne genau zu wissen, wofür er sich entschuldigte. Er wollte sie in den Arm nehmen, spürte aber, dass das gerade genau das Falsche war.

»Du hast es aus Liebe getan und weil du geglaubt hast, dass es funktionieren wird. Du hast nicht gewusst, dass ich mit den Erinnerungen an mein altes Leben hierherkomme. Du hast es für dich getan, um nachts ruhiger zu schlafen, weil du wusstest, dass da draußen noch irgendwo eine Version von mir existiert. Aber du hast einen Fehler gemacht und ich, wie offensichtlich auch dein Gefolge, sind mit ihren Erinnerungen hierhergekommen.«

»Ich weiß nicht, was ich getan habe. Im Gegensatz zu euch habe ich keine Erinnerungen mehr. Aber ich bin hier, um es wiedergutzumachen«, erklärte Rob. »Es tut mir leid, was ich getan habe, aber ich werde es geradebiegen.« Er machte einen Schritt auf sie zu, doch sie verharrte mit vor der Brust verschränkten Armen.

»Du musst es mir versprechen«, sagte sie. »Versprich mir, dass du deinen Fehler wiedergutmachst.«

»Ich verspreche es.« Rob hatte keine Sekunde gezögert, diese Worte auszusprechen, nicht mal einen Moment darüber nachgedacht. Er wollte sie und die anderen retten. Dafür war er hier, das war seine Aufgabe.

Dann löste sie die Verschränkung und lief auf ihn zu, nahm ihn fest in die Arme, und Rob erwiderte die vertraute Geste.

»Du hast mir so gefehlt«, sagte sie und weinte in sein Stoffhemd. »Es war so verdammt einsam hier. Ich möchte das nicht mehr, ich kann nicht mehr. Es soll aufhören.«

»Ich bringe uns alle weg von hier.« Rob strich ihr über das Haar. Er hoffte, dass er sein Versprechen halten konnte. Dass er seinen Fehler wiedergutmachen würde. Denn er hatte keine Ahnung, was passierte, sobald sie durch das Portal traten. Aber das war ein Problem, mit dem er sich auseinandersetzte, wenn es so weit war. Am wichtigsten war jetzt, dass sie rechtzeitig von hier entkamen.

»Also begleitest du uns?«, fragte er vorsichtig.

»Ich werde mit euch nach Gonholt kommen, ja«, sagte sie und wischte sich die Tränen aus dem Gesicht.

Der Druck, der ihn die letzte Nacht nicht hatte schlafen lassen, verschwand. »Danke, danke, danke«, sagte er und küsste ihre Stirn. »Ich hätte nicht ohne dich gehen können.«

»Ich weiß, und deswegen komme ich mit«, erwiderte Annie. »Ich werde noch ein paar Sachen packen, damit ich für den Weg ausgerüstet bin und euch nicht zur Last falle.«

»Werden dich die Clachans gehen lassen?«

»Ich bin ihre Schmiedin, nicht ihre Gefangene«, sagte Annie. »Der Berg ist voller Schmiede, aber keiner ist so gut wie ich. Sie werden auf mich verzichten können und müssen ja nicht wissen, dass ich für immer gehe.«

KAPITEL
20

Noch vor dem Mittag verließen sie den Berg der Clachans. Die kleinen Gestalten in den dicken Rüstungen waren nicht gerade froh, dass die Schmiedin der ewigen Esse ihren Platz verließ. Das hatte sie in all den Jahren nie getan. Aber man hielt sie nicht auf. Niemand stellte sich ihnen in den Weg. Annie hatte recht gehabt: Sie war keine Gefangene, sondern eine Heldin.

»Wir müssen erst zu den anderen Gildenmitgliedern. Gemeinsam schaffen wir es vielleicht, die Silberne Garde lange genug zu beschäftigen, um uns irgendwie des Schwerts zu bemächtigen«, sagte Marten. Der Squan marschierte wieder vorweg und hinterließ eine Spur im Sand der Splitterstreifen.

»Lasst uns größere Ansiedlungen meiden«, bat Rob.

»Keine zehn Huunen bringen mich mehr nach Yallandil«, warf Rose sofort ein.

»Wir sollten einen weiten Bogen darum machen«, sagte auch Saira.

»Was genau ist in der Hauptstadt der Eollyans passiert?«, fragte Annie, die neben Rob lief.

Er überlegte die ganze Zeit, ob er ihre Hand nehmen sollte, aber es kam ihm unangebracht vor.

»Ein missglückter Zauber«, sagte Rose.

»Sie hat einen Feuerball beschworen. Ich hoffe, es ist noch etwas übrig geblieben von der Stadt«, brummte Ethan.

»Ein Feuer in Yallandil? Ich dachte, ich hätte mich den Guten angeschlossen«, erwiderte Annie und grinste.

»Wir können die Städte gerne meiden und unter freiem

Himmel übernachten, aber wir werden nicht auf ein paar Reittiere verzichten können«, sagte Marten. »Wenn wir neuen Proviant brauchen, kann einer von uns einen Händler aufsuchen. Das ist unauffälliger, als wenn wir mit der ganzen Truppe aufschlagen.«

Sie liefen durch eine Ansammlung von Ruinen, die vor langer Zeit mal ein Dorf gewesen waren. In der Ferne sah Rob überdimensionierte Echsen in der Wüstenlandschaft. Seine Freunde und er hatten viel durchgemacht, um so weit zu kommen, aber die größte Gefahr stand ihnen noch bevor. Sie würden der Scharfrichterin das Schwert entreißen müssen, um das Portal zu öffnen.

Marten plante derweil ihre Reise zur Gilde. »Wir werden eine Stallung am Rande der Splitterstreifen aufsuchen.«

»Wie lange ist es bis dahin?«, wollte Rob wissen.

»Heute Abend werden wir dort sein. Wir leihen uns die Tiere aus, und dann werden wir noch ein Stück reiten, bis wir weit genug weg sind.«

Annie schirmte mit der Hand die Augen gegen die Sonne ab. Sie war so viel Tageslicht offensichtlich nicht gewöhnt. Als sie aufgebrochen waren, hatte sie nur einen Rucksack mit ein paar Habseligkeiten, einer Decke und Lebensmitteln dabeigehabt. Der Schmiedehammer baumelte über ihrer Schulter. Sollte es zum Kampf kommen, würde sie ihnen sicher eine große Hilfe sein. Ihr Nacken und die Oberarme waren trainiert vom Arbeiten in der Schmiede. Sie hatte die Schürze gegen eine schwere Stoffrüstung getauscht, die aus mehreren Schichten engmaschigem Leinen und einem gepolsterten Waffenrock bestand. Die Anspannung war ihr ins Gesicht geschrieben, und Rob überlegte, was er sagen oder machen könnte, um die Stimmung aufzulockern. Aber die Situation war ernst, und er wollte nichts Unangebrachtes von sich geben, also schwieg er.

Zu seiner großen Erleichterung war es Ethan, der irgendwann das Gespräch mit Annie suchte. »Warum die Clachans? Wie kam es dazu, dass sie dich aufgenommen haben?«

»Als ich hier ankam, waren meine Erinnerungen und Gedanken wie ein Scherbenhaufen. Ich wusste nicht mal mehr meinen Namen, geschweige denn, wer ich war oder was das hier sollte. Aber nachdem ich den Seelenturm verlassen und im ersten Dorf den Schmied gesehen hatte, wusste ich sofort, dass ich nichts anderes machen möchte. Ich wollte nur diesem Beruf nachgehen. Ich habe alle Aufträge ignoriert und nichts anderes gemacht als zu schmieden. Es fing mit einfachem Schmuck, Ringen und Ketten an. Damit habe ich in meinem vorherigen Leben mein Geld verdient.« Sie atmete tief ein und sprach dann weiter. »Mit jedem Gegenstand, den ich formte und herstellte, kam ein Stück meiner Persönlichkeit zurück. Es war wie eine Sucht, schließlich fand ich immer mehr über mich heraus. Jeder Ring, jede Klinge war eine neue Erinnerung, die ich aus dem Nebel barg. Ich schnappte irgendwann auf, dass die Clachans direkt an der Erzquelle saßen, und kam hierher. Ich überzeugte sie, mich an eine Esse zu stellen, und in meinem Wahn formte ich Ring um Ring, bis sie mir die ewige Esse anvertrauten. Fortan war es nicht nur meine Wirkungsstätte, sondern auch der einzige Ort, der mir ein Gefühl von Vertrautheit gab. Ich denke, den Clachans war das alles ziemlich egal. Sie sahen nur das Gold, das sie mit mir verdienen konnten.«

»Sie haben dich ausgenutzt«, sagte Ethan.

»Nein, ganz und gar nicht. Es war eine Partnerschaft, aus der wir beide einen Vorteil gezogen haben. Sie haben mir geholfen, meine Erinnerungen erst offenzulegen und dann den daraus resultierenden Schmerz zu verdrängen.«

Jedes ihrer Worte war für Rob wie ein Schlag in die Magengrube. Er hatte ordentlich Mist gebaut. Nein, nicht er. Sondern der, der er mal gewesen war.

Sie folgten dem Pfad. Ein Wegweiser, der sich gefährlich nah dem Boden zuneigte, zeigte an, dass die nächste Siedlung nicht mehr weit entfernt war. Eine Stunde später sahen sie den Palisadenwall, der die Ansiedlung von Hütten und Zelten gegen Eindringlinge schützte.

Marten, der wie immer ein paar Schritte vorausging, hob die Pfote. »Wartet, ich werde reingehen und mich um die Reittiere kümmern, aber jemand sollte mitkommen. So viele Tiere können schnell mit einem Squan wie mir durchgehen.«

»Wir brauchen außerdem neue Manatränke«, sagte Saira. Die Verfolgungsjagd mit Jyl hatte ihre Reserven komplett aufgebraucht.

»Ethan, du hilfst mir mit den Reittieren. Saira und Rose, ihr kümmert euch darum, dass unser Bestand wieder aufgefüllt wird. Ich befürchte, allzu viel bekommen wir in so einem Kaff nicht, aber ein paar Sachen werden ihre Lager schon hergeben.«

Rob zog eine Augenbraue hoch. »Und wir?«

»Auf dich ist ein Kopfgeld ausgesetzt, und sie ist Gast unserer Gruppe. Ihr macht es euch abseits des Wegesrands bequem und wartet. Meinetwegen haltet die Augen offen, ob sich irgendjemand nähert, der der Silbernen Garde angehören könnte«, sagte Marten, und seine Tonart ließ keinen Widerspruch zu.

»Ich will mich auch nützlich machen«, widersprach Annie trotzdem.

»Pass auf ihn auf«, befahl Marten.

Rob ahnte, was das eigentliche Vorhaben war. Sie sollten Zeit für sich haben, um die Vergangenheit zu sortieren. Ohne weiteren Kommentar verließ die Gruppe sie.

Rob und Annie fanden wenige Meter abseits des Weges hinter einem Hang ein gutes Versteck. Ein Rinnsal, das möglicherweise mal ein Fluss gewesen war, schlängelte sich an ihren Füßen vorbei. Es floss träge dahin, wie seine Erinnerungen, die er einfach nicht greifen konnte.

»Kannst du mir etwas über mich erzählen?«, fragte Rob.

Annie schwieg eine Weile, und Rob glaubte schon, er habe seine Bitte zu leise geäußert, da begann sie jedoch zu sprechen.

»Du hast immer deine leeren Getränkedosen auf deinem Schreibtisch gesammelt. Das hat mich manchmal zur Weißglut getrieben«, sagte Annie und warf einen Kieselstein in das Rinnsal. Er glaubte, den Hauch eines Lächelns in ihrer Stimme zu hören.

»Mein Problem ist …« Rob seufzte, kniff die Augen zusammen und versuchte, die Bilder heraufzubeschwören. Dann schüttelte er den Kopf. »Du könntest mir gerade alles über mich erzählen, und ich müsste es dir glauben.«

»Du hast wirklich gar keine Erinnerungen mehr?«

Es widerstrebte ihm, aber er schüttelte den Kopf. Da war nichts. Gar nichts.

Vorsichtig legte sie ihre Hand auf seine. »Wir waren glücklich«, sagte sie mit sanfter Stimme.

Rob starrte auf ihre Hand, die auf seiner lag. Noch immer kamen keine Erinnerungen zurück, aber die raue Haut auf seiner war wie ein Traum, den man glaubte, schon mal geträumt zu haben. »Ich wäre gerne wieder ich«, antwortete Rob. »Doch ich weiß gar nicht, wer ich bin. Alles, was ich habe, ist mein Name: Rob. Durch andere habe ich erfahren, dass der eigentlich Robert Harlow lautet.« Er hielt inne, aber die Kopfschmerzen blieben aus.

»Dann ist es an der Zeit, eine neue Geschichte zu schreiben«, erwiderte sie mit ruhiger Stimme.

»Wie meinst du das?«

»Vielleicht gelingt dir, was ich nie geschafft habe: der Blick in eine unbeschriebene Zukunft. Ich habe meine Vergangenheit nie vergessen. Nein, ich *wollte* sie nicht vergessen. Ich wollte dich nicht vergessen. Deswegen wollte ich nie in einer dieser Welten aufwachen, weil ich davor Angst hatte. Es ist ein Segen, wenn man mit nicht mehr als einem Namen in Avataris

ankommt. Sieh es als einen Vorteil, nicht als einen Nachteil.«
Der Griff ihrer Hand wurde fester.

Rob schwieg einen Moment, versuchte sich zu sammeln. Der
nächste Satz verlangte ihm viel Mut ab. »Warum habe ich das
getan? Warum habe ich dich gegen deinen Willen in diese Welt
gebracht?« Sein Blick war fest auf das Rinnsal gerichtet. Er
wagte es nicht, ihr in die Augen zu sehen.

»Das habe ich mich auch gefragt«, flüsterte Annie. »Und
ich wünschte, du hättest es nicht getan. Aber die Liebe lässt
uns Dinge machen, die wir nicht verstehen. Du dachtest sicher,
du tust mir einen Gefallen, aber wahrscheinlich ging es dir um
dich selbst. Ein bisschen Seelenfrieden in all der Trauer.« Annie schüttelte sich eine Strähne aus dem Gesicht und legte den
Kopf in den Nacken. Ein Seufzer entfuhr ihrer Kehle, und Rob
spürte, dass sie gegen die Tränen ankämpfte.

Nun war es Rob, der fester zugriff. »Es tut mir –«

»Nicht«, schnitt ihm Annie das Wort ab. »Entschuldige dich
nicht für etwas, das du nicht verstehst. Deine Angst, mich für
immer zu verlieren, deine Liebe zu mir, waren größer als alles
andere. Sogar größer als mein Wunsch, mich einfach gehen zu
lassen.« Ihre Worte waren wie Gewichte, die ihn auf den Boden
eines schwarzen, dunklen Sees zogen.

»Ich mach das wieder gut«, versprach Rob. Egal, was er tun
müsste, um diesen Fehler wiedergutzumachen, er würde es tun.
Er würde sich mit fünf Jyls gleichzeitig anlegen, ganz Yallandil
niederbrennen und Elia Anasia eigenhändig auf dem Palastplatz
richten, wenn es nötig war. Annie hatte keinen Deut weniger
verdient.

»Das ist nichts, was in deiner Hand liegt.« In dem Satz
schwang keine Anklage, keine Verbitterung mit, nur Trauer.

Rob zögerte, wollte irgendetwas erwidern, nickte aber nur.
Sie hatte recht. Es war ganz egal, was er in dieser Welt anstellte,
nichts würde seinen Fehler im vergangenen Leben vergessen

machen. »Als ich dich an der Schmiede hab stehen sehen, da hat mein Leben plötzlich Sinn ergeben. Bis dahin fühlte ich mich wie ein Fremdkörper, wie ein Fehler. Aber jetzt, an deiner Seite …« Er musste den Satz nicht beenden.

»Das war in unserem alten Leben nicht anders. Du hast dich immer schwergetan mit Leuten. Smalltalk war für dich Zeitverschwendung, und du wolltest nie verstehen, warum man nicht in Jogginghose bei einem Banktermin auftauchen kann. Zumindest ein paar Dinge haben sich geändert, nachdem wir uns kennengelernt haben.« Ein schwaches Lächeln huschte über ihr Gesicht, und Rob verstand, dass sein Fehler in der Vergangenheit nicht alles zwischen ihnen kaputtgemacht hatte.

Bevor er nachhaken konnte, erschienen zwei Gestalten auf der anderen Seite des Rinnsals. Sie hatten sich im Schutze einiger Felsen angeschlichen, und als Rob die beiden erkannte, sprang er auf und zog sein Schwert. Es waren die beiden Wegelagerer, die ihnen schon einmal aufgelauert hatten. Sie hatten seinen vollen Namen gekannt und ihn fast in die Ohnmacht getrieben.

»Entschuldige unser erstes Zusammentreffen, Robert, wir wussten uns nicht anders zu helfen«, sagte die Frau. »Wir sind Agenten der Regierung und glauben, dass du in Gefahr bist.«

Rob sah sie mit offenem Mund an. Annie hatte keine Sekunde gezögert, war neben ihm aufgesprungen und hielt den Hammer in beiden Händen.

»Ich bin die letzten Wochen mehrfach gestorben, wurde gejagt und fast hingerichtet. Natürlich bin ich in Gefahr.« Rob sah zu dem Mann, der den Kopf schüttelte.

»Das meinen wir nicht«, sagte er.

»Was wir meinen, ist, dass du dringend zurückkommen musst. Wir suchen dich, können dich aber nicht finden. Wir glauben, dass du entführt und vielleicht sogar hingerichtet werden sollst.«

»Die Silberne Garde«, japste Rob. »Sie sind hier. Wo?« Er umfasste das Schwert fester.

»Nein, es ist nicht die Silberne Garde«, sagte die Frau. »Es sind weitaus mächtigere Kräfte hinter dir her. Thomas Morley haben sie auch schon erwischt. Verlass diese Welt so schnell wie möglich und melde dich unter dieser Nummer.« Sie warf ihm ein Stück Papier über den Rinnsal zu. Es blieb im Dreck liegen.

Rob bückte sich danach, ohne sie aus dem Blick zu lassen. Die Schwertspitze zeigte unverwandt auf die beiden Gestalten, die keine Anstalten machten, nach ihren Waffen zu greifen. Er hob den Zettel auf, entfaltete ihn und las eine Zahlenreihenfolge. »Was soll ich damit?«

»Melde dich unter der Nummer«, sagte die Frau ungeduldig. Nervös sah sie sich um. »Wir können nicht länger bleiben. Die Sicherheitsmechanismen werden hochgefahren. Wir würden Aufmerksamkeit auf uns ziehen. Wir empfehlen dir, diese Welt unverzüglich zu verlassen und dich zu melden, hast du das verstanden?«

Rob öffnete den Mund und schloss ihn wieder. Er schüttelte den Kopf. »Ich … nein.« Er drehte sich zu Annie um. Ihre Stirn lag in Falten.

»Verlass diese Welt, wenn du an deinem Leben hängst«, sagte der Mann und holte dann eine Apparatur aus der Tasche seines Mantels. Es war ein grauer Kasten mit einem Knopf, den er betätigte, und augenblicklich lösten sich die beiden in grüne Lichter auf und verschwanden.

»Sie haben sich teleportiert«, sagte Rob erstaunt.

»Nein«, entgegnete Annie. »Das war keine Magie, das war Technik.«

»Diese Welt hört nicht auf, mich zu überraschen.« Beim letzten Mal hatten sie noch versucht, ihn gewaltsam mitzunehmen. Anscheinend hatten sie eingesehen, dass das keinen Sinn ergab.

»Was ist das hier?«, fragte Rob und zeigte ihr den Zettel. »Was soll ich damit?«

»Damit kannst du in dieser Welt nichts anfangen«.

Sie hörten Getrappel, und Augenblicke später tauchten Marten und die anderen auf. Sie saßen zu Robs Überraschung weder auf Pferden noch auf Ponys oder Eseln, sondern auf gigantischen Ebern. Grauborstige Viecher mit Hauern und einer platten Schnauze.

»Das war alles, was wir bekommen haben. Aber sie werden ihren Zweck erfü…« Marten brach mitten im Satz ab. »Ihr seht aus, als hättet ihr einen dreiköpfigen Affen gesehen. Was ist geschehen?«

»Die beiden, die uns schon auf dem Hinweg aufgelauert haben, sind wieder aufgetaucht«, erklärte Rob.

Ethan und Marten rutschten von den Tieren und zogen ihre Waffen.

»Wo sind sie?«, brummte der Gront.

»Weg«, sagte Rob. »Sie haben sich in grüne Lichter aufgelöst, als hätten sie eine Art Teleportzauber benutzt. Außerdem haben sie das hier dagelassen.« Er zeigte ihnen den Zettel.

»Was soll das bedeuten?«, fragte Marten.

»Sie wollten, dass ich mich melde, wenn ich zurück bin.«

»Zurück? Es gibt kein Zurück, wenn man in Avataris ist. Die Winde wehen nur in eine Richtung, wenn man sich erst mal auf dem Schiff befindet«, erklärte der Squan.

»Sie sagten auch, dass die Sicherheitsvorkehrungen hochgefahren werden«, fügte Annie hinzu.

Die Gruppe tauschte vielsagende Blicke aus.

»Wir haben nicht mehr viel Zeit«, schlussfolgerte Rob.

»Die Luft wird knapp«, bestätigte Marten. »Kommt, lasst uns keine Zeit mit Dingen vertrödeln, die wir nicht verstehen. Vor uns liegt ein anstrengender Ritt, und alles, was wir haben, sind ein paar dick gefressene Eber.«

Rob zögerte und wünschte sich seine Mischung aus Pferd, Pony und Esel zurück. Dann gab er sich einen Ruck und schwang sich auf eines der Biester. Seine Beine formten fast einen Kreis, so rund war der Rücken der Tiere. Er fühlte die dicken Borsten unter seiner Kleidung. Es gab keinen Sattel, nur Zaumzeug. Das Tier hoppelte los, und Rob hatte Probleme, sich auf dem Rücken des Schweins zu halten. Einmal in Bewegung, waren sie wie Felsen, die einen Hang hinunterstürzten.

Sie machten nur kurze Pausen, um die Eber trinken zu lassen und sich selbst zu stärken. Wenn sie die Aufmerksamkeit von Monstern auf sich zogen, ritten sie einfach weiter. Den ersten Abend verbrachten sie in der roten Flucht. Am Abend darauf waren die Baumkronen Yallandils bereits in der Ferne zu erahnen.

Am dritten Abend nächtigten sie am Fuße einer mächtigen Eiche. Der Wald war jetzt unmittelbar vor ihnen, und Rob überkam ein Schauer, als er an die Spinnen dachte, die sie heimgesucht hatten. Er sammelte gerade Feuerholz, als sich Saira zu ihm gesellte.

»Wie geht es dir?«, fragte sie.

Rob zuckte mit den Schultern. »Ich bin froh, wenn wir es geschafft haben.« Das Geschwür aus Anspannung, das seinen Brustkorb umwand wie eine Schlingpflanze, würde dann hoffentlich verschwinden.

»Du liebst sie immer noch, oder?«

»Annie?«, fragte Rob, obwohl klar war, wen sie meinte. »Ja.« Er sah in die Richtung, aus der die Stimmen der anderen kamen. Annies Lachen war klar zu hören. »Ist das nicht eigenartig, einen Menschen zu lieben, den man nicht kennt?« Er sammelte einen weiteren Zweig auf.

Saira ließ sich auf einem Baumstumpf nieder. »Es überrascht mich überhaupt nicht.«

»Was meinst du damit?«

»Erinnerst du dich noch, wie ich dir erzählt habe, dass sich zwischen dir und mir einst mehr angebahnt hatte?«

Er versuchte sich an einem Grinsen. »Ich habe alles vergessen, was vor meiner Zeit in Avataris passiert ist. Aber ich habe nicht mein Kurzzeitgedächtnis verloren.«

»Es ist an ihr gescheitert«, sagte Saira und überkreuzte die Beine unter der Robe.

»An Annie?«, fragte Rob überrascht. »Ich war mit ihr zusammen und habe mich mit dir getroffen?«

»Nein, sie war da schon lange tot. Du hast versucht, dich wieder mit Frauen zu treffen, aber das lief nur mäßig erfolgreich. Nicht weil du keine gute Partie warst, sondern weil du noch nicht bereit für etwas Neues warst.«

Rob hielt inne. »Wie lange war sie da schon tot?«

»Einige Jahre? Ich weiß es nicht genau, aber eine lange Zeit. Du warst noch nicht bereit, sie loszulassen, und du bist es auch heute nicht. Pass nur auf, dass die Trauer dich nicht verschlingt.«

Rob war nicht traurig. Er war erleichtert, Annie gefunden zu haben und von hier fortbringen zu können. Für sie lebte er und für niemand anderen. Es brauchte keine gemeinsamen Erinnerungen für diese Gewissheit.

»Gibt es jemanden, den du so sehr geliebt hast?«, fragte Rob.

»Ich bin immer an die Falschen geraten.« Saira winkte ab. »Bei dir hatte ich ein gutes Gefühl, aber es sollte einfach nicht sein.«

»Da du jetzt eine Ewigkeit existierst, besteht noch die Möglichkeit, dass sich das ändert.«

Sie lachte. »Hier bin ich viel zu sehr mit Quests und Monstern beschäftigt. Schon damals war es mir nicht wichtig genug, hat zumindest meine Mutter immer gesagt.« Sie zeigte auf sich und ihn. »Wir beide kamen nicht über zwei Dates hinaus. Bei unserem dritten Treffen habe ich dir dann von meiner Diagnose erzählt, und du hast alles für meinen Übertritt in die Wege geleitet.«

»Gut.« Rob sah sich nach weiteren Ästen und Zweigen um, die als Feuerholz dienen konnten.

»Wenn wir in Gonholt ankommen, mach nichts Dummes, okay?«

Er sah auf. »Dummes?«

»Spiel nicht den Helden. Wir müssen das Portal öffnen und von hier verschwinden. Ich weiß zwar nicht, wohin es gehen wird, aber ich vertraue dir, dass du einen Plan hast.«

Rob hoffte das auch. »Weißt du, was eigenartig ist? Obwohl mir so viel über mich erzählt wird, fühle ich mich immer noch wie Rob und nicht wie Robert Harlow. Ihr erzählt mir, wie ich früher war, von gemeinsamen Begegnungen und so. Aber ich fühle mich wie jemand, der in das Leben eines anderen geschlüpft ist. Nur bei Annie ist es anders.« Wieder sah er zu dem Lager hinüber.

»Weil du ihretwegen hier bist. Das ist deine Aufgabe, und solange die nicht erfüllt ist, wirst du keinen Kopf für andere Dinge haben.«

Rob dachte an das Portal. »Glaubst du, wir werden es schaffen?«

»Die Silberne Garde wird es uns schwermachen, so viel steht fest. Was hat es mit dem Feuer auf sich? Wann und wie wird es ausbrechen?«

»Ich weiß es nicht«, gab Rob zu.

»Aber es wird passieren?«, hakte Saira nach.

»Ohne jeden Zweifel.«

»Woher weißt du das?«

Er hätte ihr sagen können, dass er es in einer Vision gesehen hatte, nachdem er den Trank der Welten zu sich genommen hatte. Oder dass er vom Feuer geträumt hatte, noch bevor er Marten und Ethan begegnet war. Aber er wusste, dass das für

Saira keine zufriedenstellende Antwort gewesen wäre. Es gab für seine Behauptung keine Beweise, sie musste ihm einfach glauben. Zum Glück vertraute sie ihm mehr als er sich selbst.

»Ich weiß weder, warum ich es weiß, noch was meine Rolle in dem ganzen Spiel ist. Ich weiß nur, dass es passieren wird und ich euch davor retten muss.« Er dachte an den Geruch, als er über die Stadt geflogen war und die verbrennenden Leiber der Helden in den Straßen Gonholts gesehen hatte. Sie hatten keine Chance gehabt, dem Ring aus Feuer zu entfliehen, der sich wie eine Schlinge langsam zugezogen hatte.

»Komm, erst mal muss ein viel kleineres Feuer entzündet werden«, sagte sie und deutete auf die Äste in seinen Armen. »Marten wollte eine Suppe aufsetzen, sonst verhungern wir noch.«

Gemeinsam kehrten Rob und Saira zurück zur Gruppe. Die hatte es sich im Kreis gemütlich gemacht. Die Eber wühlten in der Erde nach Würmern, Insekten und Eicheln. Rob entging nicht, dass Annie ihm einen musternden Blick zuwarf.

»Wurde auch Zeit«, sagte Marten und nahm ihm das Bündel ab. Mit Hilfe eines Feuersteins und Spänen hatte er schnell ein Feuer entzündet. Wenige Augenblicke später köchelte Suppe in einem Topf über den Flammen.

»Wir sollten einen Plan machen, wie wir vorgehen, wenn wir in Gonholt sind«, sagte Ethan, nachdem sie aufgegessen hatten.

Rob starrte in die Glut. Bald würde der ganze Kontinent so aussehen.

»Wir alle werden uns bis an die Zähne bewaffnen und unter die Händler mischen, die morgens in die Stadt strömen. Auf ein gemeinsames Signal hin nehmen wir der Scharfrichterin die Waffe ab und öffnen das Portal«, erklärte Marten und ließ es klingen, als wäre es eine der leichtesten Aufgaben in ganz Avataris.

»Und wenn das schiefgeht?«, fragte Rose. Die Eollyan hatte es sich auf ihrer Schlafmatte gemütlich gemacht. Ihr Reiteber hatte sich direkt neben ihr niedergelassen und spendete ihr Wärme. Sein Schnarchen stellte sogar Ethans und Martens in den Schatten.

»Dann improvisieren wir.« Marten fuchtelte mit dem Löffel, mit dem er bis eben noch die Suppe verschlungen hatte, wie mit einem Zauberstab.

»Das letzte Mal, als du improvisiert hast, musste ich euch mit einem Schwebezauber vor den Wellen retten, die eure toten Körper weit hinaus ins Meer getragen hätten. Da hättet ihr lange suchen können, um euch wiederzubeleben.«

Rob riss die Augen auf und war plötzlich ganz aufmerksam. »Was?«

»Es war ein idiotischer Plan von den beiden. Jeder Held weiß, dass man sich von offenen Gewässern besser fernhält. Selbst wenn man schwimmt, kann man immer von irgendwas angegriffen werden. Und wenn man erst mal stirbt, sinkt die Leiche auf den Grund eines Sees oder wird von der Strömung fortgetragen. Viel Glück mit der Wiederbelebung!«

»Stimmt das?«, fragte Rob.

Marten winkte ab. »Was hätte schon schiefgehen sollen?«

»Ich hätte euch aus Versehen in Schafe verwandeln können, statt euch schweben zu lassen«, sagte Rose und erinnerte ihn an ihre nicht ganz fehlerfreien Fertigkeiten.

»Was war denn unsere Alternative?« Marten fühlte sich offenbar in die Defensive gedrängt und warf seinem Freund einen Hilfe suchenden Blick zu. Aber Ethan war plötzlich verdächtig beschäftigt damit, seinen Holzteller abzulecken. »Hinter uns stand die Silberne Garde. Die hätten uns alle drei gefangen genommen und der Scharfrichterin vorgeführt.«

»Vielleicht sollten wir doch über einen alternativen Plan nachdenken«, warf Saira ein.

»Wir können schlecht als Schlachtzug auf Gonholt zumarschieren«, meckerte Marten.

»Was ist ein Schlachtzug?«, fragte Annie. Offensichtlich hatte sie in ihrer Schmiede nicht viel von der Welt der kämpfenden Helden mitbekommen.

»Bei bis zu fünf Helden spricht man von einer Gruppe, alles darüber wird als Schlachtzug definiert«, erklärte Marten. »Es gibt Aufträge, die kann man nur schaffen, wenn man mit einer großen Truppe unterwegs ist. Meist musst du in irgendwelche Höhlen hinabsteigen und gegen die richtig großen Monster kämpfen.«

»Jyl«, murmelte Rob.

»Ja, der Auftrag ist für einen Schlachtzug gedacht. Ich selbst habe noch nie so eine Aufgabe übernommen, dafür sind wir alle zu unerfahren. Angeblich halten sie einen damit bei Laune, wenn man fast alles gesehen hat. Bevor es also in die große Schlacht geht, darf man noch ein paar richtige Brocken bekämpfen.«

»Wenn ich durchzähle, dürften wir die Anforderungen eines Schlachtzugs bereits erfüllen«, sagte Annie.

»Wenn du eine Heldin bist, trifft das zu«, erwiderte Marten.

Rob verstand diese Bemerkung nicht. »Natürlich ist sie eine Heldin.« Er sah zu Annie.

»Sie ist viel mehr als das. Sie ist eine Legende, ein Geist, ein Gerücht. Die Clachans hielten nicht damit hinterm Berg, dass sich eine Meisterschmiedin ihren Reihen angeschlossen hat. Ehrlich gesagt, verstehe ich nicht, wie das funktioniert. Eigentlich gibt die Welt klare Regeln vor, was Helden tun und was sie nicht tun können. Dass man sich einfach so einer unabhängigen Fraktion anschließt, ist, glaube ich, nicht vorgesehen.« Marten kratzte sich am Kopf. Das Fell war über die Tage fettig und dreckig geworden. Erde rieselte heraus. »Ist vielleicht auch nicht so wichtig.«

»Ich bin nicht die Einzige, die nicht nach den Regeln spielt«, sagte Annie und sah zu Rose. »Ich glaube auch nicht, dass es vorgesehen war, dass man die falschen Zauber wirkt.«

»Schuldig«, attestierte Rose.

»Wir sollten schlafen«, sagte Ethan und legte den lupenreinen Teller beiseite. »Die nächsten Tage werden wir die Landschaft nur vom Rücken unserer Tiere aus sehen. Es wird anstrengend.«

Als sie endlich die Schlucht erreichten, in der sich der Höhleneingang zum Gildenquartier befand, spürte Rob seinen Hintern nicht mehr, und als er vom Rücken des Schweins glitt, hatte er kein Gefühl mehr in den Beinen. Er atmete erleichtert auf. Wenn sie sich beeilten, konnten sie noch vor Nachteinbruch durch das Portal verschwinden.

»Endlich«, sagte Marten und sprang vom Eber ab. Staub wirbelte unter seinen Stiefeln auf. »Wir lassen sie hier und geben sie in Gonholt ab.«

»Wir wollen abhauen, warum machst du dir über so was noch Gedanken?«, fragte Rob.

»Ich habe dafür gezahlt, und ich werde in der Kreide stehen, wenn wir die Biester nicht abgeben.« Er klopfte seinem Schwein die Flanke, und es grunzte zufrieden.

Die sechs folgten dem Pfad in die Schlucht und betraten wenige Augenblicke später die Höhle.

Stille schlug ihnen entgegen.

Rob ahnte sofort, dass etwas nicht stimmte.

»Scheiße!«, rief Ethan und rannte los.

Marten folgte ihm hinein in das Höhlensystem, das eigentlich voller Helden sein sollte, die auf die Rückkehr ihrer Anführer warteten.

»Dexter? Fauko? Jenkins? Ellie?«, hörten sie die beiden rufen.

Auch Saira und Rose eilten los, um ihre Gildenmitglieder zu suchen, aber Rob ahnte, dass es sinnlos war. Sie waren zu spät gekommen.

Etwas erhaschte seine Aufmerksamkeit. Er bückte sich danach und hob ein Stück Papier auf.

Atemlos kam Marten zurück. »Sie sind weg, einfach verschwunden. Die ganze Gilde fehlt, sie haben niemanden zurückgelassen.«

Ethan, Saira und Rose tauchten neben ihm auf.

Rob hielt das Stück Papier hoch. »Dein Brief, den du aus Yallandil abgeschickt hast, Marten.«

Dann drehte er den Zettel und zeigte seinen Freunden die Faust Aeyas, die auf die Rückseite gemalt worden war.

KAPITEL
21

Die neue Situation warf ihren Plan über den Haufen. Sie setzten sich in der Haupthalle auf Fässer und Kisten und berieten sich.

»Wir müssen sie retten«, sagte Marten sofort.

»Wenn sie noch am Leben sind«, hielt Rose dagegen.

»Natürlich sind sie das«, zeterte der Squan. »Wie kannst du überhaupt denken, dass sie das nicht sind?«

»Wir alle kennen die Silberne Garde und wissen, warum sie hier sind. Die ganze Gilde Neue Hoffnung besteht aus Helden, die aus dem Raster fallen.«

»Wenn sie noch am Leben sind, werden sie unter dem Palast in den Zellen sitzen.« Rob erinnerte sich noch sehr gut an seine kurze Zeit in dem Gefängnis. »Dort gibt es nur einen Weg rein, und der führt durch das Palasttor.«

»Wir könnten es mit einem Schwebezauber versuchen. Die Zellen sind doch direkt an den Klippen, oder?«, fragte Ethan.

»Man hat eine wunderschöne Aussicht aufs Meer. Aber nachdem ich gehört habe, wie unsere letzte Flucht hätte enden können, würde ich das ungern probieren«, gestand Rob.

»Das halte ich auch nicht für eine gute Idee. Euch drei hochzuhieven hat mich schon all meine Kräfte gekostet. Nun wären es noch einige mehr, und dann stellt sich immer noch die Frage, wie wir ein Loch in die Wand sprengen, das groß genug ist.«

Rob kämpfte gegen die Ungeduld an. In ihm drängte alles zum Portal. Aber er verstand, dass Marten und die anderen nicht ohne ihre Freunde gehen wollten. »Wir müssen erst mal herausfinden, wo sie sind und ob sie noch leben.«

Saira rutschte vom Fass. »Das übernehme ich. Mein Gesicht dürften sie noch nicht kennen. Ich höre mich mal in der Stadt um, führe ein paar Gespräche und halte Ausschau nach Aushängen. Wenn sie eine große Hinrichtung planen, werden sie es nicht geheim halten.«

»Pass auf dich auf«, sagte Marten. »Und gib bitte die Eber ab.«

Saira verschwand nach draußen, und die anderen fünf blieben zurück.

»Ich hätte den Brief nicht schreiben dürfen«, schalt sich Marten.

»Du hast nicht damit rechnen können, dass sie ihn abfangen«, erwiderte Ethan und nahm seinen Freund in den Arm.

»Sie werden immer gerissener und intelligenter.« Rose schüttelte den Kopf.

»Wie ein Programm, das dazulernt«, ergänzte Annie.

Rob hörte schon nicht mehr zu. Sie durften jetzt nicht verlieren. Ihre Flucht war zum Greifen nah, und er konnte nicht zulassen, dass die Scharfrichterin ihn, Annie und die anderen hinrichtete. Sie mussten gewinnen.

Die Zeit des Wartens war anstrengender als jeder Ritt auf einem Eber. Ethan kümmerte sich um ein Feuer, und Marten und Rose machten eine Inventur von dem, was ihnen geblieben war. Die Silberne Garde hatte gründlich aufgeräumt. Hier und da fanden sich noch Schlafmatten, Kisten oder Beutel. Aber nichts, womit man einen Schlachtzug ausrüsten könnte. Ihr Plan, mit allen nach Gonholt zu gehen und den Moment der Überraschung zu nutzen, war gescheitert, bevor er angefangen hatte.

Erst spät nach Nachteinbruch kam Saira wieder. Sie hatte sich eine Kapuze ins Gesicht gezogen und den schwarzen Umhang um ihren Körper geschlungen. In den Schatten war sie kaum auszumachen.

Marten sprang auf, als sie in die Höhle trat. »Ist dir jemand gefolgt?«

»Sie wissen, wo unser Versteck ist, sie müssen mir gar nicht folgen«, erwiderte Saira.

»Was hast du rausgefunden?«, fragte Rob.

»Morgen Abend soll es eine große Zeremonie auf dem Palastplatz geben. Die Scharfrichterin möchte ein neues Zeitalter einläuten.«

»Was ist mit unseren Freunden?«, hakte der Squan ungeduldig nach.

»Natürlich wird sie nicht nur eine Rede halten, sondern die größte Hinrichtung durchführen, die Gonholt je gesehen hat. Die ganze Stadt wird auf den Beinen sein, um sich einen Platz in der ersten Reihe zu sichern.«

»Morgen beginnt es«, flüsterte Rob und spürte, wie die Farbe aus seinem Gesicht wich. »Morgen wird das Feuer kommen und alles vernichten.«

»Dann müssen wir schneller sein«, sagte Ethan. »Wo werden sie festgehalten?«

»In den Zellen unter dem Palastplatz. Das herauszufinden hat mich ein paar Goldstücke gekostet.«

»Verdammter Mist.« Marten konnte nicht still sitzen. »Das Leben hier sollte schön und entspannt werden. Stattdessen müssen wir nun nicht nur um unser eigenes fürchten, sondern auch um das unserer Freunde.«

»Wir können nicht in den Palast einbrechen«, brummte Ethan. »Er ist voller Wachen, und wir sitzen wie Ratten in der Falle, wenn wir uns in den Katakomben verirren. Sie müssen nur oben die Tür zusperren, und wir kommen nicht mehr heraus.«

Rob ahnte, worauf es hinauslaufen würde. Wann sie zuschlagen mussten. »Wir werden sie nicht aus den Kerkern befreien, das wird die Silberne Garde für uns tun«, sagte er und erntete die überraschten Blicke seiner Freunde. »Als ich Gefangener der Silbernen Garde war, habt ihr mich auch erst gerettet, als man mich auf den Palastplatz geführt hatte.«

»Wenn es stimmt, was man in der Stadt erzählt, wird es dort vor Wachen nur so wimmeln. Nach deiner schiefgegangenen Hinrichtung wird die Scharfrichterin nichts mehr riskieren«, gab Saira zu bedenken. »Zumal du immer noch auf freiem Fuß bist.«

»Es ist ein Honigtopf«, sagte Ethan.

»Ein was?«, fragte Rob.

»Ein Honigtopf, und wir sind der Bär«, führte der Gront aus.

»Du bist der Bär, nicht wir«, korrigierte Marten.

»Nein, es ist eine Falle, das will ich damit sagen. Sie wissen, dass wir zurückkommen, schließlich haben sie den Brief gelesen. Wahrscheinlich wurden unsere Freunde gefoltert und verhört, wir müssen also davon ausgehen, dass sie alles wissen. Sie wissen auch, dass wir sie nicht einfach so hängen lassen. Deswegen die Hinrichtung. Sie erwarten uns.«

»In dem Punkt liegen sie richtig«, gestand Marten ein. »Und wie wir es auch drehen und wenden, wir sind in der Unterzahl.«

»Dafür sind wir die Bezwinger des großen Wyrms«, erinnerte ihn Rose. »Uns wird doch wohl etwas einfallen.«

»Wir können die Scharfrichterin schlecht wie Jyl aus den Stadttoren locken und dann in einem Duell stellen«, murmelte Marten.

»Mit welchen Monstern schlägt man sich in diesem Landstrich sonst so herum?«, fragte Rob.

Der Squan atmete laut aus. »Es gibt eine Bruderschaft, die die Bauern terrorisiert und ihre Felder abfackelt. Meuchelmörder und Verbrecher, nichts ernst zu Nehmendes. Ein paar große Aasgeier, und im Osten soll sich eine Wolfmausplage ausbreiten.«

»Wolfmaus?«, hakte Rob nach.

»Eine wilde Kreuzung, mehr Maus als Wolf, aber nichts, dem du nachts begegnen willst.«

»Gibt es irgendwas, das wir dorthinlocken könnten?«, fragte

Rob. »Wenn wir ein Monster, so groß wie Jyl, vor ihre Tore locken könnten, würde das für das nötige Chaos sorgen.«

Ethan winkte ab. »Hier gibt es nichts, das die Silberne Garde nicht mit ein paar Schwerthieben erschlagen würde. Die wahren Monster lauern in den Splitterstreifen.«

»Es gibt etwas, das sie unbedingt wollen«, warf Annie ein. Sie hatte die Arme vor der Brust verschränkt und wirkte nachdenklich.

Rob sah sie aufmerksam an.

»Sie wollen dich, Rob.«

»Du willst mich ausliefern?« Es fiel ihm schwer, den Vorschlag nicht persönlich zu nehmen.

»Nein, du bist das Chaos, das wir brauchen. Deine Anwesenheit wird sie provozieren, etwas Unüberlegtes zu tun. Wenn ich richtig verstehe, was hier passiert, wollen sie vor allem dich auslöschen. Du bist ein Eindringling in einem System, in dem es keine Eindringlinge geben darf. Wir alle sind das, aber du bist wohl der gefährlichste.«

»Ich bin gefährlich?«, fragte Rob überrascht. Nach allem, was auf Avataris passiert war, fühlte er sich nicht unbedingt wie eine Bedrohung für seine Feinde. Zwar hatte er ein paar Tricks als Ritter gelernt und den genialen Einfall gehabt, Jyl bis vor die Mauern der Clachans zu locken –, *gefährlich* waren aber Spinnen und andere Monster. Gegen die Silberne Garde würde er keine zwei Schwerthiebe bestehen.

»Nicht für die Scharfrichterin oder die freien Völker, sondern für die, die hinter all dem stehen.«

Bevor Rob nachhaken konnte, übernahm Marten wieder die Gesprächsführung. »Das könnte klappen. Wir würden dich auf dem Silbertablett servieren, und die Scharfrichterin würde ihre Rache bekommen.«

»Nein, so einfach machen wir es ihnen nicht«, widersprach Ethan.

Sie planten bis tief in die Nacht, und als Rob sich schließlich schlafen legte, war er nicht überzeugt, dass sie viele Chancen hatten. Er war nur Rob, und sie standen einer Armee aus hochgerüsteten Soldaten gegenüber. Cervantes Salomon allein würde reichen, um sie alle zu erlegen. Schlaflos drehte er sich um und sah in das Gesicht von Annie. Sie hatte die Augen geschlossen, und während Rob sie betrachtete, verloren sich alle Sorgen und Gedanken. Es war das Risiko wert. Keine Gefahr war zu groß, um es nicht zu probieren. Sie mussten von hier fort.

Am nächsten Tag standen sie früh auf, stärkten sich und kontrollierten ein letztes Mal ihren Bestand an Heil- und Manatränken. Im Kampf konnte der über Leben und Tod entscheiden.

Als sie die Mauern und das Stadttor in der Ferne sahen, vor denen sich schon Händler und unzählige Helden tummelten, schluckte Rob. »Kann ich mir nicht einfach wieder die Kapuze ins Gesicht ziehen?«

»Ich gehe davon aus, dass sie zumindest am Stadttor sehr genau nachschauen, wer heute in die Stadt kommt. Eine tief ins Gesicht gezogene Kapuze könnte den Verdacht erst recht auf dich lenken«, sagte Marten mit erhobenem Zeigefinger.

»Aber euch haben sie doch auch gesehen«, widersprach Rob.

»Im Laufen, und wir sind verdammt schnell gewesen. Nie im Leben haben die sich ein genaues Bild von uns gemacht, sonst wären wir auch auf dem Steckbrief gelandet.«

Rob seufzte ergeben. »Also gut, mach, dass es schnell geht, und bitte wirf keinen Feuerball nach mir«, sagte er zu Rose.

»Ich weiß gar nicht, ob das bei Verbündeten funktioniert«, sagte die Eollyan. »Ich habe es noch nie ausprobiert. Wir müssen uns auch beeilen. Ich kann mich darauf fokussieren, aber ewig werde ich den Zauber nicht aufrechterhalten können.«

»Mach einfach«, bat Rob sie.

Die Zauberin zeichnete mit den Fingern Runen in die Luft,

und ihre Hände begannen zu leuchten. Weiße Partikel schwirrten durch die Luft und schossen dann auf Rob zu. Es passierte so plötzlich, dass er gar keine Chance hatte, sich dagegen zu wehren. Er spürte, wie die Knochen seines Kopfes brachen und sich neu formten. Ihm wuchs eine Schnauze, und er schrumpfte zusammen. Weiße Wolle schoss aus der Haut, die Füße verwandelten sich in Hufe. Er wollte vor Schmerzen schreien, aber nur ein lautes wehklagendes Blöken entglitt seinem Mund.

»Du gibst ein gutes Schaf ab«, sagte Marten und trat in sein Sichtfeld.

Rob fühlte sich benommen und verwirrt. Der ganze Körper schmerzte von der Transformation. Er wollte etwas erwidern, aber er war nicht in der Lage, Worte mit der Zunge zu formen. Stattdessen gab er die immer gleichen Laute von sich, was zur Erheiterung der Truppe beitrug.

Rose legte ihm vorsichtig eine Schlinge um den Hals. »Nur um die Täuschung zu wahren. Sie sollen keinen Verdacht schöpfen.«

Rob fühlte sich nun völlig veralbert. Er war das sprichwörtliche Schaf, das zur Schlachtbank geführt wurde. Langsam marschierte die Truppe aus fünf Helden mit dem Schaf im Schlepptau auf Gonholt zu. Ethan, Marten und die anderen hatten sich lange Umhänge mit Kapuzen übergeworfen. Zwischen den Pflastersteinen, die zum Stadttor führten, wuchsen Grasbüschel und Unkraut. Rob hatte nie ein Auge für so was gehabt, aber jetzt fiel es ihm schwer, daran vorbeizugehen. Er schleckte sich mit der Zunge über die Schnauze und wollte stehen bleiben, aber Rose zog ihn weiter.

»Ich hab doch gesagt, wir haben nicht so viel Zeit«, raunte sie.

Rob biss nach jedem Grashalm, der aus der Erde wuchs und nur ansatzweise nah genug war. Die Flucht durch das Portal und das große Feuer waren beinahe vergessen. Wichtig war gerade nur, dass er ein paar Grashalme futtern und zufrieden in der Gegend herumschauen konnte.

Aber die Zauberin ließ ihm keine Gelegenheit. Langsam füllte sich der Weg. Mit ihnen wollten unzählige Helden und Champions in die Stadt. Der Strom aus Menschen, Squans, Eollyans und Gronts verwandelte sich schnell in ein Gedrängel.

»Einer nach dem anderen!«, brüllte eine Wache.

Die Stadtgardisten hatten sich vor dem Tor aufgereiht. Sie ließen die Helden einzeln hinter die Mauern, damit ihnen niemand durchs Netz ging. Rob sah nur Beine und Hintern, als sie die Traube direkt vor den Wachen erreichten.

»Weitergehen, weitergehen«, rief jemand, und er erkannte die Stimme von Cervantes Salomon.

Rob blökte.

»Was willst du denn damit?«, fragte die Wache, als sie den Kontrollpunkt erreichten. Ein groß gewachsener Gront, der sogar Ethan noch um ein gutes Stück überragte und aussah, als würde er ein ganzes Schaf am Stück zum Frühstück verspeisen, trug einen Waffenrock mit der silbernen Faust auf schwarzem Grund.

»Das Vieh muss ich für einen Auftrag abgeben«, antwortete Rose ruhig.

Rob blökte. Er war kein Vieh und würde sich auch nicht so bezeichnen lassen, selbst wenn er gerade so aussah und so klang.

Der Gront ging vor Rob in die Knie. »Na, du bist ja eine Schönheit.« Das Grinsen des Gronts entblößte ein paar scharfe Zähne, und Rob trippelte unwillkürlich zurück, bis das Seil gespannt war. »Wie heißt du denn?«

Rob blökte.

»So ein schöner Name«, erwiderte der Gront und erhob sich wieder. »Dann mal rein mit euch. Nicht, dass ihr noch die Massenhinrichtung verpasst. So einen Andrang hat die Stadt noch nicht gesehen.«

Rob und Rose schlüpften durch den Kontrollpunkt. Die anderen warteten bereits dahinter.

»Wir müssen schnell einen ruhigen Fleck finden«, sagte die Zauberin. »Meine Energie lässt nach, ich hätte eben fast die Konzentration verloren.«

»Da drüben, in die Gasse«, flüsterte Marten und zeigte auf einen Gang zwischen zwei Häuserreihen.

Rose zog Rob hinter sich her. Sein Schafshirn war zu langsam, all die Sachen zu verarbeiten. Sie verschwanden hinter ein paar Fässern, Tüchern und Kisten.

Rose sah zu beiden Seiten, dann nickte sie. »Das wird jetzt noch mal unangenehm für dich.«

Augenblicklich spürte Rob die Knochen wieder brechen und sich neu formen. Sein Blöken ging in ein Schreien über. Die weißen Haare verschwanden. Die Schnauze schien in den Schädel zu schrumpfen.

Als Rob auf allen vieren auf den Steinen lag, atmete er schwer. »Mach das nie wieder, okay?«

»Tut es sehr weh? Ich selbst wurde nie von so einem Zauber getroffen.«

»Ich weiß nicht, was schlimmer ist: die Schmerzen oder die Welt durch die einfältigen Augen eines Schafes zu betrachten. Du glaubst nicht, wie lecker ein paar Grashalme plötzlich aussehen. Und diesem dummen Gront hätte ich am liebsten in die Kniescheibe gebissen.« Rob sah an sich hinab; er trug die gleiche Kleidung und Rüstung wie vor dem Zauber.

»Hier«, sagte Rose und warf ihm einen Umhang zu.

Rob legte ihn um und zog die Kapuze tief ins Gesicht.

Sie eilten zu den anderen.

»Können wir?« Marten warf ständig Blicke über die Schulter, als würde er erwarten, beobachtet zu werden.

Rob nickte. »Wir müssen da sein, bevor es beginnt.«

Ihr Ziel war der Palast. Das Gedränge auf den Straßen ließ

sie kaum vorankommen. Ethan, der Größte und Kräftigste der Truppe, lief voran wie ein Rammbock. Achtlos schob er Menschen, Eollyans und Squans beiseite. Nur Gronts ließen sich nicht so einfach aus dem Weg schaufeln. Viele bedachten ihn mit Flüchen und Ausrufen, aber das war ihm egal. In ein paar Stunden würde niemand von ihnen mehr leben und sich dementsprechend auch nicht an dieses unhöfliche Verhalten erinnern.

Die Tore zum Palastplatz waren geöffnet, und die Helden und Bewohner von Gonholt stritten sich bereits um die besten Plätze. Für Rob und die anderen war es schwer, sich in dem Gedränge nicht aus den Augen zu verlieren. Der Palast wuchs über ihren Köpfen in die Höhe. Das Gold auf den Turmspitzen spiegelte das Sonnenlicht, und überall wehten Aeyas Banner im Wind. Es stand außer Frage, wem diese Helden heute geopfert werden sollten. Rob schob sich an zwei Eollyans vorbei und sah in der Mitte des Palastplatzes gut zwei Dutzend Käfige stehen. Sie bildeten einen Kreis um eine Plattform. In ihnen saßen Helden wie sie.

»Leeroy«, flüsterte Ethan und nickte in Richtung eines Käfigs. Der Mann saß auf dem Boden des Gefängnisses im Dreck und hatte den Kopf zwischen Armen und Beinen versteckt. Er wurde mit Schmährufen überzogen und mit faulem Obst und Gemüse beworfen.

Der Gront schüttelte den Kopf. »Sie sollen aufhören.«

Rob legte ihm die Hand auf den Arm, mit dem er gerade seinen Hammer ziehen wollte. »Vorher brauchen wir die Scharfrichterin.«

Ethan brummelte etwas Unverständliches, ließ sich aber von dem Versuch abbringen, die Gefangenen zu befreien. Die Zeit dafür würde noch kommen.

Rob suchte die anderen in der Menge. Marten starrte auf die Käfige und schüttelte kaum merklich den Kopf. Auch Rose und Saira glaubten offensichtlich nicht, was sie da sahen. Es war nicht nur eine Hinrichtung, sondern auch eine Demütigung ihrer Gilde. Sie waren die Einzigen, die sich nicht an den Rufen und Beleidigungen beteiligten. Aus Sicht der anderen Helden waren die Leute in den Käfigen Verräter, Spione und Attentäter im Namen Garraks, dem Erzfeind.

»Los jetzt«, raunte Rob, und sie entfernten sich aus der Menge. Ihr Ziel war der Palast. Sie hatten die Idee, ins Gefängnis hinabzusteigen, bereits in der Nacht verworfen. Es wäre jetzt sowieso sinnlos, da ihre Gildenmitglieder auf dem Palastplatz ausgestellt wurden wie exotische Tiere. Jeder Befreiungsversuch würde von unzähligen Augen beobachtet werden. Selbst Rose' beste Zauber könnten nichts daran ändern.

Das Eingangstor zum Palast war gut bewacht. Vier Wachen in Rüstung und mit langen Speeren standen davor. Dafür hatte man den Rest vernachlässigt, schließlich wurde heute jede durchgreifende Hand in der Stadt gebraucht. Sie waren sich einig gewesen, dass es ein zu großes Risiko wäre, sich über die Küste schweben zu lassen. Aber ein oder zwei Etagen stellten kein Problem dar.

»Schnell«, sagte Marten, als sie die Palastwand erreicht hatten.

Rob sah nach oben und fand ein offenes Fenster.

Es war Irrsinn, am helllichten Tag in den Palast einzubrechen. Unter diesen Umständen sogar Selbstmord. Der Platz war voller unzähliger Helden und Wachen. Aber sie kamen nicht unvorbereitet.

»Fangen wir an?«, fragte Rob.

Alle nickten. Die Anspannung in diesem Moment war zum Greifen spürbar.

»Dann beginnt jetzt unsere letzte Quest«, sagte Rob, und wie auf Kommando lief Annie los und schwang ihren Schmiedehammer.

»Ich bring sie alle um, diese Drecksverräter!«, brüllte sie und rannte auf die Käfige zu.

»Beeindruckend«, sagte Marten.

Sie hatten nicht damit gerechnet, dass ihre Gildenmitglieder auf dem Palastplatz ausgestellt waren. Geplant war nur, dass Annie eine Szene machen würde. Sie hatten sich für sie entschieden, weil sie nicht der Gilde angehörte und niemand sie wiedererkennen würde. Als Melfana war sie für alle nur ein Mysterium. Ein Name, zu dem jeder ein anderes Gesicht hatte, weil niemand wusste, wie sie wirklich aussah.

»Lasst mich durch!«, brüllte sie wieder, und tatsächlich ließen sich ein paar weitere Helden von ihr aufwiegeln. Sie wollten nicht darauf warten, dass die Scharfrichterin ihr Schwert schwang, sondern Selbstjustiz üben. Wachen riefen nach Verstärkung und hatten sichtlich Probleme, die Meute zurückzuhalten.

Es war Cervantes Salomon, der auf einem weißen Pferd den Weg zum Palast hoch ritt, gefolgt von der Silbernen Garde. »Auseinander, auseinander!«, rief er, und die Helden wichen zurück. »Die Scharfrichterin wird jeden exekutieren, der es wagt, Hand an ihre Gefangenen zu legen.«

»Schnell jetzt«, flüsterte Marten, und Rose zeichnete Runen in die Luft.

Blaue Partikel versammelten sich um ihre Hände. Dann schossen Eispfeile aus ihren Fingerspitzen und schwirrten in die Luft. »Verdammter Mist«, raunte sie, fuhr mit ihren Zaubern aber fort. Dann spürte Rob, wie die Schwerkraft von ihm abließ und er den Kontakt zum Boden verlor. Als hätte eine unsichtbare Macht ihn am Kragen gepackt und hochgezogen, schwebte er mit den anderen auf das offene Fenster zu. Es verlangte Rose sichtlich Kraft ab, nicht nur die anderen, sondern auch sich selbst schweben zu lassen. Nacheinander flogen sie durch das offene Fenster und landeten unsanft auf dem Marmorboden.

Als Rob aufsah, fluchte er. Er blickte in die überraschten Gesichter zweier Eollyans, die gerade an einem Tisch saßen und Karten spielten. Sie trugen die Uniform der Palastwache. Ihre Schwerter lagen neben ihnen auf dem Tisch.

»Einbrech–«, rief der eine, doch da schwang Ethan seinen Hammer. Die Wache wurde am Kopf getroffen und sackte zusammen. Nur der Helm verhinderte, dass der Schädel wie faules Obst unter dem Angriff zerplatzte.

Die andere Wache sprang auf und griff nach ihrem Schwert. Marten stürmte mit seinem Schild hervor und stieß den Eollyan gegen den Tisch, der unter dem Gewicht zerbrach.

»Hilfe!«, brüllte er, da flog über Robs Kopf ein Feuerball hinweg und steckte die Wache in Brand. Rob rappelte sich auf und warf sich mit gezückter Klinge auf den Soldaten. Leblos sackte er zusammen, gezeichnet vom Feuerball.

»Sie sind eh alle tot«, sagte Rob mehr zu sich selbst als zu den anderen. Das Feuer würde sie umbringen.

»Wegen denen brauchst du kein schlechtes Gewissen haben«, sagte Ethan. »Die verfügen weder über eine Seele noch über einen Geist. Sie sind nur Marionetten ohne eigenen Willen.«

»Wir müssen schnell sein, wenn wir die Scharfrichterin erwischen wollen, bevor sie nach draußen tritt und wir nicht nur ihr gegenüberstehen, sondern einem Großteil von Aeyas Helden«, quiekte Marten.

Bei ihrer nächtlichen Beratung waren sie zu dem Entschluss gekommen, dass sie nicht zuerst die Gefangenen befreien mussten. Viel wichtiger war es, die Scharfrichterin Elia Anasia aufzuhalten und ihrer Waffe habhaft zu werden. Wenn sie keine Gefahr mehr darstellte und die mächtigste Klinge im ganzen Reich in ihrem Besitz wäre, würde der Rest so einfach werden, wie in einen Keller hinabzusteigen und ein paar Ratten zu erschlagen. Zwar hielt auch das ein paar Fallstricke bereit, aber Rob war kein blutiger Anfänger mehr.

Marten öffnete vorsichtig die hölzerne Tür der Wachstube und spähte heraus. »Flur ist frei«, sagte er, und sie liefen los.

Rob erinnerte sich noch dunkel an den Weg. Das Zimmer der Scharfrichterin lag weit oben über der Stadt in einem der Türme. Der Palast selbst war wie verlassen. Kein Wunder, sie alle waren draußen auf der Straße, um dem Spektakel beizuwohnen.

Sie eilten von Deckung zu Deckung. Marten lief vorweg, spähte um Ecken und lauschte an Türen. Aber niemand stellte sich ihnen in den Weg. Sie erreichten den Turm und rannten die Treppen hoch. In Gedanken war Rob bei Annie. Er war erleichtert, dass sie nicht mit in den Palast gekommen war. Rose, Saira, Ethan und Marten waren bei dem Vorfall in Yallandil dabei gewesen. Es war nicht auszuschließen, dass die Silberne Garde Informationen darüber besaß, wer an seiner Seite gestritten hatte. Vor allem aber war es für Annie am ungefährlichsten, wenn sie der Scharfrichterin nicht begegnete.

Rob war sich nicht mehr sicher, auf welcher Ebene der Flur lag, der direkt in das Zimmer von Elia Anasia geführt hatte.

»Hier?«, fragte Marten und zeigte auf eine Tür am Ende des Ganges.

»Ich weiß nicht«, gab Rob zu, war mit seinen Gedanken aber woanders. Ihn beschlich das Gefühl, dass etwas nicht stimmte. Sie waren zwei Wachen begegnet, die sie schnell beseitigt hatten. Bei seinem letzten unfreiwilligen Besuch im Palast hatten überall Wachen gestanden. Es war unmöglich gewesen, einen Schritt zu machen, ohne jemandem zu begegnen. Sie hatten zwar erwartet, dass man einen Großteil des Personals nach draußen verlegen würde, aber nun war es zu ruhig. Als wäre der Palast nur eine Kulisse für ein Schauspiel.

»Wo sind alle?«, fragte er.

»Hörst du nicht die Tumulte draußen?«, erwiderte Ethan.

»Ich meine nicht die Wachen, sondern die Bediensteten und Adligen. Wozu einen Palast, wenn niemand drin wohnt?«

»Glaub mir, das ist gerade meine geringste Sorge«, schimpfte Marten.

Sie eilten auf die Tür zu, von der sich Rob nicht sicher war, ob es die richtige war. Ethan warf sich mit dem ganzen Gewicht dagegen, und sie flog mit einem Knall aus den Angeln. Spätestens jetzt war jeder im Palast über ihre Anwesenheit informiert.

Es war die richtige Tür. Die Scharfrichterin Elia Anasia stand mit hinter dem Rücken verschränkten Händen vor dem Fenster und sah hinaus auf den Palastplatz. Robs Blick fiel sofort auf das Schwert an ihrem Gürtel.

»Endlich seid ihr gekommen«, sprach sie ruhig und melodisch, als würde sie ein Gedicht vortragen, das die Schönheit der Sterne besang. »Ich hatte schon befürchtet, ihr würdet eure eigene Hinrichtung verpassen.« Dann drehte sie sich um. Ein warmes, sanftes Lächeln umspielte ihre feinen Gesichtszüge.

KAPITEL
22

»Mit dir habe ich noch ein Hühnchen zu rupfen«, fuhr Marten sie an. »Du hast einige meiner Freunde auf dem Gewissen!«

»Deine Freunde waren Spione und Saboteure im Namen Garraks«, erwiderte sie ruhig und faltete die Hände vor dem Bauch. Wenn sie Angst hatte, dann zeigte sie es nicht.

»Wer hat dich überhaupt zur Scharfrichterin ernannt? Du tauchst hier aus dem Nichts auf und sagst, du richtest im Auftrag von Aeya. Woher wissen wir, dass du nicht eigentlich selbst ein falsches Spiel treibst und so Aeyas Reihen schwächst?«

Es war nur ein Wort, das die Scharfrichterin erwiderte, aber es war mit der Schärfe einer Rasierklinge gesprochen. »Blasphemie.«

»Ach, halt den Schnabel«, schimpfte Marten. Rob wusste, warum er das tat. Er wollte all den Zorn und Ärger der Scharfrichterin auf sich selbst lenken.

»Legt eure Waffen nieder und lasst euch festnehmen. Die Menge wartet auf mein Erscheinen und den Beginn der Hinrichtung.«

»Du kannst mein Schwert haben. Ich werde es dir direkt in die Brust rammen!«, quiekte der Squan.

Die Scharfrichterin bedachte ihn mit einem milden Lächeln, wie man es mit einem übermütigen Kind tat.

»Es wird nicht bei einer Hinrichtung bleiben«, sagte Rob ruhig. »Du wirst alles niederbrennen.«

Elia Anasia wandte sich ihm zu und betrachtete ihn aufmerksam. Statt dass sich seine Organe verkrampften, breitete sich eine wohlige Welle der Entspannung in seinem Körper aus. »Du bist wahrlich anders als alle anderen, die ich bisher richten durfte. Du bist der Fehler, der nicht sein darf. Du bist der Eindringling, der diese Welt vernichten wird.«

»Nein«, sagte Rob sofort.

»Aeya hat mir eine klare Botschaft geschickt. Es ist Zeit für einen Neuanfang, ein neues Erwachen der freien Völker. Chaos hat sich ausgebreitet. Du verkörperst alles, was nicht sein darf.« Die Sätze klangen wie ein Wiegenlied.

Rob kämpfte gegen den Drang an, sein Schwert fallen zu lassen. Elia Anasia war wie ein betörender Duft, dem er nicht widerstehen konnte.

»Dieser Junge verkörpert alles Gute«, widersprach Ethan. »Er hat uns hierhergebracht, um uns ein weiteres Mal vor dem ewigen Nichts zu retten. Wenn er alles verkörpert, was nicht sein darf, dann will ich auch nicht hier sein. Dann ist das nämlich ein verdammt schlechter Ort.«

»Das lässt sich erledigen.« Sie lächelte, als sie das sagte, und Rob spürte, wie Angst seinen Rücken hochkroch und sein Genick packte wie ein Raubtier. Ihre Hand wanderte langsam zu dem Griff des Schwerts am Gürtel.

Marten rammte den Schild vor sich in den Boden. Splitter flogen zu den Seiten. »Komm schon, ich bin der Bezwinger des großen Wyrms und bald auch noch der Henker der Scharfrichterin!«

Elia Anasia ließ sich von der Drohgebärde nicht aus dem Konzept bringen. Sie zog das Schwert, und die Strahlen stoben aus dem Griff. Das Licht erhellte den Raum. »Ich bin Aeyas Arm, wo ihrer nicht hinreicht. Ich bin Aeyas Stimme, wo man sie nicht hört. Ich bin Aeyas Gesandte auf Avataris.« Dann sprang sie vor. Zu schnell, als dass irgendjemand reagieren konnte. Mit einem Bein trat sie gegen den Schild des Squans, mit dem anderen drückte sie sich ab und machte einen Rückwärtssalto.

Marten wurde mitsamt seinem Schild gegen die Wand geschleudert. Saira wirkte sofort einen Heilzauber, so dass der Squan wieder aufsprang. »Oh, das hättest du besser nicht gemacht. Das war ein großer Fehler!«, zeterte er.

Rob wusste, dass es nur heiße Luft war. Wenn sie alle gleichzeitig angriffen, hätten sie vielleicht eine Chance. Aber so unkoordiniert waren sie der Scharfrichterin unterlegen.

Elia stand abwartend vor ihnen, die Klinge gesenkt.

Unter lautem Quieken stürmte Marten los – eine Metalllawine, die auf die Scharfrichterin zurollte. Ethan hob den Hammer und setzte sich ebenfalls in Bewegung. Rose sandte Eispfeile auf den Weg, und auch Rob fasste sich ein Herz. Er schrie, was die anderen noch mehr ansporrnte, und stürmte dann mit erhobener Klinge und dem Schild vor der Brust los.

Ihre Attacken trafen die Scharfrichterin gleichzeitig. Trotzdem liefen sie alle ins Leere. Den Eispfeilen wich sie mit einer Drehung aus. Ethans Hammer, mit der Wut geführt, dass er einen Berg hätte zum Einsturz bringen können, verfehlte ihren Kopf um Haaresbreite, als sie ihn leicht neigte. Rob stach mit der Klinge nach ihrer Schulter, bekam aber vorher ihre Faust ins Gesicht und taumelte zurück. Bevor Marten sie mit dem Schild rammte, sprang sie in die Höhe und ließ ihn ins Leere straucheln. Er kollidierte mit dem Tisch und kam unter viel Krach zum Liegen. Holz flog umher und zerstörte das Fenster zum Palastplatz.

Rob hielt sich mit einer Hand das Auge und fluchte innerlich. Wenn es da draußen noch Palastwachen gab, die es mit ihrer Arbeit ernst meinten, wären sie spätestens jetzt alarmiert. Er spürte, wie das Auge anschwoll und sein Sichtfeld einschränkte.

»Heilung!«, rief er.

Es dauerte einen Moment, bis Saira den Spruch gewirkt hatte. Dann fühlte er die Wärme, und die Schwellung ging zurück.

Elia Anasia drehte sich im Kreis. Die Klinge zog dabei eine

Spur in den Holzboden. Rauch stieg auf. »Ihr kämpft wie betrunkene Trolle.«

Unter lautem Ächzen erhob sich Marten aus den Resten des Tisches. »Du kämpfst wie jemand, der nicht weiß, wie man tötet.«

»Diese Freude spare ich mir für die große Hinrichtung auf«, erwiderte sie.

Da verstand Rob, dass sie sie gar nicht besiegen mussten. Es reichte, wenn der Ring die Klinge berührte. Mehr war nicht nötig. »Los, noch einmal«, forderte er die anderen auf, und sie nickten, als hätten sie nur darauf gewartet.

Rose deckte die Scharfrichterin mit Eispfeilen ein. Sie wehrte die Geschosse mit der Klinge ab, während Rob, Marten und Ethan auf sie zustürmten. Dieses Mal war es nicht Robs Ziel, sie tödlich zu verwunden. Sie sollte abgelenkt werden, das war alles. Ethan schwang wieder den Hammer, allerdings griff die Scharfrichterin mit der freien Hand nach dem Stiel und unterband den Angriff. Die Muskeln des Gronts traten hervor, der Bär brüllte, aber die Waffe senkte sich kein Deut mehr hinab. Stattdessen entriss Elia Anasia dem Paladin den Hammer und schleuderte ihn durch das Zimmer. Ethan, der jetzt nur noch mit blanken Fäusten dastand, schlug nach ihr, traf sie aber nicht. Es war, als könnte sie jeden Hieb erahnen, bevor er ausgeführt wurde.

Marten rollte heran, um sie mit dem Schild zu rammen, doch sie hielt ihn mit einem Bein auf Abstand, presste ihren Fuß gegen den Turmschild. Der Squan warf sich mit seinem ganzen Gewicht dagegen, hatte aber keine Chance. Die Schläge des Gronts trafen weiter nur die Luft, aber nicht die Scharfrichterin.

Rob sprang herbei. Es war seine beste Chance. Elia Anasia war mit Ethan und Marten beschäftigt. Sie stand einbeinig da, um den Squan auf Abstand zu halten, und wich zugleich den Fausthieben aus.

Er täuschte einen Stich vor, direkt auf den Hals. Das Schwert schoss hervor, und die Scharfrichterin ließ sich nach hinten fallen. Ihre glühende Klinge verharrte an ihrer Seite, als hätte sie nicht vor, die Waffe gegen sie einzusetzen.

Natürlich ging sein Angriff ins Leere. Im letzten Moment rollte er sich ab, formte die Hand mit dem Ring zur Faust und schlug nach Elia Anasias alles vernichtender Klinge. Das blaue Leuchten des Ringes wurde stärker und überstrahlte sogleich das verwüstete Zimmer.

Es war die eine Sache, mit der die Scharfrichterin nicht gerechnet hatte.

»Was …!«, schrie sie auf.

Die arrogante Überlegenheit war aus ihrem Gesicht verschwunden. Natürlich ergab es keinen Sinn, dass Rob mit der bloßen Hand nach der Waffe schlug, die sein Leben ein für alle Mal beenden konnte. Es war eine Aktion, die in dieser Welt nicht vorgesehen war. Und das machte sie so unvorhersehbar.

Der Ring kam der Klinge immer näher. Der Stein schien unter der Hitze zu schmelzen. Nur ein Herzschlag trennte ihn von der gleißenden Macht, die von der Waffe ausging. Da verstand Elia offensichtlich, was Robs Plan war. Sie zog die Klinge hoch und ließ den Schwertknauf auf sein Handgelenk sausen. Rob spürte nicht nur, wie die Knochen brachen, sondern hörte es auch. Ein Knirschen wie von morschem Holz. Er brüllte auf und warf sich herum.

Rose sandte einen Feuerball, der in einer Wolke aus Rauch und Flammen an der Scharfrichterin aufprallte. Schützend hielt sie den Arm vor das Gesicht und wurde von der schwarzen Wolke verhüllt.

Rob lag auf dem Boden, betrachtete die zertrümmerte Hand mit dem Ring. Der blaue Stein wirkte leicht angeschmolzen. Aber das Portal hatte er nicht geöffnet.

Marten und Ethan waren ein paar Schritte vor dem Feuerball

zurückgewichen. Die Hitze breitete sich im Raum aus, und sie alle hielten schützend die Hände vor das Gesicht.

Endlich erreichten Sairas heilende Kräfte Rob, und die Schmerzen verschwanden. Die Finger ließen sich wieder bewegen.

Der Rauch wanderte nach oben und gab die Scharfrichterin wieder frei. Sie zögerte keine Sekunde und sprang vor, die Klinge wie eine Fechterin vor sich erhoben.

Rose war zu langsam.

Die gleißende Klinge bohrte sich tief in ihre Brust. Von dort aus breitete sich das Glühen über den ganzen Körper aus.

»Nein!«, schrie Marten.

»Nicht!«, brüllte Rob.

Saira murmelte Zauberformeln. In ihrem Gesicht stand Panik. Aber was sie auch wirkte, es hatte keinen Effekt. Wie Papier, dessen Ränder verbrannten und das von der Hitze verschlungen wurde, löste sich die Zauberin allmählich auf.

»Mit Aeyas reinigender Klinge schicke ich dich zurück in die ewige Schwärze«, sagte Elia und zog die Waffe aus der Brust.

Die Zauberin sank auf die Knie. Ein Lächeln umspielte ihr Gesicht.

Ethan stürzte sich auf die Scharfrichterin. Der Hammer sauste immer wieder hinab, und das religiöse Oberhaupt der freien Völker hatte sichtlich Mühe, ihm auszuweichen. Der Gront war in eine regelrechte Raserei verfallen.

Rob rappelte sich auf und hetzte zu der Zauberin, die im Begriff war, sich aufzulösen.

»Wir bekommen das hin«, brachte er unter Tränen hervor und hielt sie in den Händen.

»Es ist okay.« Rose' Stimme war nicht mehr als ein Hauchen. »Ich werde sie wiedersehen. Eines Tages. Danke, Robert.« Ihre Augen waren gefüllt mit einer Wärme und Zuversicht, wie er sie in all der Zeit nicht in ihnen gesehen hatte. Dann fraß sich der magische Wundbrand über ihr Gesicht, und die Zauberin Rose war vergangen.

Rob verfolgte durch den Schleier aus Tränen, wie Ethan und Marten auf die Scharfrichterin einschlugen. Sie wich den Attacken fast tänzerisch aus. Saira ließ sich neben Rob nieder, Entsetzen im Gesicht.

Sie hatten keine Chance gegen die Scharfrichterin.

Elia Anasia packte den Gront, der nicht nur deutlich breiter, sondern auch einen guten Kopf größer als sie war, am Kragen und schleuderte ihn durch das zerbrochene Fenster. Ethan brüllte, als er in den unvermeidlichen Tod stürzte. Denn die Magierin, die ihn hätte mit einem Schwebezauber retten können, war nicht mehr da.

»Nein«, schrie Marten und wollte hinterhereilen, wurde aber am Umhang gepackt und von der Scharfrichterin in den Schwitzkasten genommen. Sie hielt ihm die Klinge vors Gesicht, und die Schnurrhaare kräuselten sich unter der Hitze.

»Wollt auch ihr jetzt direkt sterben?« Ihre Stimme klang wie ein Chor unzähliger Kehlen.

Rob und Saira, die an der Stelle kauerten, an dem sich bis vor wenige Sekunden noch Rose befunden hatte, sahen zu ihr auf.

»Wir wollen leben«, sagte er. Das war alles, das war die Wahrheit.

»Für Avataris gibt es kein Leben mehr, keine Hoffnung, keine Chance. Gonholt wird brennen wie der Rest des Kontinents. Garraks Horden werden in den Flammen aufgehen genau wie die Silberne Garde und ich selbst. Ein neues Zeitalter wird anbrechen.«

Marten zerrte an ihrem Arm, trat in der Luft um sich. Es bereitete ihr offensichtlich keine Mühe, das Meerschweinchen in der Rüstung vor der Brust zu halten und es mit der Klinge zu bedrohen.

»Lass uns einfach gehen«, flehte Rob. »Welche Bedeutung hat unser Tod denn noch, wenn eh alle sterben?«

»Es gibt keinen Ort, an den ihr flüchten könnt.«

Doch, den gab es. Rob wusste nicht, wo er war, aber er kannte das Portal, das dorthinführte. Damit war er der Scharfrichterin einen Schritt voraus.

Die Palastwache kündigte sich mit lautem Gepolter an. Sie stürmte in den Raum, die langen Speere vor sich gereckt. Rob, Saira und Marten waren umstellt.

»Es ist die Krönung meiner Zeit auf dieser Welt, dass ich dich noch richten darf, Rob.«

Er spürte die Speerspitzen in seinem Nacken und wagte nicht, sich zu bewegen. »Wenn es eh egal ist, wohin wir gehen, weil uns das Feuer alle erwischen wird, warum dann die Hinrichtung?«

»Nein, das werde ich nicht tun. Deine Freunde bleiben Verräter und du ein Fehler, den ich schon viel früher hätte ausradieren sollen. Du bist eine Gefahr für Aeya und die freien Völker. Außerdem wurdest du schon einmal zum Tod durch meine Klinge verurteilt, und ich bin immer noch gewillt, dieses Urteil zu vollstrecken.«

»Du bist ein Monster«, zischte Saira.

»In dieser Welt ist jeder ein Monster. Es ist immer nur eine Frage der Perspektive«, erwiderte die Scharfrichterin ruhig. »Legt sie in Ketten.«

Rob wurden die Arme auf den Rücken gedreht. Er wehrte sich nicht, und trotzdem schlugen sie ihm mit den Stielen ihrer Speere zwischen die Schulterblätter, so dass die Luft aus seinen Lungen wich.

Anasia öffnete den Schwitzkasten und ließ den Squan zu Boden fallen. Sofort waren ein paar übereifrige Palastwachen zur Stelle und fixierten das Meerschweinchen. Auch Saira wurden Ketten angelegt.

Die Scharfrichterin fuhr mit der Hand über ihre Robe, um Falten herauszustreichen. »Wir beginnen bald mit der Zeremonie. Haltet sie so lange gefangen und lasst sie nicht aus den Augen. Informiert Cervantes. Er soll für Ruhe auf dem Palastplatz sorgen.«

»Verstanden«, sagte eine Gront und verließ das Zimmer.

Saira, Marten und Rob wurden Rücken an Rücken gesetzt. Ein Ring aus Speeren zeigte auf ihre Brust.

»Ich werde mich jetzt vorbereiten«, sagte die Scharfrichterin entschuldigend. »Wir sehen uns gleich wieder.« Mit diesen Worten verschwand auch sie aus der Kammer und ließ die drei mit einem Dutzend Palastwachen zurück. Rob versuchte, die Fesseln aus kaltem Metall zu lockern, die man ihm um die Handgelenke gelegt hatte, aber sie bewegten sich kein Stück.

Gib nicht auf, schrie ihn eine innere Stimme an. *Kämpf!*

Rob drehte die Hände ein und spannte die Armmuskeln an.

Los, verdammt!

Es war, als hätte ein zweiter Geist in seinem Körper Platz genommen, der nicht akzeptieren wollte, was passierte. Trotz der Speerspitze vor seiner Brust gab Rob nicht auf. Es musste einen Weg hier raus geben, er durfte nicht sterben, nicht scheitern.

Aber die Fesseln waren zu stark.

»Was hält uns davon ab, uns einfach in diese Speere zu stürzen und unsere letzten Momente auf Avataris als Geist zu genießen?« Martens Stimme war dünn und klanglos.

Rob spannte den ganzen Oberkörper ein weiteres Mal an. Die Wache, eine menschliche Frau, die den Speer auf ihn richtete, wirkte sichtlich nervös.

»Ich will meine letzten Momente nicht als Geist verbringen«, erwiderte Saira. »Ich habe das nie gemocht, mich wiederzubeleben. Es ist so, als würde man immer einen kleinen Teil von sich zurücklassen.«

Du musst es schaffen, spornte die innere Stimme Rob an. Sie hatte ein Feuer in ihm entfacht.

»Aber wir könnten der Scharfrichterin so noch eins auswischen. Stell dir vor, es ist eine Hinrichtung, aber niemand ist da, um hingerichtet zu werden«, quiekte Marten.

»Tot können wir das Portal nicht öffnen«, mischte sich Rob ein. Er hatte die Hoffnung im Gegensatz zum Anführer der Truppe noch nicht verloren.

Marten seufzte. »Der Tod war für dich nie eine Option, das hat sich nicht geändert.«

Rob gab den Versuch auf, sich zu befreien, und die Palastwache vor ihm entspannte sich etwas.

»Ich hoffe, Rose ist glücklich, dort wo sie jetzt ist«, sagte Saira in die Stille hinein.

»Sie hat immer mit ihrem Schicksal hier gehadert«, erwiderte Marten.

»Glaubst du, dass sie mit ihrer Familie eines Tages wiedervereint sein wird?«, fragte die Priesterin.

»Du meinst fernab der ganzen Technik? In irgendeinem Himmel oder Paradies?«

»Genau«, sagte Saira, und Rob hatte mal wieder keine Ahnung, wovon die beiden sprachen.

»Nein, das glaube ich nicht. Das sind Märchen für Erwachsene, die Angst vor dem Tod haben. Warst du religiös?«

»Kein Stück. Sonst hätte ich mich vielleicht auch nicht für Avataris entschieden, sondern gehofft, dass ich mein Leben fromm genug geführt hätte.«

Du musst das Portal öffnen!, schrie ihn die Stimme in seinem Kopf an. Rob hatte das Gefühl durchzudrehen. Die Kopfschmerzen kehrten zurück und vernebelten seine Sinne.

»Ich meine, wenn man in der Broschüre so davon liest, klingt Avataris wirklich aufregend. Eine große Abenteuerwelt. Aber hier den Rest seiner Existenz zu verbringen, ist noch mal eine andere Nummer. Vor allem, wenn man eigentlich gar nicht hier sein dürfte«, führte Saira weiter aus.

Ihr müsst es schaffen, verlangte die Stimme beharrlich.

»Ich weiß, ich weiß!«, schrie Rob dagegen an und hatte das Gefühl, dass die Kopfschmerzen ein bisschen besser wurden.

»Alles okay dahinten?«, fragte Marten.

Rob spürte, dass auch Saira sich in seine Richtung drehte. Die Wachen vor ihm wurden wieder nervöser, und die Speerspitzen rückten ein bisschen näher an sein Gesicht.

»Nichts ist okay. Wir müssen hier raus.« Robs Atem ging schnell, er hatte Probleme, Luft zu bekommen.

»Wir werden gleich abgeholt, mach dir darum keine Sorgen«, sagte Marten mit einer Gelassenheit, die Robs Puls weiter in die Höhe trieb.

»Das meine ich nicht«, erwiderte er sofort. »Wir müssen raus aus Avataris. Alle werden vernichtet!«

Wieder seufzte der Squan. »Du weißt, dass ich keiner Herausforderung aus dem Weg gehe. Aber man muss einsehen, wenn man verloren hat. Die Ketten, mit denen sie uns gefesselt haben, sind magisch verstärkt. Rose, die sich damit ausgekannt hätte, ist tot. Und nichts und niemand wird sie mehr zurückbringen. Es war eine schöne Reise mit euch, und ich bin dankbar für dieses gemeinsame Abenteuer, aber ich will meine letzten Augenblicke nicht in Verzweiflung verbringen.« Marten klang völlig ruhig.

»Ich bin mir sicher, dass nicht alles so reibungslos über die Bühne gehen wird, wie sich die Scharfrichterin das erhofft«, sagte Saira.

»Was meinst du?«, fragte Rob.

»Das werde ich wohl kaum verraten, solange wir von Palastwachen umzingelt sind«, antwortete die Heilerin.

Ihre Bewacher tauschten verunsicherte Blicke aus.

Die Tür wurde aufgestoßen, und herein kam die Scharfrichterin Elia Anasia. Sie trug ein schwarzes Gewand. Die silberne

Faust und die fünf Sterne darüber waren auf den Stoff gestickt. In ihrem moosigen Haar saßen Schmetterlinge, und sie fixierte Rob mit ihren rubinroten Augen. »Die Zeremonie beginnt jetzt.«

Wie auf Kommando wurden die drei Gefangenen gepackt und durch den Flur zur Treppe gezerrt. Sie wehrten sich nicht, aber sie kooperierten auch nicht. Zwei Gronts packten Rob unter den Armen und trugen ihn ohne sichtliche Mühe durch die breiten, stillen Flure des Palastes. Eine unheimliche Atmosphäre hatte von dem Prunkbau Besitz ergriffen. Das Ende der Welt war greifbar nah.

Rob, Saira und Marten wurden zum großen Tor geschleift, das hinaus zum Palastplatz und der bluthungrigen Meute führte. Rob hörte durch das schwere Holz das Johlen und Jubeln. Elia Anasia lief vorweg, aber die Sohlen ihrer Sandalen erzeugten keine Geräusche. Sie schien fast zu schweben. Die Palastwache marschierte unter dem Scheppern und Klappern ihrer Rüstungen hinterher wie grobschlächtige Trolle. Ihre Gefangenen hatten sie in die Mitte genommen. Rob wurde vorweggetragen, die anderen folgten.

Die Scharfrichterin öffnete das Tor nicht sofort. Stattdessen drehte sie sich noch einmal um.

»Nun beginnt das Ende eines Zeitalters«, sprach sie und hob leicht die Mundwinkel. Dann wirbelte sie herum und stieß das Tor auf.

Eine Welle aus Lärm brandete über Rob hinweg. Ein Stampfen und Rufen aus tausend Kehlen.

Sie alle forderten seinen Tod.

KAPITEL
23

Die Palastwache und die Silberne Garde sorgten schnell für einen Korridor für die Scharfrichterin. Die eben noch aufgebrachte Menge senkte ehrfürchtig die Häupter. Elia Anasia schritt hindurch und genoss das Bad in der Menge sichtlich. Helden und Champions, die rein äußerlich von Rob und seinen Freunden kaum zu unterscheiden waren, blickten ihn mit hasserfüllten Fratzen und hohnvollen Gesichtern an.

Er empfand nur Mitleid für sie.

Rob hatte gesehen, welches Schicksal sie alle ereilen würde. Den Geruch der verbrannten Leiber würde er nie vergessen. Noch wähnten sie sich auf der Seite der Gewinner. Rob würde seinen Kopf verlieren, sie würden feiern, und morgen würden sie wieder in eine Schlacht gegen Garrak ziehen. Wenn sie starben, würde man sie wiederbeleben. Das war der Lauf der Dinge, das waren die Gesetze in Avataris.

Aber noch vor Anbruch der Nacht würde alles anders sein.

Man zerrte ihn durch den Dreck, vorbei an den Käfigen ihrer Gildenmitglieder. Das Leben kehrte in ihre Augen zurück.

»Marten«, rief ein Mensch hinter den Gitterstäben. Die Wangen waren angeschwollen, die Nase offensichtlich gebrochen und der Mund blutverkrustet.

»Alles wird gut, Fauko«, rief der Squan hinter Rob über den Lärm der Menge hinweg. Aber der Ton seiner Stimme verriet allen, die ihn hörten, dass nichts mehr gut werden würde.

In der Mitte des Platzes hatte man ein hölzernes Plateau erbaut. Es war das gleiche wie bei Robs letzter misslungener Hinrichtung, nur stand es dieses Mal nicht so nah am Abgrund. Sie wurden die Stufen hoch geschleift und auf die Dielen geworfen. Die Schmerzen in Robs Kopf pochten, und für einen Moment hoffte er, dass ein plötzlicher Hirnschlag der Hinrichtung zuvorkommen würde.

Die Palastwachen verließen die Plattform und eilten zurück auf ihre Posten. Dafür betrat nun Cervantes Salomon mit der Silbernen Garde das Schafott und stellte sich hinter der Scharfrichterin auf.

Eine blonde Strähne hing dem Offizier ins Gesicht, als er sich mit einem schmierigen Grinsen Rob näherte. »Am Ende bekommen sie alle ihre gerechte Strafe«, sagte er und ging vor ihm in die Hocke. »Ich bin ehrlich: Du hast mir ein paar schlaflose Nächte bereitet. Wir haben im ganzen Land nach dir gesucht. Yallandils Führung hat auch noch ein Hühnchen mit dir zu rupfen, aber sie werden hoffentlich Verständnis zeigen, dass wir nicht lange gefackelt und dich hingerichtet haben. Zeugen für deinen Tod wird es dieses Mal genug geben. Und wenn du glaubst, dein billiger Trick funktioniert ein zweites Mal, muss ich dich enttäuschen.« Er nickte in Richtung Mauer am Rand des Platzes, und Rob folgte dem Blick. Vor dem Abgrund standen Angehörige der Silbernen Garde, bereit, jeden abzufangen, der sich hinunterstürzen wollte.

Aber Rob würde diesen Weg nicht noch einmal nehmen. Dieses Mal gab es keine Rettung nach dem Tod. Marten kniete neben ihm, Ethan war gestorben, und sein Leichnam lag irgendwo in der Menge. Selbst wenn er sich wiederbeleben und fliehen konnte, würde er dem Feuer nicht entrinnen. Statt weiter in die ihn verhöhnende Fratze von Cervantes Salomon zu schauen, suchte Rob in der Menge nach einem vertrauten Gesicht. Sein Blick wanderte über die Gronts, Menschen, Eollyans und Squans, alle vereint in ihrem Hass auf die vermeintlichen Verräter.

Nur ein Gesicht entdeckte er nicht.

Wo auch immer Annie gerade war, sie war nicht hier. Vielleicht hatte sie beschlossen, ihr Glück am Hafen zu probieren und eines der Boote zu nehmen, die weit raus auf den Ozean fuhren. Rob konnte es ihr nicht verübeln. Sie hatten verloren.

»Schau mir in die Augen, Kleiner«, forderte ihn Cervantes auf. »Als man mich mit der Silbernen Garde und der Scharfrichterin in diese Welt geschickt hat, um mit Verbrechern wie dir aufzuräumen, wusste ich noch nicht, dass mir meine Aufgabe so viel Spaß machen würde. Ich werde jeden Tag besser.« Er erhob sich und zeigte auf die umliegenden Käfige. »Wir wussten, dass ihr euch melden würdet. Dass es eine Gilde gab, war uns schon lange bekannt. Also überwachten wir alle Briefkästen und verfolgten den Boten bis zu eurem Unterschlupf. Ich wollte ihn anschließend beschatten, aber es war die Scharfrichterin höchstpersönlich, die die nötige Weitsicht besaß. Sie wusste, dass ihr sowieso kommen würdet, um eure Freunde zu retten. Wir mussten gar nichts machen, nur warten. Das gehört nicht zu meinen Tugenden, aber ich faltete die Hände im Schoß und betete zu Aeya, dass sie euch endlich herschicken möge. Dass ihr am Tag der großen Hinrichtung gekommen seid, ist kein Zufall, sondern Schicksal. Euer Schicksal.«

Rob schloss die Augen. Er hatte der Hassrede des Mannes nichts entgegenzusetzen.

»Am Ende knickt ihr alle ein und bettelt um Gnade«, sagte Salomon, drehte sich um und ging auf die Scharfrichterin zu. Er nahm neben ihr Stellung und verschränkte die Arme hinter dem Rücken. Sein Mantel wehte wie die zahlreichen Flaggen und Fahnen auf dem Platz im Wind. Er würde das Feuer nur noch schneller auf die Stadt zutreiben.

Tomaten und Eier flogen in Richtung der Gefangenen. Die Käfige waren schon überzogen mit einer Spur aus verfaultem Obst und Gemüse. Marten, Rob und Saira drohte nun das Gleiche.

Die Scharfrichterin gebot dem Einhalt. Sie hob beide Arme in die Luft, und augenblicklich schwieg die Menge. Das Schweigen verschluckte den Lärm regelrecht. Rob hörte die Laute eines Falken weit über sich. Er sah zum Himmel und sah ihn als kleinen dunklen Punkt im wolkenfreien Blau.

Es war alles wie in seiner Vision. Er wusste, was passieren würde. Er hatte es die ganze Zeit gewusst, und deswegen war er hier. Das Feuer im Haus des Jungen, der auf dem Marktplatz nach Hilfe suchte, hatte ihn nicht ohne Grund so aufgewühlt. Es war ein Vorzeichen für das gewesen, was allen bevorstand.

Fanfaren schallten über den Platz und läuteten den Beginn des Endes ein. Trommeln gesellten sich dazu und verliehen dem Akt etwas Militärisches.

Dann trat die Scharfrichterin in die Mitte der Plattform. Sie sah zu allen Seiten. Der Hass war aus den Gesichtern der Helden verschwunden und Ehrfurcht gewichen. Alles erinnerte an die letzte versuchte Hinrichtung. Und heute schienen wirklich jeder Bürger und jeder Held der freien Völker auf dem Palastplatz zu sein.

»Freie Völker Avataris'«, sagte die Scharfrichterin klar und kräftig.

Rob spürte das Herz in der Brust hämmern. Vielleicht vor Aufregung, wahrscheinlich aus Angst. Er dachte an Annie, die irgendwo da draußen war und die er doch nicht retten konnte. Er hätte friedlich sterben können, wenn er sie in Sicherheit gewusst hätte, aber ohne das Portal gab es keine Hoffnung. Er spürte den Ring an der Hand, die man ihm auf den Rücken gebunden hatte.

»Wir sind heute zusammengekommen, um die Niedertracht in unseren eigenen Reihen ein für alle Mal auszulöschen«, verkündete Elia Anasia.

Tosender Applaus brandete über ihre Köpfe hinweg.

»Diese Art von Begrüßung habe ich mir für die Bezwinger

des großen Wyrms gewünscht, bloß halt unter anderen Umständen«, murmelte Marten neben ihm.

Unwillkürlich musste Rob grinsen.

»Bitte erzähl niemandem von diesem Titel. Ich möchte so
nicht in die Geschichtsbücher eingehen«, flüsterte Saira.

Selbst im Angesicht des Todes hatten sie ihren Humor nicht
verloren. Vielleicht wurde das einfacher, wenn man unsterblich
war. Mit jeder Wiederbelebung verlor der Tod ein bisschen von
seinem Schrecken.

Wieder hob die Scharfrichterin die Hände, und der Applaus
erstarb augenblicklich. »Seit Jahrhunderten streiten wir für
Aeya an der Splitterfont, versuchen, das Dunkel von diesem
Kontinent zu verdrängen – und wir gewinnen.« Tosender Jubel
brach aus, den sie mit einem Handstreich wieder zum Schweigen brachte. »Jeden Tag ein kleines Stück. Es gibt aber auch
Zeiten, da entsendet Garrak neue Horden, und sie drängen uns
einen Fußbreit zurück. Es ist ein zähes Ringen.«

Einige Leute in der Menge blickten sich irritiert an.

»Auch Garrak hat die Zeit genutzt und seine Reihen ver-
stärkt. Groteske Monster, Kriegsmaschinerien und bestialische
Waffen. Außerdem versucht er, uns zu schwächen, indem er
Spione, Saboteure und Attentäter entsendet.« Sie zeigte auf die
Gefangenen in den Käfigen. Die Verwirrung wich aus den Ge-
sichtern und machte wieder Platz für grenzenlosen Hass.

»Hin-rich-ten, hin-rich-ten!«, skandierte die Menge, und
Elia Anasia nutzte beide Hände, um sie zum Schweigen zu bringen.

»Dieser Bodensatz unserer Gesellschaft wird noch früh genug seine gerechte Strafe bekommen. Sie werden durch meine
Klinge gerichtet werden.« Sie unterdrückte den aufbrandenden
Jubel sofort. »Aber es wird das Problem nicht lösen. Sie sind
wie Ratten: Erschlägt man eine, verstecken sich zwei weitere
irgendwo in den Gemäuern und Ritzen der Stadt. Eine Krank-

heit, die uns alle infiziert hat. Es braucht endlich ein Gegenmittel für sie!«

Diesmal blieb es still auf dem Palastplatz.

Nur Rob war nicht in der Lage, den Mund zu halten. »Die drehen doch alle am Rad!«

»Schon seit langer Zeit«, erwiderte Saira, zu leise, als dass die Scharfrichterin es hören konnte.

Mach was, schrie die innere Stimme Rob an. *Lieg hier nicht rum!*

Er schloss die Augen und konzentrierte sich auf die Stimme, die so vertraut nach ihm selbst klang. War es sein Überlebensinstinkt, der sich zu Wort meldete? Was auch immer es war, es hatte recht. Er konnte hier nicht einfach still bleiben und auf das Ende seines Lebens warten. Aber was sollte er tun? Er brachte sich in eine sitzende Position, suchte die Gesichter in der hasserfüllten Masse ab. Hoffte, Annie irgendwo zu entdecken.

»Ein Feuer wird kommen«, sagte die Scharfrichterin klar und deutlich. Robs Kopf schnellte herum. »Es wird den ganzen Kontinent erfassen. Aeya und Garrak haben verhandelt und sich auf einen Neubeginn geeinigt. Ein reinigendes Feuer, das all die alten Seelen verbrennt. Aeya hat nicht vergessen, dass ihr für sie hier seid. Dass ihr für sie zu Schwert und Schild greift und für sie in die Schlacht reitet. Sie wird eure Seelen aus der Asche bergen, damit ihr gemeinsam mit ihr, Hand in Hand, Gonholt neu errichten könnt!« Ihre Stimme überschlug sich fast, bevor sie anfügte: »Wenn sie euch für würdig hält.« Die letzten Worte schlichen wie vergifteter Wein über ihre Lippen.

Der erwartete Jubel blieb aus.

»Das Feuer kommt, ich kann es spüren. Der Horizont färbt sich schon rot«, sprach sie weiter.

Rob warf einen Blick über die Schulter. Vom Palastplatz, hoch über der Stadt, hatte man einen ungestörten Blick über die weiten Felder vor Gonholt, am Horizont erhob sich das Gebirge. Seine Ränder wirkten tatsächlich rot, als ob sie von einer aufgehenden Sonne beschienen würden. Bloß ging die Sonne gerade nicht auf. Sie stand gelb und kräftig am Himmel.

Gemurmel breitete sich unter den Helden aus. Auch von ihnen hatten einige zum Horizont geblickt und wohl dasselbe bemerkt wie Rob.

»Bevor es aber so weit ist, widmen wir uns noch einem Vergnügen. Der Hinrichtung der Neuen Hoffnung.« Als wäre dies eine Zauberformel, vergaßen die Helden der freien Völker offensichtlich sofort, was da auf sie zurollte, und widmeten sich wieder dem Plateau.

»Hin-rich-ten, hin-rich-ten!«, riefen sie im Chor.

»Wir fangen an mit ihrem Anführer. Bringt mir den Squan, den man Marten nennt«, befahl sie der Silbernen Garde. Sofort eilten zwei von ihnen los, als würden sie befürchten, selbst mit der Klinge gerichtet zu werden.

»Ich bin Marten, der Bezwinger des großen Wyrms! Das ist mein offizieller Titel, sprich mich gefälligst so an«, wütete der Anführer, als er auf die Scharfrichterin zugezerrt wurde.

»Diese Regeln gelten für mich nicht. Ich spreche dich an, wie ich möchte«, erwiderte Elia Anasia, und ein Grinsen durchzuckte ihr Gesicht wie ein Blitz.

Rob lief ein eiskalter Schauer über den Rücken. Sie hatte nichts mehr von der anmutigen Erscheinung ihrer ersten Begegnung.

Die Garde warf Marten vor ihr auf den Boden. Er hob das Haupt. Rob sah nur den wuscheligen Hinterkopf, verstand aber jedes Wort klar und deutlich. »Was soll das heißen, dass die Regeln nicht für dich gelten?«

»Ich bin in Aeyas Auftrag hier, ich stehe über dem Gesetz.«

»Bist du auch gestorben, wie wir alle? Bist du ein Mensch?«

Wieder das Grinsen, nur für eine Sekunde. »Ich bin von Menschen geschaffen, aber so viel mehr als sie«, antwortete sie, gerade laut genug, dass es Marten, Rob, die anderen Gefangenen und die Angehörigen der Silbernen Garde verstanden.

»Eine künstliche Intelligenz.« Selbst im Angesicht von Jyl hatte ihr Anführer nie so angsterfüllt geklungen.

»In dieser Welt sind wir alle gleich, niemand ist künstlich. Dich unterscheidet nichts von mir.«

Rob verstand nicht, was vor sich ging. Er versuchte ein letztes Mal, die Ketten zu lösen. Es war ein verzweifelter, hoffnungsloser Versuch.

Die Scharfrichterin wandte sich von Marten ab und dem Publikum zu. »Er hat diese Truppe befohlen, die uns ausspioniert und wichtige Informationen an Garrak verraten hat. Uns gelang es, einen Brief abzufangen, in dem er davon berichtete, dass sie auf dem Weg zur Splitterfront waren. Was sie dort getrieben haben, können wir nur vermuten. Wir wissen aber, dass es mit Vertretern von Garrak zu einer Begegnung kam.« Dass die beiden Gruppen sich bei dem Aufeinandertreffen bekämpft hatten, verschwieg die Scharfrichterin. »Als Aeya die freien Völker einte, rechnete sie nicht mit Verrätern und doppelzüngigen Schlangen in den eigenen Reihen. Sie glaubte an das Rechtschaffene in den Seelen ihrer Helden. Verrat ist das schlimmste aller Verbrechen. Es ist wie ein Gift, das nicht sofort wirkt, sondern erst Jahre später seine tödliche Wirkung entfaltet. Und das Gift ist tief in uns eingesickert, hat unsere Reihen korrumpiert. Wir machen den ersten Schritt zur Selbstreinigung, indem wir der Schlange den Kopf abschlagen.« Sie deutete auf Marten. »Löst seine Fesseln.«

Die Menge tobte und jubelte in Anbetracht dessen, dass sie endlich ihre Hinrichtung bekam.

Zwei Gardisten eilten herbei und entfernten die Ketten. Marten blieb kniend auf dem Boden, legte die Hände auf den Oberschenkeln ab. »Noch ein paar letzte Worte?«

»Nein«, erwiderte Elia.

Rob sprang auf. »Nicht!«, schrie er. »Ich bin es, den ihr

wollt!« Sofort eilten Gardisten herbei, schlugen ihm Knüppel in die Kniekehlen und brachten ihn wieder zu Fall.

Die Scharfrichterin wandte sich ihm zu. »Du kommst noch früh genug dran, keine Sorge. Auch wenn du kein Verräter bist, bist du der Grund, warum das Gift zu wirken anfing.« Dann zog sie den Schwertgriff aus ihrer Robe, und die Klinge strahlte auf. Ein Raunen ging durch die Menge. »Hiermit verurteile ich dich zum ewigen Tod, Marten, Anführer der Neuen Hoffnung.«

»Und Bezwinger des großen Wyrms«, ergänzte der Squan, aber das Zittern in seiner Stimme war nicht zu überhören.

Die Scharfrichterin hob die Klinge. Die Anspannung war in allen Gesichtern zu lesen. Doch noch bevor die Waffe heruntersauste, durchbrach ein Brüllen die Stille.

»Das wirst du nicht tun!«

Helden flogen davon, als sich ein Gront durch ihre Reihen grub. Im vollen Sprint raste ein Bär mit einer Panzerrüstung und einem Hammer, den er mit beiden Händen umklammerte, auf sie zu.

Ethan.

Er sprang auf das Schafott und rannte einen Gardisten um, der das Pech hatte, im Weg zu stehen. Noch bevor Elia Anasia ihr Urteil vollstreckte, war der Gront zur Stelle und tat das Unvorstellbare.

Er schlug zu und traf die Gesandte der Göttin Aeya am Brustkorb. Sie wurde von der Wucht des Schlags nach hinten geworfen. Ein normaler Mensch wäre sofort tot gewesen.

Niemand griff ein. Es war, als hätte sich ein Zauber über die Szenerie gelegt. Ein Zauber, der verhinderte, dass sich irgendjemand bewegte.

Elia Anasia hob den Kopf und stützte sich auf die Ellbogen. Sie spuckte Blut, die feine Robe war von Dreck überzogen. Der Schlag hatte ihr nicht nur den Boden unter den Füßen genommen, sondern auch ihre göttliche Erscheinung.

»Du legst keinen Finger an meinen Freund, hast du verstanden?«, brüllte Ethan. Wahrscheinlich hatte er die ganze Zeit unter den Zuschauern auf den richtigen Moment gewartet, um zuzuschlagen. Er war keine Sekunde zu spät gekommen.

»Das war ein großer Fehler«, krächzte Elia Anasia. Kein Lächeln, kein überlegenes Grinsen waren in ihrem Gesicht zu sehen. Nur der blanke Hass. Das Schwert hielt sie immer noch in der Hand, als sie aufstand.

»Dein Fehler war es, dein Schwert gegen meinen Freund zu erheben!«, brüllte Ethan, als wäre er in Raserei verfallen.

»Ich hätte daran denken sollen, dass du noch auftauchst«, erwiderte die Scharfrichterin und klopfte Dreck von ihrer Robe. »Ich wollte in Würde aus diesem Leben treten und nun schau, was du gemacht hast.«

»Ich bin noch lange nicht fertig«, sagte Ethan, und neben ihm sprang Marten auf. Der Squan schüttelte sich, und Dreck rieselte aus seinem Fell.

Langsam lösten sich die Wachen aus ihrer Starre. Sie streckten die Speere und marschierten auf die beiden zu.

Befrei dich!, schrie die Stimme in Robs Kopf. Schweiß rannte über seine Stirn, und er fühlte etwas Warmes seine Hände herunterlaufen. Wahrscheinlich hatte er sich bei den Befreiungsversuchen die Haut aufgerieben.

Da spürte er eine Gestalt in seinem Rücken und einen Luftstoß. Rob schloss die Augen und stellte sich auf den Schwerthieb ein, der ihn aus dem Leben befördern würde. Er wagte es nicht, über die Schulter zu blicken.

Etwas sauste hinab, und seine Hände waren plötzlich frei.

»Annie«, keuchte er. Er drehte sich um, und sie zog ihn hoch. Es war ein kurzer, flüchtiger Kuss, aber er entschuldigte all die Strapazen, die er die letzten Wochen auf sich genommen hatte. Für sie würde er den ganzen Albtraum ein zweites Mal durchleben. Kein Monster war zu grausam, keine Gefahr zu groß.

»Nach dem Auftritt von Ethan konnte ich dich hier doch nicht so einfach sitzen lassen. Nicht bei allem, was uns verbindet«, sagte sie und grinste.

Saira räusperte sich. »Ich störe euch nur ungern, aber …« Sie musste den Satz nicht beenden. Annie zerstörte die Kettenglieder mit einem zielsicheren Hieb ihres Schmiedehammers. Sie war nicht nur eine Expertin im Formen von Metall, sondern offensichtlich auch geübt darin, es zu zerstören.

»Was die härtesten Erze formt, wird auch mit ein paar lausigen, magisch verstärkten Ketten fertig«, erklärte sie.

Sofort wurden sie von Wachen umzingelt. Rob hatte nur seine bloßen Fäuste.

»Tötet sie nicht«, befahl die Scharfrichterin. »In ihrer Geisterform kann ich sie nicht hinrichten.«

Der Befehl überforderte die Wachen sichtlich. Speere waren keine Werkzeuge, sondern Waffen. Sie waren nicht hergestellt, um Verbrecher im Zaum zu halten, sondern um sie zu töten. Die Metallspitze war dazu da, um in das Fleisch der Feinde einzudringen. Eine Wache stieß nach Robs Oberschenkel. Ein guter Versuch, ihn außer Gefecht zu setzen, aber Rob machte eine Drehung und packte den Speer, entwand ihm den Besitzer.

Saira, Annie und Rob stellten sich Schulter an Schulter und drehten sich im Kreis.

»Das erledige ich«, rief ein Mann, und Rob sah Cervantes Salomon, den Oberoffizier der Silbernen Garde, mit wallendem Haar und wehendem Mantel auf sich zumarschieren. In der Hand hielt er ein langes Breitschwert.

»Bring ihn nicht um«, ermahnte ihn die Scharfrichterin.

»Er wird darum flehen, dass ich ihn umbringe, wenn ich mit ihm fertig bin«, presste Cervantes Salomon hervor und wandte sich Rob zu. »Du hast die Silberne Garde beleidigt und unseren Ruf beschädigt. Ich hätte die Sache viel früher in die eigenen Hände nehmen sollen.«

»Ihr hättet mich einfach in Ruhe lassen können, und nichts davon wäre geschehen.« Rob dachte an den Sprung von der Brüstung des Palastplatzes. Er hätte auf die Erfahrung, einer sehr schnell näherkommenden Krypta entgegenzublicken, gern verzichtet.

Unter den Helden und Bewohnern Gonholts wurden die Rufe derweil lauter. Nun bekam man nicht nur eine Hinrichtung, sondern ein echtes Spektakel geboten. Rob versuchte, sich von dem Lärm nicht ablenken zu lassen.

Ethan machte einen Schritt in ihre Richtung, aber Rob schüttelte den Kopf. »Nicht.« Er wusste, dass sich die unzähligen Gardisten auf sie stürzen würden, sobald sich jemand einmischte. Diesen Kampf musste er allein mit Salomon ausfechten, und er war bereit dafür.

Rob hatte noch nie mit einem Speer gekämpft, kannte aber die Vor- und Nachteile. Er musste den Feind auf Distanz halten, denn im Nahkampf hatte er keine Chance. Auch Cervantes trug mit dem Schwert eine Waffe, die für ein Duell in engen Gassen ungeeignet war.

Der Oberoffizier blieb wenige Meter vor ihm stehen und senkte die Arme. Die Sonne wurde von der schwarzen Rüstung, in die die Faust Aeyas geprägt war, verschluckt. »Komm schon, du Laune der Natur.«

Rob fasste den Speer mit beiden Händen am hinteren Ende, um die größte Reichweite herauszuholen. Langsam näherte er sich dem Oberoffizier, der mit gesenkten Armen auf ihn wartete. Die Spitze seines Schwertes ritzte feine Linien in die Holzdielen.

Du musst siegen, sagte die Stimme in seinem Kopf, als hätte er den Hinweis benötigt. Er schüttelte sich, um die Gedanken loszuwerden, die ihn ablenkten.

»Was ist los, siehst du Geister?«, fragte Cervantes und lachte. Die Menge johlte.

Er musste siegen. Er würde siegen.

Aus Robs Kehle kam ein Kampfschrei, wie man ihn in ganz Gonholt wahrscheinlich noch nie gehört hatte. Er übertönte Cervantes selbstgefälliges Lachen und den Lärm der bluthungrigen Meute. Er hallte von den Palastwänden zurück und hinaus über die ganze Stadt. Es war ein Schrei, in dem all die Wut und Verzweiflung lagen, die er in diesem Moment spürte. Und dieser Schrei mischte sich mit der Ausbildung, die er als Ritter erfahren hatte. Er umgriff den Speerstab so fest, dass die Fingerknöchel weiß wurden, und stürmte voran. Die Stürmende Klinge gehörte zum Standardrepertoire eines Ritters. Eine Fähigkeit, die direkt zu Beginn der Ausbildung erlernt wurde. Dafür einen Speer zu benutzen war eigentlich nicht vorgesehen, aber Rob hatte früh angefangen, die Regeln der Welt zu missachten.

Cervantes Salomon riss im letzten Moment das Schwert hoch und wehrte den Stich auf seine Brust ab. Rob hatte keine Finte, keinen Trick versucht. Er hatte den Oberoffizier nur tot sehen wollen. Die Speerspitze flog hoch, und Rob ließ die Waffe direkt wieder heruntersausen, benutzte sie nun als Schlagstock. Salomon machte eine Drehung, war mit zwei schnellen Schritten bei Rob und stach selbst zu.

Rob hatte den Angriff kommen sehen, duckte sich und rollte ab. Cervantes' Stich lief ins Leere, und die beiden standen sich wieder gegenüber. Mit dem Speer sorgte Rob für den nötigen Abstand.

Konnte er ihn überhaupt besiegen? Bevor der Gedanke keimte, brüllte Rob ein weiteres Mal. Nicht ganz so laut, nicht ganz so beeindruckend, aber es reichte, um ihm neue Zuversicht zu geben.

Er machte einen Ausfallschritt und ließ den Speer wie eine Schlange nach vorn springen. Wieder zielte er auf die Brust oder ließ es Cervantes zumindest glauben. Als der das Schwert hob, um die Attacke abzuwehren, riss Rob das hintere Ende des

Speeres hoch, wodurch die Spitze nach unten schnellte und knapp unterhalb des Brustkorbs über den Panzer schabte. Funken sprangen auf, und die Speerspitze hinterließ eine Schramme im Metall.

Cervantes' Blick wanderte nach unten, zu der Stelle, an der er getroffen worden war. Obwohl Robs Angriff nur einen Kratzer auf dem sonst makellosen Brustpanzer hinterlassen hatte, war das Entsetzen in seinem Gesicht für jeden klar erkennbar. Seine Stirn legte sich in Falten, und die Augenbrauen zogen sich zusammen, so dass sie ein V bildeten. Die Nasenflügel blähten sich auf wie die Nüstern eines Pferdes, das die letzten Kilometer in praller Sonne und Dauersprint zurückgelegt hatte.

Ein Raunen ging durch die Menge.

»Der Junge hat wirklich dazugelernt. Ein Monster wie Jyl muss ihm unglaublich viel Erfahrung gegeben haben«, hörte Rob Martens anerkennende Worte durch das Pulsieren des eigenen Blutes in den Ohren.

Schweiß rann in seine Augen, immer wieder musste er blinzeln.

Nun ließ der Oberoffizier der Silbernen Garde alle Vorsicht, jede strategische Finesse außer Acht und preschte vor. Er holte mit dem Schwert aus und schwang es nach seinem Widersacher. Rob hatte diesem Anfall von Raserei wenig entgegenzusetzen. Im letzten Moment riss er den Speer hoch, hielt ihn in beiden Händen zwischen Salomon und sich. Die Klinge sauste herab und ließ das Holz zersplittern. Rob taumelte zurück, hielt die zerstörte Waffe aber weiterhin fest und wich dem Schlag aus.

Cervantes ließ ihm keine Gelegenheit zu reagieren. Er machte einen Hechtsprung und zog das Schwert auf Hüfthöhe von rechts nach links. Diesen Angriff mit den Resten des Speers abzuwehren war unmöglich. Also ließ sich Rob fallen und spürte das kalte Metall der Klinge an seiner Nasenspitze vorbeigleiten.

Rob hatte keinen Speer mehr, aber das machte ihn nicht

wehrlos. Mit dem hinteren Teil ohne Spitze schlug er mit voller Wucht nach Cervantes' Knie und traf. Trotz des Schoners, den der Oberoffizier trug, knickte er ein. Das Holz zersplitterte am Metall, und Rob ließ das endgültig nutzlos gewordene Stück los. Alles, was er brauchte, hielt er in der anderen Hand. Er zielte mit der Speerspitze direkt auf den Hals seines Gegners. Es war eine der wenigen nackten Stellen in Cervantes' Rüstung.

Rob sah sich schon im Vorteil, da schnellte eine Faust heran und traf ihn direkt auf der Stirn, schleuderte ihn auf die Holzdielen, die unter dem Einschlag knarzten.

Die Menge jubelte und tobte. Freudenschreie mischten sich mit überraschtem Aufjauchzen und Rufen, er solle es endlich zu Ende bringen.

Rob kämpfte gegen die Ohnmacht an. Eine Ohnmacht, wie sie ihn zu Beginn des Abenteuers auf Avataris so oft zu überkommen gedroht hatte. Jedes Mal, wenn jemand Andeutungen über seine Vergangenheit gemacht hatte. Wenn man ihn daran erinnert hatte, wer er mal gewesen war.

Robert Harlow.

Kämpf!

Die Stimme in seinem Kopf war wie ein Nadelstich, und er schnappte nach Luft.

»Rob, steh auf!«, hörte er Annie rufen, aber Cervantes ließ ihm keine Gelegenheit. Der Oberoffizier stand über ihm und verdunkelte die Sonne. Sein Gesicht war zu einer Fratze verzogen, die sonst so ordentlich frisierten Haare standen wie Stroh in alle Richtungen ab.

Er hob das Schwert und ließ es wieder hinabsausen. Rob rollte zur Seite, und die Klinge bohrte sich in das Holz neben ihm. Splitter flogen umher, und er musste die Augen schließen. Den nächsten Schlag sah er deswegen nicht kommen, aber er spürte ihn. Rob rollte weiter, und wieder zerstörte die Klinge das Holz. Er wusste: Ein drittes Mal ließ sich Salomon nicht hereinlegen.

Rob schrie und stieß die Speerspitze nach vorn. Sie fand ihr Ziel und drang tief in das Fleisch zwischen Fuß und Schienbein.

Cervantes brüllte und fiel auf ein Knie. Rob zog die Waffe heraus, rollte sich weg und sprang auf. Schwer atmend betrachtete er seinen Gegner, der sich auf dem Schwert abstützte.

»Du verdammter Bastard«, knurrte Cervantes. »Ich hätte dich damals in der Taverne mit den bloßen Händen im Bierfass ertränken sollen wie einen Hundewelpen. Uns wäre so viel Ärger erspart geblieben.« Er keuchte, stemmte sich dann wieder in die Höhe.

»Nun mach schon, Cervantes, das Ende der Welt wird pünktlich kommen«, forderte die Scharfrichterin ihren Untergebenen auf.

»Wie Ihr wünscht«, japste er mehr, als dass er sprach, und deutete eine Verbeugung an.

Rob wusste, dass der Oberoffizier seinen Gegner unterschätzt hatte. Bei ihrer letzten Bewegung war er nicht mehr als ein Grünschnabel gewesen, der keine Ahnung von dieser Welt und ihren Regeln hatte und dementsprechend auch nicht wusste, wie er sie brechen konnte. Das war nun vorbei, und das wusste auch der Anführer der Silbernen Garde.

Mit einer Reihe von Schlägen trieb Cervantes Rob vor sich her und auf eine Gruppe Gardisten zu, die damit beschäftigt war, die Schaulustigen zurückzuhalten. Rob warf die Speerspitze wie einen Dolch und taumelte weiter zurück. Cervantes wehrte den Angriff mit der geschützten Hand ab, und die Spitze fiel neben ihm zu Boden. Er grinste überlegen.

Die Wachen wollten eingreifen und Rob packen, aber Cervantes brüllte: »Werdet ihr wohl eure verdammten Finger von meiner Beute lassen!«

Schnell wandten sie sich wieder der Menge zu.

Perfekt. Als Rob fast Rücken an Rücken mit einer Wache stand und sich Cervantes am Ende des Duells wähnte, entriss er einem Gardisten den Schild. Es war ein Rundschild aus Metall, und in Avataris hatten sie nur einen Nutzen: Schläge abwehren, nichts, womit man jemanden umbrachte. Das hatte Rose ihm gesagt, als er sich in der Waffenkammer der Gilde für einen Schild entschieden hatte. Sie existierten, um sich zu verteidigen, und aus keinem anderen Grund.

Er hielt den Schild hoch und wehrte den ersten Schlag ab. Bevor Cervantes Salomon ein weiteres Mal angriff, rammte er ihm den Schild ins Gesicht. Er hörte die Nase des Mannes brechen.

Ein Raunen ging durch die Menge.

Aber Rob ließ nicht nach. Wie eine tollwütige Katze verfing er sich in seinem Gegner, schlug immer wieder mit dem Schild auf das Gesicht des Oberoffiziers ein. Das Schwert glitt aus Cervantes' Griff. Mit der anderen Hand versuchte er, Rob zu fassen zu bekommen, aber die Kraft wich bereits aus ihm.

Schließlich stürzte er nach hinten wie ein morscher Baum und blieb leblos auf dem Boden liegen. Blut sprudelte aus der Nase, die nicht mehr als solche zu erkennen war.

Rob verweilte breitbeinig über Cervantes Salomon.

Die Menge war verstummt. Niemand schien zu glauben, was gerade geschehen war. Der Oberoffizier der Silbernen Garde, der gefürchtetsten Einheit der freien Völker, war mit einem Schild besiegt worden. Schilde töteten niemanden, Schilde schützten nur.

Rob atmete schwer und sah auf das, was einmal Cervantes Salomons Gesicht gewesen war. Er empfand weder Ekel noch Mitleid. Es hatte passieren müssen. Er hatte sich zwischen ihn und das Portal gestellt.

Rob ließ den Schild fallen. Das Poltern war auf dem ganzen Platz zu hören.

Dann begann das Schreien der Menge. Pure Panik drang aus ihren Kehlen. Rob hob den Blick, wunderte sich, warum der Tod des Oberoffiziers die Schaulustigen so erschütterte. Cervantes Salomon war ein Krieger gewesen, und die meisten teilten das Schicksal, irgendwann auf dem Schlachtfeld zu fallen. Da er kein Champion der freien Völker war, würde er nicht in den Genuss kommen, wiederbelebt zu werden.

Aber als Rob in die Ferne sah, wusste er, warum die Leute wirklich schrien. Über den Bergkamm kam eine Feuerwalze. Selbst die Wolken im Himmel schienen zu brennen. Der Horizont war verschwunden und einer roten Wand gewichen.

Das Ende hatte begonnen.

KAPITEL
24

»Bleibt ruhig«, schallte die klare Stimme der Scharfrichterin über den Palastplatz. »Das Feuer ist Aeyas Wille. Es kommt, um uns zu reinigen.«

Obwohl ihre Worte süß wie Honig waren, wollte niemand darauf warten, dass das Feuer die Stadtmauern erreichte. »Zu den Schiffen, zu den Schiffen!«, hörte Rob immer wieder. Es lag nahe, die Rettung auf dem Wasser zu suchen. Aber er wusste, dass auch dort die Flammen wüteten. Es gab keine Rettung, ihr Schicksal war besiegelt.

Nur für Rob und seine Freunde gab es einen Ausweg.

Annie und Saira eilten zu ihm.

»Geht es dir gut?«, fragte die Schmiedin.

Rob fühlte sich schrecklich. Das Adrenalin im Körper sank langsam, aber das Herz pumpte noch wie verrückt. »Ja«, japste er. Er ließ den Blick schweifen. Die Menge, die eben noch nach seinem Tod gegiert hatte, schwappte nun wie eine Welle vom Palastplatz. Viele wurden umgerissen, und die Nachkommenden trampelten einfach über sie hinweg.

»Ruft sie zur Ordnung«, hörte er die laute Stimme der Scharfrichterin. Sie übertönte den Lärm, die verzweifelnden Schreie der Todgeweihten, und war klar und deutlich zu verstehen.

Die Silberne Garde hielt die Disziplin. Trotz des Ablebens ihres Oberoffiziers und der Feuerwalze, die unbarmherzig auf sie zurollte, stellten sie sich den Champions in den Weg. Sie reckten die Speere und versperrten den Weg zum Palasttor. Die Gardisten waren erfahrene Kämpfer, Frauen wie Männer, groß gewachsen und trainiert. Trotzdem hatten sie der Verzweiflung unzähliger Helden, die zum ersten Mal dem endgültigen Tod ins Auge sahen, nichts entgegenzusetzen.

Manche liefen in ihre Speere, starben und würden sich schnell wiederbeleben, um noch eines der Schiffe im Hafen zu erreichen. Rob wusste, dass sie spätestens, wenn die Anker gelichtet und die Taue an Bord geholt sein würden, auch die Feuerwand sehen würden, die sich vom Wasser aus näherte. Aber ein Großteil wich den Lanzen einfach aus und schob die Gardisten beiseite.

»Befreit die Gefangenen!«, sagte Rob und sah auf die Käfige, in denen sich immer noch Mitglieder der Gilde befanden.

»Ich kümmere mich darum«, erwiderte Annie und schulterte den Hammer.

Rob suchte nach Ethan und Marten, aber sie waren in dem Chaos nicht auszumachen. Auch die Scharfrichterin schien verschwunden zu sein. Und mit ihr das Schwert.

»Weißt du, wo Marten und Ethan sind?«, fragte er.

Saira drehte sich im Kreis und sah in die unzähligen Gesichter. »Nein, sie standen eben noch dort drüben.« Sie zeigte auf eine Stelle am anderen Ende des Podests.

Da fiel Robs Blick auf die Türen des Palastes. Davor waren vier Wachen positioniert. »Sie hat sie gefangen genommen«, knurrte er.

»Warum sollte sie jetzt noch jemanden gefangen nehmen?«, fragte die Heilerin.

»Weil sie weiß, dass wir versuchen werden zu fliehen. Sie weiß auch, dass wir die Klinge brauchen und ohne unsere Freunde nicht gehen. Sie verschanzt sich im Palast und wartet das Feuer ab. Wahrscheinlich hat sie sich das Ende ganz anders vorgestellt, geordnet und diszipliniert.«

Annie kehrte mit den Gildenmitgliedern zurück. Menschen, Eollyans, Squans und Gronts. Manche wirkten vertraut, wahrscheinlich war er ihnen bei seinem ersten Besuch im Gildenunterschlupf begegnet. Andere waren ihm völlig unbekannt. Sie hatten sich mit Waffen der Silbernen Garde eingedeckt, die totgetrampelt und -geprügelt auf dem Boden lagen.

»Alle befreit«, sagte die Schmiedin.

Es waren gut zwei Dutzend Helden.

»Was ist der Plan?«, quiekte eine Squan. Sie trug einen Schild und ein Schwert.

Rob sah zu der Flammenwalze, die langsam und unaufhaltsam auf die Stadt zurollte. Er hatte das Gefühl, dass die Luft wärmer wurde. Nicht mehr lange und der Sauerstoff in den Lungen würde brennen. Er wusste, dass sie sofort reagieren mussten oder sterben würden.

»Wir bilden einen Schlachtzug«, sprach er laut und klar.

Die Gildenmitglieder murmelten und sahen sich irritiert an.

»Ich weiß, eure Verfassung ist schlecht. Ihr tragt keine Rüstungen und habt keine Tränke. Die Waffen in euren Händen sind nicht eure, aber das ist jetzt nicht wichtig. Wenn wir untätig bleiben, erwartet uns der Tod. Wir müssen die Scharfrichterin stellen und Ethan und Marten retten. Wir müssen *uns* retten!«

Die Mitglieder der Neuen Hoffnung reckten die Waffen in die Höhe und schrien ihre Zustimmung heraus. Rob wusste, dass er nun in die Rolle des Anführers geschlüpft war. Aber in Anbetracht des ausgebrochenen Chaos brauchte es einen kühlen Kopf, der die Mission nicht vergaß.

Das Portal.

Rob eilte mit den anderen im Rücken auf die Türen des Palastes zu. Die Wachen hielten ihnen Speere entgegen.

»Stehen bleiben!«, brüllten sie und wichen keinen Schritt zurück, trotz der Übermacht, die auf sie zurollte.

Aber Rob und die anderen gehorchten nicht. Nicht mehr. Das Feuer hatte die Regeln der Welt außer Kraft gesetzt. Rob spornte die Mitglieder des Schlachtzugs an. Die Wächter in ihren Reihen beleidigten die Soldaten des Palastes, um sie abzulenken. Dann schossen Feuerbälle und Blitze über seinen Kopf hinweg. Er wich einem Speer aus und griff danach. Die Wache wollte nicht loslassen und schien an ihm mehr zu hängen als an ihrem Leben. Annie kam ihm zu Hilfe, schwang den Hammer und zertrümmerte der Gront die Schulter. Sie ging zu Boden, Rob entriss ihr die Waffe und stach zu. Sie brauchten keine Gefangenen machen und niemanden am Leben lassen. Die Scharfrichterin und Aeya hatten das Schicksal aller bereits besiegelt.

Sie stießen die Türen auf, und ihnen stand ein gutes Dutzend Silberner Gardisten gegenüber. Zwar waren es nur halb so viele wie die Neue Hoffnung, aber sie trugen Rüstungen und waren im Umgang mit ihren Waffen geübt. Eine Mauer aus Speerspitzen wurde ihnen entgegengestreckt. In den Gesichtern der Männer und Frauen sah Rob die Entschlossenheit, sie nicht durchzulassen.

Weiter, verlangte die Stimme in seinem Kopf. *Ihr müsst weiter!*

Die Gildenmitglieder verstanden ihre Rollen. Die Wächter eilten nach vorn. Es waren Angehörige aller Spezies. Sie blieben außerhalb der Reichweite der Speere, bauten sich vor ihnen auf und überschütteten die Gardisten mit Beleidigungen. Rob wartete einen Moment ab, bis er im Blick der Feinde sah, dass sie nur noch Augen für die Wächter hatten.

»Jetzt«, brüllte er, und ein Meer aus Pfeilen, Zaubern und Hieben ergoss sich über die Gardisten. Links und rechts hörte Rob Schreie seiner Gildenmitglieder, was sein inneres Feuer nur noch mehr anfachte. Er selbst bekam einen Speer in den Oberschenkel gestochen und brüllte auf. Sofort spürte er den heilenden Zauber und wusste, ohne hinzuschauen, wer ihn gewirkt hatte. Saira hatte ein Auge auf ihn.

Rob schrie und spornte die Gildenmitglieder weiter an. Sie drängten gegen die Gardisten, Feuerbälle und Eisblitze zuckten über ihre Köpfe hinweg. Ohne die heilenden Zauber ihrer Priester wären sie verloren gewesen. Die Silberne Garde bestand aus geübten Kämpfern, und sie blockierte wie ein Bollwerk den Gang. Aber Rob wusste, dass die Zeit gegen sie spielte. Sie hatten keine Heiler, niemanden, der ihnen den Rücken freihielt.

Unnachgiebig hackte die Neue Hoffnung auf die Gardisten ein, bis sie endlich eine Lücke in die vorderste Reihe geschlagen hatte. Sofort drängten zwei Wächter, eine Eollyan und ein Mensch, in die Lücke und fingen die ersten Angriffe ab. Die Wächter hatten wahrscheinlich die schwerste Rolle. Sie waren es gewohnt, dass auf sie eingeschlagen wurde, aber für gewöhnlich versteckten sie sich hinter großen Schilden und dicken Rüstungen. Nun trugen sie nur die Kleider, die man ihnen nach der Gefangennahme gelassen hatte.

Die Eollyan wehrte einen Schlag ab. »Du kämpfst wie eine Kuh!«, rief sie dem Angreifer entgegen, und sofort hatte sie die Aufmerksamkeit der anderen auf sich gezogen. Rob nutzte den Moment und drängte mit in die Bresche. Er schlug einem Gardisten mit der Faust gegen den Helm und ließ ihn zu Boden gehen. Ungewöhnliche Situationen erforderten ungewöhnliche Mittel. Und langsam lichteten sich die Reihen.

Selbst als nur noch zwei der Gardisten standen, wichen sie nicht zurück. Sie hatten einen Eid geleistet und würden ihn nicht brechen. Ihre Ergebenheit gegenüber der Scharfrichterin stand außer Frage.

Aber sie machte sie nicht unsterblich.

Als auch der Letzte leblos am Boden lag, stützte Rob sich mit einer Hand auf dem Oberschenkel ab. In der anderen hielt er einen Speer. Es war ein Gemetzel gewesen. Das Rauschen in seinen Ohren ließ langsam nach, und die Kriegswut wich. Auch die anderen wirkten erschöpft.

Zwischen ihnen erhoben sich die eben noch toten Gildenmitglieder. Sie mussten als Geist den Weg vom Friedhof, auf dem Rob das erste Mal in Avataris gestorben war, hierhergelaufen sein. Schnell wurden sie von den Priestern geheilt.

Annie legte Rob eine Hand auf die Schulter. »Alles in Ordnung?«

Weiter, weiter, drängte die Stimme in seinen Gedanken. Er schüttelte sich und versuchte, einen klaren Kopf zu bekommen. »Ja«, antwortete er. »Wir müssen weiter.«

»Wo wird sie sich aufhalten?«

Rob dachte nach. Es fiel ihm nicht leicht. In seinem Kopf herrschte ein ähnliches Chaos wie in der Stadt. Er musste sich konzentrieren, damit die Angst vor dem Feuer nicht die Oberhand gewann.

Wo würde sie sein?

Rob wischte sich mit einem Ärmel übers Gesicht. »Wo war Jyl gewesen?«, fragte er, als ihm die Antwort klar wurde.

»Ich war nicht dabei«, erwiderte Annie.

Rob nickte. »Jyl war am Ende des Tunnels. Auch Elia Anasia wird uns am Ende erwarten.«

Sie sah ihn an, als würde er in einer fremden Sprache sprechen. Aber Rob wusste mittlerweile, dass das Meiste in dieser Welt einer sich wiederholenden Logik folgte. Die dicken Brocken, die wirklich gefährlichen Gegner warteten nie am Eingang. Sie versteckten sich immer am Ende einer Höhle oder einer Festung. Man musste sich erst den Weg zu ihnen freikämpfen, vorbei an ihren Helfern. Mal waren es Wyrms, mal Silberne Gardisten.

»Wir müssen nach ganz oben«, sagte er.

Die anderen nickten entschlossen.

Sie stürmten zum Treppenaufgang im nächstgelegenen Turm und polterten die Stufen hoch. Ins Gemäuer waren schmale Fenster eingelassen, und im Augenwinkel sah Rob, dass das Feuer den Stadtmauern gefährlich nahe gekommen war. Die Flammenwand warf ein rotes Licht gegen die hellen Häuserfassaden.

»Schneller«, rief er.

Gelegentlich stellten sich ihnen Trupps der Gardisten entgegen – ein klares Indiz, dass sie sich auf dem richtigen Weg befanden. Elia Anasia war sichergegangen, dass sie die Fährte fanden, und hatte die Wachen wie Brotkrumen verteilt. Sie mussten nur der Spur folgen.

Mittlerweile war der Schlachtzug eingespielt und hörte auf Robs Ansagen. Die Gardisten nutzten in dem geschlungenen Treppenaufgang Schwerter, und Rob tauschte seinen Speer, der sich in dem Turm als äußerst unpraktisch herausstellte, gegen die Waffe eines gefallenen Feindes. Das Schwert in der Hand fühlte sich vertrauter und sicherer an.

Immer wieder gingen Türen in Gänge und Flure ab, aber Rob und die Gilde hetzten vorbei. Die Scharfrichterin wollte ihnen ein entsprechendes Finale bieten, und wo funktionierte das besser als weit über den Dächern Gonholts? Von dort hatte man eine ungetrübte Aussicht über die Stadt und das Schicksal, das sie alle ereilen würde.

Oben angekommen atmeten sie schwer und sahen auf die letzte Tür. Eine Gardistin hatte davor Stellung bezogen. Eine Squan in schwerer Rüstung. In den Händen hielt sie einen Hammer und einen Schild.

»Stehen bleiben!«, quiekte sie, als würde sie nicht einer Übermacht gegenüberstehen.

Tatsächlich hielten die Gildenmitglieder kurz inne.

»Du bist nicht hier, um uns aufzuhalten«, sprach Rob ruhig. »Du wurdest vor der Tür positioniert, um uns zu ihr zu führen.«

»Bleibt, wo ihr seid«, erwiderte sie uneinsichtig. Ihr braunes Fell quoll unter dem Helm hervor.

»Ist sie hinter der Tür?«, fragte Rob.

»Keinen Schritt weiter.« Sie schwang den Hammer.

Rob seufzte. Dann gab er ein Zeichen. Sie waren schnell und effektiv. Sie taten, was getan werden musste, ohne sich an ihrem Tod zu erfreuen.

Er legte die Hand auf den Türknauf. Er war warm. Das Metall sollte kühl sein. Rob wusste, dass es bald unter der Hitze schmelzen würde.

Bevor er den Knauf drehte, wandte er sich noch einmal der Truppe zu. »Ganz egal, was uns hinter dieser Tür erwartet: keine Alleingänge. Wir sind nur so weit gekommen, weil wir zusammengearbeitet haben. Allein sind wir vielleicht schwach, gemeinsam können wir aber sogar die Scharfrichterin erledigen.«

Jubel brannte ihm entgegen, und Rob hoffte, dass er sie nicht angelogen hatte. Er war sich nicht sicher, ob es überhaupt möglich war, die Scharfrichterin zu töten. Schließlich war sie eine Gesandte Aeyas. Rob öffnete die Tür.

Sie führte ins Freie. Der Anblick überraschte Rob nicht. Die Scharfrichterin stand in der Mitte des ebenen Daches, vor ihr knieten Ethan und Marten, die Hände auf dem Rücken gefesselt. Hinter Elia Anasia wehte die Flagge von Aeya. Ein Geschichtenerzähler hätte sich die Szene nicht klischeehafter ausdenken können. Um sie herum stand die Hitze. Schreie aus der Stadt hallten den Turm hinauf. In den Gassen Gonholts regierten Angst und Chaos.

Der Schlachtzug verteilte sich in einem Halbkreis auf dem Dach, das von Zinnen eingefasst war, und reckte die Waffen nach vorn, als hätte er ein tollwütiges Tier gestellt. Sie war das Ende ihrer langen Reise, die letzte Gegnerin. Wäre sie besiegt, würde Rob das Portal öffnen und fliehen können.

Scharfrichterin Elia Anasia lächelte kaum sichtbar.

»Lass sie gehen«, brüllte Rob gegen den Lärm und den Wind an.

Die Scharfrichterin hob ihr Schwert. »Wohin wollt ihr gehen? Es gibt keinen Ausweg aus der Welt.«

Rob spürte, wie das Metall des Rings warm wurde. »Es gibt ein Schlupfloch.«

»Kein Schlupfloch ist so klein, als dass ich es nicht finden würde.« Wieder waren ihre Sätze wie die Melodie eines Liedes.

»Tote können nicht suchen«, erwiderte Rob, und die Hand um den Schwertgriff verkrampfte.

Annie tauchte neben ihm auf. »Gib uns ein Zeichen.«

»Noch nicht«, raunte Rob.

Er bemerkte, wie die Gilde ungeduldig wurde. Anspannung lag in ihren Gesichtern, als könnte jeden Augenblick ein fürchterliches Gewitter ausbrechen. Sie hatten nicht ewig Zeit, die Flammen krochen bereits über die Burgmauern. Aber die Scharfrichterin hatte Ethan und Marten in ihrer Gewalt, und keiner von ihnen wäre schnell genug, sie zu retten.

»Gib uns unsere Freunde und lass uns ziehen«, forderte Rob sie auf.

»Ich zeige Güte, wenn ich ihre Existenz sofort beende. Sie und ihr werdet keine zweite Chance von Aeya bekommen, wenn euch das Feuer erst verschlungen hat.«

»Ob du sie richtest oder das Feuer, macht keinen Unterschied. Lass sie ihre letzten Minuten selbstbestimmt und aufrecht verbringen«, hielt Rob dagegen und kam sich reichlich dumm vor. Er versuchte, an die Vernunft der Scharfrichterin zu appellieren, während sie im Begriff war, einen ganzen Kontinent abzufackeln. Man brauchte mit ihr nicht über Vernunft zu sprechen.

Sie lachte.

Laut, klar und wunderschön. »Du bist nicht hier, um mit mir zu verhandeln. Ihr seid hier, um zu kämpfen. Das ist das Einzige, was ihr könnt. Manche sind vielleicht Alchemisten oder Schneider, aber am Ende des Tages misst sich der Wert eurer Existenz nur an eurer Kampfkunst.«

In der Ferne krachte es, und Rob vermutete, dass soeben ein Dachstuhl Opfer der Flammen geworden war. Es verschaffte ihm einen Augenblick, um seine Gedanken zu sortieren. Sie hatte recht: Die Helden Avataris' waren keine geistreichen Philosophen oder versierte Diplomaten. Sie verhandelten nicht mit Worten, sondern ließen ihre Waffen sprechen. Aber er wusste auch, woran die Scharfrichterin den Wert ihrer eigenen Existenz maß.

»Du bist hier, um Helden wie uns zu richten. Das ist der einzige Inhalt deines Lebens auf Avataris. Du wurdest nicht geschickt, um die Gebräuche und Riten der freien Völker zu lernen. Du bist eine Todesbotin. Weder du noch ich wollen hier oben stehen und lange Reden schwingen. Lass uns gehen und betrachte dein Werk von hier oben, solange es noch geht.«

»Du wirst nicht gehen. Du und die anderen, ihr werdet euch auf mich stürzen, sobald ich die beiden freigelassen habe. Was auch immer du vorhast, du brauchst mein Schwert dafür.«

Rob schluckte. »Lass ihnen die Chance eines fairen Kampfes.«

»Fair?«, spottete sie. Ihr Blick wanderte über die Reihen der Gildenmitglieder. »Wie soll ein Kampf gegen mich fair sein? Ich bin eine von Aeya Gesandte. Ihr könntet mit einer ganzen Heerschar vor mir stehen und würdet keine Chance haben. Jeden Tag, den ich existiere, lerne ich. Ich bin jeder Lebensform überlegen.«

Nun wusste Rob, wie er Ethan und Marten freibekam. »Dann wird es für dich keinen Unterschied machen, ob die beiden mit uns kämpfen oder nicht.«

Sie lächelte, und Rob konnte es nicht deuten. Dann hob sie das Schwert und ließ es mit einem langen Streich hinabsausen.

Rob stockte der Atem. Ein kollektives Aufkeuchen durchfuhr die Mitglieder der Gilde. Aber die Scharfrichterin hatte nicht die Hälse der beiden durchtrennt, sondern die Fesseln.

»Geht zu den euren, geht und sterbt«, forderte sie Ethan und Marten auf.

Die beiden rappelten sich auf, ergriffen die Hand des anderen und marschierten, ohne die Scharfrichterin auch nur eines Blickes zu würdigen, auf ihre Freunde zu. Dort angekommen fielen sich Rob und Marten in die Arme.

»Gut gebrüllt, Kleiner«, sagte der Squan.

Ethan und Marten wurden mit Waffen toter Gardisten ausgerüstet und füllten die Reihen der Neuen Hoffnung auf.

Vom Hafen war das Läuten einer Glocke zu hören. Rob wandte den Blick zum Horizont, wo das Meer sich mit dem Himmel traf. Ein roter Streifen war zu erkennen. Auch im Hafen hatte man offensichtlich bemerkt, welches Schicksal alle ereilen würde, die ein Schiff bestiegen und hinaussegelten. Sie waren eingeschlossen.

Rob sah die Scharfrichterin wieder an. Das Lächeln hatte ihr Gesicht nicht verlassen.

»Wie machen wir es?«, fragte sie. »Du und ich, ein letzter Kampf?«

Rob wusste, dass er sie nicht besiegen konnte. Sie war nicht wie Cervantes Salomon, dessen größter Feind das eigene Ego gewesen war. Sie würde sich nicht mit einem Schild austricksen lassen. Er war sich sicher, dass sie nicht mehr als zwei Schläge brauchen würde, um ihn zu richten.

Diesen Kampf konnte er nicht gewinnen; nicht allein, auch nicht mit Ethan, Marten, Saira und Annie. Es würde nicht nur einen Schlachtzug brauchen, um Elia Anasia zu Fall zu bringen und an das Schwert zu gelangen, sondern auch eine ordentliche Portion Glück.

»Also?«, fragte sie und breitete die Arme aus. In der einen Hand hielt sie die gleißende Klinge. »Kann ich dich auslöschen?«

»Neue Hoffnung, macht euch bereit für unseren letzten Kampf!«, brüllte Rob, und die Schreie der Gilde hallten über die Dächer Gonholts hinweg. Für einen Moment schienen sie sogar die knisternden Flammen verstummen zu lassen.

Dann begann die finale Schlacht.

KAPITEL
25

Sie ließen sich von dem Chaos, das die ganze Stadt verschlang, nicht mitreißen. Trotz der Hitze mussten sie einen kühlen Kopf bewahren, wenn sie gegen die Scharfrichterin bestehen wollten. Der Schlachtzug bestand aus fünf Wächtern, die die erste Welle bildeten. Statt hoher Turmschilde hatten sie nur die einfachen Schilde der Wachen. Aber sie liefen vorweg und überzogen Elia Anasia mit Beleidigungen und Flüchen. Sie umzingelten die Eollyan, reckten die Schilde empor und umrundeten sie langsam. Paladine und Ritter, Rob selbst, reihten sich zwischen ihnen ein.

Elia Anasia verfolgte alles mit ihren aufmerksamen, roten Augen, ließ sich aber nicht zu einem Angriff provozieren.

Die Waldläufer, Schurken und Duellanten unter ihnen hielten sich im Hintergrund, genau wie die Zauberer und Priester.

»Wer will den ersten Schlag wagen?«, fragte Elia und drehte sich langsam im Kreis. Das Feuer in der Stadt spiegelte sich in ihren Augen. Die Schmetterlinge, die ihr moosiges Haar umspielt hatten, waren verschwunden. Wahrscheinlich suchten sie in irgendeiner Mauerritze Zuflucht vor der Hitze.

Rob wusste, dass er den ersten Schritt machen musste. Sie alle waren wie gelähmt vor Furcht. Sie standen vor der einzigen Kreatur, die sie wirklich umbringen konnte, und in ihrem Rücken brannte ein fürchterliches Feuer. Auf beiden Seiten wartete der Tod.

Er entschied sich für einen Ausfallschritt und stieß die Klinge nach vorn. Es war ein schnell geführter Stich, gezielt auf die Organe oberhalb der Hüfte. Die Scharfrichterin machte sich nicht einmal die Mühe, den Schlag abzuwehren. Sie vollführte eine Halbdrehung wie einen Tanzschritt und ließ die Attacke ins Leere gleiten. Rob taumelte ein paar Schritte vor und sah das Schwert der Scharfrichterin aufblitzen. Noch bevor sie zuschlagen konnte, brach ein Gewitter über sie herein.

Feuerbälle und Pfeile gingen auf sie nieder. Magische Blitze zuckten. Wächter, Paladine und Ritter drängten auf sie ein, ließen nicht zu, dass sie zuschlug. Schurken tauchten aus dem Nichts auf und attackierten sie mit Dolchen. Zwei Gronts hielten ihren Schwertarm fest, rangen mit ihr, so dass sie die Waffe nicht einsetzen konnte. Während Elia Anasia versuchte, die beiden Bären abzuschütteln, trat und schlug sie mit der freien Faust nach allen, die sich ihr näherten. Die Priester der Gilde heilten die eigenen Leute mit Zaubern. Die Gilde stritt mit vereinten Kräften.

Dass die Scharfrichterin keine gewöhnliche Eollyan war, sondern von Aeya gesandt, zeigte sich darin, dass sie all die Angriffe unbeschadet einsteckte. Schwerter stachen in ihren Körper, Hämmer wurden gegen ihren Kopf geschwungen, und Pfeile steckten in ihrer Brust. Aber das alles setzte ihr offensichtlich kaum zu.

»Weiter!«, rief Rob und drängte auf die Scharfrichterin ein. Er schlug zu und traf sie an der Schulter. Der Stoff ihres Gewands wurde zerschnitten, aber auf der Haut war kein Kratzer zu erkennen.

Die Scharfrichterin schrie und entwickelte ungeahnte Kräfte. Sie schleuderte die Gronts, die ihren Waffenarm fixiert hatten, davon. Die beiden schlugen neben der Luke auf und blieben liegen. Das Brechen ihrer Knochen hallte über die Köpfe der Neuen Hoffnung hinweg.

Daraufhin verebbten die Angriffe, und Robs Herz setzte einen Schlag aus.

Elia Anasia ließ die Schulter kreisen. Die todbringende Waffe drehte sich mit. »Das war alles?« Das Kleid hing in Fetzen an ihr. Ein paar feine Schnitte zogen sich über den fast nackten Körper. Zu wenig für das, was in den letzten Augenblicken passiert war.

Ein paar Gildenmitglieder wichen zurück, Angst im Gesicht. Die Augen waren aufgerissen, die Münder offen. Sie alle atmeten schwer.

»Sie kann nicht alle von uns töten«, sagte Rob.

»Oh, wenn du wüsstest«, erwiderte sie ruhig. »Wer nicht durch meine Waffe fällt, wird im Feuer brennen. Am Ende werden wir alle tot sein.«

»Bildet vier Trupps. Wir brauchen in allen Wächter und Heiler. Der Rest teilt sich auf«, befahl Rob, aber die Gilde rührte sich nicht.

»Macht schon«, quiekte Marten, und langsam fanden sie sich in vier Gruppen ein.

Von Elia Anasias Gesicht war abzulesen, dass sie das Ganze mit einer Mischung aus Neugier und Spott beobachtete. Rob wusste, dass sie sie gewähren ließ, weil sie wissen wollte, was er plante. Wenn sie es darauf angelegt hätte, wären sie alle längst besiegt.

Die vier Gruppen bezogen Stellung rund um die Scharfrichterin.

»Wir müssen uns beeilen«, sagte Annie neben Rob.

Er hob den Blick. Die Feuerwand hatte die ersten Häuserreihen der Hauptstadt verschlungen und kroch unaufhaltsam auf den Palast zu.

»Angriff!«, rief Rob.

Die Wächter der ersten Reihe stürmten los. Elia Anasia schlug zu. Der Eollyan, dem der Angriff galt, wich im letzten Moment aus. Die Heiler hielten sich bereit, auch wenn Rob wusste, dass sie nichts gegen den tödlichen Wundbrand der Klinge ausrichten konnten. Die Wächter waren Experten darin, Attacken vorauszuahnen. Selbst wenn sie nicht den nötigen Schild besaßen, hinter dem sie sich verstecken konnten, waren sie trainiert darin, den Hieben auszuweichen. Hinter ihnen hatten alle Stellung bezogen, die vor allem Schaden austeilten. So auch Ethan, der seinem langen Hammer in Richtung der Scharfrichterin schwang. Er erwischte sie an der Schulter und brachte sie kurz aus dem Gleichgewicht.

Sie wurde schwächer.

Elia Anasia wirbelte herum und schlug nach Ethan, aber Marten, der vor ihm stand, riss den Schild hoch. Das Holz glühte unter dem Einschlag und fing an zu kokeln.

Immer wenn sich die Scharfrichterin einem neuen Ziel widmete, drangen drei gut organisierte Trupps auf sie ein. Die Zauberer und Elementarbändiger deckten sie ununterbrochen mit ihren magischen Geschossen ein.

Es funktionierte.

Rob schloss sich einem Trupp an und attackierte die Scharfrichterin. Er schrie, spornte seine Gruppe weiter an. Sie hackten auf Elia Anasia ein und zogen sich zurück, wenn sie sich ihnen zuwandte. Ihre Bewegungen wurden langsamer und träger, wie bei einem verwundeten Tier. Aber Rob wusste auch, was Tiere taten, die man in die Enge trieb.

Ein Mensch, der dem Schild nach zu urteilen Wächter oder Ritter war, preschte vor und ignorierte die Kampfordnung. Elia schien auf so eine Gelegenheit nur gewartet zu haben. Sie ließ den übermütigen Kämpfer in ihre Klinge laufen und spießte ihn oberhalb des Brustkorbs auf. Das Schwert trat auf der anderen Seite seines Körpers wieder aus.

Er keuchte, spuckte Blut – und löste sich auf.

Für einen Moment ließen die Gildenmitglieder die Waffen ruhen und beobachteten atemlos, was passierte. Rob wusste, dass jedes Zögern ihre Chancen verringern würde.

»Weiter«, schrie er, »weiter!«

Fast widerwillig nahmen sie ihre Angriffe wieder auf. Dann wurde es Elia Anasia zu viel. Sie ging in die Hocke und sprang mit einem Salto über die Köpfe der Nahkämpfer hinweg. Sie landete direkt vor einer Gruppe Zauberer und Waldläufer.

Rob ahnte, dass die Zeit der Spielereien vorbei war. Die Scharfrichterin hatte die Geduld verloren und würde einen nach dem anderen richten, wenn ihnen nichts einfiel.

Ihre Klinge zuckte von links nach rechts und köpfte eine Frau und einen Eollyan. Sofort begannen ihre Körper, sich aufzulösen. Wie aufgescheuchte Pferde stoben die anderen auseinander. Chaos breitete sich in ihren Reihen aus, und wenn er nichts unternahm, würde es ihren Untergang bedeuten.

»Formiert euch«, forderte er sie sofort auf.

Aber sie waren nicht mehr einzufangen. Hilflos sah Rob sich um. Annie stand neben ihm, Marten rannte auf die Scharfrichterin zu. Dicht hinter ihm war Ethan.

»Sammelt euch!«, quiekte der Squan. Im Sprint hatte er kaum Luft, um zu sprechen.

Als Rob verstand, was der Squan vorhatte, rannte auch er los. Aber er war zu langsam. Das Fellknäuel sprang mit aller Wucht gegen die Scharfrichterin. Die Klinge verfehlte den Anführer der Gilde nur um Haaresbreite. Beide gingen zu Boden. Ethan war zur Stelle und drosch mit dem Hammer auf die überrumpelte Scharfrichterin ein. Sie hob schützend die Arme vor das Gesicht, um die Schläge abzuwehren. Jeder Hieb war stark genug, um einem Ochsen den Schädel zu spalten, aber Elia Anasia verzog keine Miene. Sie nutzte die Pause zwischen zwei Schlägen und sprang auf die Beine. Auch Marten rappelte sich auf und stürzte sich von hinten in ihre Kniekehlen.

»Du verdammter Nager«, knurrte sie und versuchte, irgendwie die Balance zu halten, was mit einem rüstungsbewehrten Squan, der sich in den Beinen verfangen hatte, selbst für eine Gesandte Aeyas eine Herausforderung war.

»Nenn meinen Freund nicht Nager!«, brüllte Ethan und schwang den Hammer in Richtung der Schwerthand. Er erwischte den Handrücken, und Rob sah das Unmögliche. Es war ein kurzer Reflex, ein Moment der Schwäche, aber Elia Anasia schrie auf und ließ das Schwert fallen.

Der Hammer, geführt mit Wut und Zorn, aber auch aus Sorge um den Geliebten, hatte ihre Hand zertrümmert. Die Waffe fiel, und sofort zog sich die Klinge zurück in den Griff.

Wie auf ein Signal stürmten alle Gildenmitglieder los. Sie hackten und stachen auf die Scharfrichterin ein, die sich nur noch mit den bloßen Händen verteidigte. Das machte sie auf keinen Fall weniger wehrhaft, sie verteilte auch mit der verletzten Hand Kinnhaken und Fausthiebe. Rob ließ sie machen. Für ihn war etwas anderes von Bedeutung.

Die Klinge.

Er drängte sich zwischen den Gildenmitgliedern hindurch, suchte den Boden ab. Um die Scharfrichterin hatte sich eine Traube gebildet. Jeder wollte die Gelegenheit ergreifen und sich an ihr rächen. Rächen für all die Verluste. Rächen für Rose.

Rob brauchte nur das Schwert.

Zu den Füßen der Gesandten sah er den Griff liegen. Jemand trat dagegen, und er rutschte über den Boden aus seiner Reichweite. Rob warf sich auf alle viere und krabbelte darauf zu. Wenn er die Klinge in die Hand bekam, würde er ihnen vielleicht nicht nur das Portal öffnen können, sondern auch Elia Anasia töten.

Als sich seine Hand um das kalte Metall schloss, fühlte er die Erleichterung wie eine Welle über sich hereinbrechen. Sie hatten gewonnen.

»Ich habe es!«, rief er. »Das Schwert, ich habe es!«

Er hielt es wie eine Fackel empor, starrte auf die Stelle, an der die Klinge auftauchen sollte. Ein Lichtstrahl, der sich in ein gleißendes Mordinstrument verwandeln würde.

Die Gildenmitglieder ließen nach und nach von der Scharfrichterin ab und sahen zu Rob. In ihren Gesichtern lag die gleiche Hoffnung, die er in dem Moment gespürt hatte, als er nach der Waffe gegriffen hatte. Dann verwandelte sich der Ausdruck auf ihren Mienen. Die Hoffnung wich Zweifel.

Ein kehliges Lachen drang aus der Mitte der Traube. Fast ein Röcheln. »Du hast keine Macht über das Schwert. Es wurde mir von Aeya geschenkt, und nur ich kann es führen. Es gehorcht dir nicht!«

Mit den letzten Worten breitete sich eine Druckwelle von ihr aus und riss die Gildenmitglieder von den Beinen. Nur Elia Anasia blieb stehen. Nackt und mit Schürfwunden übersäht stand sie da, starrte Rob an. Der Kampf war nicht spurlos an ihr vorbeigegangen. Die Bemühungen der Gilde zeigten Wirkung, wenn auch nicht genug.

Rob starrte zurück, kämpfte gegen die Taubheit an. Es *musste* einen Weg geben.

Langsam ging sie auf ihn zu, trampelte über die zu Boden geworfenen Gildenmitglieder hinweg.

Mit der Hand schlug er gegen den Griff, schüttelte ihn. »Mach schon!«, fluchte er. Aber nichts passierte. Als Elia immer näher kam, wich er zurück, starrte auf die Waffe in seinen Händen, die ihr tödliches Potenzial nicht entfalten wollte. Die Panik überkam ihn, ergriff ihn, noch bevor die Klauen der Scharfrichterin ihn packten. Sie fasste mit einer Hand den Hemdkragen, mit der zertrümmerten forderte sie das Schwert. »Gib es mir.«

Rob hielt den Griff fest umklammert. Solange sie die Waffe nicht besaß, könnte sie damit keinen Schaden anrichten.

Langsam hob sie ihn am Hemd in die Höhe. Seine Füße verloren den Kontakt zum Boden. »Das Schwert«, forderte sie ihn ein weiteres Mal auf.

»Lass ihn in Ruhe.« Annie tauchte hinter der Scharfrichterin auf und schwang ihren Schmiedehammer. Sie traf den Hinterkopf, und das Gesicht der Scharfrichterin schnellte herum.

Ohne die Schmiedin weiter zu beachten, trat sie mit einem Bein nach hinten aus, während sie Rob immer noch in der Luft hielt. Annie wurde von dem Tritt in den Bauch getroffen und flog davon.

»Nicht«, keuchte Rob.

»Die Waffe«, sagte sie. Sie hätte sie ihm ohne Probleme entreißen und ihn hinrichten können, aber es war ihre Art von Machtspiel. »Oder muss ich deine Freundin erst umbringen?« Sie sah hinüber zu Annie, die sich die Stelle hielt, an der sie der Tritt getroffen hatte.

»Das wirst du doch so oder so tun«, presste Rob hervor.

»Du hast in der Hand, ob ich mit ihr anfange oder es mit ihr beende.«

Rob sah zu Annie. Sie durfte nicht sterben. Er musste sie retten. Um jeden Preis. Aber dafür musste er das Portal öffnen. Und für das Portal brauchte er die Klinge.

Er ließ die Beute fallen. Ein Raunen ging durch die Menge der Gildenmitglieder, die sich von der Schockwelle erholt hatten.

»Rob, nicht!«, rief Saira, aber die Scharfrichterin schleuderte ihn davon wie eine dreckige Klamotte. Er schlug auf und spürte sofort die heilende Wärme der Priesterin. Augenblicklich sprang er auf und drehte sich herum.

Die Scharfrichterin stand am Rande der Zinnen. Hinter ihr loderte die Stadt. Die Luft flirrte vor Hitze, als sie die Arme ausbreitete und die Klinge herausfahren ließ. Sie führte das Schwert nun mit der anderen, nicht zertrümmerten Hand.

Da verstand Rob, wie er siegen würde.

Es würde ein unkonventioneller Sieg werden. Wieder einmal musste er die Spielregeln der Welt aushebeln, wie er es schon bei Jyl getan hatte. Ein Trick, den Aeya nicht vorhergesehen hatte, als sie ihre Gesandte nach Avataris geschickt hatte.

Und Tricks waren es gewesen, die ihn so weit gebracht hatten.

»Als letzte Tat in meiner Zeit als Scharfrichterin auf Avataris werde ich euch alle richten. Einen nach dem anderen.« Das Feuer tanzte in ihren roten Augen.

»Wirst du nicht«, sagte Rob.

»Was hast du vor?«, murmelte Marten.

Rob sah zu der Feuerwand. »Zögert keine Sekunde, macht euch sofort auf den Weg nach unten. Es wird ein Wettlauf gegen die Zeit. Versucht nicht, mich zu retten.«

»Was ist dein Plan?«, fragte der Squan noch einmal.

Elia Anasia machte einen Schritt nach vorn.

Rob rannte los. Er schrie, spornte sich selbst an. Elia Anasia hätte ausweichen können. Eine einfache Drehung und Rob wäre ins Leere gelaufen, in die Tiefe gestürzt. Aber sie hatte es auf diese Konfrontation ankommen lassen. Mit nach vorn gereckter Klinge stand sie da, die Füße fest auf dem Boden. Das überlegene Grinsen zog sich durch das ganze Gesicht.

Rob fasste keinen klaren Gedanken mehr. Da war nur diese Stimme in seinem Kopf, die ihn immer weiter antrieb. *Pack sie! Pack sie!*

Sie würden Elia Anasia nicht in einem normalen Kampf besiegen. Sie würde ihre Reihen so lange ausdünnen, bis niemand mehr übrig war. Er würde es nicht so weit kommen lassen.

Im letzten Moment ging Rob in die Knie und warf sich mit voller Wucht gegen ihre Hüfte. Er packte sie, grub die Finger in ihre nackte Haut, spürte, wie der Schwertgriff immer wieder auf seinen Rücken einschlug. Sie wollte ihn nicht sofort umbringen, nicht so. Sie hatte ein pompöses Finale geplant, das wusste er. Ihn einfach in ihre Klinge laufen zu lassen, das war dem Ende einer Welt unwürdig.

Rob brüllte. Die Adern auf den Armen traten klar hervor. Er fühlte sich, als würde er versuchen, einen Felsen zu verschieben. Die Scharfrichterin stemmte sich mit aller Kraft dagegen. Sein Blick fiel auf den Ring, der ihn stärker machen sollte. Würde er doch bloß noch neun weitere davon besitzen.

Elia Anasia rutschte ein Stück zurück, und Rob brüllte ein weiteres Mal. Sie packte ihn am Haarschopf und zog seinen Kopf in den Nacken, aber er ließ sich davon nicht aufhalten. Langsam schob er sie auf die Brüstung zu.

»Aufhören!«, rief sie.

Rob spürte, wie sein Körper mit Magie durchflutet wurde. Die Gildenmitglieder hatten seine Anweisung ignoriert, sich sofort auf den Weg nach unten zu machen, und unterstützten ihn stattdessen mit Zaubern. Manche ließen ihn den Schmerz vergessen, die die Schläge mit dem Schwertknauf auslösten, andere regenerierten seine Kräfte und machten ihn stärker. Rob war froh, dass sie nicht auf ihn gehört hatten.

Dann stach die Scharfrichterin zu.

Rob griff nach ihrem Handgelenk und hielt es fest. Ihre andere, zertrümmerte Hand zerrte an seinen Haaren. Sie rangen miteinander, gingen gemeinsam zu Boden. Mit aller Kraft versuchte er, den Schwertarm zu fixieren. Anasia wurde mit jedem Moment stärker, aber auch Rob, der auf die unterstützenden Zauber seiner Freunde zählen konnte, ließ nicht nach.

»Ich werde dich töten«, presste sie hervor.

Sie waren nur noch wenige Handbreit vom Abgrund entfernt. Er musste sie dort hinabstürzen. Vielleicht würde sie nicht sterben, aber ihre Knochen würden den Fall genauso wenig überstehen wie ihre Hand den vor Wut geführten Hieb Ethans. Und irgendwie musste er das Portal öffnen.

Langsam bewegte sich die Klinge auf seinen Bauch zu. Rob stemmte sich mit aller Kraft dagegen, aber es half nichts. Er würde unterliegen.

Er schlug ihr mit der Faust ins Gesicht und nutzte den Moment, um aufzuspringen. Noch immer hatte er das Handgelenk mit der Waffe fest im Griff und würde es auch nicht mehr loslassen.

Rob zog an der Scharfrichterin. Hinter ihm ging es unzählige

Meter in die Tiefe. Er spürte, wie der heiße Wind an den Kleidern zerrte, als er in die verwirrten Gesichter seiner Freunde blickte.

»Rob, nicht!«, rief Marten.

Annie schüttelte den Kopf. Sorge lag in ihrem Blick.

»Ich komme wieder, keine Angst«, sagte er. Dann ließ er sich nach hinten fallen und zog die Scharfrichterin mit sich.

26

Sie fielen umgeben von den Flammen, die die Stadt verschlangen, in den Abgrund. Rob hielt mit aller Kraft das Handgelenk der Scharfrichterin fest. Mit den Füßen trat er nach ihr. Sie drehten sich um die eigene Achse. Sein Umhang flatterte im Wind.

Das letzte Mal, als er in den Tod gestürzt war, hatte er nur auf das Unvermeidliche gewartet. Dieses Mal hatte er eine Mission. Es war nichts, das in seinem Auftragsbuch stand, aber es musste geschehen, bevor sie auf dem Palastplatz aufprallten.

Rob hatte Mühe, die Klinge im freien Fall von sich fernzuhalten. Elia Anasia gebärdete sich wie ein verletztes Raubtier, das wild um sich schlug. Rob formte die andere Hand zur Faust und schlug nach der Klinge. Doch bevor der Ring das gleißende Licht berühren konnte, ergriff Anasias zertrümmerte Hand sein Handgelenk.

Rob sah den Boden immer näherkommen. Die Angst, doch zu scheitern, ergriff von ihm Besitz.

Streng dich an!

Die Stimme in seinem Kopf war wie ein Peitschenhieb auf nackter Haut. Rob spannte die Muskeln an, während sie sich immer wieder um die eigene Achse drehten. Sein Umhang wickelte sich um beide, band sie aneinander.

Langsam näherten sich der in dem Ring gefasste Stein und die Klinge von Elia Anasia aneinander an. Sie waren wie zwei Naturgewalten, die miteinander rangen. Sie passierten Fenster um Fenster auf dem Weg nach unten, und Rob wusste, dass ihm keine Zeit mehr blieb.

»Du wirst nicht gewinnen«, presste Anasia hervor.

»Das ist schon längst geschehen«, erwiderte Rob.

Sie hatten die eigene Hinrichtung gesprengt und Cervantes Salomon geschlagen. Die Silberne Garde hatte ihnen nicht standhalten können. Jetzt musste er nur noch das Portal öffnen. Rob hoffte, dass die anderen auf dem Weg nach unten waren. Er wusste nicht, wie viel Zeit ihnen bleiben würde, bis das Feuer auch den Palast verschluckte.

Da riss sich Elia Anasia frei und schlug mit der Waffe nach ihm. Sie wollte Rob auslöschen, bevor sie beide auf dem Boden aufschlugen.

Rob tat das einzig Logische.

Er streckte ihr den blauen Stein entgegen.

Die Klinge traf den Ring. Risse zogen sich über den Stein, aber die Waffe drang nicht hindurch.

»Was ist …?«, japste die Scharfrichterin.

Da platzte der Ring auf, und blauer Rauch drang heraus, umgab sie wie eine Wolke, machte sie blind.

Er hatte es geschafft. Der Ring war zerstört, und die Magie entfaltete ihre Wirkung.

Wenige Augenblicke später schlug er mit dem Kopf voran auf dem Boden auf.

Für einen Herzschlag fühlte er nichts. Keinen Schmerz, keine Trauer, keinen Zorn, keine Sorgen. Es war der Moment der Wiedergeburt. In diesem Augenblick existierte er nur, und es fühlte sich hervorragend an.

Rob hatte es wieder getan. Er war in einen Abgrund gesprungen und gestorben, um zu leben. Er war zurück im Zustand zwischen den Ebenen, in dem die Konturen des Körpers aus grauem Rauch bestanden, der mit jedem Schritt die Form verlor. Rob lehnte sich an die Krypta, die beim letzten Mal seinen Sprung abgefangen hatte, betrachtete die Risse im Marmor.

Keiner hatte sich die Mühe gemacht, den Schaden auszubessern. Wahrscheinlich war er niemandem aufgefallen. Die Bewohner Gonholts hatten für solche Feinheiten kein Auge. Ihnen fiel nicht mal auf, wenn Helden tagein tagaus eine Taverne betraten, um die immer gleichen Ratten zu erschlagen. Die Champions hatten nur die nächste Quest im Sinn.

Wäre die gigantische Feuerwalze nicht gewesen, die sich auf ihn zubewegte, wäre es ein schöner Moment gewesen. Er hätte gern innegehalten und die Ruhe genossen. Ihm war, als wäre ein großer Knoten in seinem Kopf geplatzt. Keine Stimmen mehr, die ihn aufforderten, irgendwas zu tun.

Das Portal war offen. Sie hatten gesiegt.

Rob ächzte, als er sich von der Krypta erhob und auf den Weg machte. Er würde nicht rennen. Seit er denken konnte, hatte er nichts anderes getan. Ständig auf der Suche nach einer Erklärung für alles. Er hatte sie nicht gefunden, aber dafür eine Aufgabe, die er nun erfüllt hatte. Die Hitze spürte er in der Geisterform nicht, und das Feuer würde sich noch einen Moment Zeit lassen, bevor es den Palastplatz erreichte. Es gab keinen Grund mehr, sich zu beeilen.

Er schlenderte den gepflasterten Weg zum Palastplatz hoch. Er war gesäumt von ein paar toten Gardisten. Wahrscheinlich hatten sie den Helden im Weg gestanden und waren im Chaos totgetrampelt worden. Vielleicht hatten sie auch niemanden zu den Häfen lassen wollen.

Rob verschwendete daran keinen Gedanken mehr. Sie wären so oder so gestorben. Für sie gab es keine Rettung durch ein Portal. Die war den Gildenmitgliedern vorbehalten.

Er wollte sich mit der Hand über die Stirn wischen, aber die Geisterhand fuhr durch den Kopf. Daran würde er sich nicht mehr gewöhnen, aber vielleicht musste er das auch nicht. Er hatte keine Ahnung, wohin das Portal führen würde. Aber er war sich sicher, dass Robert Harlow das Ganze gut durchgeplant

hatte, als er den Entschluss gefasst hatte, sie alle von hier fortzubringen.

Er hatte Annie gerettet.

Rob stieg über einen toten Gront und dachte dabei über die
Schmiedin der ewigen Esse nach. Obwohl er keine Erinnerungen an ihre gemeinsame Vergangenheit hatte, spürte er die
starke Verbindung zwischen ihnen. Sie war geknüpft aus Liebe
und Vertrauen, Momenten der Verletzlichkeit und der bedin-
gungslosen Unterstützung. Er hoffte, dass er sich an all das irgendwann erinnern würde oder die Chance bekam, es neu zu
entdecken.

Aber selbst wenn nicht, gab es ihm einen tiefen, inneren Frieden, sie in Sicherheit zu wissen. Das war alles, was er wollte.

Auf dem Weg um den Palast herum sah er das Portal. Es war
wie ein blauer Strudel. Ein Sog, der einen davontrug, sobald
man ihn betrat, und nicht verriet, wohin er einen brachte. Gerade verschwand ein Mensch darin. Nur Marten, Ethan, Saira
und Annie waren noch auf dem Platz, schauten sich um. Sie
warteten auf ihn. Rob grinste unwillkürlich. Der Rest der Gilde
hatte sich bereits in Sicherheit gebracht. Der ganze Ärger, all die
Schmerzen und Strapazen hatten sich gelohnt. Für sie würde er
jederzeit wieder so eine Reise auf sich nehmen.

Rob sah hinüber zu der Stelle, wo sein Körper lag. Er war
eigenartig deformiert. Der Kopf war nicht mehr als solcher zu
erkennen. Unweit davon lag die Scharfrichterin Elia Anasia. Ihr
Brustkorb hob sich kaum merklich. Der Atem war flach. Sie war
beim Aufprall nicht gestorben, doch jeder Knochen in ihrem
Körper schien gebrochen zu sein. Er hatte richtig gelegen und
die Spielregeln ignoriert. Elia Anasias Macht nützte ihr nichts,
wenn sie nicht in der Lage war, ihre Arme und Beine zu bewegen.

Rob ging zu seinem Körper und schlüpfte hinein. Er tastete
nach dem Kopf, der sich wieder normal anfühlte, renkte eine
Schulter ein, und es knackte. Die Hitze trieb ihm sofort den

Schweiß auf die Stirn. Das Atmen der heißen, dünnen Luft tat weh.

Neben ihm krächzte etwas. Die Scharfrichterin.

Rob verstand sie nicht, also ging er näher. Der Schwertgriff lag außerhalb ihrer Reichweite.

»Was sagst du?«, fragte er und beugte sich über sie.

Ihr Gesicht war blutverschmiert. Unfähig, sich zu bewegen, lag sie da. Sie hatte all ihre Anmut verloren, und Rob empfand nichts mehr, nicht mal Mitleid, für die Gesandte Aeyas.

»Ihr … werdet …« Sie hustete Blut. »… alle sterben.« Ihre roten Augen waren matt und stumpf.

Rob ging in die Knie.

»Alles in Ordnung?«, hörte er Marten rufen.

Rob gab ihm mit einem Handzeichen zu verstehen, dass er gleich kommen würde.

»Wir werden nicht sterben. Das Portal ist offen, wir fliehen«, erklärte er.

Anasia versuchte sich an einem Lachen, das schnell von einem Hustenanfall erstickt wurde. »Es gibt keinen sicheren Ort für euch.«

»Den gibt es«, sagte Rob aus tiefer Überzeugung.

»Nein … wir finden euch« – sie atmete tief ein – »überall.«

»Wir?«

»Wir sind auf allen Welten, überwachen alle Wege.« Die Stimme wurde dünner. »Ihr könnt uns nicht entkommen. Für euch Eindringlinge gibt es kein Versteck.«

Die kalte Pranke der Angst griff nach ihm, aber er schüttelte sie ab. Das Portal war offen, und, ganz egal welche Herausforderungen in der Zukunft auf sie warteten, diese Schlacht hatten sie siegreich geschlagen.

»Verbringe deine letzten Atemzüge nicht mit Drohungen. Das Feuer ist gleich hier und wird dich auslöschen. Denke über etwas Schönes nach, etwas, das dir Frieden gibt.«

Elia Anasia schüttelte kaum merklich den Kopf. »Nein ...
Auch wenn ich gleich ausgelöscht werde ...«, sie atmete tief ein
und hustete, »... wird eine andere Version von mir weiterexistieren. Sie wird mit meiner Erfahrung weiterleben ...« Wieder sog
sie die Luft ein. »... und euch suchen. Irgendwo im Netz wird
sie euch finden und vernichten.«

»Danke für die Warnung«, sagte Rob und sah über die Schulter. »Das Feuer kommt immer näher, und ich möchte nicht sterben, weil ich mich hier mit dir festquatsche. Ich hoffe, du nutzt
deine letzten Momente, um zu bereuen, was du getan hast.«
Bei diesen Worten dachte er an Rose. Dann erhob er sich und
wandte sich ab. Er wollte ihre Erwiderung nicht hören, konnte
sie sich aber denken. Elia Anasia war nicht dafür geschaffen, irgendetwas zu bedauern.

Langsam stapfte er auf Ethan, Marten, Saira und Annie zu. Er
dachte darüber nach, was Anasia geraunt hatte. Eine andere Version, die sie finden würde, wo auch immer sie sich versteckten.

»Hat sie etwas Wichtiges gesagt?«, fragte Marten.

Rob schüttelte den Kopf. »Nichts von Bedeutung.« Er
wandte sich dem Portal zu. Es zog an seinen Kleidern und den
Haaren. »Die anderen sind schon durch?«

»Sie wollten auf dich warten, ich musste sie regelrecht zwingen«, erklärte Marten. »Jeder Übertritt dauert Zeit. Zeit, die
wir nicht haben.« Sein Blick wanderte an Rob vorbei, hin zur
Feuerwalze.

»Sehr gut«, sagte Rob. Nun überkam ihn endlich die Erschöpfung. Das Adrenalin verließ den Körper. Er war müde.

»Du hast es geschafft«, flüsterte Saira und legte ihm eine
Hand auf die Schulter.

»Ohne euch wäre das nie gelungen. Man hätte mich hier auf
diesem Platz hingerichtet. Ich hätte euch nicht mal kennengelernt.«

Ethan winkte ab. »Du hättest schon irgendeinen Weg gefunden, dich aus der Misere zu retten. Deine Lösungen sind unkonventionell, aber sie funktionieren.«

Rob dachte an den Moment seiner Erweckung in dem Seelenturm. Viel war seitdem passiert. »Habt ihr irgendeine Ahnung, was uns dahinter erwartet?«

Alle sahen zu dem blauen Strudel.

»Ist es nicht egal?«, fragte Marten. »Alles ist besser als das hier. Wenn wir noch lange überlegen, verwandeln wir uns in Brathähnchen, und dann war es das für uns. Wahrscheinlich warten ein paar neue Abenteuer auf der anderen Seite. Aber dass wir gut in Abenteuern sind, haben wir schon bewiesen. Und du trägst nicht länger den Titel eines Anwärters, du bist jetzt vollwertiges Mitglied unserer Gilde.«

Rob hatte keine Lust mehr auf Abenteuer. Er wollte Ruhe. »Also?«, fragte er und nickte in Richtung Portal.

Als Erstes verschwand Saira in dem Strudel, dann folgte Ethan und anschließend Marten.

Rob sah zu Annie. »Geh du zuerst.«

Sie stand direkt vor dem Portal. Ihre Haare wurden von dem Strudel angesogen. Dann drehte sie sich um und sah ihm tief in die Augen.

»Nein«, flüsterte sie, und das Wort traf ihn wie ein Schmiedehammer.

KAPITEL
27

»Ich werde nicht mitkommen«, sagte sie mit fester Stimme.

Rob fühlte sich wie betäubt. »Aber wir haben es geschafft.«

»Ich habe dich nie darum gebeten, mich zu retten«, erklärte sie. »Du erinnerst dich an meinen vorletzten Wunsch?«

Rob kramte in seinem Gedächtnis. Sie hatte ihm davon erzählt. »Du wolltest, dass ich dich sterben lasse.«

Sie nickte.

»Aber warum bist du dann mitgekommen?«

»Weil du ohne mich nicht gegangen wärst. Du hättest das Portal nicht geöffnet und die anderen nicht gerettet.« Sie wandte sich dem Strudel zu. »Ich habe keine Ahnung, wohin es führt, aber ich möchte es auch nicht herausfinden. Ich habe mein Leben gelebt.«

»Aber du und ich …«

Sie schüttelte den Kopf. »Ich wusste es schon, als ich dich in der Schmiede geküsst habe: Du bist nicht Robert Harlow, der Mann, in den ich mich einst verliebt habe. Die beiden Fremden mit dem Zettel haben meinen Verdacht nur bestätigt.«

»Was redest du da?« Er hielt die Tränen nicht länger zurück. Rob hatte Riesenwürmer und göttliche Gesandte bekämpft, aber in diesem Moment fühlte er sich völlig hilflos.

»Du bist Rob und eine verdammt tolle Version von Robert, aber halt nicht er. Nicht der Mann, den ich heiraten wollte. Es gibt keine gemeinsame Zukunft für uns beide. Wir hatten unsere Zeit hier auf Avataris, und sie ist abgelaufen. Du musst das akzeptieren.«

Nein!, meldete sich die innere Stimme zurück. »Du musst durch das Portal«, presste Rob hervor. »Bitte.«

»Ich möchte nicht mehr«, erwiderte Annie ruhig. »Ich hatte noch einen Wunsch an dich. Es war mein letzter.«

Rob versuchte, sich daran zu erinnern, aber es zerriss ihn innerlich. Er wollte es nicht hören. Das Portal war geöffnet. Wie hatte sich der Sieg in so kurzer Zeit in einen Albtraum verwandeln können? »Komm mit, bitte.«

»Mein letzter Wunsch war, dass du loslässt, wenn ich fort bin, Robert. Ich glaube, du kannst hören, was ich gerade sage, wahrscheinlich schaust du uns zu. Ich liebe dich, aber du musst endlich loslassen, hörst du?«

Obwohl sie mit ihm sprach, spürte Rob, dass die Worte nicht für ihn bestimmt waren. »Bitte …« Das Wort ging in einem lauten Schluchzen unter.

»Nein.« Annie blieb standhaft. »Ich wollte nie in das Virtual Afterlife. Du wusstest das. Ich hatte keine Angst vor dem Tod, nur vor der Einsamkeit in der Ewigkeit. Dass du das ignoriert hast, verzeihe ich dir. Es war nicht richtig, aber du hast aus Liebe gehandelt, weil du den Gedanken, liebgewonnene Menschen zu verlieren, nicht ertragen hast, Robert.«

»Annie.«

»Nein, Robert, bitte respektiere das. Versuch nicht, mich zu retten. Ich bin tot, das hier ist nicht real. Ich bin ein paar Zeilen in einem Programm. Ich weiß nicht, was von mir auf dem Weg in diese Welt verloren gegangen ist, und nur darüber nachzudenken macht mir eine verdammte Angst. Du weißt, was ich von all dem gehalten habe. Dass ich es nie wollte. Rette dich, aber lass mich endlich gehen.«

Rob schüttelte den Kopf. Das war nicht Teil des Plans. So hatte er es nicht gewollt. In seinem Rücken spürte er die Hitze der Feuerwalze. Sie würde ihn und Annie und das Portal verschlingen. In diesem Moment ging ihm so viel durch den Kopf:

Er könnte sie einfach mit sich durch das Portal ziehen, auf die andere Seite, wo es sicher war. Aber was würde das ändern? Sie hatte ihren Wunsch klar geäußert, und laut ihrer Aussage hatte er das schon einmal ignoriert. Nein, nicht er, sondern Robert.

Er war Rob.

Rob griff nach ihrer Hand und sah ihr tief in die Augen. Es waren die Augen, in die er sich verliebt hatte, bevor er existierte. Er konnte Annie nicht verlassen. Der Gedanke, sie hier allein zurückzulassen, zerriss ihn.

»Rob, bitte …«, begann sie, aber er schnitt ihr das Wort ab.

»Ich werde dich nicht allein hier lassen. Wenn du nicht mehr möchtest, respektiere ich das. Aber dann respektiere bitte, dass ich auch nicht durch das Portal gehen werde.« Er wusste, dass er hier war, um sie zu retten. Wenn sie sich nicht retten lassen wollte, war der Grund seiner Existenz ohnehin hinfällig. Marten, Ethan, Saira und die anderen waren in Sicherheit. Rob hatte getan, was er tun konnte.

»Du brauchst das nicht tun«, erwiderte Annie ruhig und wischte ihm die Tränen aus dem Gesicht, aber ihr Lächeln und das Leuchten in ihren Augen widersprachen ihr sofort. »Ich bin schon einmal gestorben und werde es auch ein zweites Mal schaffen.«

»Beim ersten Mal warst du hoffentlich nicht allein.«

»Nein, ich war umgeben von den Menschen, die mein Leben lebenswert gemacht haben. Meine Familie, meine Freunde und meine große Liebe.« Dann küsste sie ihn, und dieser Kuss war so völlig anders als der vorherige. Er war wild und ungestüm, ehrlich und voller Hingabe. Die Distanz zwischen ihnen verschwand, die Vorsicht verging im Feuer. Die Hitze trieb Rob die Röte ins Gesicht, und es war ihm unmöglich zu sagen, ob es an der Flammenwalze oder Annies Lippen lag.

Sie lösten sich.

»Danke, dass du gekommen bist, um mich zu retten«, sagte sie.

»Ich wäre schon viel früher gekommen, wenn ich gewusst hätte, dass dieser Kuss am Ende des Abenteuers auf mich wartet.«

»Du bist so schnell gekommen, wie du konntest, da bin ich mir sicher.«

Für Rob waren es nur wenige Wochen gewesen, aber Melfana, die Schmiedin der ewigen Esse, war womöglich seit Zyklen hier. Sein Blick wanderte die riesige Flammenwand hoch. »Viel Zeit ist nicht mehr«, sagte er.

»Ich weiß.« Sie schlang die Arme um ihn und drückte ihn fest an sich.

Er schloss die Augen. Die Hitze zerrte an ihrer Haut, an den Haaren und der Kleidung.

»Versprich mir nur, dass du mich nie vergisst. Zu wissen, dass ich da weiterexistiere«, sagte sie und tippte ihm gegen die Brust, »ließ mich mein Schicksal akzeptieren. Nicht die Aussicht, auf Ewigkeiten gefangen in irgendeiner virtuellen Welt zu sein. Ich liebe dich, Robert. Bis in alle Ewigkeit. Vergiss das nie.«

»Versprochen«, sagte er sofort, und es war das erste Mal, dass er sich über etwas wirklich sicher war, was mit seiner Zeit vor dem Seelenturm zu tun hatte. Egal, ob er Rob oder Robert Harlow war, er liebte diese Frau, und er wollte sie nicht gehen lassen. Aber er musste. Als könnte er die Flammen damit abhalten, drückte er sie noch fester an sich.

»Ich wünsche mir, dass du jemanden findest, mit dem du glücklich sein kannst. Das wäre mein allerletzter Wunsch, hörst du?«

Rob nickte, auch wenn die Worte nicht ihm galten. Für ihn galt nur dieser Moment.

Langsam krochen die Flammen auf sie zu. Rob spürte, wie ihm die Luft in den Lungen wegblieb. Die Hitze wurde unerträglich.

Noch war das Portal offen. Noch konnte er sie retten. Dafür war er hier.

Er warf einen Blick über die Schulter zum blau flackernden Strudel, der einen starken Kontrast zum roten Inferno bot. Es waren nur ein paar Schritte, wenige Sekunden, dann wären sie in Sicherheit. Sie würden leben. Die Stimme in seinem Kopf war verstummt, und er entschied selbst, einfach mit Annie in den Armen stehen zu bleiben und das Ende abzuwarten.

Ihre Hände strichen über seinen Rücken. »Das hat mir so gefehlt«, flüsterte sie.

Rob küsste ihren Kopf, drückte sie fester an sich. Er versuchte, nicht an das zu denken, was gleich passieren würde, sondern konzentrierte sich nur auf das Hier und Jetzt. Diesen Moment für die Ewigkeit zu erhalten, ihn wie einen Schatz zu verwahren, der in unzähligen Zyklen von Archäologen freigelegt werden würde.

Sie befanden sich nun im Auge des Sturms, vielleicht waren sie die letzten beiden Lebewesen auf Avataris.

»Woran denkst du gerade?«, fragte sie, und ihre Worte wurden fast vom Lärm der brennenden Stadt verschluckt.

Rob starrte in die Flammen. »Dass sich das hier richtiger anfühlt, als durch das Portal zu gehen. Ich habe eine verdammte Angst vor dem, was gleich passieren wird, aber mit dir bin ich bereit abzuschließen.«

Sie drückte ihn noch ein Stück enger an sich.

»Und du?«, schob er nach.

»An unser erstes Zusammentreffen. Also zwischen Robert und mir. Es war eine Studentenparty. Du hattest eigentlich keine Lust und warst nur da, weil ein Kumpel dich hingeschleppt hat. Und später am Abend wurdest du auch noch abgeschleppt, was aber mehr in deinem Sinne war.«

Er konnte das Grinsen in ihrem Gesicht zwar nicht sehen, aber es war aus jedem Wort herauszuhören.

Wäre ihnen mehr Zeit geblieben, hätte Rob nachgehakt, was eine Studentenparty sei. Aber die Flammen waren nur noch wenige Meter von ihnen entfernt. Eigentlich hätte die Hitze sie längst umbringen müssen. Der Rauch hätte sie in Ohnmacht fallen lassen müssen. Aber sie waren Helden und keine gewöhnlichen Bürger von Avataris.

Annie löste die Umarmung und suchte mit ihren Händen Robs. Sie verknoteten die Finger ineinander.

»Jetzt ist wohl der Zeitpunkt, Lebewohl zu sagen«, flüsterte Annie in sein Ohr.

Rob nickte. Nur noch wenige Herzschläge trennten sie von dem Feuerkreis.

Das Portal wurde von den Flammen verschluckt. Es gab keinen Ausweg mehr für sie.

Tränen rannen über seine Wangen. Er schloss die Augen und klammerte sich an diesen Moment. »Ich liebe dich.«

»Ich dich auch, Rob.«

Dann waren die Flammen heran, und im Moment des Todes, der keine zweite oder dritte Chance zuließ, fühlte er sich so lebendig wie noch nie.

KAPITEL
28

LONDON 2077

Irgendwo in einem Schuppen in einem Industriegebiet bei London riss sich Robert Harlow die VR-Brille vom Kopf und schmiss sie durch den Raum. Sie prallte gegen ein Wellblech, fiel zu Boden, und das Glas der Linsen zerbrach.

Er sprang aus dem Sessel und zog sich dabei die Kanülen aus den Armen, die die letzten Tage seinen Körper mit wichtigen Nährstoffen versorgt hatten. Er hechtete zum Computer. Auf den fünf Monitoren jagte eine Codezeile die nächste. Für einen unbedarften Betrachter waren es zufällige Zahlen- und Buchstabenabfolgen. Aber Robert wusste: Das war Eternity Online, die Lebensrealität unzähliger Verstorbener, die in der virtuellen Welt weiterexistierten.

Rob navigierte durch den Code.

»Nein«, wiederholte er immer wieder. Er suchte nach einer Lücke. Eine Lücke, die er vor vielen Jahren selbst in das Programm geschrieben hatte, als er mit Freunden Eternity Online gegründet hatte.

Sie war nicht mehr da.

Ohne die Lücke hatte er keinen Zugriff mehr. Sein Blick wanderte zu der spielkartengroßen Festplatte, die an dem Computer angeschlossen war. Ethan, Marten, Saira und die anderen befanden sich darauf. Da sickerte die Erkenntnis langsam ein. Er fühlte sich wie ein im Treibsand Gefangener, der irgendwie versucht hatte, nicht die Hoffnung zu verlieren.

Ein lautes Schluchzen entfuhr ihm. Er hatte verloren.

Annie war fort. Sie hatte ihn nicht nur in dieser Welt, sondern auch in der virtuellen verlassen. Wenn die Sicherheitsprogramme des neuen Inhabers von Eternity Online gründlich gewesen waren, würde es keine Spuren mehr geben, aus der sich ihr Bewusstsein rekonstruieren und digitalisieren ließ.

Es gab kein Back-up, keine Kopie. Er hatte gedacht, dass sie auf den Servern sicher war vor fremdem Zugriff. Doch nun war sie verschwunden. Sie existierte nur noch in seinem Kopf.

Das war alles, was sie gewollt hatte.

Er hatte es durch die Augen von Rob mitverfolgen müssen. Jeden Schritt des Programms, das er selbst geschrieben hatte, hatte er verfolgt. Hin und wieder hatte er versucht einzugreifen, das war aber gefährlich, seit 17lives Eternity Online übernommen hatte. Der neue Eigentümer hatte ein eigenes Team aus IT-Spezialisten mitgebracht, die schnell gerochen hatten, dass irgendwas nicht stimmte.

Und dann kam E.L.I.A.

Robert drängte die Tränen nicht länger zurück. Er weinte nicht, weil es ihm misslungen war, Annie zu retten. Er weinte, weil er all die Zeit gegen ihren Willen gehandelt hatte. Sie hatte ihm damals gesagt, dass sie nicht in einer virtuellen Welt weiterexistieren wolle, und er hatte sie dennoch nach ihrem Tod transferiert.

Das war nicht nur höchst illegal und verstieß gegen die erste Regel der Virtual-Afterlife-Konventionen, sondern ignorierte komplett, worum sie ihn gebeten hatte. Es war eine egoistische Aktion gewesen. Angetrieben von der Furcht, einen geliebten Menschen zu verlieren. Hätte er gewusst, dass sie die Erinnerungen an ihr vorheriges Leben behalten würde, wäre er diesen Schritt womöglich nicht gegangen. Der Gedanke, dass sie irgendwo im Datennetz weiterexistierte, hatte ihm Frieden gegeben. In seinen Vorstellungen war sie eine unter den Monstern gefürchtete Heldin mit dem Hang zum Schmieden gewesen. Zumindest mit der letzten Annahme hatte er richtig gelegen.

Aber dass Annie und auch die anderen, die er auf verschlungenen Datenpfaden vorbei an den Sicherheitsmechanismen nach Avataris gebracht hatte, sich an ihr altes Leben erinnerten, hätte nicht passieren dürfen. Der Trank der Welten war nur für Morley gedacht gewesen, ein Freundschaftsdienst, mit dem er sich damals schon nicht wohlgefühlt hatte. Damit hatte er auch gegen Regel zwei der Virtual-Afterlife-Konventionen verstoßen: Transferierte dürfen keine Erinnerungen mitnehmen. Die Menschheit hatte relativ schnell festgestellt, dass niemand Frieden in einer neuen Welt fand, wenn die Gedanken an Freunde und Familie in der Vergangenheit festhingen. Also nahm man mit, was den Charakter ausmachte, und durfte ein neues Leben beginnen, nicht wissend, dass es sich nur um eine Simulation handelte.

Dass er selbst Kontakt in die Nachwelt gesucht hatte, verstieß gegen einen weiteren Punkt.

Robert wusste, dass es für ihn nur eine Lösung gab. Er war es Annie schuldig. Er musste reinen Tisch machen.

Plötzlich tanzten Lichtkegel durch die verstaubten Fensterscheiben des Schuppens. Robert erwartete keinen Besuch. Vor allem nicht hier, im Unterschlupf, den er angemietet hatte, weil er seit einiger Zeit um sein eigenes Leben fürchten musste. Sofort verkrampften sich seine Hände, und unwillkürlich suchte er nach Schwert und Schild, die er aber in Avataris gelassen hatte.

In dieser Welt, in London, war er nur Robert Harlow, ein IT-Entwickler, zu schwach, um ein Schwert zu schwingen, und zu blass, um einen Tagesmarsch in der prallen Sonne durch die Splitterstreifen zu überstehen.

Er hatte lediglich eine VR-Brille, die er nach allen werfen konnte, die durch die Tür kamen. Robert wusste, dass er sich ein paar Feinde gemacht hatte. 17lives haftete der Ruf an, gewisse

Geschäftspartner mit unorthodoxen Mitteln aus dem Unternehmen zu drängen.

Er fokussierte das Rolltor des Schuppens. Von draußen würde man erwarten, dass hier ein paar rostige Autos unter Planen versteckt ihre letzten Tage verbrachten, bevor sie ausgeschlachtet wurden. Niemand würde damit rechnen, dass ein millionenschwerer IT-Nerd hier seine kleine Technikzentrale aufgebaut hatte.

Wie sich nun herausstellte, hatte Robert allen Grund gehabt, misstrauisch zu sein. In dem Punkt hätte er gern danebengelegen.

Das Rolltor wurde ein kleines Stück angehoben. Gerade genug, dass das Licht der Straßenlaternen von draußen über den grauen Beton hereinkroch. Aus der Ferne drang Verkehrslärm heran. Der Raum wurde nur vom kalten Leuchten der fünf Monitore erhellt, und Robert fühlte sich wie ein Reh im Scheinwerferlicht. Er traute sich nicht, etwas zu sagen. Auch suchte er den Raum nicht nach etwas ab, mit dem er sich verteidigen konnte. Es gab hier keine Waffen. Nur Kabel und Hardware.

Draußen blieb es still. Wer auch immer das Rolltor angehoben hatte, glaubte, im Verborgenen zu arbeiten. Da sie sich nicht die Mühe gemacht hatten anzuklopfen, wollten sie offenbar unbemerkt bleiben. Hatten sie ihn also nach all der Zeit doch gefunden?

Eine Kartusche rollte durch den Schlitz. Robert hielt sie im ersten Moment für eine Handgranate, dann erkannte er eine Art Deo-Dose. Noch bevor er reagieren konnte, explodierte der Behälter.

Ein hoher Ton legte sich über alle Geräusche. Der Blitz ließ ihn kurzzeitig erblinden. Orientierungslos taumelte er umher und stolperte, blieb liegen. Rob kannte aus Shootern, was ihn gerade erwischt hatte: eine Flashbang.

»Hände hoch!«, riefen Stimmen.

Er nahm sie durch das hohe Piepen kaum wahr und hob auch nicht die Arme, die er brauchte, um sich auf dem Boden abzustützen. Hände packten ihn an den Schultern; er musste an seine Verhaftung in der Taverne denken. Die Finger hatten sich genauso in das Fleisch gegraben. Sie drückten ihn zu Boden und drehten ihm die Arme auf den Rücken. Etwas wurde über sein Gesicht gezogen, noch bevor seine Augen sich von dem Blitz erholt hatten. Ehe Robert verstand, was passierte, schleiften ihn die Eindringlinge aus seinem Versteck. Noch eine Erfahrung, die sich schrecklich vertraut anfühlte.

Er wurde grob auf die Rückbank eines Autos verfrachtet. Jemand, der nach Zigaretten und kaltem Kaffee roch, lehnte sich über ihn, um ihn anzuschnallen.

»Was wollt ihr?«, japste Robert. Langsam kamen seine Sinne zurück. Das Piepen in den Ohren ließ nach. Aber die Frage blieb unbeantwortet.

»Route 31a«, befahl eine raue Stimme.

»Verstanden«, erwiderte die künstliche Intelligenz, die für die Steuerung des Fahrzeugs verantwortlich war. Augenblicklich setzte sich das Auto in Bewegung, und Robert konnte nur hoffen, dass er nicht am Ende doch noch Opfer einer Hinrichtung werden würde.

Nach der dritten Kurve gab er auf, die Strecke im Kopf auf Londons Karte nachzuzeichnen. Sie fuhren eine gefühlte Ewigkeit durch den stockenden Verkehr. Trotz der Smart Cars, die untereinander kommunizierten und den menschlichen Fehler minimierten, waren die Staus aus der Stadt nicht verschwunden. Sie waren wie Schimmel, der immer wiederkam, ganz egal, wie viel Chemie man nutzte. Das Auto fuhr an, stoppte und beschleunigte. Nur das Hupen war aus der Geräuschkulisse Londons verschwunden.

Robert versuchte, die Hände zu befreien. Aber sie waren mit

Handschellen auf den Rücken gefesselt. Er war seinen Entführern ausgeliefert.

Abrupt kam das Fahrzeug zum Stehen. »Ziel 31a erreicht. Ich hoffe, die Fahrt mit Clever Cars war zu Ihrer Zufriedenheit. Bei Fragen, Rückmeldungen oder Feedback melden Sie sich gerne unte–«

»Halt den Mund«, unterbrach die raue Stimme die Künstliche Intelligenz.

Die Türen wurden geöffnet und Robert hinausbefördert. Der Sack wurde ihm vom Kopf gezogen, und zu seiner Überraschung fand er sich nicht auf einem Schafott, sondern in einer Tiefgarage wieder. Statt einer Menge, die seinen Tod forderte, suchten nur ein paar Ratten Schutz in der Dunkelheit, die so sehr zu London gehörten wie die Staus. Und noch etwas überraschte Robert: Seine Entführer sahen nicht aus wie Berufsverbrecher. Der Mann mit einem Kinn so breit wie eine Faust und grauen, kurzen Haaren zog gerade eine Packung Zigaretten aus dem langen, beigen Mantel, an dem eine Polizeimarke haftete.

Die Frau hatte die langen braunen Haare zu einem Zopf gebunden und trug ein Waffenholster über der Bluse. Die Lederjacke hatte sie über die Schulter geworfen. »Sorry für den Sack«, sagte sie. »Aber wir konnten nicht riskieren, dass du unterwegs erkannt wirst.«

Ganz sicher, dass er nicht hingerichtet werden würde, war Robert nicht. Die Polizei war durchsetzt mit korrupten Cops, die für einen mehr oder weniger großzügigen Scheck der Konzerne alles tun würden. Aber dann wären sie vermutlich nicht mit ihm in eine Tiefgarage gefahren, sondern hätten ihn an Ort und Stelle hingerichtet. Er hatte einen anderen Verdacht, was hier passierte, und er würde ihnen zuvorkommen. Nicht weil er so das Strafmaß für sein Vergehen lindern konnte, sondern weil er es Annie schuldig war.

»Komm mit«, knurrte das Kinn und schubste ihn auf den

Fahrstuhl zu. Robert ließ es über sich ergehen. »Ebene 17«, brummte der Mann.

»Ebene 17«, bestätigte die gleiche künstliche Stimme wie aus dem Auto. Es dauerte einige Augenblicke, dann traten sie in ein schlecht ausgeleuchtetes Großraumbüro. Schreibtische standen dicht an dicht, an denen übermüdete Polizeibeamte saßen. Sie wurden vom fahlen Licht der Monitore angestrahlt, durch das ihre tiefen Augenringe noch ungesünder aussahen. Akten stapelten sich auf den Tischen, und zu den Füßen einer Frau lag ein schnarchender Mops.

»Willkommen im Dezernat für Cyber-Delikte«, brummte der Mann und schob Robert vor sich her durch den Flur. Niemand der Anwesenden würdigte ihn eines Blickes. Sie alle waren vertieft in ihre Fälle.

In Roberts Kopf ratterten die Zahnräder. Was hatten sie gegen ihn in der Hand? 17lives hatte längst gewusst, was Robert mit Eternity Online trieb, bevor sie den Laden gekauft hatten. Dass er die Regeln, die das Afterlife ordneten, sehr großzügig ausgelegt hatte. Deswegen hatten sie die Sicherheitsprotokolle installiert, die das Leben nach dem Tod für Annie und die anderen immer schwieriger gemacht hatten. Deswegen hatte er sie retten müssen.

Aber das war kein Grund, jemanden wie ihn mit so einem spektakulären Auftritt zu entführen. Andererseits hatte er alles dafür getan, nicht gefunden zu werden. Sie hatten jeden Grund zur Annahme, dass er eine Festnahme nicht so einfach über sich ergehen lassen würde, sondern Vorbereitungen getroffen hatte, um zu fliehen.

Bevor er weitergrübeln konnte, wurde er in einen tristen Raum auf einen unbequemen Stuhl bugsiert. Die Wände waren grau gestrichen, und der Tisch war so kühl wie der Rest des Zimmers. Die beiden Polizisten ließen sich auf Stühlen gegenüber nieder.

»Kaffee?«, fragte die Frau.

Robert schüttelte den Kopf, und sie verließ das Zimmer. Der Mann mit dem breiten Kinn starrte ihn an, als wäre er eine ausgestorbene Tierart, und zog dabei lang und ausführlich an seiner Zigarette. Das rote Glimmen war der einzige Farbklecks in dem Verhörzimmer.

»Was?«, fragte Robert, aber der Mann grunzte nur und schüttelte den Kopf. »Was?«, wiederholte er.

»Ich fass es einfach nicht«, sagte der Mann. »Du sollst doch Millionen auf dem Konto haben, und dann hockst du in einem Schuppen unweit der Docks. Als wir den Hinweis bekommen haben, hielt ich es für Zeitverschwendung, aber Summer wollte der Sache unbedingt auf den Grund gehen. Jetzt habe ich eine Wette verloren und schulde ihr den nächsten Donut.«

»Man kann millionenschwer sein und sich in einem Schuppen verstecken, das ist kein Widerspruch«, erwiderte Rob. »Wollen Sie mir nicht langsam mal die Handschellen abnehmen?«

Der Polizist blies Rauch in die Luft. Die Schwaden wurden sofort von der Entlüftungsanlage abgesaugt. Dann kramte er in den Taschen seines Mantels, der über dem Stuhl hing, bis er etwas gefunden hatte, das wie eine kleine Fernbedienung aussah. Er drückte einen Knopf, und Roberts Pulsadern an den Handgelenken wurden augenblicklich abgeschnürt.

»Was soll das?«, fluchte Robert und versuchte aufzuspringen, aber die Fesseln waren mit dem Stuhl verbunden.

»Sorry, falscher Knopf«, brummte der Mann und klang überhaupt nicht, als würde es ihm leidtun. Er betätigte wieder die Fernbedienung, und sofort ließ der Druck auf die Handgelenke nach. Unter lautem Scheppern fielen die Handschellen zu Boden.

»Mach keinen Unsinn, okay? Das Sicherheitssystem würde dich außer Gefecht setzen, bevor du mit deinen Griffeln an meiner Krawatte bist.«

Robert suchte den Raum ab und entdeckte die Kameras und Sensoren, die in der Wand eingelassen waren. Er wusste nicht, wie man ihn aufhalten würde, aber körperliche Auseinandersetzungen waren noch nie sein Mittel der Wahl gewesen.

»Keine Sorge«, nuschelte Robert und massierte sich die Handgelenke.

Die Frau kam mit einer Tasse Kaffee zurück und setzte sich an den Tisch. »Also, habt ihr euch schon bekannt gemacht?«

Der Mann schüttelte nur den Kopf.

»Alles klar. Ich bin Detective Summer, das ist Detective Winter«, stellte sie sich vor.

Robert verdrehte die Augen. Sie machten sich nicht einmal die Mühe, ihre Decknamen zu verschleiern.

»Du bist hier, weil wir –«

»Ich möchte Anzeige erstatten«, unterbrach Robert sie.

Detective Summer riss die Augenbrauen hoch, und das Rot von Winters Zigarette glomm klar und deutlich auf.

»Bitte?«, fragte sie überrascht.

»Ich möchte mich anzeigen. Ich habe gegen die Regeln des Afterlifes verstoßen.«

»Das ist nicht der Grund, warum wir dich –«, setzte Winter an, aber Summer legte ihm die Hand auf den Arm.

»Lass ihn aussprechen.«

Winter grunzte, und Robert fragte: »Wie weit muss ich ausholen?«

»Wir sind mit Ihrem Lebenslauf durchaus vertraut, aber im Falle einer Aussage ist es immer gut, so gründlich wie möglich zu sein«, erklärte Summer.

»Als Miteigentümer von Eternity Online habe ich Menschen in das Afterlife geschleust. Menschen, die es wollten, aber auch Menschen …«, er atmete tief ein, »… die es nicht wollten.«

Winter zog eine Augenbraue hoch. Die Zigarette hing schräg in seinem Mundwinkel. »Bitte was?«

Robert hob ergeben die Schultern. Es musste raus. Er musste dafür geradestehen, was er getan hatte. Annie hatte zu Lebzeiten klar und deutlich geäußert, dass sie nicht in irgendwelchen virtuellen Welten weiterexistieren wollte, und er hatte sich über ihren Willen hinweggesetzt. Nur weil er nicht loslassen konnte. Nicht wieder allein sein wollte. Alles musste auf den Tisch.

»Und wie ich herausgefunden habe, sind sie auch noch im Besitz ihrer Erinnerungen. Das dürften drei Regeln sein, gegen die ich verstoßen habe.«

Detective Winter prustete los, was schnell in ein ungesundes Husten überging.

»Du musst mit dem Rauchen unbedingt aufhören«, ermahnte ihn Summer.

»Scheiß drauf«, brummte Winter. »Wenn die mich ins Grab bringen, werde ich das Nachleben als Freibeuter auf einer Karibikinsel genießen. Der Kredit ist schon abbezahlt.« Dann wandte er sich wieder Robert zu. »Du bist mir eine Nummer, Bursche. Warum erzählst du uns das?«

Robert sah auf seine Hände. Sie waren ineinander verschlungen und kneteten sich gegenseitig. Das taten sie immer, wenn sie unbeschäftigt waren. Meistens waren sie von der Tastatur abgelenkt und schrieben neuen Code. Er erwog, ehrlich zu sein. Von den Schuldgefühlen zu erzählen, die ihn plagten, seit er verstand, was er Annie angetan hatte. Aber weder Summer noch Winter waren Menschen, denen er so etwas erzählen wollte.

»Deshalb waren Sie doch bei mir und haben mich festgenommen. Ich erspare uns also viel Zeit, indem ich einfach erzähle, was Sie hören wollen. Ich habe mich einiger Verbrechen im Virtual Afterlife schuldig gemacht, und ich bin bereit, die Strafe dafür anzutreten.« Im Gefängnis wäre er zumindest vor 17lives sicher, hoffte er.

Winter und Summer tauschten einen vielsagenden Blick. Es erinnerte ihn an Ethan und Marten, die das auch oft getan hatten. Sie sprachen miteinander, ohne etwas zu sagen, und Robert war davon ausgeschlossen.

Summer lehnte sich auf dem Stuhl nach vorn und stützte die Ellbogen auf dem Tisch ab. »Du glaubst, dass wir dich festgenommen haben wegen des Quatschs, den du da veranstaltet hast?«

Robert war überrumpelt. Für einen Moment konnte er keinen klaren Gedanken fassen. »Quatsch?« Er hatte gegen Gesetze verstoßen. Gesetze, die auf der ganzen Welt galten und das virtuelle Nachleben der Menschheit regelten. In seinen Augen war das kein Quatsch.

»Bursche, hast du eigentlich eine Vorstellung davon, wie oft wir selbst dagegen verstoßen müssen? Du hast keine Ahnung, dass du uns schon mal getroffen hast, oder?«

Nur langsam gelang es Robert, alle Hinweise zu verknüpfen. »Ihr wart es, die uns in Avataris überrascht haben, oder? Ihr habt mich, also Rob, fast umgebracht, als ihr meinen vollständigen Namen ausgesprochen habt.«

»Auch wenn der Laden hier ziemlich angestaubt wirkt, haben wir unsere Möglichkeiten, die Virtual Afterlifes zu betreten«, erklärte Summer.

»Hättest du dich nicht einfach ausloggen und melden können?«, brummte Winter und zündete sich eine neue Zigarette an.

»Melden?«, fragte Robert.

»Bursche, wir wollten Kontakt zu dir aufnehmen. Wir haben dich gesucht, und in ganz London warst du nicht aufzutreiben. Wir mussten erst die Hintertür nach Avataris nutzen.«

»Aber warum?« Für Robert ergab das alles keinen Sinn. Eine Polizei, die selbst gegen die Regeln des Virtual Afterlife verstieß, nur um mit ihm einen Plausch zu halten?

Summer betätigte einen Knopf an ihrer Smart Watch, die daraufhin ein Bild in die Luft projizierte. Es war eine sich drehende 17 – das Firmenlogo von 17lives. »Vor drei Jahren haben wir angefangen, Ermittlungen bezüglich 17lives anzustellen. Ich kann dir nicht sagen, was der Ermittlungsstand ist, aber die Verdächtigungen sind erheblich. Als Eternity Online dann vor einem halben Jahr gekauft wurde, haben wir ganz genau hingeschaut. Das wird dich nicht überraschen, nehme ich an, schließlich hast du dich nicht vor der Polizei versteckt.«

Damit hatte sie recht. Robert wusste nicht viel über den neuen Eigentümer seiner Erfindung. Und das war Teil des Geschäftskonzepts. Um 17lives rankten sich ähnlich viele Mythen und Legenden wie um Aeya und Garrak. Man wusste nicht einmal, wer wirklich an der Spitze des Megakonzerns stand. Immer wieder verschwanden Manager, stürzten Mitarbeitende aus einem Fenster in den vermeintlichen Selbstmord oder ertranken beim Badeausflug. Es war wie ein Fluch, der über dem Unternehmen hing, und Robert hatte früh bemerkt, dass auch er bald davon getroffen werden würde. Denn als ehemaliger Mitinhaber von Eternity Online hatte er Informationen. Als er und seine Mitgründer Eternity Online verkauft hatten, wirkte noch alles seriös. Das hatte sich aber rapide geändert.

»Als Leona starb, habe ich mich aus dem Staub gemacht«, sagte er.

»Leona?«, fragte Summer, aber ihre Stimme verriet, dass sie ganz genau wusste, wer das war. Sie wollte es nur noch mal aus seinem Mund hören.

»Leona McNeil. Sie war Mitgründerin von Eternity Online und für das Business Development verantwortlich, aber auch alle operativen Aufgaben blieben an ihr hängen. Wissen Sie, wie sie gestorben ist?«

»Nein«, sagte Summer.

»Fünf Kugeln, im Hinterkopf. Laut den Behörden war es *Suizid*«, erklärte Robert und schüttelte den Kopf. Die ganze Angelegenheit zeigte, wie viel Macht 17lives hatte.

»Klingt wirklich nach einem ganz normalen Selbstmord«, scherzte Winter und zog wieder an der Zigarette.

»Das ergab auch das Gutachten, weshalb ihr Bewusstsein nicht in das Virtual Afterlife übertragen werden durfte. Sie ist tot, endgültig.« Bei den Worten lief ihm ein kalter Schauer über den Rücken. Leona und er hatten sich nie nähergestanden, als die Arbeit es verlangt hatte. Aber das war ein Schicksal, das sie nicht verdient hatte und von dem er nicht wollte, dass es ihn selbst auch ereilte.

»Hör zu, wir sind nicht hier, um dich dafür dranzukriegen, was du angestellt hast. Das sind deine Privatangelegenheiten, solcher Kleinkram interessiert uns nicht.« Winter ließ die Zigarette aufglimmen und blies den Rauch in die Luft. »Wir wollen dir ein Angebot machen.«

Roberts Augen verengten sich. »Angebot?«

»Die Sache sieht so aus: Du hast ordentlich Schotter auf dem Konto, aber kannst es nicht ausgeben, weil du dich in irgendwelchen Schuppen vor dem neuen Eigentümer deines Babys verstecken musst. Du willst halt keinen Selbstmord durch Schüsse in den Hinterkopf begehen, das ist verständlich. Aber das ist ja kein Leben für so einen jungen Burschen wie dich. Du willst rausgehen, die Welt sehen, aber das funktioniert nur, wenn irgendjemand 17lives zu Fall bringt.«

Robert wollte nicht rausgehen und die Welt sehen. Er wollte zurück zu dem Moment, in dem er Annie kennengelernt hatte. Damals war die Welt noch halbwegs in Ordnung gewesen. »Was haben Sie vor?«

»Du hast selbst gesehen, wie dilettantisch wir uns in dem Virtual Afterlife aufgeführt haben. Wir haben keinen halben Tag geschafft, bevor uns die Sicherheitsmechanismen das erste Mal erwischten. Beim zweiten Mal, als wir auf der anderen Seite vom Fluss standen, hat es nur Minuten gedauert. Du hingegen hast Tage in der Welt überlebt.«

»Der Trick war, dass ich nicht selbst anwesend war, sondern ein Programm geschrieben habe, das in meinem Sinne gehandelt hat. Ich konnte verfolgen, was es tat, aber nur bedingt eingreifen. So fliegt man eine gewisse Zeit unter dem Radar.«

»Wir brauchen jemanden, der auf Avataris ermittelt. Der Hinweisen nachgeht und versteht, was 17lives vorhat.«

Robert hob die Augenbrauen. »Ich soll im Virtual Afterlife für euch gegen 17lives Informationen sammeln?«

»Korrekt«, bestätigte Winter und blies ihm den Zigarettenrauch direkt ins Gesicht.

»Ausgeschlossen.« Robert wusste, welche Macht die Megakonzerne hatten und wozu sie in der Lage waren. Solange er den Kopf unten hielt, konnte er ihn vielleicht auf den Schultern behalten. Wenn er sich aber aktiv einmischte, würde es am Ende doch noch eine Hinrichtung für ihn geben.

»Ich weiß, dass man das in einer Verhandlungssituation wirklich nicht zugeben sollte, aber wir brauchen deine Hilfe«, erklärte Summer. Dieses Mal klang sie aufrichtig.

Robert wurde für einen kurzen Moment schwach. »Was habt ihr gegen sie in der Hand?«

»Abgesehen davon, dass auffällig viele Menschen im Firmenumfeld verschwinden, meinst du?«, fragte Winter und lachte, was wieder in einem unkontrollierten Husten endete. »Wir haben den Verdacht, dass sie ihre virtuellen Welten nicht nur nutzen, um Verstorbenen ein schönes Nachleben zu bescheren.«

»Geht das auch ein bisschen konkreter?«, hakte Robert nach.

»Stell dir vor, ein Konzern hat Zugriff auf eine uneingeschränkte Ressource, die er für sich arbeiten lassen kann. Bis in alle Ewigkeit. Diese Ressource sind aber keine Server oder künstliche Intelligenzen, sondern das Bewusstsein von echten Menschen. Sie leben wie Sklaven bis in alle Ewigkeit«, führte Summer aus.

»Nein«, hauchte Robert.

»Doch«, erwiderte Winter. »Und Eternity Online ist nur der nächste Baustein auf ihrer Baustelle. Der Umbau hat mit dem großen Feuer begonnen. Sie haben die Verstorbenen auf eine neue Instanz umgezogen und die Backdoor geschlossen.«

»Ich bin raus«, sagte Robert sofort.

»Bist du nicht«, erwiderte Winter und hielt etwas in die Höhe. Es war ein Chip, nicht größer als ein Fingernagel. Die eine Hälfte war schwarz, die andere durchsichtig. Rob wusste genau, was das war: das, was von einem Menschen blieb, wenn er starb und man ihn digitalisierte.

»Wer ist das?«

»Unseren Technikern ist es gelungen, kurz vor dem großen Feuer noch auf die Datenbank zuzugreifen. Darauf befindet sich die digitale Kopie eines Menschen, der eigentlich nicht mehr existieren dürfte.«

Annie. Robert fuhr es wie flüssiges Feuer durch die Adern.

»Sie gehört dir, wenn du mit uns zusammenarbeitest.« Winter grinste schief und entblößte vom Rauchen gelb gewordene Zähne.

Robert musste gegen den Drang ankämpfen, über den Tisch zu hechten und ihm den Chip aus den Händen zu reißen. Annie hatte es nicht verdient, so behandelt zu werden.

»Wenn du dich dagegen entscheidest, wird sie wieder den Weg in die Datenbanken von 17lives finden.« Auch Summer grinste. »Als hätten wir sie nie entwendet, es wird keine Spuren geben.«

»Komm schon, Bursche, wir machen dir ein richtig gutes Angebot. Du arbeitest für uns, wir vergessen den illegalen Quatsch, den du gemacht hast, und du bekommst deine Liebste zurück.«

Für die letzten Worte hätte Robert ihm am liebsten eine geknallt. Aber Winter und Summer hatten verdammt gute Argumente. Er würde nicht zulassen, dass Annie erneut Eigentum von 17lives werden würde. Außerdem hatte er auch ein berufliches Interesse herauszufinden, was der Konzern trieb. Es war eine Herausforderung, die ihn auf technischer Ebene reizte. Ein neues Abenteuer für Robert und Rob.

»Wie wollen Sie meine Sicherheit garantieren?«, fragte er. »Die Polizei ist durchsetzt von korrupten Bullen. Woher weiß ich, dass Sie mich nicht morgen schon an 17lives verkaufen?«

»Glaubst du, ich würde diese Glimmstängel hier rauchen, die nach Sägespänen und Spucke schmecken, wenn ich bestechlich wäre?«, fragte Winter.

Robert musste ihm recht geben. Winter war vielleicht ein Köter, der Robert gerade erpresste, aber er wirkte nicht wie jemand, der sich bestechen ließ. Er war ein Hund, aber immerhin ein treuer.

»Zwei Bedingungen«, sagte Robert, und nun lehnte sich auch Winter aufmerksam nach vorn.

Robert hatte zwei Bedingungen gestellt, und Winter und Summer hatten sofort eingewilligt. Das war der Moment, in dem Robert erkannt hatte, dass er noch viel mehr hätte verlangen können. Aber diese beiden Sachen waren alles, was er wollte.

Die Erste war, dass er ein bisschen Zeit bekam. Er musste noch eine Sache erledigen. Die andere Bedingung lag sicher in seiner Jackentasche. Eine kleine Festplatte, auf der sich seine Freunde befanden. Freunde, die bereits tot waren, die ihm aber bei der kommenden Aufgabe, Informationen über 17lives zu sammeln, helfen würden.

»Zum Hornchurch Cemetry«, befahl Robert dem Smart Car.

»Verstanden«, bestätigte die künstliche Stimme, und augenblicklich rollte das Gefährt los.

Die Festplatte war nicht das Einzige, was sich in der Jackentasche befand. Direkt daneben war der Chip, mit dem ihn Winter überzeugt hatte.

Er wagte nicht, ihn zu berühren. Als hätte er Angst, sich zu verbrennen oder einen Stich zu fühlen. Obwohl Annie jetzt schon lange tot war, war die Erinnerung an sie immer noch präsent. Sie war da, wenn er aufstand, und sie wich nicht von seiner Seite, wenn er einschlief. Sie wiederzutreffen, auch wenn er zum stillen Beobachten verdammt war, hatte einiges in ihm aufgewühlt. Ihre Stimme zu hören, nicht aufgezeichnet auf alten Videos oder Sprachnachrichten, war wie ein Pflaster, das man langsam von einer Wunde zog. Mit den Erinnerungen blieben auch die Schmerzen.

Robert atmete aus. Er starrte aus dem Fenster. Regenschlieren zogen darüber, brachen die Lichter und tauchten die Stadt in ein vertrautes, matschiges Grau. London zeigte sich nicht von der schönsten, aber von seiner gewohnten Seite.

Er schenkte den Menschen keine Aufmerksamkeit. Winter und Summer hatten darauf bestanden, in einem Smart Car hinterherzufahren, aber sie hatten versprochen, am Zielort im Wagen zu warten.

Robert wollte allein sein.

Nach einer knappen Stunde kam er endlich am Friedhof an. Vor vielen Jahren hatte hier die St Andrew's Church gestanden. Aber die Religionsgemeinschaften verloren zusehends an Bedeutung. Das Versprechen eines Himmels, von dem niemand sagen konnte, ob er existierte oder nicht, war nicht sehr verheißungsvoll im Vergleich zum Virtual Afterlife. Als die Menschen die Wahl bekommen hatten, auf das Paradies zu hoffen oder einfach dafür zu bezahlen, entschied sich ein Großteil für Letzteres.

Zumindest wer es sich leisten konnte.

Der Friedhof war eine Aneinanderreihung aus Steinen auf einem penibel gepflegten Rasen, der durch den Regen aufgeweicht war. Matsch spritzte an den Schuhen hoch, als er den Weg zu ihrem Grab ging. Schnell klebte ihm das lockige, schwarze Haar im Gesicht, und Robert zog die Jacke enger um sich. Sie hatte keine Kapuze, und die nassen Brillengläser trübten seine Sicht. Niemand hatte bei dem Wetter vor, seine verstorbenen Verwandten und Freunde zu besuchen. Also war er ganz allein hier, und er war dankbar dafür.

Robert kannte den Weg, auch wenn er es seit der Beisetzung vermieden hatte herzukommen. Er hatte nicht verstanden, warum sie eine klassische Beerdigung gewollt hatte. Heutzutage war es Standard, sich erst digitalisieren zu lassen und den Körper dann einzuäschern. Manchmal wurde die Asche zu einem Diamanten gepresst und den Hinterbliebenen überlassen, manchmal wurde sie auch einfach in die Luft geblasen.

Annie hatte er erst im allerletzten Moment, als sie schon nicht mehr ansprechbar gewesen war, digitalisiert, und dann gehen lassen.

Friedhöfe waren ein Relikt der Vergangenheit und würden irgendwann aussterben, da war sich Robert sicher. Mit jedem Schritt fühlten sich seine Beine schwerer an. Ihm war, als würde er durch Teer waten. Als würde der Ort, den er ansteuerte, ihn mit aller Macht von sich fernhalten wollen.

Aber Robert ging weiter. Er musste das erledigen, bevor er sich in die virtuellen Welten verabschiedete. Obwohl der Grabstein genauso weiß und rechteckig wie die anderen war, erkannte er ihn schon aus großer Entfernung. Er war wie ein Wolf unter Schafen. Ein Monster, vor dem er sich fürchtete. Schlimmer als jede Bestie im Wald, angsteinflößender als Jyl. Dieses Mal hatte er keine Gruppe, die ihm zur Seite stand. Er musste sich allein den Dämonen stellen.

Vier Schritte vor dem Stein blieb Robert stehen. Er las die Inschrift nicht, die in den weißen Marmor gemeißelt war. Er wusste genau, wie sie lautete.

Robert starrte in den Himmel. Er versuchte, die Tränen zurückzuhalten, aber es gelang ihm nicht.

»Du fehlst«, flüsterte er in den Wind und wartete auf eine Antwort. Sie blieb aus. Er schloss die Augen, atmete tief ein, öffnete sie wieder und nahm all seinen Mut zusammen. Er sah den Grabstein nun direkt an, las ihren Namen, das Geburtsdatum und auch den Sterbetag. »Ich hätte dich schon früher besuchen kommen sollen«, sagte er. Er glaubte nicht, dass sie ihn hören konnte, dass sie als übernatürliche Erscheinung irgendwo über ihm schwebte. Alles, was von ihr übrig war, war auf einem kleinen Chip und der steckte in der Jackentasche. Dennoch half es ihm, seine Gedanken und Gefühle auszusprechen. »Aber ich glaube, mir hat der Mut gefehlt. Ich hoffe, ich habe dich nicht enttäuscht. Dass ich dich trotzdem digitalisiert habe, war egoistisch.« Nun umfasste er den Chip in seiner Jackentasche. »Ich dachte, dir geht es gut in Avataris. Das hat mir geholfen, es zu akzeptieren.« Er wischte sich die Tränen aus dem Gesicht. »Jetzt müssen wir schon wieder Abschied nehmen. Mittlerweile zum dritten Mal, und es wird immer schlimmer.« Er dachte daran, wie er ihre Hand an ihrem Sterbebett gehalten hatte. Sie war, vollgepumpt mit Schmerzmitteln, nicht mehr ansprechbar gewesen. Ihre Wangen waren komplett eingefallen, sie hatte in den letzten Wochen viel Gewicht verloren und war blass geworden. Es waren nicht diese Momente, an die er dachte, wenn er sich an sie erinnerte. Robert weinte hemmungslos. Er ließ es einfach zu. Er hatte die Trauer zu lange zurückgehalten, sich daran geklammert, dass sie noch da draußen war, auf einem Server, und nicht tot.

Aber er musste der Wahrheit ins Auge blicken.

Menschen starben, und das Virtual Afterlife änderte nichts daran. Er holte den Chip aus der Tasche und hielt ihn auf der flachen Hand. In ihm tobte ein Sturm aus Gefühlen. Eine innere Kraft zerrte an ihm, befahl ihm, zurück zum Auto zu laufen und es nicht zu tun. Bevor er es sich anders überlegte, formte er die Hand zur Faust und drückte zu. Er hörte das Plastik brechen, spürte, wie der Chip zerfiel.

»Auf Wiedersehen«, flüsterte er und hoffte, dass es vielleicht doch ein Leben nach dem Tod gab, in dem er sie wiedersehen würde.

Robert ließ los.

Rob rang nach Luft. Er stemmte sich in die Höhe, fühlte den Sand unter den Händen und übergab sich. Das Meerwasser hinterließ einen salzigen Geschmack im Mund. Eine Welle schwappte an ihm vorbei und wurde zurück ins Meer gezogen. Rob drehte sich auf den Rücken und starrte in den Himmel. Die Sonne brannte auf ihn herab. Wolken zogen langsam vorbei.

Er fühlte sich fürchterlich. Die Wiederbelebung im Seelenturm war nichts dagegen gewesen. Gleichzeitig durchströmte ihn eine unfassbare Erleichterung. Er war am Leben, nicht gestorben.

Rob versuchte, sich zu erinnern, wie es dazu gekommen war, dass er an einem Strand angespült wurde. Es gab kein Schiff, das er betreten hatte. Nur Flammen, die Gonholt verschlangen. Ethan, Marten, Saira und den anderen war die Flucht durch das Portal gelungen.

Er war zurückgeblieben und hatte auf das Ende gewartet.

Mit Annie.

Sie war tot, das wusste er. Dieses Mal war es endgültig, und die Erkenntnis traf ihn wie eine vergiftete Klinge. Trotzdem war er hier. Eigentlich hätte auch er tot sein müssen. Unwiederbringlich von den Flammen verzehrt. Aber er lebte. Der Sand, der durch seine Finger rieselte, war echt. Ihm war bewusst, dass er eigentlich nicht mehr existieren durfte. Aber scheinbar gab es eine größere Macht, die über ihn wachte. Aeya?

Rob ließ den Blick schweifen. Holzplanken, Taue und Kisten

waren am Strand verstreut. Auch ein paar leblose Gestalten lagen wie Treibgut umher. Möwen schwebten über ihm.

Rob kniff die Augen zusammen und versuchte, die sich anbahnenden Kopfschmerzen zurückzudrängen.

Was war passiert?

Das Schiff musste auf ein Riff gelaufen oder in einen Sturm geraten und gekentert sein. Aber wohin war er unterwegs gewesen? Warum hatte er ein Schiff betreten?

Er drehte sich auf die Seite, und sein Brustkorb schmerzte, als wäre ein Gront darübergepoltert. Rob versuchte zu verstehen, was passiert war. Aber nach den Flammen kamen nur die Schwärze und plötzlich der Geschmack von Salzwasser. Er hatte seine Mission absolviert, wenn auch nicht so, wie angedacht. Er hatte Annie nicht durch das Portal führen können. Trotzdem hatte er sie gerettet. Gerettet aus dieser Welt, in der sie nie hatte leben wollen.

»Sieh mal, ein Überlebender«, rief eine Stimme über den Strand. Sie kam ihm sonderbar vertraut vor.

Rob schnellte herum und sah in der Ferne drei Gestalten. Eine war groß und breit wie ein Bär, die andere gedrungen und klein. Die dritte war eine Frau.

Sein Herz machte einen Sprung.

Rob rappelte sich auf, die Beine waren noch schwach, und der Sand gab unter den Füßen nach. Er fühlte sich wie ein Betrunkener, als er auf die drei zulief.

Ethans Lachen war unüberhörbar. Der Bär schloss ihn in eine Umarmung und zog ihn fest an sich.

»Also stimmt es, was in dem Brief stand«, sagte Marten kopfschüttelnd. Der Squan trug wieder seinen Plattenpanzer und hatte einen großen Turmschild bei sich.

Rob löste sich aus der Umarmung und sah die drei an. »Was ist passiert?«

»Sehr viel«, antwortete Saira und schenkte ihm ein warmes

Lächeln. »Du hast uns gerettet, und wir stehen tief in deiner Schuld. Mal wieder.«

Marten hielt einen Zettel hoch. »Vor fünf Tagen sind wir hier aufgewacht. Anscheinend wurden wir irgendwie wieder zurück nach Avataris gebracht. Wir hielten es erst für einen Fehler, aber dann haben wir diesen Brief hier gefunden.«

Rob nahm ihm das Blatt ab und las die Zeilen.

Liebe Saira, lieber Ethan, lieber Marten, ich muss euch um einen großen Gefallen bitten. Rob wird bald zurückkommen, und er wird eine Mission haben. Ich glaube an seine Fähigkeiten, aber was ist man in dieser Welt ohne Verbündete? Er wird als Schiffbrüchiger in die Welt kommen, so wurden all jene wiederhergestellt, die die Rettung vor dem Feuer auf den Schiffen gesucht haben. Sammelt ihn ein und helft ihm bei allem, was er vorhat.
Danke, Robert

Er las die Zeilen ein zweites und ein drittes Mal. Dann verstand er, dass er einen Brief von seinem Schöpfer las. Die Gestalt, die ihn nach Avataris entsandt hatte, um Annie zu retten. Dass ihre Rettung in ihrem Tod lag, hatte Rob viel zu spät verstanden.

»Zeit für ein neues Abenteuer?«, fragte Ethan und legte ihm die Pranke auf die Schulter.

»Zeit für ein neues Abenteuer«, bestätigte Rob.

»Was steht an?«, fragte Marten.

Robs Blick wanderte die Klippen hoch. In der Ferne schimmerten die goldenen Türme von Gonholt. Die Banner der Silbernen Garde flatterten gut sichtbar im Wind. Nichts verriet, dass die Stadt erst vor kurzem in einem Flammeninferno untergegangen war.

Cervantes Salomon. Elia Anasia. Rose.

Annie.

Der Schmerz saß tief, und er fühlte sich, als wäre er dem Sinn seiner Existenz beraubt. Rob wusste, dass es für ihn nur einen Weg gab, wenn er weiterleben wollte.

»Keine Ahnung«, sagte er, »aber lasst es uns so schnell wie möglich herausfinden.«

DIE KLASSEN

TANKS

RITTER: Gerüstet mit Schwert und Schild, ist der Ritter die perfekte Mischung aus einem starken Nahkämpfer und einem widerstandsfähigen Gruppenanführer. Ein Ritter kann mit seinen Kriegsschreien die Moral der eigenen Truppe heben und so über Sieg oder Niederlage entscheiden.

WÄCHTER: Der Wächter schützt sich mit einem Turmschild vor den Angriffen seiner Feinde und ist wie ein Bollwerk auf dem Schlachtfeld. Plattenpanzerungen und Kettenhemden schützen ihn vor den Angriffen, die der Schild nicht abwehren kann.

PALADIN: Treffer, die die schwere Rüstung des Paladins nicht verhindern kann, versorgt er mit leichten Heilzaubern. So ist der Paladin nicht immer auf einen Priester in den eigenen Reihen angewiesen. Beim Angriff vertraut er auf den Segen seiner Gottheit Aeya und mächtige Zweihandwaffen.

DAMAGE DEALER

WALDLÄUFER: Einen Waldläufer trifft man nie ohne seinen tierischen Begleiter an. Im Kampf vertraut er auf Pfeil und Bogen und hält sich lieber auf Distanz. Leder und schwere Stoffe schützen ihn vor Klingen und Pfeilen.

SCHURKE: Lautlos und in den Schatten schleichen sie sich an, um hinterhältige Meuchelmorde auszuführen. In ihren Händen halten sie kurze Klingen und Dolche, von denen grünes Gift tropft, mit denen sie ihre Gegner vergiften.

DUELLANT: Der Duellant setzt auf eine einhändige Armbrust und Degen. Er kennt alle billigen Tricks des Nahkampfes. Ihre volle Stärke entfalten Duellanten in dem Kampf eins gegen eins. Oft sind sie an ihren ausgefallenen Hüten und extravaganten Lederrüstungen zu erkennen.

MAGIER

PRIESTER: Eine Mission ohne Priester ist ein mutiges Unterfangen. Schließlich sind sie es, die die Gruppe mit ihren Heilzaubern am Leben erhalten. Müssen sie sich selbst eines Monsters erwehren, lassen sie den vollen Zorn Aeyas auf sie niederfahren.

ELEMENTARBÄNDIGER: Sie haben es geschafft, Wasser, Feuer, Luft und Erde zu bändigen und erschaffen damit tödliche Zauber. Steinschläge, Feuerbälle, Luftstöße und Wasserstrudel lichten schnell die feindlichen Reihen.

ZAUBERER: Der Zauberer beschränkt sich nicht auf die Elemente. Er verwandelt seine Gegner in Schafe und schleudert Pfeile aus magischer Energie auf seine Feinde. Zwar hat er auch Zugriff auf Feuerbälle und Eisblitze, jedoch wird er in den Bereichen nie so stark wie ein Elementarbändiger werden.

DIE SPEZIES

MENSCHEN: Eines Tages kamen die Menschen mit großen Schiffen nach Avataris und blieben. Aus Siedlungen wurden Städte und aus Städten Festungen. Daran erinnert sich niemand, das geht aber aus den Geschichtsbüchern der großen Bibliothek in Gonholt hervor. Den anderen Freien Völkern waren sie ein willkommener Verbündeter im Kampf gegen Garraks Schrecken.

SQUANS: Unterschätze nie einen Squan. Trotz ihrer geringen Körpergröße sind sie gnadenlose Kämpfer auf dem Schlachtfeld und eifrige Techniker an der Werkbank. Nach der Arbeit trifft man die Squans für gewöhnlich mit einem Bier und bei Musik in der Taverne. Die Siedlungen der Squans sind für das untrainierte Auge nicht zu schnell zu erkennen, denn sie leben in einem Tunnelsystem aus miteinander verbundenen Erdlöchern.

GRONTS: Das Gemüt der Gronts ist ruhig und man kann sie durchaus auch als wortkarg bezeichnen. Die Riesen aus den Bergen wissen um ihre bedrohliche Erscheinung, und haben so schon manchen Kampf nur mit dem Anspannen ihrer Muskeln gewonnen. Sie fühlen sich in den Wäldern und Tälern Avataris wohler als in Städten und Festungen.

EOLLYANS: Wer einen Eollyan sieht, kann ihn schnell für eine Pflanze halten. Einen Baum, in dessen Rinde man ein Gesicht zu erkennen meint. Tatsächlich besteht ihre Haut aus Rinde und ihr Haar aus Moos, Blüten und Gras. Sie sind magische Triebe des ältesten Baums Avataris und sind sie schwer genug, brechen sie ab. Dementsprechend haben sie auch keine Eltern, sondern werden von der Gemeinschaft großgezogen.

MENSCH

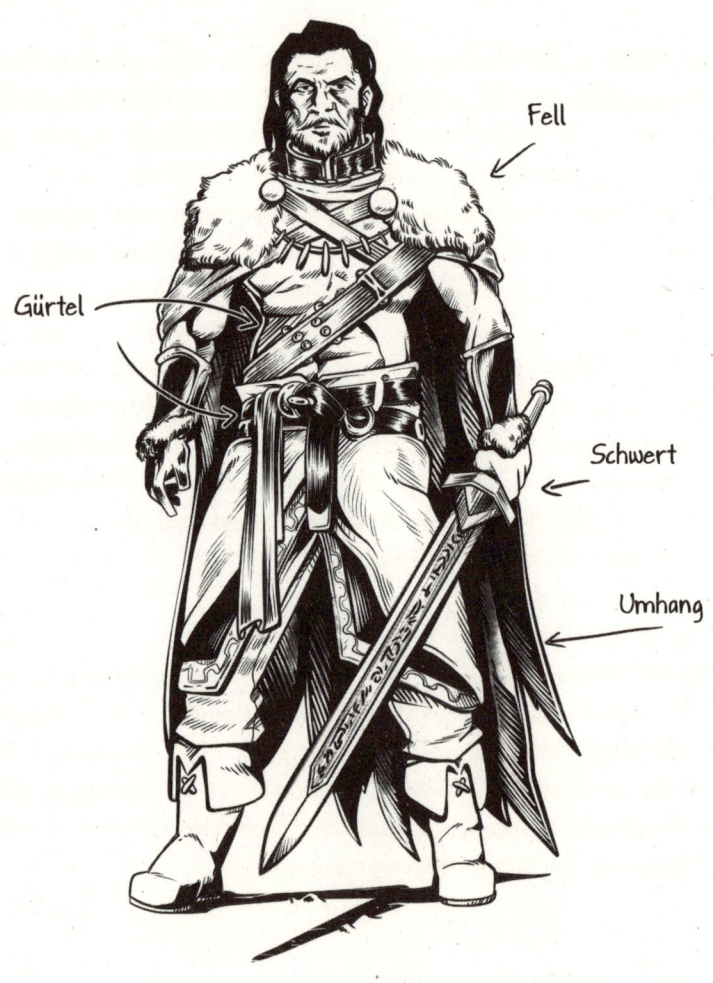

Fell

Gürtel

Schwert

Umhang

SQUAN

Techbrille

Bierfass

Korken

Uhr

Karte

Schwert

Richtig
stark

Richtig
großer
Bär

Axt

EOLLYAN

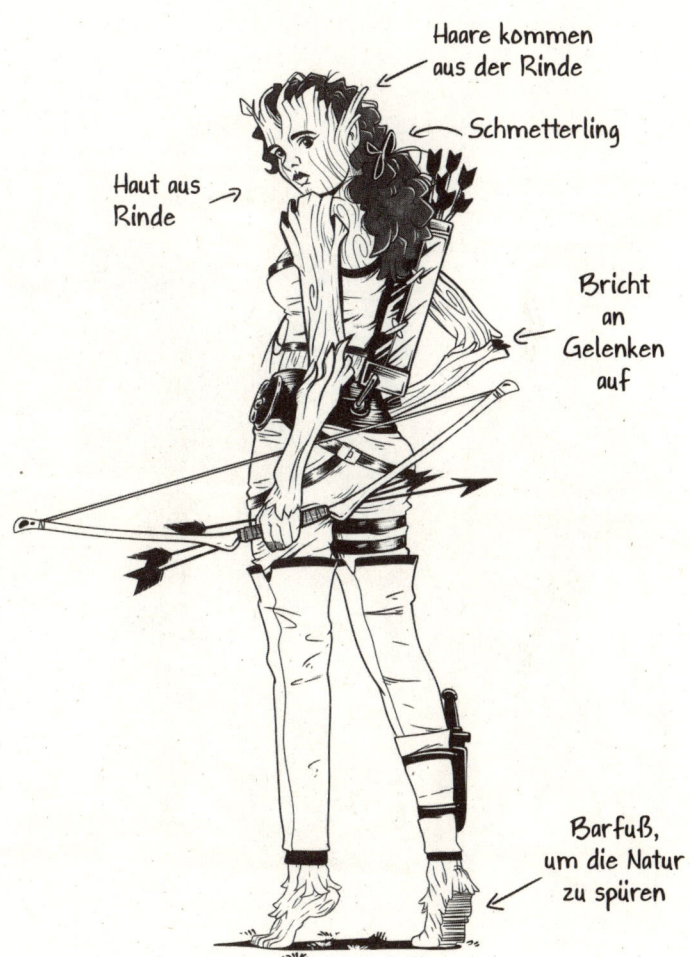

Haare kommen
aus der Rinde

Schmetterling

Haut aus
Rinde

Bricht
an
Gelenken
auf

Barfuß,
um die Natur
zu spüren

DANKSAGUNG

Dass ich ein Buch wie *Eternity Online* schreiben würde, musste früher oder später passieren. Der Grundstein dafür wurde wahrscheinlich gelegt, als ich ungefähr zwölf war. Damals wurde *Dark Age of Camelot* bei Giga Games, der einzigen Fernsehsendung rund um Videospiele, gespielt. Das Konzept von MMORPGs, riesige virtuelle Welten, in denen ich Abenteuer nicht nur alleine erlebe, sondern mit echten Menschen, hat mich sofort fasziniert. Leider hielten meine Eltern nichts davon, mir ihre Kreditkarte zu geben, damit ihr Sohn jeden Monat an ein Unternehmen Geld überweisen konnte, um ein Spiel zu spielen. Damals verlangten Games dieser Art nämlich noch eine monatliche Gebühr.

Aber es hat mich trotzdem nicht losgelassen. Egal ob *Age of Conan*, *Star Wars Galaxies*, *Warhammer Online*, *Pirates of the Burning Sea*, ich habe jede News zu diesen Spielen verschlungen und mir vorgestellt, wie es wohl wäre, diese Welten zu erkunden, die ich bisher nur aus Trailern und von Screenshots kannte. Ich habe mir Nächte in Foren um die Ohren geschlagen, mich mit anderen Begeisterten ausgetauscht, bin Gilden beigetreten (liebe Grüße an die Avantasia Gilde) und habe selbst welche gegründet. Als dann die Open Beta von *World of Warcraft* startete, die keine monatlichen Gebühren aufrief, konnte ich endlich eintauchen in Azeroth. Und die Begeisterung für dieses ganz bestimmte Genre habe ich nie verloren. Noch immer schaue ich aufmerksam hin, wenn auf den Videospielseiten eine News zu einem neuen MMORPG auftaucht, von denen es leider immer weniger gibt.

Eternity Online ist eine Liebeserklärung an dieses für mich ganz besondere Genre. Dass ein ganzes Buch daraus geworden ist, ist nicht nur mein Verdienst. Dazu haben einige Menschen ihren Teil beigetragen, und ich möchte sie hier erwähnen.

Anabelle, die dieses Projekt seit der ersten Idee kennt, für mich immer ein offenes Ohr hatte und genau die richtigen Fragen stellte, damit aus der Idee eine Geschichte wurde. Danke für alles!

Markus, mein Agent, der so viel Begeisterung für dieses Projekt mitgebracht hat – wohl auch, weil er selbst einige Zeit in *World of Warcraft* verbracht hat. Danke, dass ich meine Geschichten bei dir in den besten Händen weiß.

Andy, mein Programmleiter bei Fischer Tor, der dieser Geschichte eine Heimat gegeben hat. Danke, dass du beim ersten Exposé gesagt hast: »Ich weiß, welche Geschichte du erzählen möchtest, das ist sie aber noch nicht.« Nicht nur Eternity Online ist dadurch gewachsen, sondern auch ich.

Hanka, die dieses Buch lektoriert und mein Manuskript mit unglaublich vielen Änderungs- und Verbesserungsvorschlägen versehen hat. Für jede einzelne Anmerkung bin ich dir unfassbar dankbar.

Marie, die dieses wundervolle Cover beigesteuert und meiner Geschichte ein Gesicht gegeben hat. Auch wenn ich es schon in der Danksagung zu *Hidden Worlds – Der Kompass im Nebel* schrieb: Ich würde immer weiter Bücher tippen, nur um zu sehen, was kreative Menschen wie du für Cover zaubern.

Kerim, der den von mir erdachten Spezies (okay, bei den Menschen habe ich mich einer Vorlage bedient) mit Stift und Papier ein Gesicht gegeben hat. Es fühlt sich auf die schönste Weise irreal an, wenn Kreative wie du aus meinen Gedanken und Ideen so etwas zeichnen.

Danke an alle, die Videospiele entwickeln und uns mit in ihre Welten nehmen.

Der phantastische Auftakt zur neuen magischen Trilogie von Mikkel Robrahn

Im dicht bewachsenen Gwyndir Forest steht die traditionelle Jadefuchsjagd bevor. Matilda Godwins ist fest entschlossen, das Turnier der Superreichen zu gewinnen, um die auf dem Familienanwesen lastenden Schulden bezahlen zu können. Mit Albert Tubbs, dessen Zauberkünste zunächst mehr Schein als Sein sind, und Botzki, dem ehemaligen Hausmeister der Godwins, stellt sie sich den Jägern, Fallenstellern und Zauberern der anderen Teams und macht sich auf die Suche nach dem jadegrünen Fuchs. Doch vor allem Mrs. Lynbrook, Chefin der Bank Watts and White und Ausrichterin des Turniers, ist gar nicht daran gelegen, dass Matilda das Turnier für sich entscheidet. Und so wird die Jagd auf den Jadefuchs zu einem spannungsgeladenen Abenteuer ...

Mikkel Robrahn
Signs of Magic 1 – Die Jagd auf den Jadefuchs
384 Seiten, Klappenbroschur

Weitere Informationen zum Kinder- und Jugendbuchprogramm der S. Fischer Verlage finden Sie unter *www.fischerverlage.de*

AZ 7335-5024/1

Mikkel Robrahn
Hidden Worlds – Der Kompass im Nebel
Band 1

Ein packendes Urban-Fantasy-Abenteuer über den Kampf
zwischen der Inquisition und den letzten verbliebenen magischen Wesen in unserer Welt

Der Kirche war es vor vielen Jahrhunderten gelungen, das
Portal nach Avalon zu schließen. Elfen, Zwerge und andere
Wesen strandeten in unserer Welt. Elliot Craig, Anfang 20
und wohnhaft in Edinburgh, taucht in die Welt des Merlin-
Centers ein, einem Kaufhaus für alles Fantastische. Als er
auf Informationen über einen Kompass nach Avalon stößt,
beschließt er, das Geheimnis um die sagenumwobene Stadt
zu entschlüsseln …

352 Seiten, Klappenbroschur

Weitere Informationen finden Sie auf
www.fischerverlage.de

AZ 7335-5000/1

Ernest Cline
Ready Player One
Roman

Im Jahr 2045 ist die Welt ein hässlicher Ort: Richtig wohl
fühlt sich Wade Watts nur in der OASIS, einem immersiven
virtuellen Universum, wo die meisten Menschen den Großteil ihrer Zeit verbringen.
Als der exzentrische Schöpfer der OASIS stirbt, hinterlässt
er eine Reihe vertrackter Rätsel. Wer sie als Erster löst, erbt
nicht nur sein gigantisches Vermögen, sondern auch die
Kontrolle über die OASIS.
Dann findet Wade den ersten Hinweis. Plötzlich ist er um-
ringt von Konkurrenten, die für den Sieg über Leichen gehen gehen würden. Die Jagd hat begonnen, und Wade hat
nur eine Chance: Will er überleben, muss er gewinnen.

Aus dem Amerikanischen
von Hannes und Sara Riffel
544 Seiten, Klappenbroschur

Weitere Informationen finden Sie auf
www.fischerverlage.de

AZ 596-70664/1

WER BIST DU –
UND WENN JA, WIE VIELE?

∞

John Chu liebt seinen Job. Als Sherpa begleitet er
Kunden in Online-Rollenspiele wie das populäre
»Call of Wizardry«. Das Geschäft brummt, aber
John belasten zwei klitzekleine Probleme:
Zum einen hat seine Ex-Freundin geschworen,
seine berufliche und private Existenz zu vernichten.
Zum anderen vermutet er, dass es sich bei seinem
neuesten Kunden um den nordkoreanischen
Diktator Kim Jong-un handelt. John verstrickt sich
in ein Komplott, das ihn den Kopf kosten könnte.

»Pures Geek-Gold.« *Publishers Weekly*

Matt Ruff
88 Namen
Roman

Aus dem Amerikanischen
von Alexandra Jordan

ca. 400 Seiten
Klappenbroschur

ISBN 978-3-596-70093-6

Jetzt für den Newsletter anmelden unter:
TOR-ONLINE.DE

AZ 596-70093/1